도서출판
앤북

왜교성을 품은 달빛청춘

글 · 장현필

숨을 쉬고 있다.

숨을 쉬고 있다는 사실을 느끼지 못하고 살았다.

하지만 지금 이 순간은 숨을 내쉬고 들이마시고 있다.

사람들이 보고 싶다.

초등학교, 고등학교 시절 내 마음을 흔들었던 친구들도,

나를 한심스럽게 쳐다보았던 돌아가신 아버지도 보고 싶다.

아주 작은 몸뚱아리다.

세상의 아픔을 느끼며 아우성을 쳐보고 싶지만,

고작, 할 수 있는 것은 틀 안에서 작은 몸부림을 치는 정도뿐이다.

인류의 역사는 전쟁의 역사이다.
욕망이 많은 권력자가 개똥같은 이유로 '자, 전쟁이다!' 하면
민초들은 죽을지 살지 모르고 달려가 죽었다. 그래서 수없이 죽었다.

좋다. 어른들은 그렇다고 치자.
그러면 이유 없이 죽어가는 어린아이들과 여인들은 어쩔 것이냐?
흔한 일이니까, 어쩔 수 없다고…… 웃기는 소리 말라고 해라.

죽은 사람들은 역사가 끝난다.
전쟁이 나면 나약한 어린이, 여인들이 무참하게 당하고 만다.
이 세상에서 누가 누구를 죽일 권리가 있다는 것인가?

우리 민족도 수없는 전쟁으로 죽임을 당했다.
고조선부터 정유재란을 지나 한국전쟁에서만도 백만 명 이상이 죽었다.
백만 명! 말이 백만 명이지, 그 슬픔은 끝도 보이지 않는다.

유럽인들은 신대륙을 발견한다는 이유로
아프리카 원주민, 남미의 인디오, 북미의 인디언, 아시아의 토착인 등을
수 세기 동안 죽이고 또 죽이며 그들을 말살해갔다. 다 전쟁이다.

산업혁명 이후에 인류는 발전했다.

하지만 사람을 죽이는 기술도 발전해 왔고 그 결과는 끔찍했다.

권력자의 개똥같은 욕망들이 세계 전쟁을 통해 수천만 명을 죽였다.

그것도 이름 없이 아이들과 여인들이 죽어갔다.

칼에, 소총에, 포탄에, 가스에, 원자폭탄에 인류가 죽어갔다.

죽어가는 사람마다 부모가 있고 형제가 있고 자식이 있을 것이다.

전쟁이 나면 누가 죽었는가?

그럴싸한 이유로 전쟁을 일으킨 자가 죽는 법은 거의 없다.

그럴싸한 명분과 욕심에 포로가 된 추종자들은 부끄러움을 잃어버렸다.

작은 욕심이 광기를 만들고 독해졌다.

눈에는 보이지 않지만 미친병에 걸린 사람처럼 전쟁병에 걸려 맹종했다.

정작, 광란의 도가니에 빠진 줄도 모르고 독기를 품어내고 있다.

미친 욕망이나 광기에 빠진 자들이

죽음을 눈앞에 두고 삶을 돌이켜보며 한줄기 눈물을 주르륵 흘린다.

참회의 눈물처럼 덧없는 인생을 후회하며 사라진다.

그러면 뭐 할 것인가?

미친 욕망의 역사를 품에 안고 사라져버리면 그만인 것을……

중요한 것은 지금부터이다. 역사를 통해 바로 알아야 한다.

전쟁은 절대 안 된다는 사실이다.

인류는 태어나면서부터 싸웠다.

남의 손에 빵을 먹고 싶어서, 나보다 더 예뻐서, 힘이 더 강해서……

지금 이 순간에도 언어로, 기호로, 화폐로 죽이고 있는지도 모른다.

전쟁은 아니지만

전쟁과 같은 카테고리로 권력자의 위선적인 이름으로

세 치 혀와 등 뒤에서 마녀사냥으로 죽이고 있는지도 모른다.

이제는 바로 알자.

인간은 누구나 행복하게 살아갈 권한과 가치가 있기에,

그래서 다른 이에게 죽음의 신호를 던지지 말아야 한다는 것을……

결국, 그 죽음의 메시지가 자기에게 돌아오기 때문이다.

삶은 감사함의 연속이다.

조원래 교수,

문성용 선생,

김은영 교수,

장윤호 교수,

풀잎 출판사 이연자 대표, 강희연 디자이너,

조정래 작가, 김초혜 시인, 조충훈 시장과

부끄러운 글을 감수해주신 분과 나의 친구, 선후배

그리고 묵묵히 버텨준 사랑하는 아내에게 무한한 감사함을 전한다.

마지막으로 〈왜교성전투와 정유재란〉 논문집을 기초로 그동안 칠십 평생 임진왜란사를 연구하신 조원래 교수에게 경의를 표하는 바입니다.

감사합니다.

장현필

차례

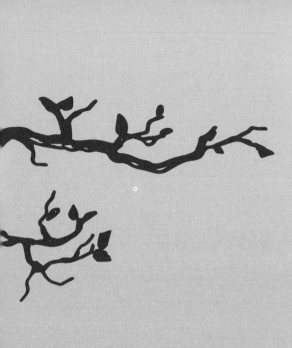
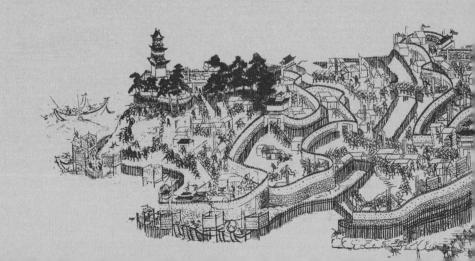

이순신의 유해를 훔쳐라

'삐걱삐걱'거리며 나무 바닥을 걷는 잰걸음 소리가 급하게 들려온다.

긴 칼을 차고 턱밑까지 숨이 차오른 우쓰노미아가 격자무늬의 정갈한 방문 앞에 서서 거친 호흡을 내뱉으며 숨을 가다듬고 있었다. 작은 기침 소리에 방문이 연이여 열리더니 잔걸음으로 다다미방들을 미끌리듯 지나 무릎을 꿇고 우쓰노미아가 앉았다.

"대장님! 살쾡이 영감이 군사들을 데리고 지금 여기로 오고 있습니다."

우쓰노미아가 가까이 올 때까지 미동도 하지 않던 고니시 유키나가가 눈을 뜨며 대답한다.

"뭣이라고?"

"어서 피하셔야 합니다!"

"나더러 피하란 말이냐?"

"대장님! 살쾡이 영감에게 충성을 맹세한 가토가 그자의 개가 되면서 우리를 그대로 두지는 않을 것입니다. 저렇게 많은 군사를 데리고 왔다는 것은 오늘 끝장을 보려고 하는 것이니 어서 피하셔야 합니다."

"듣기 싫다! 난, 전쟁의 영웅이다. 누가 뭐라 해도 조선의 7년 전쟁을 마친 주역이란 말이다. 누가 감히 전쟁의 영웅인 나를 함부로 한다는 것이냐?"

"저들은……."

"대합전하가 승하하시지만 않았어도 우리는 조선전쟁에서 승리했을 것이다."

"대장님! 우리가 조선에서 전쟁을 하는 동안 살쾡이는 에도에 둥지를 완벽하게 틀었고 지금은 살쾡이의 세상이 되었습니다. 첩보에 의하면 가토가 살쾡이를 볼 때마다 대장님을 죽여야 한다고 하니 어서 피하셔야 합니다."

"듣기 싫다! 어제도 이시다 미쓰나리 장군을 만났다. 이시다 장군과 난 혈맹으로 함께하기로 했다. 감히 변방에 있는 도쿠가와 정도가 나와 이시다 장군에게 대적을 한다는 건 있을 수 없는 일이다. 우리가 바로 대합전하의 적자인데 감히 우리에게 도전을 한단 말이냐?"

"대장! 지금 열도는 급변하고 있습니다. 습지의 땅인 에도에 빌붙어 살던 도쿠가와로 보시면 안 됩니다. 그자는 어려서부터 버림받고 저주를 당해 본 자이기에 성도 이름도 쉽게 바꿔버릴 만큼 교활한 자입니다. 주군에게 인정받고 싶어 사랑하는 아내와 자식까지 죽인 비정한 놈입니다. 오죽하면 사람들이 살쾡이 영감이라고 하겠습니까?"

"우쓰노미아! 너의 충정은 잘 안다. 너무 걱정하지 마라. 도쿠가와 이에야스가 온다면 내 방으로 모시고 오너라."

"대장님……."

우쓰노미아는 고니시의 말에 더 이상 대답을 할 수 없었다.

"어서 가서 정중하게 모시고 오래도!"

우쓰노미아는 담담하게 뒷걸음으로 방을 나와 '삐걱삐걱'거리는 나무 바닥을 지나 성 아래로 내려갔다. 성문이 열리고 해자 사잇길로 나간 우쓰노미아는 수많은 군사들의 함성 소리를 뚫고 도쿠가와 이에야스 앞에 무릎을 꿇자 웅성거리는 소리마저도 사라지고 말았다. 작은 구멍 틈으로 한줄기 아침 햇살이 고니시가 앉아 있는 자리까지 들어오고 있었다.

잠시 후, '삐걱삐걱'거리는 나무 바닥 소리가 절정에 이른 타악기처럼 '쿵쫘쿵쫘' 들리더니 작은 기침 소리와 함께 또다시 방문이 연이어 열렸다. 쭉 핀 어깨가 당당한 도쿠가와 이에야스가 우쓰노미아의 안내를 받아 거친 바람을 몰고 온 태풍처럼 서슬 퍼런 눈빛으로 걸어 들어왔다.

"고니시 대장! 어찌 이시다 마쓰나리와 함께하려는 거요."

도쿠가와가 퉁명스럽게 말을 내뱉었다.

"나와 이시다 장군은 조선전쟁을 통해 깊은 믿음을 가지고 있소."

"사람이 살아간다는 것은 무거운 짐을 지고 먼 길을 가는 것과 같다고 했소. 문제는 누구와 함께 무거운 짐을 나누어 질 것인가 하는 것 아니겠소? 고니시 대장! 나와 함께 짐을 나누어 지는 건 어떻소?"

"무거운 짐을 그대와 함께라……."

고니시는 뒷말을 차마 뱉어내지 못하고 아꼈다.

"장군! 짐을 함께 나누고 싶지 않으면 내 짐을 들고 따라오면 어떻겠소? 그리하면 죽음은 면하게 해주겠소!"

"푸하하하! 대합전하의 명을 받아 조선을 징벌하고 명나라를 우리 땅으로 만들고 싶었던 나에게 짐짝이나 들고 따라오라? 오로지 도요토미 히데요시만이 내게 명령을 내릴 수 있소."

"흠! 죽어버린 대합전하의 명령을 기다린다……. 대합전하는 조선의

장수 이순신의 모가지 하나를 따지 못하고 쫓겨 돌아왔소. 바로 그 선봉
에 고니시 장군! 당신이 있었소. 일본의 군사들은 늙은 조선 장수 한 명을
이기지 못해 벌벌 떨다가 썩은 볏단처럼 여기서 쓰러지고 저기서 쓰러지
고……."

"말이 지나치오."

도쿠가와는 치밀어 오르는 감정을 거침없이 고니시에게 퍼부어대고 있
었다.

"지금 부모 형제나 자식을 잃은 열도의 백성들이 조선을 원망하고 있
소, 아니 전하와 당신을 죽도록 원망하고 있소? 당신은 입이 열 개라 해
도 말할 자격이 없는 패장일 뿐이오."

"감히 대합전하와 나, 고니시를 모욕하는 것이오."

"난 사실을 말하고 있소. 시마즈 장군이 관음포(노량) 해전에서 죽음으
로 전투를 하고 있을 때 당신은 꼬리에 불붙은 생쥐처럼 죽음에 빠진 동
료들을 헌신짝처럼 버리고 도망오고 말았소."

"뭣이라고?"

이제껏 감정을 자제하던 고니시가 더는 참지 못하고 자리에서 벌떡 일
어서며 태도(왜도)를 빼들었다. 바로 우쓰노미아를 비롯한 고니시의 군사
들도 재빨리 칼을 빼어든 채, 고니시의 주변을 에워싸며 보호하고 나섰다.

"하하하하! 아직 세상이 어떻게 돌아가는 줄도 모르는 참으로 답답한
자 같으니라고!"

도쿠가와 이에야스는 자지러지게 크게 웃으며 다시 말을 이었다.

"풀잎 위에 이슬도 무거우면 떨어지는 법! 학문이 깊은 조선에 있으면
서 뭘 좀 배웠는가 싶었는데 아직 이슬 무거운 줄을 모르시는군."

"도쿠가와 장군! 모든 다이묘들이 조선전쟁에 참여해 굶주림과 공포 속에서 하루하루를 보낼 때 당신은 에도에서 화려함과 풍악 속에서 하루하루를 보냈을 것이오. 감히 대합전하의 장군으로 전쟁의 영웅에게 넓죽 엎드려 절을 올리지는 못할망정 협박을 하다니 부끄럽지도 않소?"

"난, 지금 당신에게 살 수 있는 길을 알려주는 것이오. 이미 천하는 내 손에 들어왔소. 이순신의 모가지 하나를 따지 못한 장수가 어찌 전쟁의 영웅이라고 말할 수 있단 말이오!"

"뭐라고? 사람 죽이기를 풀 베듯 하는 세상이오. 내 그대를 베고 싶지 않으니 그만 돌아가시오! 서로 간에 피 묻히기 전에……."

"오늘은 이만 가지만 다음에는 이런 기회가 없을 것이니 잘 생각하고 결정하시오."

찬바람에 몸 돌리듯 차갑게 '휙'하고 돌아서다,

"아! 잠깐, 이 말은 꼭 하고 가야겠소. 조선에서 우리의 군사들은 배고픔과 죽음으로 전쟁을 하는 동안 장군께서는 조선의 여인 품에서 세월을 보낸 것으로 아는데 내가 잘못 알고 있는 것이오? 우하하하. 자! 가자."

태풍을 몰고 온 자리에 참혹한 정적만을 남기고 도쿠가와는 바람처럼 사라지고 말았다. 어느새 작은 구멍 틈으로 들어온 한 줄기 아침햇살은 목각인형처럼 분을 삭이고 서 있는 고니시의 가슴까지 비추고 있었다.

'다그닥, 다그닥.'

가리온과 흑마들이 대나무 사이로 난 길을 쏜살같이 지나가자 댓잎 위를 덮고 있던 얇은 실오라기 눈꽃이 말굽에 놀라 바람을 타고 춤을 춘다. 고니시와 우쓰노미아가 이시다 장군이 있는 쿄토 성으로 급하게 달려가고 있었다. 하늘을 향해 곧게 솟아오른 쿄토 성의 큰 문이 열리자 고니시 장군과 부관인 우쓰노미아는 이시다 성주가 머무르고 있는 천수각 꼭대기로 올라갔다. 숨 돌릴 틈도 없이 급하게 들리는 '삐걱삐걱' 소리가 급한 마음을 대변해 주고 있었다.

"어서 오시오! 장군."

"장군! 어제 살쾡이가 다녀갔습니다. 나에게 장군과 멀리하고 자기에게 오라며 죽음을 암시하고 갔습니다."

얼굴이 벌겋게 달아오른 고니시는 자리에 앉기도 전에 자신을 맞이하는 이시다 장군에게 말을 토해냈다.

"드디어 살쾡이가 속내를 완벽하게 보였군요."

"맞습니다. 우리는 물론이고 대합전하의 존재까지도 무시한 파렴치하고 교활한 놈이었습니다."

"고니시 장군! 우리에게는 대합전하의 아드님이 있잖소? 가토가 우리를 배신하고 도쿠가와에게 갔다고 해도 고니시 장군만 함께한다면 쿄토를 중심으로 하는 우리 서군들은 에도를 중심으로 하는 동군을 겁낼 필요는 없소이다."

"그렇긴 하지만, 열도 민심은 우리에게 등을 돌리고 있소. 새로운 명분과 대의 없이 우리가 주도권을 가질 수 없지요. 이대로 있다가는 천하를 잃는 건 물론이고 살쾡이에게 죽고 말 것이오!"

"흠…… 그 말씀이 맞소이다. 뭔가 이 난국을 헤쳐 나갈 대의적인 명분이 필요한데 그 방법이 묘연해 저도 고민입니다."

"그래서 왔소이다. 어제 저녁 나의 부관인 우쓰노미아가 한 말인데 직접 들어보시고 판단하시오. 우쓰노미아! 장군님께 말씀드려라."

"네!"

우쓰노미아는 가볍게 목례를 하고 몇 발짝 앞으로 다가섰다.

"장군님! 인정하고 싶진 않지만 우리는 조선전쟁에서 패하고 말았습니다. 패전에 따른 죽음의 그림자가 턱밑까지 다가오고 있습니다. 도쿠가와가 가토를 데려간 첫 번째 이유는 관음포(노량) 해전에서 도망치신 것과 조선 여인을 부인으로 삼은 것을 빌미로 고니시 대장을 죽이고 천하를 얻으려는 대의명분으로 삼고자 하는 것입니다."

"그래, 무슨 대안은 있느냐?"

"예, 우리는 조선전쟁에서 패했고 구체적으로 말하면 이순신이라는 조선의 늙은 장수에게 패하고 말았습니다. 결국 우리는 조선전쟁에서 명분을 찾아야만 백성들의 민심을 얻어 도쿠가와를 물리치고 천하를 다시 우리 손에 넣을 수 있습니다."

"그럴 명분이 없지 않느냐?"

"아직 우리에게 천하를 줄 운명의 기회가 남아 있습니다."

"그래, 천하를 손에 넣을 기회가?"

"첩자에 의하면 현재 이순신의 죽은 시신이 고금도 월송대에 방치되어 있다고 합니다."

"뭐야? 전쟁이 끝난 지가 두 달이 다 되어 가는데 조선을 구한 영웅의 시신이 아직도 방치되어 있다고?"

"그렇습니다! 확실합니다. 명나라의 진린이 죽은 등자룡과 함께 이순신의 시신을 고금도에 두었다고 합니다."

"등자룡이라?"

"네. 진린 도독의 밑에 부총병인 등자룡이라는 괴팍한 노장군이 있었는데, 관음포에서 이순신과 함께 우리 손에 죽었습니다."

마른 침을 삼키며 듣고 있던 이시다는 고니시와 눈빛을 교환한 후, 머리를 끄덕이며 얼굴에 옅은 미소를 지었다.

"전쟁에서 적장의 장수마저도 시신은 거두어 주는 법인데 하물며 조선의 왕은 뭐하느라고 조선 영웅의 시신을 방치한단 말이냐?"

"천만다행으로 조선의 왕 덕분에 우리가 천하를 다시 쥘 기회가 생겼다는 것입니다."

"뭐라? 조선의 왕 때문에 우리가 살길이 있다. 자세히 말해 보거라."

"살아있는 이순신이 우리를 패장으로 만들었다면 이제는 죽은 이순신이 우리를 승장으로 만들 것입니다."

"어떻게 죽은 이순신이 우리를 살린다는 것이냐?"

사냥감을 놓치지 않는 매처럼 우쓰노미아는 주변의 동태를 살핀 후, 은밀하게 작은 소리로 입을 열었다.

"그렇습니다. 조선의 왕이 이순신을 방치하지 않고 성대하게 영웅으로 묘를 썼더라면 우리의 명분과 대의는 사라지고 없을 겁니다."

"……?!"

우쓰노미아의 말을 들은 이시다는 막연하고 흐릿해 보이던 어떤 사물의 형상이 안개가 걷힌 산을 바라보듯 서서히 깨우쳐진 느낌으로 다가오고 있음을 감지했다.

"조선전쟁으로 고통 받은 열도의 원망을 풀어낸다. 이건가?"

"맞습니다. 지금 우리의 열도는 조선전쟁으로 자식이나 부모, 형제를 잃은 백성들로 가득합니다. 분노와 원한을 풀지 못해 가슴이 꽉 막혀 있을 때 열도 백성들의 마음을 풀게 해주면 천하의 인심을 그대로 얻는 것이 될 것입니다.”

“정답이다. 정답이야! 그래, 그것이었어! 죽은 이순신만 있다면 불리한 전세를 우리가 쥐어 잡을 수 있다! 전쟁에 참여한 세력이 전쟁에 참여하지 않는 세력, 즉 살쾡이를 완전히 제거하고 천하를 우리 손에 넣을 수 있다. 우쓰노미아! 자넨 대단해! 우하하하!”

“돌아가신 대합전하께도 부끄럽지 않게 되었습니다.”

좋아하는 이시다를 보면서 고니시는 이제 살았다는 안도감에 눈물이 팽 돌았다. 우쓰노미아는 계속 말을 이어갔다.

“이순신의 시신을 가지고 와서 모든 백성이 보는 자리에서 대대적으로 교수형에 처해 백성들의 분노와 원한을 풀어주어야 합니다. 교수형에 처한 이순신을 데리고 열도를 돌면서 천하의 민심과 힘을 다시 모으는 겁니다.”

“좋구나. 아주 좋아! 그렇게 민심을 잡고 나면 참수한 이순신의 목을 에도 성 앞에 걸어둘 것이다. 흐흐흐. 그래야 죽은 이순신이 교활한 도쿠가와 이에야스의 심장에 틀어박혀 서서히 잡아먹을 것이니 말이다!”

쾌재를 부르는 이시다의 말에 고니시가 맞장구를 치며 추임새를 넣는다.

“그래, 죽은 이순신이 우리를 살려주는구나. 하늘이 우리를 버리지는 않았구려. 장군!”

고니시는 그제야 안도의 한숨을 쉬며 얼굴에 웃음이 돌기 시작했다.

“그렇소. 고니시 장군의 말처럼 죽은 이순신이 우리를 지켜주고 있구려.”

“이 모든 게 한심한 조선의 왕과 조정 대신들 덕분입니다.”

흥분하며 들떠 있는 고니시가 이시다의 말을 듣고 먼 산을 바라보며 서서히 우쓰노미야에게 다가가 말했다.

"사실 조선전쟁에서 우리가 패한 것은 조선 조정도 이순신 때문도 아니라고 생각했다."

"그럼, 장군께서는 무엇이라 생각하셨는지요?"

궁금해진 우쓰노미야가 물었다.

"바로 조선의 민초들, 의병들이었다. 남녀노소를 막론하고 잡초 같은 그들의 풀뿌리에 진 것이다."

"그럼 장군은 명나라의 유정과 진린이나 조선의 이순신, 권율도 두렵지 않으셨단 말이오?"

이시다가 물었다.

"그렇습니다. 밟아도, 밟아도 수그러들지 않는 끈질긴 잡초 같은 민초들과 의병 그리고 아이들에게 지고 만 것입니다."

"아이들이라니요? 그건 무슨 말이오?"

"그런 게 있습니다."

"흠, 생각하니 조선의 백성들은 참으로 특이했소. 조선에겐 왕은 없고 백성만이 있었소. 이번에는 일본이 전쟁에서 패하기는 했어도 지금처럼 조선이 정의와 진리를 무시하고 정치권력에만 급급해 백성들의 눈과 귀를 멀게 한다면 우리는 언제든지 조선을 빼앗을 수 있을 것이오."

이시다가 차분한 목소리로 담담하게 말했다.

"조선의 영웅인 이순신을 이렇게 방치한 것만 보아도 조선의 왕은 필시 군신의 도리를 모르는 것이 분명합니다. 참, 우쓰노미야!"

"네!"

"이후의 계획을 말해 보거라."

이시다의 물음에 한 발 나서는 우쓰노미아를 오른팔로 저지하고 고니시가 나섰다.

"제가 어제 우쓰노미아의 말을 듣고 밤새 생각을 해보았습니다. 먼저 조선 첩자들에게 정확한 정보를 얻어내어 고금도에 방치되어 있는 이순신의 시신을 몰래 가지고 오기만 하면 모든 것은 해결됩니다."

"그렇습니다. 명이나 조선 수군들의 진지가 아닌 월송대에 방치되어 있다고 하니 제가 무사 수십 명과 함께 다녀오도록 하겠습니다."

우쓰노미아가 두 장군에게 묵례를 하고 명령을 기다렸다.

"그래, 건투를 빈다."

"자네의 손에 우리 대합전하의 가문과 서군의 모든 목숨이 달려 있네. 기회는 여러 번 오지 않네. 신중하게 딱 한 번의 시도로 성공해야 하네. 조금 늦더라도 성공하기 위해서는 조선의 판옥선을 타고 가게."

"네, 당장 출발하겠습니다."

우쓰노미아가 묵례를 마치고 뒷걸음으로 두 장군의 앞을 빠져나갔다.

고통스러운 정유재란이 끝나고 해가 바뀌어 기해년(1599년) 정월 하순이 되어 가고 있었다. 유정과 차돌은 순천도호부 박속유 집 감옥에서 단오를 구해내고 박이량 의병장과 헤어진 후 이순신 장군의 유해가 있는 고금도를 향해 걸어간 지도 보름이 훌쩍 지나가고 있었다. 정월의 차가운 눈꽃 바람은 유정과 단오 그리고 차돌이가 가는 길을 힘들고 더디게 만들었다. 하지만 아이들은 혹시라도 처량한 이순신 장군의 유해가 다른 곳으로 옮겨지지나 않았을까 하는 걱정 때문에 낮에는 황량한 들판에서 불어오는 칼바람을 벗 삼고 밤에는 칠흑 같은 어둠과 무서운 들짐승을 벗 삼으며 부르튼 발가락을 움켜쥐고 바쁜 걸음을 옮겼다. 굶주림과 추위 그리고 불안감 때문에 여정이 힘들게만 느껴질 무렵, 고금도를 눈앞에 두고 강진의 마량에 있는 작은 포구까지 다다랐다. 기다리고 기다리던 고금도가 눈앞에 있다고 생각하니 떨어지는 붉은 저녁놀에 가슴이 뭉클해져 왔다.

"유정아! 고금도야. 이제 어떻게 섬으로 들어가야 하지?"

"잠깐만, 여긴 포구니께 나룻배가 있을 거여. 걱정허지 마!"

"유정아! 저기, 나룻배가 돛을 올린다. 어서 가자!"

차돌이 말이 떨어지기도 전에 아이들은 누구랄 것도 없이 달리기부터 했다. 부르터진 발도 잊어버린 채 숨이 턱턱 막힐 만큼 나룻배를 향해 달려갔다.

"아저씨! 같이 가요. 워메, 아저씨!"

단오가 손을 흔들며 큰 소리로 부르자 손님 몇을 태운 배가 출항하려다가 잠시 멈칫거렸다. 아이들은 묻지도 않고 배에 올라탔다.

"워메, 아저씨. 감사허구만요. 정말 고맙구만이라."

단오와 차돌은 구십 도로 머리를 숙여 손님과 뱃사공에게 인사를 했다.

"어디까지 가는 젊은이들여? 아직 아그들이다냐?" 뱃사공이 물었다.

"고금도에 강만요. 금방 가겄지라?"

"행색을 본게…… 설마, 자네들 뱃삯도 없이 배 탄 것은 아니겄제?"

뱃사공은 단오와 유정, 차돌의 행색을 살피며 말했다.

"아따, 맨입으로야 타겄소. 걱정마시시오."

"차돌아! 아저씨 힘들 텐디 힘 좀 팍팍 써서 노 좀 저어드려라."

단오가 너스레를 떨면서 차돌에게 한쪽 눈을 찡긋 감았다.

"그럴까? 오랜만에 힘 한번 써 볼 끄나?"

"아서라, 힘은 그냥 내버려 두고 내릴 때 뱃삯이나 낼 준비혀라. 뱃삯 없으면 모두 바다에 빠쳐불 거니까."

"……?!"

아이들은 서로의 얼굴만 쳐다보았다.

"뱃삯은 뱃삯이고 손님들도 있고 형께 일단 시원허게 한번 달려봅시다."

차돌이가 손바닥에 퉤퉤 침을 뱉어 문지르더니 뱃사공 옆으로 가서 노를 잡고 힘껏 노를 젓기 시작하자 나룻배는 한결 빠르게 물살을 가르고 앞으로 나아가기 시작했다. 고금도가 빤히 보이는 지척이어서 금방 도착할 줄 알았는데 생각보다 많은 시간이 걸렸다. 하지만 유정과 단오는 뱃삯이 없는지라 불안감을 감추지 못했다. 단오는 뱃사공에게 다가가 말을 걸기도 하고 어깨도 주물어주는 등 뱃사공을 웃게 만들려고 혼신의 노력을 다했다. 수년째 전쟁을 겪어낸 아이들은 어느새 세상 사는 방법을 터득하고 들꽃처럼 여물어 있었다. 아이들의 불안한 마음도 모른 채 배는 황혼의 아름다움을 싣고 선창가에 도착했다. 사람들이 하나둘 모두 내리고 아이들만 뱃머리에 서 있었다.

"이놈들아! 선창이다. 어서 뱃삯 내고 내려야지."

유정이는 긴 숨을 한 번 몰아쉬더니 당당하게 뱃사공에게 다가와 정직하게 말하고 용서를 빌었다.

"괜찮다. 어서 가서 이순신 장군님의 유해를 잘 돌봐드리거라."

"감사해라. 정말 고맙구만이라."

"내가 늙어 허리가 굽었다고 내 나라 사랑마저 꺾일 놈 같아 보이냐?"

그래도 너희들이 있어 조선이 그나마 다행이다. 자, 여기 엽전 몇 닢이다. 가지고 가거라.”

“아니여라, 그냥 태워다 준 것도 감사한디, 뭔 돈까지…….”

“이순신 장군님 저승길에 쓰라고 주는 노잣돈이다. 가서 잘 쓰거라.”

뱃사공은 오히려 손님들에게 받은 엽전 몇 닢을 쥐어주며 이순신 장군이 차갑게 누워 계신다는 묘당도 월송대 가는 길과 주변을 자세하게 설명해주었다.

“아저씨! 정말 고맙구만유.”

“고맙기는……. 당연한 것이제. 느그들, 힘들더라도 유해를 잘 돌봐야 헌다. 나라님도 못하는 일을…… 내가 비록 목에 풀칠하느라고 못 간다마는 양지바르고 따뜻한 곳에 모시거라. 그분이 조선을 구했다면 너희들은 이제 조선을 살려야 혀. 어여 가거라!”

“아저씨! 잊지 않을게요. 감사허구만요.”

“강이 얼었다 하여 물고기가 다 얼어 죽은 것은 아니제.”

뱃사공은 유정과 아이들을 보며 넋두리처럼 중얼거렸다. 유정과 아이들은 누구랄 것도 없이 선창에 서서 떠나는 뱃사공에게 연거푸 감사의 인사를 하고 고금도 월송대를 향해 벅찬 마음으로 걸어갔다.

고금도는 큰 섬이었다. 능선을 따라 아무리 걸어도 이순신 장군이 계신다는 묘당도 월송대가 보이지 않았다. 겨울밤이라 춥기도 했지만 뱃가죽이 등짝에 달라붙어 허기도 몰려왔다. 단오의 발이 많이 붓고 찢겨져 유정과 차돌은 아픈 단오를 부축해주었다. 아이들은 목구멍까지 치밀어 오르는 갈증을 골짜기에 쌓인 눈덩이로 해소하며 나아갔다. 목구멍에 물기가 촉촉할 즈음, 새벽의 아스라한 여명이 망덕산을 희미하게 보여주고 있었다.

"애들아, 저게 망덕산인가 보다!"

"맞어! 망덕산인갑다!"

"글먼 저곳에 묘당도도 있고 넘어가면 월송대도 있을 거여! 단오야! 이제 다 왔응께 힘 좀 내보자."

"그래. 발이 띵띵 부어 죽겄는디 망덕산이 보잉께 힘이 난다! 느그들, 나 땜시 고생했어. 빨리 가자!"

단오가 일어서며 걸음을 재촉하자 아이들은 마지막 젖 먹던 힘까지도 남기지 않고 다 써버릴 모양으로 달리기 시작했다.

묘당도의 명나라 수군의 진지를 지나 언덕을 넘어서 모퉁이를 돌자 바닷가를 따라 출렁이는 파도의 하얀 포말이 작은 언덕을 감싸 안고 있었다. 언덕 주변에는 전쟁의 아픔을 아는지 울퉁불퉁한 깡치를 품은 늙은 소나무들이 바다를 향해 허리를 굽혀 자라고 있었다. 늙은 소나무가 감싸고 있는 불룩한 언덕 한가운데에 새까맣게 늙어빠진 쭈그러진 젖가슴처럼 초라한 초분이 있었다. 아이들은 바로 그 초라한 초분이 이순신 장군을 품고 있음을 알았다. 아이들은 바람에 흔들리는 볼품없는 초분을 향해 한 발짝 한 발짝 걸어갔다. 유정은 가슴이 막막해져 숨도 쉴 수 없었다. 늙어빠진 젖꼭지 같은 초분이 바람에 흩날리며 볏짚이 날리자 더욱 초라해 보였다. 살아서도 조선을 지키기 위해 외로웠던 장군이 죽어서도 달빛 아래 혼자 외롭고 차갑게 누워있다고 생각하니 아이들의 눈가에 촉촉한 눈물이 고이고 서러움이 북받쳐왔다. 아이들은 더 이상 슬픔과 안타까움을 감출 수 없어 초분 앞에 엎드려 누가 먼저라고 할 것 없이 콧물까지 흘리며 흐느끼고 말았다.

"아앙, 아아아앙."

"장군님!"

아이들은 조선의 왕과 벼슬아치들을 원망하고, 왜놈들을 원망하고, 하늘을 원망하며 펑펑 울고 있었다.

새벽녘의 푸른빛은 사라지고 어느새 아침의 맑은 기운이 월송대를 가득 메우고 있었다. 그때, 월송대 옆 작은 산속에 자리 잡은 삼국지 속에 등장하는 관운장을 모시는 관왕사당에서 늠름해 보이는 남자가 거동이 불편해 보이는 여인을 부축하며 걸어 내려오고 있었다. 두 사람은 월송대에서 울고 있는 아이들을 향해 다가왔다.

"너희들, 누군데 여기서 이렇게 서럽게 우는 게야?"

단아한 여인네의 말에 울고 있던 유정과 차돌이 고개를 돌려 쳐다보았다. 하지만 힘들어 지친 단오는 비스듬히 누워 울고 있었다. 놀란 유정이 돌아보자 온화해 보이는 한 남자가 어여쁜 여인네의 손을 잡고 서 있었다. 유정과 차돌은 경계의 시선을 늦추지 않으면서 초분 앞에 다가와 서 있는 선남선녀를 바라보았다.

"너희들, 여기가 어딘지 알고 우는 거야?"

어여쁜 여인네가 시선을 다른 곳에 두고 입을 열었다.

"……?!"

"애들이 많이 지쳐 보이네요."

늠름해 보이는 남자가 여인네에게 명나라 말로 말하자 여인네가 바로 답했다.

"그래요? 너희들은 어디서 온 애들이니?"

"저희들은 여기서 멀리 떨어진 순천도호부에서 왔어라."

"나도 도호부에 있는 선암사 대각암에서 왔는데……."

"선암사 대각암이오?"

"그래!"

"우리들도 선암사 보리암에서 오랫동안 숨어 지냈었는데?!"

유정이 대각암이란 말에 반가워하며 대꾸했다.

"그랬어? 어떻게 이런 인연이……."

이때, 대각암이란 말에 누워있던 단오도 살며시 눈을 뜨며 고개를 들고 일어났다.

"그럼 너희들도 순천도호부의 아이들이란 말이지?"

"네, 맞당게요!"

벌떡 일어선 단오가 여인네의 주변으로 다가가 얼굴을 빤히 보며 말했다.

"혹시, 박속유 나리 댁의 소화 아씨가 아니세요?"

"나를 아는 넌…… 가만, 네 목소리는 단오가 아니더냐?"

"아씨! 맞아요. 저, 단오예요, 아씨!"

단오는 소화 아씨를 얼싸안고 반가워하며 한참을 목을 놓아 울다가 갑자기 뭔가 생각난 듯, 다시 소화 아씨의 눈을 쳐다보았다.

"아씨, 근데 아씨의 눈이 왜 이래요? 눈이…… 안 보이세요? 아씨!"

놀란 단오는 또다시 통곡했다. 단오의 두 팔을 꼭 잡으며 소화 아씨가 입을 열었다.

"울지 말거라, 세상을 잘못 만나 이렇게 된 걸 누굴 탓하겠느냐. 단오야! 너무나 반갑구나."

"네, 아씨! 지두 너무 반가워요. 흑흑!"

"그만 울거라. 아마 널 만나지 못했다면 집안 소식도 모른 채 명나라로 갈 뻔했는데 참으로 다행이구나. 너희들 배고프지? 모두들 가자."

"근데 아씨, 이분은 누구세요?"

단오가 소맷자락으로 눈물을 닦아내며 물었다.

"내가 깜빡했구나. 이분은 명나라 등자룡 장군의 아들 등소림 화공이 야."

"아니, 그럼 이순신 장군이 돌아가신 관음포 해전에서 전사하셨다는?"

"맞다. 잘들 아는구나. 등자룡 장군의 시신이 저기 관왕사당에 모셔져 있거든. 그곳에서 기도를 하는데 너희들 울음소리가 어찌나 슬프게 들리던지……."

"우리도 들었어요. 명나라 장수 중에 엄청 용맹하신 분이 계셨는데 그날 돌아가셨다고 했어요."

차돌이가 목소리를 높여 말했다.

"아하! 그러셨구나."

아이들은 누구랄 것도 없이 등소림을 향해 목례를 하고 있었다. 등소림 또한 그런 아이들에게 두 손을 모아 예를 갖추었다.

"아이들이 허기질 텐데 어서 내려갑시다."

등소림이 명나라 말로 소화 아씨에게 말하자 이어 소화 아씨가 아이들에게 통역을 했다.

"너희들 배가 고프겠다고 어서 가자고 하신다."

"감사해요. 우와!"

"배창시가 달라붙어 등가죽에 붙었어라."

아이들은 한마디씩 뱉고 좋아했다. 배고프다는 말에 아이들은 잊었던 쓰린 배를 잡고 걷기 시작했다. 등소림의 안내로 명나라 막사로 온 아이들은 밥이 나오자마자 허겁지겁 먹기 시작했다. 밥을 다 먹은 단오는 소화 아씨의 부름에 나가고, 차돌과 유정은 배가 불러 몸을 비스듬히 누이자 고금도를 향해 오는 동안 부족했던 잠이 쏟아졌다.

소화 아씨와 단둘이 만난 단오는 전쟁통에 소화 아씨의 아버지인 박속유 집안에서 일어났던 이야기들을 나누며 울고 또 울며 못다 한 이야기들을 풀어내고 있었다.

유정과 차돌 그리고 단오는 명나라 군사의 도움을 받아 월송대에 차가운 바람을 맞고 계시는 이순신 장군의 초분 옆에 작은 움막을 짓고 기거하기로 했다.

"도쿠가와 이에야스 장군님! 큰일 났습니다."

가토 기요마사가 가쁜 숨을 몰아쉬며 들어와 도쿠가와에게 보고했다.

"큰일이라니 또 무엇이냐?"

"장군님! 우쓰노미아가 고니시와 이시다의 명령을 받고 일본 열도의 주도권을 잡기 위해 고금도로 출발했다는 정보가 방금 들어왔습니다."

"고금도에는 왜?"

"조선의 영웅, 이순신의 시신을 훔쳐와 열도 백성들의 원한을 풀어주고 대의명분의 주도권을 잡겠다는 의도라고 합니다."

놀란 도쿠가와가 자리를 박차고 일어났다.

"뭐라고?! 떠난 지가 얼마나 되었다고 했느냐?"

"사흘 전에 출발을 했다고 하니 정상적으로 갔다면 아마 대마도 주변을 지나 며칠 안에 고금도에 도착할 것으로 사료됩니다.”

"흠, 이것은 막아야 한다. 무슨 일이 있어도 주도권을 잃어서는 안 돼!"

주변을 서성대며 생각에 잠긴 도쿠가와에게 가토가 말했다.

"장군님! 그들이 조선의 배인 판옥선을 타고 갔다고 하니 우리는 안타케부네(안택선)를 타고 가면 많은 차이가 나지 않을 것입니다.”

"이순신의 시신이 열도에 들어오는 걸 꼭 막아야만 한다! 이것은 우리 동군 전체의 목숨이 달린 중요한 문제다! 넌, 당장 군사들을 보내어 그들을 모두 죽여라!"

"장군님! 걱정하지 마십시오. 부하 중에 고니시 밑에 있던 마쓰이라는 장수가 있습니다. 조선의 뱃길은 물론 우쓰노미아를 죽이고 싶어 안달이 난 자이기에 반드시 성공하고 돌아올 것입니다. 아마도 하루 이틀 차이로 고금도에 도착할 것입니다. 바로 시신을 훔치지만 못한다면 승산이 있습니다.”

"그래, 가토! 그대의 손에 우리의 천하가 달려 있다. 어서 출발하라!"

"바로 출발시키겠습니다!"

목례를 마친 가토는 말에 올라타 질풍처럼 어디론가 향했다. 천하를 다 잡았다고 생각한 도쿠가와 이에야스는 '이순신의 시신'이라는 또 다른 변수에 봉착했다. 이순신의 시신이 열도에 들어오는 순간 고니시는 백성들의 원한을 풀어주며 믿음과 신뢰를 갖게 될 것이다. 동시에 도쿠가와는 명분과 대의를 잃어 순간, 천하를 얻지 못할 것이라고 생각하니 화를 참을 수 없었다.

"흠, 독을 품은 두꺼비 같은 놈! 고니시……."

우쓰노미아가 정예부대 수십 명을 데리고 일본의 안타케부네(안택선)가 아닌 조선 판옥선을 타고 밤낮없이 고금도를 향해 남해도로 항해하고 있었다. 푸르다 못해 검디검은 파도가 출렁거리는 망망대해에서 뱃머리 선상에 선 우쓰노미아는 푸른 바다를 바라보며 중얼거렸다.

"지금 일본 열도는 동료를 물어뜯어 죽이는 갈치처럼 옛날의 동지끼리 죽고 죽이는 칼바람이 불기 시작했구나. 그래! 내가 살려면 잔인하게 물어야만 한다. 좋다. 내가 물어주마."

우쓰노미아의 볼이 차가울 정도로 매서운 바람이 휘몰아치더니 불룩 튀어나온 돛만큼이나 푸른 파도의 날 끝에 배를 매달고 힘차게 달리고 있었다. 우쓰노미아는 뱃머리에 당당하게 서서 큰 소리로 외쳤다.

"이순신! 그대가 살아서는 도요토미를 죽인 영웅이었다면 죽어서는 고니시를 살려낸 영웅이 되어 다오."

순풍의 바람 덕분에 우쓰노미아의 배는 절이도 한쪽 외딴 포구에 정박했다. 절이도 다음이 조약도이고 그 다음이 바로 고금도이기에 이순신 장군의 시신이 있는 곳까지는 엎드리면 코가 닿을 지척이었다. 하지만 고금도는 조약도, 해남도, 묘당도 등 아주 작은 섬들이 덕지덕지 붙어 있었고 명나라의 진린 도독의 수군 진지가 인접해 있어 낯선 배로 들어가다가는 발각될 수 있는 위험천만한 일이었다. 전쟁터에 뼈가 굵은 우쓰노미아는 그 사실을 누구보다도 잘 알고 있었다.

"넌, 지금 가서 조선의 작은 나룻배를 구해 오너라. 오늘 밤 정탐을 먼저 하도록 하자."

"네, 다녀오겠습니다."

조선 복장으로 변장을 한 부하 몇이 산속의 길로 사라졌다. 우쓰노미아는 일본 함선들이 참패를 당했던 절이도 해상에서 이순신의 시신을 훔칠 계획을 고민하고 있다는 사실에 쓴웃음을 지었다.

등소림과 소화 아씨는 오늘도 등자룡 장군의 유해를 모신 관왕사당에서 기도하고 있었고, 월송대 주변에는 조선 수군들이 아닌 이순신 장군의 휘하 군사 중에 뜻있는 몇 사람이 모여 이야기를 나누고 있었다. 조금 떨어진 곳에 앉아있던 유정과 차돌 그리고 단오는 바다를 바라보며 이야기를 나누고 있었다.

"토부가 그렇게 변해 불다니?! 세상 참."

"토부가 변한 것이 아니고 제자리로 돌아간 것 뿐이제. 난 처음부터 우리와 신분이 맞지 않는 토부가 친구가 된다는 사실이 이상하고 껄끄러웠어. 차라리 토부가 제자리로 돌아간 것잉께 그냥 내비려 둬!"

차돌이 고개를 끄덕이며 시원하다는 듯이 말했다.

"그래, 그 말이 맞을지도 모르지만 그래도 우리와 함께한 시간은 좋은 친구였는데…… 참, 며칠 후면 명나라 군사들이 돌아간다면서?"

"소화 아씨가 같이 가자고 하는데…… 유정아! 차돌아! 우리 같이 가자!"

"사실 나도 전쟁이 끝나고 감옥에 갇혀 있을 때 많이 생각해봤어. 양심을 땅에 묻고 사는 자, 횡포를 부리고 창피를 모르는 관아 나리들, 자기 사욕만을 채우는 가진 자들이 가득한 이 나라가 정말 싫어지더라!"

유정의 말을 듣고 콧김에 푹푹 새어 나오도록 열을 내며 차돌이가 말했다.

"아전들은 불쌍한 백성들한테 횡포 부리는 것도 부족혀서 공갈에 협박

까징 해대는 꼴을 생각하면 오장육부가 뒤틀려 분당께. 눈구녕이 빠질 때까징 패불고 우리 당장 떠나 불자!"

"대체 어른들은 우리한테 준 게 뭔지 모르겠다. 왕은 도망이나 가고 조정 나리들은 자기 뱃속이나 채우고…… 머리끄덩이를 잡고 질질 끌고 다니고 싶당께."

착한 단오까지 분을 참지 못하고 있었다. 차돌과 유정 그리고 단오는 누구랄 것도 없이 가슴 한가운데에 깃들어 있는 불만들을 털어놓으며 얼굴을 붉혔다. 단오의 말에 초막을 바라보던 유정이 말을 이었다.

"내가 도저히 용납할 수 없는 건, 조선을 구한 이순신 장군이나 의병들을 이렇게 방치하고 무시하는 것을 보면 조선에 미래가 없다는 거야."

"참, 어제 아씨가 해준 말인데 한양의 유성룡 대감이 임금님에게 미운털이 박혀 이순신 장군을 챙겨 줄 사람이 없어 요로코롬 방치한다고 하더라고."

단오의 말에 유정은 다시 화가 치밀어 올라왔다.

"단오야! 이것은 누가 누구를 챙겨서 되는 일이 아니고 나라라면 당연히 해야 할 일이여. 조국을 위해 바친 목숨을 나라가 책임지지 않는다면 그것은 나라가 아니지. 암만 생각해 봐도 이럴 수는 없어!"

답답한 유정은 주먹으로 땅을 내리쳤다.

"그래, 맞아. 전쟁이 준 것이라고는 내가 고아가 되었다는 거야. 개 같은 세상. 망하고 없어져 버렸으면 좋겠어. 이런 조선은 미련도 아쉬움도 없어."

차돌이가 주먹으로 귀빰 때리는 시늉을 했다.

"소화 아씨가 해준 이야긴데 원래는 임진년에 왕이 평양과 의주를 거쳐 명나라로 도망가려고 했대. 근데 유성룡 대감이 명나라로 가는 것을 끝까지 막아 의주에서 멈췄다고 하더라고."

"뭐야? 조선 땅을 벗어나 명나라까지 도망을 가려고 했다고? 사람도 아니네."

차돌은 얼굴까지 벌게지며 흥분했다.

"백성들의 코와 귀, 목이 잘려 나가고, 손바닥을 뚫어 왜놈들이 끌고 다니고, 어린아이들을 잔인하게 죽이고, 여자들을 강탈한 것도 부족해 성노리개를 만드는 와중에 자기 몸 하나 지키려고 도망간 놈들 입 안에 쇠똥을 처넣어 숨도 못 쉬게 하고 싶어."

격해진 유정이의 목소리만큼 단오와 차돌이도 화가 났다.

"그래, 유정이 말이 맞아."

"나라님만 생각하면 자다가도 화가 치밀어 올라. 우리가 왜 그놈을 위해 살아야 하는 거야?"

격해진 유정이의 말에 단오와 차돌이 쳐다보았다. 전쟁이 끝나고 하루하루 되짚어 보면 먼지도 묻고 피도 묻는 게 인생이라는 말처럼 유정과 차돌, 단오는 임진의 난부터 정유의 난을 겪으면서 그렇게 서서히 인생을 배워가고 있었다.

"유정아! 며칠 뒤에 등자룡 장군의 시신을 모시고 명나라로 갈 때 이순신 장군의 시신도 예성강 입구까지 모시고 가기로 했나 봐. 거기 가면 가족들이 기다린다고 들었어. 우리 큰 세상으로 떠나 불자."

단오가 부추기고 나섰다.

"그래도 우리 땅에서 자식을 낳고 살아야 허는디……."

유정은 답답했다.

"왜놈들은 언제든지 다시 쳐들어올 수 있어! 겁이 나고 무서워."

"……."

"백성을 지켜주지 못하는 조선 아니 당나귀보다 못한 여자로 사는 인생, 개똥보다 못한 종살이 인생, 이제는 벗어나고 싶어."

"나도 명나라에 가서 새로운 것들을 배우고는 싶어. 그래야 우리 같이 천하고 가난한 사람들헌테도 개똥밭에 이슬 내릴 때가 생길지도 모르제."

단오의 다부진 각오에 차돌이도 동감하고 있었다. 하지만 유정은 더 이상 아무 말도 하지 못하고 멍하니 앉아만 있었다.

어느새, 해가 떨어져 하늘이 온갖 색깔로 사람의 마음을 혼미하게 만든 저녁놀이 지고 어두컴컴해지고 있었다. 그때 작은 나룻배가 월송대를 끼고 천천히 지나가고 있다.

"얘들아, 여기서 저 고깃배처럼 고기나 잡고 살까?"

차돌이가 답답한지 한숨을 길게 내쉬며 말했다.

"차돌아, 저건 고깃배가 아닌디? 너는 시방, 고깃배와 나룻배도 구별 못 함시롱 무슨 고기를 잡는다는 거여. 아서라."

"그러네."

"저 배 봐라. 사공 한 명에 배 탄 손님들은 엉거주춤 섬 주변을 바라보고 있잖아? 저건 나룻배야."

"해가 져서 야심헌디 어딜 가는 거지?"

"누가 알았냐? 아따, 이놈의 바닷가 날씨, 해 떨어징게 억수로 춥다. 더 어두워지기 전에 횃불이나 피워 놓자."

주변을 지키던 두세 명의 군사들이 저녁이 되자 수군진지로 돌아가고 월송대는 아이들만 남아 횃불에 불을 붙였다.

밤이 되자 차가운 겨울바람을 이겨내기에는 작은 움막이 너무나 추웠다. 그래도 피곤한 단오와 차돌은 깊은 잠에 빠져 곤하게 잠이 들었다. 하지만 유정은 총총한 하늘의 별을 보며 아버지와 어머니 수급 앞에서 했던 약속들을 생각하며 잠에 들지 못했다. 밤이 깊어지자 이순신 장군의 초분 주변에 켜놓은 횃불들이 바람을 이기지 못하고 하나둘 꺼져가고 관왕사당의 불빛이 월송대까지 비춰주어 그 불빛들이 흔들리는 소나무들에 얼룩거리고 있었다. 새벽녘이 되어서야 유정이도 머리맡에 진구가 유정 아버지에게 주었던 환도를 놓고 스르르 깊은 잠이 들었다.

별빛도 달빛도 아스라한 새벽, 월송대 옆 소나무 바닷가에 나룻배 한 대가 서서히 정박했다. 잠시 후, 검은 천으로 복면을 한 십여 명의 자객들이 긴 칼을 손에 들고 사뿐사뿐 뱃머리에서 뛰어내렸다. 복면의 사내들은 모래를 밟는 소리도 들리지 않을 만큼 가벼운 몸놀림으로 월송대를 향해 달려오고 있었다.

어느새, 월송대 초분 앞에 당당하게 선 우쓰노미아가 움막 안에서 자고 있는 유정과 단오를 보고 놀라고 말았다. 부하 자객 한 명에게 귀엣말로 속삭였다.

"우리가 무사히 떠나야 하니까 누구든 깨어나면 소리 없이 죽여라!"

자객들은 살얼음판을 걷는 심정으로 차분하게 초분의 짚더미를 조용히 걷어내고 있었다. 어느 정도 초분을 걷어내니 길고 넓적한 나무로 짠 관이 보였다. 어느 자객이 등에 진 짐 보따리에서 긴 검정색의 천 줄을 꺼내자 다른 자객들이 달려들어 목관(木棺)에 이리저리 돌려가며 천을 묶어 들기 편하게 만들었다. 우쓰노미아가 작은 소리로 말했다.

"빨리 들고 가자!"

명령을 받은 자객들이 나무로 만든 이순신의 관에 달려들어 용을 써 보지만 나무로 만든 관은 움직이지도 들리지도 않았다.

"비켜봐! 장정이 몇 명인데 이 따위 관 하나를 못 든단 말이야? 힘을 모아서 함께해라!"

우쓰노미아까지 합세하여 다시 한 번 자객들이 있는 힘을 써 보지만 나무관은 생각보다 수월하게 움직이지 않았다. 머리를 까우뚱하던 한 자객이 우쓰노미아의 옆에 다가와 말했다.

"장군! 이상합니다. 관이 들리지 않는 게, 혹시 밑에 관을 고정시킨 것은 아닌지 모르겠습니다."

"흠, 알았다. 넌 내려가서 나머지 병사들을 다 데리고 오고, 넌 관 아래를 살펴보아라. 나머지는 병력들이 올 때까지 조용히 대기하라!"

우쓰노미아의 신속한 지시에 한 왜군은 바닷가로 달려가고 나머지 자객들은 관을 살피거나 초분 옆에서 동료 군사들이 오기를 쥐 죽은 듯이 기다리고 있었다. 잠시 후, 월송대 아래 바닷가에서 군사들이 달려오고 있는 모습이 희미한 달빛 사이로 보이고 있었다.

"장군! 옵니다! 그런데…… 우리의 군사들이 저렇게 많았던…가요?"

"그러게?!"

"달빛이 흐릿해서 정확하지는 않지만 군사의 수가 너무 많아 보입니다."

"뭔가 수상하구나."

우쓰노미아는 날카로운 시선으로 자신들이 있는 곳에 날쌔게 달려오는 군사들을 지켜보고 있었다.

"가토의 군사들이다. 피해라!"

목소리가 들리는 순간, 칼로 베어지는 비명 소리도 동시에 들렸다.

"뭐라? 가토의 군사가…… 가토가 여길 어떻게? 일단 막아라."

우쓰노미아는 다급한 목소리로 명령을 내렸다. 그러나 이미 가깝게 다가온 가토의 군사들은 칼을 휘두르며 우쓰노미아의 병사들을 닥치는 대로 베기 시작했다.

"저기다! 우쓰노미아를 잡아라! 어서!"

가토 군사의 책임자인 마쓰이의 고함 소리와 함께 군사들이 우쓰노미아를 향해 달려들었다. 이때 시끌벅적한 바깥소리에 움막 안에서 웅크리며 잠이 든 유정과 단오, 차돌이 깨어났다. 관왕사당 쪽에서도 인기척이 들리기 시작했다.

"가토의 군사들이라니? 어찌 이런 일이…… 피하지 말고 부딪쳐 싸워라!"

우쓰노미아의 자객들과 가토의 마쓰이 군사들은 고금도의 이순신 장군의 초막 앞에서 때아닌 혈전을 벌였다. 여명 속에 칼날 부딪치는 차갑고 날카로운 소리와 칼에 맞아 죽어가는 괴성 그리고 숲 속에서 잠을 깬 동물들의 놀란 울음소리까지 이순신 장군의 초막 주변은 아수라장이 되고 있었다. 놀란 유정과 차돌, 단오는 움막을 빠져나와 한 발짝 떨어진 바닷가에 숨어 새벽의 전투를 바라보았다.

"도대체 누가 누구와 싸우는 거여? 필시 우리 조선군이나 명나라 군사는 아닌디. 이게 뭔 난리여?"

차돌이가 의아한 생각에 물었다.

"싸우는 군사들의 말투로 보아 왜놈들이여! 왜놈들이 분명허당께!"

유정이 그들의 모습을 보며 말했다.

"근디, 전쟁도 끝났는디 여기까징 와서 왜놈들끼리 싸우고 지랄들 한다냐?"

혼란스럽고 당황스러운 단오가 물었다.

"단오야! 넌 얼른 소화 아씨에게 전하고 명나라 군사를 불러와라! 글고 차돌이 너는 월송대를 지키는 수군들한테 얼른 알리고 군사들을 데리고와!"

"알았어."

"어서!"

유정의 말을 들은 차돌이와 단오는 서로 다른 방향으로 재빨리 달려갔다.

홀로 남은 유정은 월송대 앞에서 왜놈들 패거리끼리 싸우고 있는 상황이 도저히 이해가 되지 않았다. 가슴에 상처를 입은 우쓰노미아가 네 명의 군사들과 함께 이순신 장군의 초분 앞으로 다시 왔다.

"너희들은 뒤도 보지 말고 관을 끌고 이곳을 빠져나가라! 나는 죽어도 좋으니 관만 실으면 바로 떠나라. 알았나?"

"조금 전에도 안 되었는데…… 지금 될까요?"

한 자객이 우쓰노미아의 앞으로 나서며 불안에 떨었다.

"만약 이순신의 관이 움직이지 않으면 관을 깨서 시신이라도 가지고 가라. 성공 못하면 너희들은 내 손에 죽을 것이다! 어떻게든 들고 가야 한다. 너희들 손에 일본 천하가 달려 있다. 어서 떠나거라!"

"예, 장군!"

우쓰노미아는 명령을 내리고 다가오는 가토의 마쓰이 군사들을 맞을 채비를 했다. 먼 곳에서 마른 침을 삼키며 지켜보던 유정은 왜놈들이 이순신 장군의 유해를 가지고 떠나려는 의도를 알게 되었다.

"아니, 저런 흉악한 놈들이 있나? 그것만은 안 된다!"

유정이는 답답해 발을 동동 굴렀다. 사람의 힘은 무서웠다. 우쓰노미아의 불같은 명령에 왜군들이 죽을힘을 다해 이순신의 관을 들었을 때 그토록 무거웠던 관이 쉽게 들렸다. 관을 든 자객들도 스스로 놀란 표정으로 우쓰노미아를 바라보았다.

"장군! 관이 들렸습니다."

"어서 떠나라! 난 가토 군사들을 막을 것이다."

"네, 장군!"

자객들은 이순신의 유해가 들어있는 관을 들고 전투가 벌어지는 뒤쪽 바닷가로 향했다. 마음이 급한 유정은 명나라와 조선의 군사들이 올 때까지 기다릴 수가 없어, 환도를 빼들고는 이순신 장군의 유해를 끌고 바닷가로 끙끙대며 내려가는 왜군 자객들 앞을 위세 당당하게 막아섰다.

"게 섰거라! 우리 장군님의 관을 가져가는 너희들은 누구냐?"

당황한 자객들은 관을 놓고 유정에게 경계의 시선을 보내며 칼을 빼들었다. 유정 혼자서 왜군 자객들을 상대하기에는 버거웠다. 하지만 그들의 공격을 겨우 막아내며 버티고 있었다. 관왕사당에 있던 등소림과 명나라 군사들도 월송대로 내려오며 왜군들과 일전을 불사하고 있었다. 상황을 판단한 가토의 마쓰이 자객들과 우쓰노미아의 자객들은 관을 빼앗으려는 싸움을 멈추고 각자의 배로 도망가기에 바빴다. 하지만 우쓰노미아는 이순신의 관이 있는 곳으로 급하게 내려왔다. 유정은 왜놈들과 힘들게 정면 대결이 벌이고 있었다. 그때 차돌이가 조선 군사들과 함께 함성을 지르며 달려오는 모습이 보였다. 유정이는 악을 쓰며 달려오는 우쓰노미아를 보고 놀랐다.

"이런 멍청한 놈들! 어서 관을 가지고 가라."

"우쓰노미아! 감히 장군의 유해를 도둑질하려고 하다니. 하늘이 무섭지 않느냐?"

어느새 나타난 조선 군사들이 자객들을 에워싸고 있었다.

"유정! 그때 죽였어야 했는데……."

조선과 명나라 군사들은 혈전 끝에 우쓰노미아와 몇 명의 자객을 사로 잡았다. 온몸이 땀으로 흠뻑 젖은 유정이 긴 숨을 몰아쉬며 땅바닥에 주저앉았다. 그때 단오가 유정에게 다가왔다. 단오는 잡혀 있는 우쓰노미아를 보고 놀라고 말았다. 군사들은 우쓰노미아와 자객들을 데리고 명나라 수군진지로 갔다.

"유정아! 우쓰노미아가 왜 여기를 온 거지?"

"우쓰노미아가 이순신 장군의 유해를 훔치러 왔어."

"왜? 도대체 왜?"

"그야 모르지. 우리가 그토록 죽이고 싶었던 고니시가 감히 장군님의 시신을 훔쳐갈 것이라고 상상도 못했어."

"내 참, 그게 말이여!"

"악랄한 고니시의 끝은 어디까지일까?"

"그때 확 죽여부렀으면 이런 일은 일어나지 않았을 텐데……."

"근데 유정아! 우쓰노미아를 지금 만나보고 싶어. 아씨 소식이 너무나 궁금해."

단오는 유정과 차돌이를 데리고 잡혀 있는 우쓰노미아를 만나러 갔다. 우쓰노미아와 왜군 무사 몇 명이 포승줄에 묶여 있었다. 단오는 잡혀 있는 우쓰노미아를 보고 앞으로 다가갔다. 우쓰노미아는 아무런 표정의 변화 없이 단오를 바라보았다.

"장군님! 어찌 여기를 다시 오셨단 말이오?"

단오의 질문에 우쓰노미아는 답이 없었다.

"장군! 우리 아씨는 잘 계신가요?"

"오냐, 아주 잘 계신다."

우쓰노미아의 대답을 들은 단오는 울며 다시 물었다.

"몸은 건강하시지요? 힘들어하지는 않던가요?"

단오가 연이어 물어보았지만 우쓰노미아는 더 이상 입을 열지 않았다. 단오는 유정을 안고 계속 울며 '아씨!' 하고 불렀다.

아이들이 월송대로 다시 돌아왔을 때, 월송대 주변에는 이십여 명의 자객들이 죽어 널브러져 있었고 군사들이 주변을 정리하며 이순신의 유해를 다시 모시고 초분을 만들고 있었다. 그토록 보고 싶은 금화 아씨의 소식을 들은 단오는 눈물이 글썽거리며 불안하고 초조해했다. 유정은 불안해하는 단오를 데리고 월송대 옆 작은 바닷가에 앉았다. 모래사장에 일렁이는 작은 파도는 지난밤 사건에는 아무런 관심이 없다는 듯 예전처럼 아름다운 포말을 일으키며 일렁거렸다.

"일렁거리는 파도를 보니 진구랑 섶다리에서 물놀이하던 것이 생각난다."

"그러게. 진구가 너무나 보고 싶다."

"불쌍한 진구!"

"근데, 유정아! 넌 진짜 용감해."

"뜬금없이 뭔 소리야?"

"혼자서 왜놈 몇 명을 상대하고 말이야."

"음, 그러게. 다 진구 덕이야. 진구가 무술도 가르쳐줬고 이 검도 진구가 죽은 우리 아버지에게 준 칼이거든."

"아부지한테? 지금은 너한테 있잖아?"

"나도 잘 모르는데 진구가 '위험한 정령'이라는 동굴에서 이 칼을 찾아 주었어. 칼에 '조선의 역사가 흐른다'라고 쓰여 있는데 무슨 의미인지는 모르겠어."

두 사람은 말없이 바다만 바라보다가 단오가 문득 물었다.

"근데 넌 언제부터 머리를 짧게 깎고 남자처럼 하고 다녔어?"

"……."

"말하기 싫어?"

"아니, 그런 건 아니고……."

"말해줘."

"나? 생각해 보니 열한 살 이후로 내가 스스로 머리를 깎아 버렸어."

"뭐야? 네가 스스로 깎고 사내처럼 다녔단 말이야."

"응, 열한 살 때부터 남자들을 싫어했어. 정확히 말하면 왜놈들을 증오했지. 그래서 나약한 여자처럼 살기 싫어 힘 있는 사내처럼 하고 다녔지."

"……."

단오는 유정의 짧은 머리카락을 만져 보았다.

"난 우리 엄니가 제일 좋아. 사실 제일 불쌍한 사람이기도 해. 그래서 앞으로 내 부모님의 원한을 풀어주며 살고 싶어."

"……."

조선왕조실록을 지켜라

"모든 식솔들을 마당에 빨리 모이게 하거라!"

"오라버님! 어찌 그러신가요?"

"급하다. 힘을 쓸 수 있는 자는 모두 모아라. 곰 서방은 나귀를 끌고 나오고 수레에 쌀과 천을 실어라. 유정 어미는 사람들이 먹을 것을 준비하거라. 유정 아비는 어디 갔느냐?"

"며칠 전에 치재 데리고 순천도호부에 갔는디요."

"그래, 그렇담 어쩔 수 없지."

손홍록의 붉어진 얼굴만큼이나 집안 전체가 시끌벅적거리며 분주했다. 잠시 후, 마당 한가운데 손홍록 집안의 식솔 삼십여 명이 모두 모였다.

"잘 들어라, 왜놈들이 금산, 웅치를 넘어 전주성 목전까지 오고 있다고 한다. 안의 어른 말씀에 전주성이 바람 앞에 등불처럼 위태하다고 한다. 전주 경기전에는 우리 조선의 역사인 조선왕조실록이 있다. 왜놈들이 조선의 역사를 깡그리 없애버릴 욕심으로 이미 충주사고와 춘추관을 불태워버렸고 성주사고의 실록이 굴러다닌다고 하니 참으로 개탄스러울 일이다. 전주사고마저 불타버리면 조선의 역사는 사라지고 마는 것이다. 나는 성리학을 공부한 유생으로 조선왕조실록을 꼭 지켜야만 한다!"

"워메, 큰일 나 부렀네. 이 일을 어쩐다냐?"

집안 식솔들의 웅성거리는 소리가 한마디씩 들려왔다.

"근디, 관군들은 그리 중요한 것을 나두고 뭐하고 자빠졌다요?"

"그라문 우리라도 지켜야지요."

누군가 큰 소리로 말하자 코를 벌씬거리며 곰 서방이 이어받았다.

"그렇다, 안의 어른과 힘을 합쳐 우리가 지키기로 했다. 당장 전주 경기 전으로 갈 것이다. 걸을 수 있는 자는 모두 나서라. 유정 어미와 곰 서방은 어서 가솔들을 챙겨 길 떠날 채비를 하거라."

"알겠습니다."

곰 서방은 이미 나귀와 수레에 물건을 싣고 떠날 채비를 하고 있었다. 그때 어린 유정이 엄마에게 다가오며 말했다.

"엄니, 나 혼자 집에 있기 무서워라, 나도 따라 갈라요."

"넌, 안 돼, 집에 있어야."

"아부지도 없고 오래비도 없는디 날 데리고 가랑께."

어린 유정은 엄마 치맛자락을 잡고 울며 사정을 했다. 그것을 본 손홍록은 조카 유정에게 따끔하게 혼을 냈다.

"유정이는 집에 있거라, 넌 짐만 된다. 어미야! 두고 가거라."

"네, 오라버니! 유정아, 엄니 말 들어. 외삼촌 무서운지 잘 알지? 어서 방으로 들어가. 엄니 금방 올 것인께. 어서."

어린 유정은 두억시니 같은 외삼촌 손홍록의 눈을 보고 무서워 엄마 뒤로 숨어버렸다. 손홍록은 식솔들을 데리고 수레와 나귀를 끌고 급하게 집을 나섰다. 정읍에서 출발한 안의와 손홍록은 조선왕조실록이 있는 전주의 경기전을 향하여 밤낮없이 며칠에 걸쳐 숨차게 달려갔다.

임진년 (1592년) 4월 중순, 왜군들은 부산 동래성을 함락하고 3개 부대로 나누어 20여 일 만에 한양을 함락시키고 말았다. 탄금대에서 신립 장군이 힘없이 전멸당하면서 조총의 우월감과 왜놈의 잔인함이 조선 천지를 전쟁의 불안감과 공포감으로 휩쓸어버렸다.

조선 왕은 4월 말경에 이미 한양을 떠나 평양으로 줄행랑을 쳐버려 백성들은 정신적인 충격과 밀려오는 허탈감에 사로 잡혀 조선은 무법천지 세상으로 변하고 있었다. 6월 초, 전주는 관군도 없는 피난민들로 가득 차 아수라장으로 변해갔고 조선왕조실록과 어진이 있는 전주 경기전에 참봉 오희길, 안의, 손홍록 등이 모여 누군가를 기다리고 있었다.

"조금만 더 기다립시다."

참봉 오희길은 땅을 보고 한숨을 내쉬며 말했다.

"벌써 며칠째입니까? 전라감사 이광은 용인전투 패배로 공주 역참에서 근신 중이고 부사는 죽었는데 누구를 더 기다린단 말이오?"

"그래도 전라감사가 살아있는데 이 중요한 실록을 어찌 우리 맘대로 결정한단 말이오. 조금만 기다리면 무슨 기별이 있을 것 아니겠소."

"참으로 답답하오. 목전에 왜놈들이 우리 역사를 끊어내려 하는데 어찌 결정을 못한단 말이오. 시간이 없소, 어서 실록을 가져가게 해 주시오."

"아따, 참말로 미치겠소."

"참봉! 춘추관도 충주사고도 성주사고도 모두 불타버렸다고 하잖소? 이것은 왜놈들이 우리의 역사를 깡그리 없애버리려는 의도가 아니고 무엇이겠소. 이곳마저 없어진다면 우리 조선의 역사가 한순간에 사리지고 마는 것이오."

"나도 답답해 미칠 지경이오. 실록은 담당자도 함부로 못 만지는 귀한 것이오. 누군가 결정을 해주어야 하는데……."

"지금은 전쟁 중이오. 참봉께서 판단해야 하오."

"정말 미쳐버리겠소. 그러면 이곳 어디에다 이걸 일단 묻읍시다!"

"그것은 더 위험하오. 왜놈들의 눈알이 뻘게 가지고 실록과 어진을 찾아 다니는데 아마 이곳을 쥐 잡듯이 뒤질 것이오. 정읍 영은산(내장산)은 골이 깊어서 쉽게 찾지 못할 것이오. 그곳 깊은 산중에 작은 암자들이 몇 개 있으니 그곳에 두면 안전할 것이오. 참봉! 이제는 시간이 없소. 결정하시오."

"아, 죽겠구만. 나라에는 국법이 있고 실록은 형조의 하명 없이 함부로 만지지도 못하는 것이오. 형조에서 나중에 알면 뒷감당은 누가 하려고……."

"뒷일은 내가 책임지리다. 곰 서방! 실록을 조심스럽게 나귀에 신거라."

"참봉! 그렇게 합시다. 이것은 조선의 정신과 역사를 지키는 너무나도 중요한 일이오."

안의의 말에 참봉 오희길은 고민 끝에 답을 내렸다.

"좋소, 모두의 의견이니 그렇게 합시다. 반드시 왜놈들은 실록을 없애려 할 것이니 가는 길에 흔적은 물론 머리카락 하나도 남기지 말고 조심해야 할 것이오."

"알겠소. 곰 서방과 유정 어미는 사람들에게 입단속을 시켜라. 그리고 천으로 싸서 사람들이 알아채지 못하게 하여라."

"예, 알겠습니다."

"안의 어른과 손홍록 어른에게 정말 감사하오. 조선왕조 역대실록 30여 태, 고려사기문 등 20여 태로 궤짝으로 따지면 약 60여 궤가 넘고, 책 수로 따지면 실록이 830책, 고려사 등 기타 전적이 538책 분량이니 가는 길이 쉽지 않을 것입니다. 특히 태조를 비롯한 선대왕의 어진은 정말 중요하니 잘 관리해 주시오."

오희길은 두 사람에게 감사의 뜻을 전달하며 당부했다.

"그렇게 많습니까? 어느 정도 예상은 했는데 생각보다 많군요."

"그럼, 정읍에 있는 영은산으로 가는 것은 저만 알고 있겠습니다. 틀림없이 왜놈들이 실록을 찾아 불태워 없애버리려고 끊임없이 추격을 할 것이니 꼭 지켜주셔야 합니다."

"참봉, 고맙소. 내 목숨을 바쳐 꼭 지켜 내리라."

"자, 그럼 어서 운반합시다!"

"사람들이 없는 밤에 성을 빠져나가도록 하시오."

"알겠소. 감사하오."

안의와 손홍록은 가솔들을 데리고 수레와 나귀에 궤짝을 나누어 싣고 어진은 곰 서방이 직접 원형 나무통에 담아 등에 메었다. 깊은 밤에 전주성을 빠져나와 숨죽여가면서 칠 일째가 되어서야 영은산 은봉암에 도착하여 숨길 수 있었다. 영은사의 승려인 희묵과 무사들, 사당패들의 도움을 받아 더 깊은 용굴암에서 비래암으로 무사히 숨기는 데 성공했다. 그 뒤로 안의와 손홍록은 다른 사람에게 말도 못하고 직접 실록과 어진을 밤낮으로 계절이 바뀌어도 계속해서 지켜 나갔다.

해가 바뀌어 계사년(1593년)이 되었어도 왕은 의주에서 머무르고 조선 백성들만 왜놈들에게 잔인하게 시달리며 죽어갔다. 조선 수군과 의병들의 승전에도 불구하고 조선 백성은 전쟁의 고통에서 벗어나질 못했다. 엄동설한의 추위를 이겨내고 따스한 봄이 되고 더운 초여름이 될 때까지 유정 어멈인 정읍댁은 비래암이 있는 깊은 산속까지 밥을 지어 나르며 손홍록과 안의를 뒷바라지하고 있었다. 조선왕조실록을 추격하는 고니시 부대의 압박감이 영은산에도 밀려 들어오고 있었다.

6월 하순, 진주성 2차 전투에서 의병들과 진주 시민들 6만여 명이 무차별하게 죽임을 당했다는 소식에 전쟁의 소용돌이는 조선 전체를 숨도 못쉬게 만들었다. 어린 유정은 열한 살이 되면서 비래암 입구 금선계곡 입구까지 정읍댁을 따라 다녔다.

"우리 때문에 유정 어미가 고생하는구나. 너도 어서 신랑 따라서 순천도호부로 가야 할 텐데. 미안하구나."

"뭘요. 오라버니! 정읍 집이 좋아지면 내려가지요. 그렇지 않아도 아범이 어제 정읍에 왔어요."

"그래, 말하지 말거라. 아무튼 고생이 많다. 원모당 김후진 어른은 잘 계시더냐?"

"예, 어제도 나락을 다섯 섬이나 주고 가셨어요."

"참으로 감사한 분이다. 원모당 어른의 뒷바라지가 없었다면 실록을 옮기거나 지금까지 지키지도 못했을 것이다."

"그러게요. 전쟁이 나서 굶어 죽는 사람이 많아지자 가난한 백성들을 구제한다고 남전들에 큰 가마솥을 걸어놓고 베풀었다면서요?"

"부를 가진 사람은 남 배고픈 줄 모르는데…… 먼 거리를 날마다 고생이다.”

“아니요, 오라버니에 비할까요. 근데 요즘 들어 왜놈들이 쥐새끼처럼 영은산 주변을 몰래 뒤지고 다닌다고 하대요. 여기도 안전하지 않아 조만간에 옮겨야 할 것 같아요.”

“왜놈들이 아직은 전라도를 장악하지 못했으니 쥐새끼처럼 다닐 수밖에 없을 것이다.”

“그래도 그놈들은 날아가는 새도 떨어뜨린다는 조총을 가지고 있으니 조심하셔야 합니다.”

“나도 들었다. 고니시 부대 놈들이 전주사고의 실록을 찾기 위해 추격자들을 몽땅 풀어 정보를 얻으려 한다고 그러더구나.”

“고니시 부대라고요?”

“그래, 임진년에 부산을 제일 먼저 공격했고 풍신수길의 가신인 자가 바로 그자니라. 안의 어른, 뭔가 대책을 세워야 하지 않을까요?”

“좋은 판단을 강구하도록 합시다.”

“항상 너도 조심하거라. 유정이는 어디에 두고 왔느냐?”

“어린 것이 항상 따라 다닐라고 해서……. 경사가 심해지는 금선계곡 신령바구 돌 틈에 숨겨두고 왔어요.”

“조심해라. 그래도 엄동설한이 지나서 그나마 다행이구나. 어서 전쟁이 끝나야 할 텐데 걱정이다.”

“그만 내려갈게요. 어린 유정이가 걱정 되서…….”

“그래, 어서 챙기거라. 여기 석이버섯, 더덕, 질경이가 있으니 가지고 가거라.”

“예.”

정읍댁은 약초 뿌리와 빨래거리 그리고 그릇 등을 소쿠리에 챙겨 담고 손홍록과 안의에게 인사를 한 후 경사가 심한 산길을 따라 어린 유정이가 기다리고 있는 신령바위로 조심스럽게 내려갔다.

영은산의 산세는 조선 천지에서도 아름답기로 유명한 산이었다. 파릇파릇한 노송들 사이로 새소리에 계곡 물소리까지 맑은 공기가 콧속을 파고들면 온통 세상이 맑아지는 산이었다. 특히 가을철의 단풍은 배를 굶어도 한 번 보면 배고픔마저 잊어버린다는 아름다운 절경이었다.

어린 유정이가 기다리고 있는 신령바위는 금선계곡의 맑은 시냇물이 휘감고 돌아가는 계곡 중앙에 우뚝 솟아있었다. 깊은 수풀 속에 맑은 계곡물은 신령들의 세상처럼 편안하고 조용한 곳이었다. 정읍댁이 어린 유정이가 숨어 있는 신령바위의 돌 틈에 백 보 정도 다다랐을 때 갑자기 숲속에서 몇 명이 나타나 정읍댁의 앞길을 막아섰다. 놀란 정읍댁이 소리를 지르며 뒤로 넘어지고 말았다.

"아————악."

정읍댁이 넘어지면서 소쿠리에 담겨져 있던 약초 뿌리와 밥그릇 그리고 옷가지들이 쏟아지고 말았다. 그것을 본 무사들이 왜놈 말을 하며 서로 웃었다. 무사 복장을 한 사람이 쏟아진 옷가지를 손으로 들어 조선말을 한다.

"이것은 사내놈의 옷이 아닌가? 도대체 깊은 산중에 사내놈의 옷가지와 밥그릇이라니?"

"살려주세요, 아들이 산속에서 약초 캐는 놈이라서……."

"약초라? 이건 어른 옷가지인데. 산속에 숨겨준 남정네가 있다는 말인데…… 흠, 뭔가 수상해."

"아닙니다. 제가 이 산중에서 약초 캐는 것 말고 뭐가 있겠습니까? 제발 살려주세요."

왜놈 무사들의 웃음 속에서 정읍댁은 손이 발이 되도록 빌었다. 그러는 와중에도 어린 유정이가 걱정되어 신령바위 돌 틈을 쳐다보았다. 어린 유정이가 신령바위 돌 틈에서 숨을 죽이며 쳐다보고 있었다. 왜군 무사들이 서로 뭐라 귓속말을 하더니 한 명이 쓰러져 있는 정읍댁에게 천천히 다가왔다.

"낯바닥이 이쁘장하게 생겼는데 우선 회포를 풀고 천천히 캐물어 보자고……."

"죄송합니다. 지발… 살려주세요."

정읍댁은 뒷걸음질로 조금씩 뒤로 물러서고 있었다. 왜군 무사 한 명이 정읍댁의 옷가지를 잡아채며 옷고름을 뜯어버렸다.

"이놈아, 저리 물러가거라."

정읍댁은 정색을 하며 왜군 무사의 얼굴에 침을 뱉었다. 얼굴에 침이 묻은 왜군 무사는 주먹으로 정읍댁의 빰과 머리를 사정없이 때리기 시작했다.

"이런, 미친년을 봤나. 감히 고니시 장군의 군사에게 침을 뱉어?"

왜군 무사는 큰 주먹으로 사정없이 정읍댁의 얼굴을 때리기 시작했다. '고니시 장군의 군사'라는 괴성이 금선계곡을 돌아 어린 유정이의 귀를 뚫고 가슴으로 쳐들어오고 말았다. 더욱 커진 어린 유정의 눈동자 속에 정읍댁의 부어오른 눈과 이마에서 흐르는 선명한 피 그리고 침을 질질 흘리며 다가서는 왜군 병사가 보였다. 하지만 어린 유정은 스스로 자신의 입을 틀어막고 쳐다보는 것 말고는 할 수 있는 것이 없었다. 왜군 무사들은 정읍댁의 저고리를 잡아채 벗겨버리더니 혀를 날름거리며 겁탈하기 시작했다. 정읍댁이 온갖 힘을 다해 저항했지만 기운만 딸려갈 뿐 소용이 없었다. 정읍댁은 소쿠리에서 떨어진 젓가락 하나를 손으로 잡아들고 왜군 무사의 눈구멍을 향해 '푹' 질렀다. 갑작스런 공격을 당한 왜군 무사가 소리를 지르며 손으로 얼굴을 움켜쥐고 있을 때 정읍댁은 뒷걸음을 치며 산 아래로 도망가기 시작했다. 왜군 무사들이 소리치며 쫓아오자 정읍댁은 그대로 낭떠러지 아래 계곡으로 몸을 던지고 말았다. 왜군 무사들은 사방을 둘러보며 정읍댁을 찾았지만 찾을 수 없었다. 어린 유정은 입을 깨물고 모든 것을 바라보고 있었다. 시간이 지나자 왜놈들은 어디론가 떠나고 해가 사라진 영은산은 어두워졌다. 어린 유정은 엄마의 상처, 어둠의 공포 그리고 혼자만이 감당해야 하는 불안감을 느끼면서 아무 말도 못하고 그 자리에서 덜덜 떨고 있었다.

아침이 되어 날이 밝아오자 사람들의 목소리가 들려왔다. '유정아! 치재 엄마! 아씨!' 사람들이 자신을 부르며 다가오고 있었다. 유정 아버지인 주 씨와 곰 서방 그리고 일하는 일꾼들이었다. 신령바위 돌 틈에서 꼼짝도 못하고 숨어 있는 어린 유정은 주 씨를 보자 소리를 질렀다.

"아———악."

무서움에 놀라서 백지장처럼 하얗게 굳어버린 어린 유정은 심하게 떨었다.

"워메, 유정아! 살아있었구나?"

"아———악."

어린 유정은 심하게 경련을 일으키며 아무런 말도 못한 채 비명만 질렀다.

"유정아! 왜 이러냐? 유정아! 아부지여. 인자 괜찮당께!"

주 씨는 몸을 부르르 떨며 입에서 거품을 내뿜고 소리만 내지르는 어린 유정을 가슴에 끌어안고 등을 두들겨주었다. 하지만 어린 유정의 경련발작은 쉽사리 가라앉지 않았다. 옆에서 지켜보던 곰 서방이 말했다.

"뭔가에 많이 놀란 모양이구만요. 어서 데리고 내려가지요. 제가 아씨를 더 찾아보다 갈 테니까요."

"그래야 될 것 같네. 아마도 이 주변을 철저하게 찾아봐 주소."

"예."

곰 서방은 사람들을 데리고 깊은 계곡 아래로 힘들게 내려가면서 '아씨, 아씨.' 부르며 계곡 주변을 계속 찾아 헤맸다. 주 씨는 유정을 가슴에 안고 급하게 하산하고 한참 후에 곰 서방은 계곡 아래에 처참한 몰골로 기절해 있는 정읍댁을 발견하고 조심스레 모시고 집으로 데려왔다.

정읍 손홍록의 집, 안방에 유정 어미가 처참한 얼굴을 하고 누워있고 그 옆에 어린 유정이가 경련을 일으키며 바르르 몸을 떨고 있었다. 의원은 두 사람의 몸에 교대로 쑥뜸과 침을 꽂아 치료를 해주고 있었고 그 옆에 앉은 주 씨와 손홍록이 걱정 어린 눈빛으로 쳐다보고 있었다.

"생 의원, 상태는 어쩐가?"

손홍록이 물었다.

"그러게요. 아씨보다는 유정이가 더 걱정입니다. 아씨는 어른이고 외부 상처는 시간이 지나면 나을 텐데, 어린 유정이가 뭔가에 많이 놀란 상태라 정신을 차리지 못하고 있으니 걱정입니다.”

“유정 어미야! 유정이가 왜 저러느냐?”

손홍록이 정읍댁에게 조심스레 물어보자, 정읍댁은 눈물만 주르륵 흘리고 있었다. 주 씨가 눈물을 닦아주며 말을 막고 나섰다.

“형님! 지금은 유정 어미도 너무 힘들어 보이니 나중에 물어 보시면 어쩔게라.”

손홍록은 주 씨의 대답에 더 이상 물어보지 않았다.

“어이, 주 서방! 내가 너무나 미안허네. 괜히 나 때문에 이런 일까지 생겨 할 말이 없네. 이제 유정 어미가 나으면 데리고 가소. 그동안 올케가 없어 집안 살림까지 하느라 고생 많이 했네.”

“아니여라. 형님께서 하신 일이 워낙 중요한 일이라, 저는 괜찮혀라.”

“아니네. 다리가 부러져 당장은 안 될 것이고 좋아지면 바로 데리고 가소.”

“유정 어미가 여기에 있어야 형님이 맘 편하게 바깥일을 하시지요.”

“아니네. 그 일은 우리가 할 일이고 걸을 수만 있으면 바로 데리고 가게. 자네가 몰락한 양반가로 목구멍이 포도청이라고 소주 만드는 일을 하고 살지만 난 자네 집안, 아니 자네의 굳은 심지를 잘 알고 있네. 한 번 맺은 약속은 죽음과도 바뀌지 않는 자네의 천성을 항상 감사하게 생각하고 있네.”

“……..”

“혹여 내가 자네에게 죽음을 담보하는 일을 부탁할 수 있네.”

“걱정하지 마십시오. 형님의 말씀이라면 죽음으로 지키겠습니다.”

“고맙네.”

다리뼈가 부러진 정읍댁은 시간이 지나면서 조금씩 회복이 되어 걸을 수 있을 정도가 되었다. 어린 유정 또한 일상적인 활동을 하면서 많이 회복되어 가고 있었다.

어느 날, 어린 유정은 스스로 머리를 짧게 깎고 들어와 치마를 벗어버리고 남자들이 입는 옷으로 바꿔 입었다. 놀란 식구들은 이유도 물어보고 하지 말라고 타일러도 보고 때리기도 했지만 유정은 아무런 설명도 없이 항상 그렇게 하며 사내아이들과 어울려 놀았다.

조선왕조실록을 찾아다니는 고니시 부대의 추격자들은 토끼몰이를 하는 호랑이처럼 서서히 숨통을 조여 오고 있었다. 그러자 전주부윤 이정암의 권유로 형조의 명을 받은 정읍현감 유탁이 영은산 비래암에 도착했다.

"왜놈들이 실록의 위치를 파악했다는 첩보가 들어왔소."

"그럼, 당장 옮겨야 한다는 것인가요?"

"그렇소."

"우선 정읍현으로 옮긴 이후에 강화도로 옮기라는 명이 내려졌소."

"그래요? 그럼 준비하겠습니다."

"근데, 나라에 돈이 없어서……."

"제가 내일 원모당 김후진 어른을 뵙고 사정을 이야기해 보겠습니다만……."

"고맙소. 돈이 한두 푼이 드는 게 아닐 텐데……."

"그러면 사흘 뒤에 다시 만납시다."

정읍현감 유탁은 돌아가고 손홍록은 원모당 어른을 찾아가 깊은 대화를 나누고 집으로 돌아왔다.

손홍록은 유정의 아버지인 주 씨를 사랑채로 불렀다.

"자네에게 목숨을 버려야 하는 일을 부탁하고 싶네."

"말씀만 하십시오. 제가 할 일이라면……."

"정말 미안하네. 자네의 목숨을 담보로 해서……."

"괜찮습니다. 형님의 말씀이라면……."

"지금부터 자네와 나만 아는 비밀이네. 이것은 유정 어미도 몰라야 하네."

"유정 어미도요?"

"그렇네. 절대 말하지 말게나. 그리고 전쟁이 끝나 혹시 살아있거든 이덕형 나리에게 찾아가 전달해주소."

"꼭 그렇게 해야만 하나요?"

"그렇다네, 목숨을 걸고 나와 약조하겠나?"

"……."

"힘들면 안 해도 되네."

"……."

"유정 어미도 알면 안 되는 일인가요?"

"그렇네, 알고 나면 유정 어미도 죽을 수 있어 하는 말이네."

"그러면, 말하지 않겠습니다."

"그래서 난 자네에게 어떤 내용도 말해주지 않을 것이네."

"저에게까지?"

"그래, 자네도 알면 안 되네. 그냥 자네 지게에 짐을 실어줄 것이고 자네만 아는 곳에 숨겨서 보관해야 하네. 언젠가 전쟁이 끝나면 이덕형 나리께, 죽고 없으면 형조판서에게 전달해주소."

"형조판서말인가요?"

"비나 해를 바로 맞거나 습기가 심한 곳은 피하고 가능한 한 바람이 잘 통하는 곳에 두었으면 하네."

"알겠습니다. 목숨을 걸고 지키겠습니다."

"내일 아침 동이 트면 누구에게 말하지 말고 지게를 지고 날 따라오면 되네."

새벽 동도 트기 전, 푸른 새벽 기운이 영은산의 형태를 어슴푸레 보여 주고 있었다. 주 씨는 무거운 원형 통에 침묵까지 지게에 가득 지고 손홍록을 따라 영은산 비래암으로 향해 갔다. 비래암에 있던 안의가 현감을 만나기 위해 정읍현으로 내려가자 해가 저물어 질 때까지 아무 말도 없이 앉아만 있었다. 저녁 해가 서산으로 넘어가자 손홍록은 크나큰 원통형 나무상자에 무언가를 담아 주었다.

"이것을 들고 자네가 살고 있는 순천도호부로 가게. 낮에는 산속에 숨어있고 밤에만 걸어가소. 다행히도 전라도는 왜놈들이 점령하지 못한 곳이니 그나마 안전할 것이네. 나도 이 순간 후로는 물어보지 않을 것이니 나에게도 이 물건을 숨긴 곳을 알려주지 말게나."

"……."

"자네 어깨에 조선의 역사가 달려있네. 알았는가?"

"……."

"조선의 역사는 흘러야 하네. 알았지?"

"……."

주 씨가 아무런 대답이 없자 손홍록은 주 씨의 뺨을 '짝' 하고 세차게 때렸다. 당황한 주 씨는 멍하니 손홍록만 쳐다보았다.

"자네가 미운 것이 아니네. 잊지 말라는 의미로 때렸네. 미안허네. 나 때문에 유정 어미가 다리를 절름거리는 병신이 되고 자네 목숨마저 운명에 맡기는 신세가 되었으니……."

얼굴이 붉어진 주 씨가 이를 앙다물더니 손홍록의 귀빰을 때렸다.

"아니?"

"형님! 뭔지는 모르지만 중요하다는 생각은 드네요. 저도 형님의 뜻을 꼭 지키겠다는 의미로 누구에게도 말하지 않겠습니다. 죄송합니다."

"흠, 그래. 괜찮네. 고맙구먼."

두 사람은 남자의 굳은 결의로 깊은 포옹을 했다. 결국 주 씨는 짐 안에 무엇이 들어있는지도 모르고 바로 순천도호부를 향해 어두운 밤길만을 택하여 발걸음을 떼었다.

손홍록은 성리학을 일재 이항 선생에게 배운 유생으로 조선의 얼과 역사를 지키기 위해서는 목숨도 버릴 수 있는 심지가 굳은 사람이었다. 이미 춘추관, 충주사고, 성주사고에 있던 조선왕조실록 등 모든 기록은 불타서 없어져 버렸고 고니시가 독기를 품고 야금야금 쪼여 오는 상황에서 손홍록은 결단을 내려야만 했다. 언제 왜놈들이 습격해 조선의 얼과 역사를 잃게 될지 모른다고 판단한 손홍록은 위험을 분산하기 위해 태조 이성계의 어진 하나를 제외하고 선대왕 열두 명의 어진을 긴 통에 담아 주 씨에게 들려 보낸 것이다. 그리고 다음 날 실록은 안의와 손홍록의 의해 익산, 아산을 거쳐 7월 말경에 강화부에 도착했다. 그 사이에 정읍댁과 유정은 아버지 주 씨가 없이 순천도호부 집으로 내려가게 되었다.

결국 도요토미 히데요시가 전라도를 함락시키지 못한 채 조선전쟁은 엿가락처럼 길게 늘어지고 있었다. 특별한 전투 없이 국지전에 빠진 상태에서 명나라와 일본은 평화협정을 위한 회담만 지속하고 있었다. 하지만 풍신수길이 요구한 강화 조건 7개 조에 이르는 것은 명이 황녀를 자신의 후비로 삼게 할 것, 조선의 남부 4개 도를 일본에 할양할 것 등 조선과 명나라가 도저히 받아들일 수 없는 내용이었다. 선조29년(1596년) 9월 대판 회견을 계기로 화의가 결렬되면서 풍신수길은 제2차 조선 침략에 착수했다. 시간은 흘러 정유년(1597년) 아침 해가 밝아오고 있었다.

　탐욕을 버리지 못한 도요토미는 임진왜란의 실패를 거울삼아 전라도를 쑥대밭을 만들어 초토화한다는 목표로 정유년에 전쟁을 다시 일으켰다. 그동안 전라도는 직접적인 피해보다는 공출, 노역, 의병 활동, 관군징발 등으로 피폐해질 대로 피폐했다. 황폐한 전라도에 풍신수길의 명을 받은 고니시 장군은 임진왜란을 보상받고 싶은 심정으로 쳐들어왔다. 남녀노소를 불문하고 잔인하고 잔혹하게 전라도 백성들을 죽이는 피비린내 나는 전쟁이 시작되고 있었다.

고니시에게 점령당한 순천도호부

'타—닥, 타—닥, 타—닥, 타—닥'

둔탁한 소리를 내며 가죽 바탕에 화려한 철갑으로 치장을 한 가리온이 고고한 연자다리로 걸어오고 있었다. 벌건 두 눈만 빼꼼히 뜬 가리온이 좁은 연자다리 위 한복판에 우뚝 선 채 콧구멍에서 콧김을 '푹푹' 뿜어내고 있었다. 눅눅하고 비릿한 핏빛 내음이 깊게 섞인 열기가 연자다리 아래까지 '수—욱' 밀려 들어오는 듯했다.

검은 가면에 하늘을 향해 뾰쪽한 뿔이 달린 투구를 쓴 사람인지 귀신인지 알 수 없는 고니시가 하늘을 향해 고개를 한 바퀴 '휙' 돌리자 한 뭉치의 송곳바람이 연자루를 휘감고 스쳐지나갔다.

"그래, 내가 너무 늦었어."

외마디 말을 하고 가리온을 탄 고니시가 몸을 일으키자 가리온이 하늘을 향해 솟아오를 기세로 앞발을 들고 용솟음쳤다. 얼굴을 덮고 있던 휘황찬란한 철 조각들의 부딪침 소리들이 바람에 날리는 폭포수처럼 괴기스럽게 들려왔다. 가리온이 연자다리를 건너자 수십 발자국 뒤편에 목석처럼 서 있던 수백, 아니 수천의 왜군들이 괴성을 질러대고 깃발을 휘날리며 아름답고 앙증맞은 연자다리를 무자비하게 짓밟고 순천도호부의 성 안으로 끊임없이 밀려들고 있었다.

왜군에 대한 적대감과 두려움을 가지고 있는 유정은 자신의 술도가에서 정읍댁의 치맛자락을 붙잡고 벌벌 떨며 왜군들의 모습을 지켜보고 있었다. 밤송이 같은 짧은 머리카락에 남장 차림을 하고 다니는 유정은 왜 군들이 순천도호부까지 들어왔다는 두려움이 목구멍까지 차오르고 있었다. 다리에 힘이 풀려 술도가 땅바닥에 풀썩 주저앉는 정읍댁을 본 유정은 무서움과 두려움이 기억 속에서 다시 밀려오고 있었다.

그때, 술도가의 문틈 사이로 유정의 친구인 진구가 말 몇 필을 끌고 청수골 산속으로 허겁지겁 도망가는 모습이 언뜻 보였다. 놀란 유정은 자기도 모르게 집 밖으로 나가려고 몸을 일으키자 정읍댁이 유정의 손목을 꽉 잡았다. 정읍댁의 손은 떨리고 있었다.

"안 돼! 지금 밖에 나가서는 절대 안 돼!"

유정은 정읍댁의 차가운 눈빛에 잠시 망설였지만 왜군에게 쫓기고 있는 진구가 걱정되었다.

"보기만 한당께."

"아부지도 없는디, 나가 불면 못 볼 줄 알어!"

"안 나간당께."

유정은 정읍댁의 손을 뿌리치고 술이 익어가는 도가에서 나와 물레방아 옆으로 가서 진구가 들어간 숲 속을 바라보았다.

"엄니! 아부지는 왜 이리 늦는다요? 이젠 피난가기도 글러부렀소."

"기다려라, 느그 아부지는 꼭 올 것잉게."

"왜놈들이 눈앞까지 와부렀는디……."

"기다리랑께."

다리를 심하게 저는 정읍댁이 유정에게 다가와 손목을 붙잡고 방으로 데리고 들어갔다. 유정의 오빠, 치재도 술도가에서 나와 조심스럽게 방으로 따라 들어갔다.

30여 가구가 살고 있는 순천도호부 장평골은 옥천을 사이에 두고 도호부 읍성과 붙어 있었다. 도호부읍성의 높이는 어른들 서너 명 정도의 키였고 성벽둘레의 길이가 10리에 가까운 엄청나게 큰 돌담으로 만들어진 성이었다. 성문은 동서남북으로 4개가 자리 잡고 있는데 옥천을 건너 연자루로 들어가는 남쪽 성문이 제일 큰 출입문이었다. 유정이 살고 있는 집은 귀신들이 먹다 버린 맑은 물이 흐른다는 옥천물로 술을 만들어 도매로 판매하는 술도가로 유명했다. 정읍댁의 손에 끌려 방으로 들어온 유정은 구멍이 숭숭 뚫린 대나무살 문 창호지 틈으로 진구가 도망간 산 쪽을 하염없이 쳐다보았다.

정유년(1597년)의 9월 초, 전라도의 중심 순천도호부의 읍성은 왜군들의 세상으로 변하고 말았다. 성벽 위는 하룻밤 사이에 무시무시하고 잔인한 왜군들의 존재를 그대로 보여주듯이 왜군들이 꽂아놓은 검고 붉은 깃발들로 변하고 말았다.

왜놈들이 쳐들어온다는 소문에 대부분의 관아의 나리들과 고을 백성들은 이미 피난길을 떠났지만 살기가 곤궁하여 이래 죽으나 저래 죽으나 옥황상제의 명부에 올리는 것이 마찬가지라 여긴 똥구멍이 찢어지게 가난한 백성들을 비롯해 이런저런 사연 있는 집들만 남아 있는 상태였다. 그 중 도가를 운영하는 유정의 가족은 얼마 전에 일을 보기 위해 집을 나간 주 씨를 기다리고 있었다. 해가 지고 땅이 어스름해질 때 주 씨가 마당으로 엉금엉금 기어왔다.

"워메 뭔 일이다요? 왜놈들이 개미떼처럼 끝도 없이 읍성에 들어와부렀어라."

"나도 봤네. 산에서 내려오다 다리를 다쳐부렀어. 왜놈들이 읍성 주변에 쫙 깔려 있어 올 수가 없었네. 해가 져서 어두워징께 왔네. 어서 도망가세."

"야, 짐 보따리는 다 싸 놓았응게. 어서 도망갑시다. 애들아 어서 챙겨라."

"어서 가세."

주 씨는 고통이 느껴질 만큼 다리가 불편해 보였다.

"아니, 다리 땜시 괜찮겠소?"

"아부지. 저놈들은 귀신인지 도깨빈지도 모르것어라. 아무튼 무섭게 생겼어라."

"잡으러 오기 전에…… 어서…….."

"다들 어서 나가장께."

왜군들은 해질 무렵부터 성 밖에 있는 민가들을 샅샅이 뒤지고 다녔다. 피난 보따리를 이고 진 유정네 가족은 어둠을 등지고 마당을 막 나서려고 하는데 골목에서 알 수 없는 말투가 시끄럽고 거칠게 들려왔다. 유정의 가족은 허둥지둥 방 안으로 들어가 숨어 숨죽이고 문틈으로 들어오는 왜놈들을 내다보았다. 뿔 달린 철 모자를 머리에 쓴 밉살맞게 생긴 왜군들이 긴 칼을 빼들고 소리쳤다.

"안에 있는 줄 다 안다. 어서 나와라. 살고 싶으면 당장 나와! 이 더러운 새끼들……."

유정의 아버지 주 씨가 벌렁거리는 가슴을 쓸어안고 문틈으로 왜군들을 보는 동안 정읍댁은 아들 치재와 유정을 품에 안고 있었다.

"유정 아부지, 어떡헌다요?"

정읍댁은 겁먹은 얼굴로 벌렁거리는 가슴을 가라앉히며 주 씨를 바라보았다.

"쉿, 조용혀. 다 들린당께."

주 씨도 커다란 눈망울을 굴리며 마른침을 꿀꺽 삼키며 손사래를 쳤다.

"호오! 옹기가 많고 향긋한 누룩 냄새로 봐서 여기는 술도가인 것 같소."

한 왜군이 코를 킁킁대며 술도가 창고에서 나오며 말했다.

"오우! 코끝에 밀려오는 이 술 냄새! 얼마 만이오?"

왜군들은 코를 벌렁거리며 술이 익고 있는 도가 안을 들락거리더니 왜군의 병졸이 낑낑대며 술동이를 들고 마당으로 나와 벌컥벌컥 마셔댔다.

"크, 대단해. 맑고 깨끗해!"

"우리 고니시 장군께서 아주 좋아하시겠는데……."

왜군들은 처음엔 술맛만 보다가 땅바닥에 주저앉자 돌아가면서 술을 벌컥벌컥 들이켰다. 술을 마시던 왜군 한 명이 또다시 방을 향해 소리쳤다.

"이 버러지 같은 조선 놈들! 어서 나오지 못해! 죽어봐야 맛을 알지. 이봐! 가서 당장 찾아봐!"

"네."

방 안에서는 마음의 결정을 한 주 씨가 유정과 치재에게 작별인사를 고하듯 입을 열었다.

"치재야! 유정아! 못난 애비 만나서 고상만 많이들 했다. 우리 좋은 세상에서 다시 만나자."

"아부지, 우린 어쩐다요?"

"아부지! 싸워 봅시다."

"아니다. 혹시 몰라. 사람들을 끌고 가는 것을 봤어야. 모두 마음 편안하게 묵자!"

정읍댁은 유정과 치재를 꼭 껴안고 숨죽여 눈물을 흘리고 있었다. 주 씨는 옆에서 볼을 타고 흐르는 정읍댁의 눈물을 손으로 닦아주고는 방문을 박차고 뛰어나갔다. 다리를 절며 방 안에서 뛰어나오는 주 씨를 보고 놀란 왜군들이 칼을 빼들고 엉거주춤 뒤로 물러섰다.

"목숨만 살려주시요!"

주 씨는 집 밖으로 나오자마자 땅바닥에 넙죽 엎드려 빌었다. 방 안에서 주 씨를 지켜보던 정읍댁도 다리를 심하게 절며 유정과 치재를 데리고 마당으로 나갔다.

"살려주시요! 지발 우리 새끼들 목숨만은 살려주시요!"

"이놈의 집구석은 병신들만 사나? 왜 이렇게 다리를 절어."

정읍댁도 주 씨의 옆에 엎드려 손이 발이 되도록 빌었다. 따라 나온 유정과 치재도 넙죽 엎드렸다.

"벌레 같은 놈들! 많이도 숨어 있었구만. 더 이상 없나 방 안을 확인해 봐!"

"네!"

우두머리의 명령에 왜군 병사 둘이서 신발을 신은 채 방 안에 들어가이불을 헤치며 샅샅이 살피고 더 이상 사람이 없다는 것을 확인하고 나왔다. 주 씨를 비롯한 정읍댁이 무릎을 꿇고 엎드려 살려달라고 계속 빌고또 빌었다. 유정은 몇 년 전에 영은산 금선계곡에서 있었던 일이 떠올랐다. 위험한 상황을 아는지 모르는지 술도가 옆의 물레방아는 평화롭게 돌며 맑은 물을 쏟아내고 있었다.

"장군님, 이게 우리 가족 전부입니다요. 불쌍한 새끼들만이라도 살려주시요!"

주 씨가 우두머리의 가랑이를 붙잡고 늘어졌다.

"저기 수레에 빚은 술 옹기들을 모두 실어라. 어서!"

"예, 알겠습니다요."

벌떡 일어난 주 씨가 눈짓을 하자 치재가 따라 일어서며 창고에 있는술 옹기를 싣기 시작했다. 그리고 석양이 뉘엿뉘엿 질 무렵 왜군들은 다리가 아픈 주 씨와 치재에게 수레를 끌게 하고, 유정과 정읍댁을 붙잡아성안으로 데리고 들어갔다. 유정은 다리를 절름거리는 정읍댁의 치맛자락을 붙잡고 따라가면서 왜군들의 낄낄대며 웃는 표정에서 '이 어려움을이겨낼 새로운 돌파구는 없을까?' 하는 생각을 했다. 커다란 죽음의 공포앞에서 볼품없이 작아지는 자신의 초라함을 느끼며 서글퍼지고 있었다.

하룻밤 사이에 순천도호부의 성벽 위에 펄럭이던 용이 그려진 조선의깃발은 어느새 모두 사라지고 알 수 없는 문양의 왜군들 깃발로 가득 채워졌고 깃발 사이로 많은 왜군들이 즐비하게 경계를 서는 모습이 보였다.연자다리를 건너 연자루 아래로 지나가자 동헌으로 향하는 큰길이 나왔다. 우측에는 전영과 감형이 있고 좌측에는 이청과 장청이 있으며 그 옆에 공북당이라는 현판이 걸린 동헌이 우뚝 서 있었다. 동헌 건너편으로는 고목나무가 서 있고 그 옆으로 관풍루라는 누각이 세월의 기풍을 이겨 냈다는 듯이 도도하게 자리 잡고 있었다. 관풍루 뒤편에는 유생들이 공자에게 제를 올리는 향청이 자리 잡고 그 옆에 군기고를 지나 북문으로 가는 우측에는 멀리서 오는 관료들이 머물며 쉬는 객사가 자리를 잡고 앉아 있었다. 그 뒤편의 대나무 밭 사이로는 초가집 몇 채가 숨은 듯 자리 잡고 있었다.

끌려가면서 유정은 알아들을 수 없는 왜군 병사들의 대화 소리와 얼굴 표정 그리고 야릇한 웃음소리 때문에 평상시에 다니기가 무섭게 느껴졌던 동헌으로 가는 큰길이 더욱 낯설고 어색하기만 했다. 하지만 선무당이 사람 잡고 족보 사들인 엉터리 양반이 사흘 걸려 덕석몰이를 한다는 말처럼 백성들을 학대하고 무시하며 억압과 착취를 밥 먹듯이 했던 관아의 나리들이 모두 도망가고 없다고 생각하니 속으로 시원하단 생각도 들었다.

주 씨와 치재가 끌고 가는 수레바퀴를 보며 유정은 밀려오는 불안과 공포가 정읍 영은산에서 정읍댁에게 다가왔던 두려움처럼 무겁게 느꼈다. 동헌으로 가는 큰길을 가다가 내사 쪽으로 방향을 틀자, 동헌 옆 공터에 마을 사람들이 무릎을 꿇고 고개를 땅에 처박고 있었다. 피난을 떠나지 못한 마을 사람들, 피난 갔다가 잡혀서 돌아온 사람들 그리고 누구인지도 모르는 사람들까지 포함하여 남녀노소 할 것 없이 줄잡아 이백여 명은 잡혀 있었다. 사람들 주변에는 검은 투구에 갑옷을 입은 왜군 무사들이 번개 맞은 벅수처럼 눈알을 부라리고 서서 조선 백성들을 노려보고 있었다.

"누구라도 주둥이를 열면 가차 없이 죽여 버릴 것이다!"

두려움에 떨던 유정은 정읍댁의 치맛자락을 꼭 잡고 무사들의 매서운 눈동자를 따라 마을 사람들의 뒤로 가 무릎을 꿇고 앉았다. 유정의 바로 옆에는 벌벌 떨면서 아이의 입을 틀어막고 있는 한 아낙이 있었다. 두 살이나 됨직한 겁에 질린 아이의 눈동자를 보자 유정 또한 극도의 두려움이 밀려왔다.

잠시 후, 술 항아리를 옮긴 주 씨와 치재도 유정의 옆에 무릎을 꿇고 앉았다. 주 씨가 불안한 유정의 손을 가만히 잡아주자 손끝까지 벌벌 떨고 있던 유정은 아버지의 따스한 온기에 안도의 한숨을 내쉬었다. 유정의 시선에 자신의 집에서 가져온 술 항아리를 한 젊은 왜군이 동헌 안으로 술 동이를 들고 들어가는 모습이 보였다. 술 항아리가 들어간 동헌 안에서는 웃음소리가 끊이지 않았다. 유정은 주 씨 덕분에 안정을 찾고 주변을 힐끔거리며 둘러보자 조금 떨어진 곳에 박속유의 집에서 몸종으로 일하는 단오가 보였고 또, 그 옆에서 고개를 숙이고 있는 진구도 보였다. 유정은 그나마 친구들이 이곳에 같이 있다는 생각이 들자 마음이 조금은 편해졌다. 숨소리조차도 들리지 않는 공포의 시간이 지나가고 있었다. 그런 시간이 길어지자 아낙네에 의해 입이 틀어 막혀 있던 어린아이가 아무런 사정도 모른 채 손아귀에서 벗어나려고 칭얼대며 허우적댔다. 유정은 자신도 모르게 칭얼대는 아이의 손을 살짝 잡아주고 있었다.

두 갈래로 솟은 사슴뿔 같은 투구를 쓰고 긴 칼을 몇 자루씩이나 찬 왜군 장수 마쓰이가 마을 사람들 앞으로 나타났다. 그 옆에 왜군 복장을 한 낯익은 사람이 따라 서 있었다. 유정은 투구를 쓰고 있어 아무리 생각해도 생각이 나지 않아 답답해하는데, 마쓰이가 점점 유정에게 다가왔다. 겁이 난 유정은 잡고 있던 아이의 손을 몰래 놓고 고개를 더 깊게 숙였다. 마쓰이가 나지막한 목소리로 말했다.

"누가 떠드는가? 조용히 한다!"

그러자 누군가가 그 말을 조선말로 다시 통역하여 말하고 있었다. 목소리를 들으니 무사 복장을 한 낯익은 사람은 관아에서 백성들을 고문하고 괴롭히며 나전으로 일했던 소판 아저씨였다.

"고개 쳐들지 말라고 했잖아!"

소판 아저씨의 말이 떨어지기가 무섭게 마을 사람들은 고개를 땅속으로 들어갈 듯 더 깊게 처박았다.

"그래, 듣기만 해라! 우리는 조선 백성인 너희들을 죽이러 온 사람이 아니다. 단, 나를 거스르게 하면 이 자리에서 바로 죽는다."

이때, 엄마 손에 입이 막힌 아이가 답답했는지 엄마의 손을 뿌리치려고 소리를 지르며 울어댔다. 일장 연설을 하던 마쓰이가 소리가 나는 쪽으로 고개를 비스듬히 들어 흰자위가 환히 보이도록 치켜뜬 눈으로 노려보다 아이를 달래는 엄마에게 몸을 돌리더니 번개 같은 속도로 단칼에 아이와 엄마를 베어버렸다. 칼에 베인 아이의 몸통에서 솟구치는 따스한 핏줄기가 고개 숙인 유정의 목덜미에 날아들었다. 유정은 따스하게 느껴지는 핏방울이 목덜미에 닿는 순간 커다란 바윗돌덩이가 내려치는 것 같은 충격에 온몸이 짓눌렸다. 순간 온몸에 파르르 경련이 일고 목줄기를 타고 내려오는 피비린내가 입에서 괴성이 터질 것만 같았다. 유정은 손발에 힘을 주어 덜덜 떨리는 몸을 멈추게 하고 싶었으나 손발에 힘이 들어가지 않을 뿐더러 숨을 내쉴 수 없는 상태로 멍해지고 말았다. 유정은 사람이 칼날에 도려져 선홍색의 붉은 피를 내뿜으며 죽는 모습을 처음 보았다. 잡혀 있던 마을 사람들의 작은 손놀림과 숨소리마저도 멈추었다.

"고개 처박아!"

숨소리조차 들리지 않았지만 유정의 귓가에는 아이의 몸통에서 헐떡거리는 작은 소리가 환청처럼 들려오자 유정은 자신도 모르게 본능적으로 땅바닥에 머리를 쥐어박았다. 어린아이들을 데리고 있는 아낙들은 손아귀가 아플 정도로 아이들의 입을 더욱 세게 틀어막고 있었다. 유정의 눈에 엷은 미소를 띠며 웃고 있는 소판 아저씨가 보였다.

예전에 마을 어른들은 소판 아저씨가 지나가면 호박나물에 이빨 자랑허는 놈이라며 수군 거리던 말들이 생각났다. 소판 아저씨의 비열하고 야비한 비웃음에 유정은 화가 끓어올라 얼굴을 쥐어 뜯어버리고 싶었다. 하지만 공포감 때문에 유정은 고개를 들 수도 몸을 움직일 수조차 없었다. 포악성과 잔인함으로 무장된 비정상적인 힘을 가진 더구나 전쟁통에 칼의 힘을 가진 사람 앞에서 인간은 한없이 나약해져 갔다.

"지금부터 내가 건드리는 사람들은 뒤로 나가 엎드린다!"

마쓰이가 칼끝으로 주로 남자들을 골라 툭툭 치고 지나갔다. 마쓰이가 툭 치고 지나가자 주 씨와 치재도 일어나 뒤쪽으로 나갔다. 마쓰이의 긴 칼끝이 유정을 톡 치고 지나갔다. 평상시 유정은 남자아이처럼 머리가 짧고 사내 옷을 입고 다니기 때문에 남자라고 생각한 모양이었다. 유정은 벌벌 떨리는 몸을 이끌고 소판 아저씨의 눈길을 피해 주 씨 옆으로 다가가 서자 주 씨는 유정의 손을 꼭 잡아주었다. 마쓰이가 반 무릎으로 앉아 진구의 턱을 손으로 쥐고 이리저리 돌려 보자 옆에 서 있던 소판 아저씨가 말했다.

"이놈은 성에서 말을 관리하는 놈입니다."

마쓰이는 고개를 끄덕이며 그냥 지나쳤다. 장작 하나라도 들을 수 있어 보이는 남자 백오십여 명 정도가 불려 나갔다.

"자, 이번에 건드리는 사람은 앞으로 나가라!"

이번엔 마쓰이의 칼끝이 동네 아낙들을 치고 다녔다. 유정 엄마, 정읍댁과 진구 엄마, 진주댁도 불려 나갔다. 마쓰이는 단오의 얼굴을 손으로 들어 이리저리 들여다보았다. 이번에도 옆에 서 있던 소판이 말했다.

"그년은 이 고을의 제일 부자인 박속유의 집 종년입니다. 제가 저번에 말씀드린…… 어느 누구도 그자의 땅을 밟지 않고 다닐 수 없는 그 집, 말입니다."

고개를 끄덕이던 마쓰이는 단오를 그냥 놔두고 지나쳤다. 진구와 단오를 포함해 어린아이 몇몇을 제외하고는 모두 불려 나갔다.

"뒤에 있는 남자들은 적색 깃발을 들고 있는 우리 병사를 따라 이동한다. 그리고 앞에 나온 자들은 청색 깃발을 들고 있는 군사들을 따라간다. 나머지는 모두 집으로 돌아가라!"

마쓰이의 고함 소리에 놀란 마을 사람들은 눈빛으로 자신의 가족들을 찾았다. 진구와 단오는 다행히 공포스러운 자리에서 풀려났지만 겁에 질려 아무 말도 하지 않고 읍성을 나왔다. 죽은 아버지를 대신해 몇 년째 말을 관리하던 진구는 매일 출근하던 순천도호부의 읍성이 매우 낯설고 어색하게 느껴졌다. 성안이라면 돌멩이 하나까지도 그 위치와 내력을 모두 아는 진구에게 읍성이 이렇게 낯설게 느껴지기는 처음이었다.

진구는 아버지와 작은아버지 그리고 형의 제삿날을 정확히 모른다. 계사년(1593년) 6월 진주성 2차 전투 때, 왜군에 의해 진주 백성과 전라 의병 등 6만여 명이 전멸을 당하고 말았다. 아버지와 작은아버지는 임진왜란이 발발하자 김천일 의병장 휘하의 의병으로 활동했고 진구의 형은 강희열 의병장의 휘하에서 활동하다가 진주성에서 처절한 전투를 했었다. 진주성에서 벌어진 2차 전투에서 생존자가 한 명도 없었기에 진구는 아버지와 식구들이 언제 어디서 어떻게 죽었는지 구체적으로 정확히 알지 못했다. 진구와 단둘만 사는 진주댁은 진주성 전투의 마지막 날인 29일을 제삿날로 삼아 지내고 있었던 것이다.

진구의 아버지는 관아에서 직급도 없이 말을 관리하는 천인이었지만 체구가 크고 무인의 기질이 강한 사람으로 그가 죽은 뒤로 진구가 말 관리를 대신하고 있는 중이었다. 어머니를 닮아 착한 진구는 열다섯으로 무인의 기질을 타고나서 어려서부터 작은아버지에 의해 말 타기, 활쏘기, 수박치기 등 다양한 무술을 전수 받아 몸도 빠르고 날렵했지만 남들은 아무도 그의 무술 실력을 몰랐다. 진구는 작은아버지가 죽은 후로는 작은아버지의 친구인 박이량 의병장에게 아무도 모르게 무술을 계속 배우고 있었다.

단오는 순천도호부 일대에서 제일 부자인 박속유의 대문 앞에 단옷날 핏덩이로 버려져 있어 박속유의 처인 김씨 부인이 부모 없이 버려진 핏덩이에게 단오라 이름 짓고 길러 작은딸인 금화의 몸종으로 키웠다. 진구와 단오는 혼이 빠진 사람처럼 아무 말 없이 텅 빈 유정의 집 물레방아 옆에 앉아 먼 산을 바라보며 한숨만 내쉬고 있었다. 물레방아는 마을의 슬픈 사실을 아는지 모르는지 쉼 없이 돌면서 용수골에서 귀신이 먹다 버린 맑은 물들을 하염없이 떨어뜨리고 있었다. 갑자기 어디서 흘러왔는지 모를 검부저기들이 물레방아 주변 물 위에서 맴돌았다. 진구가 그것들을 걷어 물 밖으로 던지며 한참 만에 말문을 열었다.

"머리카락도 짧지, 까무잡잡하지, 남자처럼 옷을 입고 다닝께 남자라고 생각한 것 아니겠어?"

"그려, 아저씨들과 함께 잡혀간 것 보면 유정이를 남자로 본 것이당께."

단오가 낙숫물을 향해 돌멩이를 던지며 말했다.

"걱정이당께. 차라리 내가 갔어야 하는디……."

진구가 입술을 깨물었다.

"여자하고 남자하고 나눈 것으로 봐서, 뭔가 차이가 있나 비여."

"산 일하는 접치댁 아줌씨 있잖아. 왜놈 새끼들이 집으로 쳐들어오니까 겁이 나서 도망치다가 아저씨랑 모두 칼 맞고 죽었다고 하드라. 근데 이상하지 않냐?"

진구가 단오를 빤히 쳐다보며 말했다.

"뭐가? 원래 왜놈들이 잔인하게 죽이는 거 몰라? 아까 봤잖여, 그 어린 애를 바로 죽여분거."

"긍게 말이다. 소문에 왜놈들은 인정사정없이 모두 죽여 버리고 귀도 코도 베어간다고 그러던디……."

"근디, 뭐가 이상해?"

"우리 마을 사람들은 대부분 살려줬잖아."

"그러게, 피난 갔다가 잡혀왔으면 바로 죽여 부렀을 것인디 왜 살려줬지?"

단오도 뭔가 이상하다는 듯 고개를 갸우뚱거렸다.

"그래, 뭔가 꿍꿍이속이 있겠지."

그때 연자다리 위로 왜군들에게 끌려가는 남자들이 보였다.

"야, 저기 봐라. 아저씨들이 끌려간다."

"그래, 어디론가 끌고 가는 거여. 워메, 저기 유정이도 있어야!"

끌려가는 마을 남자들 속의 유정을 본 진구의 마음이 급해졌다. 마을의 남자들은 왜군들의 감시 아래 넘너리 강가에 있는 넓은 백사장을 따라 섶다리 쪽으로 가고 있었다. 맑은 물이 흐르는 옥천과 소금강이라 불리는 동천이 만나는 넘너리 주변은 모래사장이 넓게 펼쳐져 있었고 소금강 같은 동천을 지나면 왼쪽으로 봉수대가 있는 성황산이 보이고 그 길로 쭉 40리 정도를 가면 광양읍성이 나왔다. 순천도호부와 광양읍성을 잇는 섶다리는 물이 많고 맑아서 유정과 진구 그리고 단오에게는 멱을 감고 놀던 익숙한 공간이었다.

통나무에 나무줄기를 걸치고 섶을 얹고 그 위에 흙을 덮어 사람들이 건너다닐 수 있게 만든 섶다리는 끌려가는 유정에게도 따라가는 진구에게도 놀이터 같은 정겨운 곳이었다. 하지만 지금 그들에게 보이는 섶다리는 전혀 다른 느낌을 주었다. 진구와 단오는 수백 보 떨어진 뒤에서 왜군들에게 끌려가는 마을 남자들을 따라서 무려 30리나 멀리 떨어진 불모팅이를 지나 예교촌까지 따라갔다. 예교촌은 옛날부터 왜인들과 상거래를 했던 바닷가의 작은 포구마을이다.

"진구야, 저기는 예교촌 아니나?"

"맞어."

"근디, 지금은 썰렁하구먼. 옛날에는 사람들로 벅적거렸는데……."

"난 말만 들었지 잘 몰라."

"임진년에 왜란이 나기 전까지는 우리 집 나리가 무역상거래를 해서 돈을 많이 벌었던 곳이어서 종종 따라왔었거든."

단오는 감회가 새로워서 말했다.

"느그 집 나리는 양반이 되어 가지고 토지도 많으면서 왜 장사까징 하는지 모르겄드라?"

"긍게 말이다. 돈 욕심이 목구멍까지 꽉 찬 양반이라서 나도 할 말이 없어야. 아무튼 우리 집 창고에 가면 생전 첨 본 물건들이 얼마나 많은지, 왜나라 것부터 명나라까지……. 너 왜개초라고 들어봤냐?"

"그것이 뭐다냐?"

"퍼렇다가 가을이 되면 벌겋게 변하는데 얼마나 맵던지…… 한 번 묵어보다가 뒤진 줄 알았다."

"나는 생전 처음 들어본디? 아무튼 전쟁통에 백성들은 피죽 한 그릇도 없어 굶어 죽어간디, 도대체 느그 나리는 마음씨가 참말로 고약스럽다고 소문났드라."

"나야, 뭐……."

"아이고 답답타. 누구는 나라 구한다고 나섰다가 개죽음 당허고, 누구는 그 통에도 배때야지에 기름기만 끼고 디룩디룩 살찌고…… 뭔가 잘못된 개똥 같은 세상이랑께."

"개똥인지 쇠똥인지는 모르겄다마는 소판 아재 봉께 뭔가 잘못된 것은 확실허드라. 죽은 느그 아부지만 짠하게 된 거지."

"나보단 우리 엄니가 불쌍해 죽겄다. 아버지, 작은아버지, 우리 형 그리고 진주에 살고 있던 외할아버지, 할머니랑 외갓집 식구들이 모두 죽어부렀으니…… 우리 엄니 가슴이 어찌겄냐? 저 왜놈 새끼들을 콱 씹어서 어떻게 해부러야 쓰겄는디……."

"그래도 넌 엄니라도 계시지만, 난 단 한 명의 친척도 없어야. 부모가 누군지, 어디서 태어났는지…… 근디 세상이 이렇게 무서울지 알았다면…… 차라리 식구들이 없는 것도 괜찮드라. 마음은 안 아프잖아.”

“우리 엄니만 아니면 나도 왜놈들과 싸우고 싶은디. 나마저도 죽어 버리면 우리 엄니가 불쌍해서 참고 또 참으며 죽어 지내고 있당께.”

“잘했어. 아직은 어려. 싸움을 하더라도 나중에 해.”

진구와 단오는 불모팅이 바위 뒤에 숨어 예교촌 주변을 살펴보았다. 포구와 바닷가에는 왜선들로 가득했고 여러 동의 막사와 나무 기둥으로 만든 창고들도 있었다.

예교촌 옆의 호랑이가 웅크리고 있는 듯도 하고 똥 떨어진 섬처럼 보이는 작은 구릉산은 이미 큰 공사장으로 변해 있었다. 구릉산 입구 양쪽에는 끌려온 조선의 백성들이 골을 깊게 파고 있었고 언덕 주변에 돌계단을 쌓기도 했다. 어디선가에서 수레에 돌을 싣고 오는 사람들도 많이 보였다. 왜도와 조총을 들고 고함을 지르는 왜군들이 공사장에서 일하는 조선의 백성들에게 채찍질과 고함을 지르자 눈치를 보면서 벌벌 떨고 있었다. 유정과 함께 잡혀간 주 씨와 치재 그리고 마을 사람들 또한 돌을 쌓거나 괭이를 들고 수로를 파는 곳으로 끌고 가서 일을 시켰다.

진구와 단오는 왜놈들이 마을 사람들을 살려준 이유를 알게 되었다.

돈으로 사는 권력

"임자는 내가 하자는 대로 따라오기만 하면 되오."

"그래도……."

"무슨 말이 많소. 지금은 죽고 사는 것이 파리 목숨보다 못하오. 우리의 목숨이 고니시의 손끝에 달렸소. 조금만 밉보여도 우리 집안은 물론 그동안 모아둔 내 재산도 하루아침이란 말이오. 무슨 일이 있어도 내 재산과 둘째는 꼭 지켜야 하오."

"다른 자식들은 어쩌려고요?"

"아무튼 토부만큼은 무슨 일이 있어도 꼭 살려야 하오."

박속유는 도포 자락을 휘날리며 문을 꽝 닫고 나가 버렸다. 심기가 불편한 박속유는 둘째 아들인 토부가 공부하고 있는 방 곁으로 가서 조용히 마루에 앉아 글 읽는 소리를 들으며 마음을 가라앉히고 있었다. 한참 동안 음률에 맞춰 낭랑하게 들리던 글소리가 그치더니 이번에는 명나라의 말을 유창하게 하는 소리가 들려왔다. 박속유는 입이 귀에 걸리며 기쁨을 감추지 못했다. 이때, 박속유의 작은딸인 금화와 몸종인 단오가 국화를 꺾어들고 장난을 치며 토부와 미부가 공부하는 방 앞으로 다가왔다.

"이년들! 여기가 어디라고 나와서 떠들고 난리야!"

박속유는 손가락으로 입을 가리며 작은 목소리로 호통을 쳤다. 금화와 단오는 쥐 죽은 듯 뒷걸음질 치며 도망가 버리고 토부의 방문이 열렸다. 박속유는 미안하다는 듯이 헛기침을 해댔다. 열린 방문 사이로 얼굴을 비단 천으로 가린 큰아들 미부가 아버지 박속유를 쳐다보다 고개를 숙였다. 작은아들 토부는 살짝 미소를 띠며 목례를 하고 방문을 닫았다.

대궐 같은 박속유의 집은 솟을대문 좌우로 일하는 머슴들이 기거하는 행랑채가 있었고 안으로는 넓은 마당, 마주 보이는 곳에 원형기둥 대들보로 만들어진 사랑채. 그 옆에는 박속유가 들판을 한눈에 바라볼 수 있는 대청마루가 널찍하게 붙어 자리 잡고 있었다. 사랑채를 우측으로 돌아가면 안채가 있고 안채를 중심으로 양쪽으로 방들이 쭉 들어서 있었다. 한쪽에는 커다란 부엌과 작은방이 있어 집에서 일하는 여자 하인들이 기거하며 심부름을 했다. 다른 편의 방은 금화가 기거하는 방이었고 안채 옆으로 엄청나게 많은 곡식을 담아두는 커다란 곡간 몇 개가 자리 잡고 있었다. 곡간 옆에는 관아에나 있을 법한 작은 옥이 갖추어져 있고 옥 옆에는 조랑말을 키우는 마구간과 소와 염소를 키우는 외양간이 있었고 그 안에는 많은 닭들이 유유자적 놀고 있었다. 사랑채를 중심으로 좌측으로 돌아가면 작은 마당이 있고 그 안으로 작은 사랑채가 하나 더 보였다. 작은 사랑채에는 무역거래와 보부상들을 관리하며 사채놀이를 하는 박속유의 집사, 덕보가 기거하는 방이 있었다. 작은 사랑채 옆으로는 칸칸이 작은 방들이 여러 개가 있는데 그곳은 칼을 쓰는 가내 무사들이 살고 있었다. 본 사랑채 뒤로는 작은아들 토부의 공부방이, 그 뒤로 몇 계단을 올라 대나무밭을 돌아가면 큰아들 미부의 방이 구석진 곳에 있었다.

박속유가 사랑채 대청마루에 서서 자신의 가슴을 치며 덕보와 가내 무사들에게 무섭게 고함을 치고 있다.

"도대체 네놈들은 뭐하는 놈들이냐? 오리가 맨발로 다니니까 너희들도 한여름인 줄 아나? 돈을 받아 와야지! 며칠째 일 전도 수금 못하고 있잖아? 아까운 밥이나 축내고 있고…… 쯔쯧."

"죄송합니다. 나리. 이놈들이 밤 보따리를 싸서 떠나버린 바람에……."

"그래서 돈도 갚지 않고 도망가는 놈들을 멍하니 보고만 있겠단 말이냐?"

"지금은 왜놈들한테 걸리면 모조리 죽는 세상이라서……."

"뭐야? 쌀밥에 보리밥처럼 톡톡 불거져 나오기는…… 쉬우면 뭣 때문에 비싼 밥 처먹이면서 너한테 시켜! 그놈의 면사첩은 어떻게 됐어?"

"지금 이야기 나누고 있습니다."

"고놈의 통행패인지 돈뭉치패인지도 당장 해오고. 내 피 같은 돈을 쓴 놈들을 당장 잡아와. 어서!"

"옛!"

덕보가 뒷걸음질로 가내 무사들을 데리고 대문을 열고 나갔다.

박속유에게 사채를 쓴 황 씨 또한 왜놈들이 쳐들어오자 이순신 장군이 머물고 있다는 남해땅 끝으로 가족을 데리고 피난을 가기 위해 좁은 오솔길로 걸어가다 뒤를 돌아보고 소리쳤다.

"뭐하고 있다냐? 빨랑빨랑 걷지 않고……."

"알았어요. 나도 빨리 가고 싶은데, 요년이 못 따라와라."

겁에 질린 수원댁이 땀을 뻘뻘 흘리며 손을 잡고 오는 다섯 살의 막내

딸을 보며 대답했다.

"느그들 살고 싶으면 싸게 싸게 와라!"

커다란 봇짐 지게를 진 황 씨는 걸음을 더욱 재촉하며 걸어갔다. 수원 댁은 끈으로 큰 바구니를 묶어 등에 메고 머리에는 보따리를 이고 막내 계집아이의 손을 잡고 힘겹게 따라갔다. 열여섯 먹은 첫째 딸 꽃분이는 머리에 살림살이를 가득 담은 보따리를 이었고 열두 살의 첫째 아들 기철이는 작은 지게에 솥단지와 살림살이를 지고 있었다. 여덟 살배기 셋째 아이는 황 씨의 바지 자락을 잡고 허둥거리며 정신없이 따라가고 있었다.

"엄니, 나 다리 아프당게."

"조용히 못하냐! 안 죽으려면 아무 소리 말고 쥐 죽은 듯이 어서 가자."

"엄니……."

"이년이…… 조용히 해라."

막내 계집아이는 수원댁의 손에 붙들려 아무 말도 못하고 끌려갔다. 황 씨 가족은 달구지가 다니지도 못하는 산길을 따라 이순신 장군의 군영이 있다는 해남으로 피난을 가고 있는 중이었다. 따가운 가을 햇살이 하루 종일 머리 위를 내리비추더니 어느새 해가 산 너머로 서서히 지고 있었다.

황 씨 가족은 왜군이 들이닥치자 황급히 보따리를 싸서 벌써 삼일 째 왜군을 피해 산길로만 피난을 가고 있는 중이었다. 사실 황 씨는 왜군만 피해 도망가는 것은 아니었다. 왜놈들보다 더 무서운 박속유의 집사 덕보를 피해 도망가는 중이었다. 황 씨는 온몸이 땀으로 범벅이 되어 입은 옷가지가 흠뻑 젖어 있었다. 해가 지자 반달이 떠올랐지만 황 씨는 쉴 생각도 없이 어둠을 뚫고 길을 재촉했다. 부르튼 발끝이 땅에 어떻게 닿는지 모를 만큼 허덕대며 수원댁의 손에 끌려오던 막내 계집아이가 마침내 질

편하게 앉아서 서러운 울음을 터뜨렸다.

"아, 어무이. 발이 아파서…… 못……."

"저년이 어디서 소리 내어 운다냐? 잡히면 어쩌려고…… 어서 입 다물어!"

황 씨가 어린 막내딸을 보고 매몰차게 말했다. 옆에 걷던 큰딸 꽃분이도 주저앉으며 짜증스레 말을 했다.

"아부지! 쬐끔 쉬었다 갈라요?"

황 씨가 꽃분이와 기철이를 쳐다보자 기철이도 땀에 흥건하게 젖어 있었다.

"그래, 잠시 쉬자!"

주변을 살피던 황 씨는 넓은 돌이 있는 곳으로 가서 지고 있던 지게를 바위에 걸쳐 놓았다. 바위 옆으로 작은 물줄기가 흘렀고 주변엔 이끼와 버섯들이 탐스럽게 자라고 있었다. 쉬었다 가자는 황 씨의 말에 가족들 모두 짐을 내리고 땅바닥에 철퍼덕 주저앉아 버렸다. 수원댁은 울고 있는 막내딸의 발을 살폈다. 짚신의 밑창은 떨어져서 온데간데없고 버선 바닥까지 구멍이 여러 군데 나서 어린 딸이 맨발로 걸어왔던 것이었다. 발을 보니 돌에 찍힌 상처에서 피가 흐르고 가시가 박혀 벌겋게 부어올라 있었다. 수원댁이 딸의 발을 만지려고 하자 아프다며 만지지도 못하게 한다.

"기철 아부지! 막내 발에서 피도 나고 많이 부었어요."

다가와 막내의 발을 본 황 씨는 가슴이 턱 막힘을 느끼며 아무런 말도 없이 어두컴컴한 숲 속으로 들어갔다. 잠시 후, 황 씨는 약 기운이라고는 하나도 없을 것 같은 다 커버린 뻣뻣한 쑥 잎사귀를 따가지고 돌아왔다. 그리고 발바닥에 가시를 빼고 그 쑥잎을 돌로 꽝꽝 찧더니만 촉촉해진 쑥의 진액을 막내딸의 발바닥에 흠뻑 발라 천으로 감싸주었다. 발바닥을 만질 때마다 막내의 얼굴에 고통이 그대로 묻어나고 있었지만 막내는 울음을 참아내고 있었다. 발가락 사이에 물집이 터지고 부어 있기는 수원댁과 꽃분이 그리고 두 아들도 마찬가지였다. 황 씨는 아이들의 발바닥에 부풀어 오른 물집을 보고 살림살이가 든 봇짐을 풀어서 바늘귀에 잘 보이지도 않은 실을 꿰었다. 꽃분이부터 한 명씩 물집을 바늘로 뚫어 실을 끼운 다음 실 양쪽을 잘라 그대로 놔두었다. 잠시 끼니를 때울 참으로 수원댁은 바위 옆에 솥단지를 걸고 꽃분이는 기철이와 함께 작은 물줄기에서 물을 떠왔다. 제대로 씻지도 않은 쌀 한 줌을 수원댁이 솥단지에 넣어 물을 부었고 연기가 나지 않는 싸릿대 나뭇가지를 끊어 온 황 씨는 솥에 불을 지폈다.

황 씨 가족은 흘린 땀을 식혀가며 보글보글 끓어오르는 솥에서 나는 밥 익는 냄새에 흠뻑 취해갔다. 아이들은 밥 냄새를 맡으며 이제나 저제나 밥이 될까를 기다리다가 솥뚜껑 밑으로 넘치는 쌀물을 손가락으로 찍어 맛보며 솥단지 옆을 떠나지 못했다. 아이들을 바라본 수원댁의 얼굴에도 웃음이 번져왔다. 그 순간만큼은 아이들의 얼굴이 무척 행복해 보였기 때문이다. 이때, 갑자기 숲 속에서 험악하게 생긴 사람들이 불쑥 나타나자 황 씨 가족들은 화들짝 놀라 뒤로 나자빠지고 말았다.

"이봐! 황가 놈아! 여기서 뭐하는 게냐?"

박속유에게 혼이 난 덕보가 가내 무사들과 함께 빚쟁이들을 추격해 온 것이었다. 당황한 황 씨는 바로 무릎을 꿇고 빌었고 수원댁은 아이들을 품에 꺼안고 바위 옆으로 숨었다.

"아이고, 집사님! 여기까지……."

"이놈아! 너 하나쯤은 저승까지라도 가서 찾아낸다."

"죄송합니다. 살려만 주십시오."

"뭐? 죄송? 살려줘?"

덕보의 발길질이 황 씨의 가슴팍에 꽂혔다.

"기철 아부지!"

"아부지, 엉엉———."

놀란 막내가 울음을 터뜨렸다. 수원댁이 아이들을 품에서 떨쳐내고 뛰어나와 덕보의 바짓가랑이를 잡으며 울먹였다.

"나리 살려주시오. 나리."

"야, 황가 놈아! 네가 돈도 갚지 않고 야반도주를 해!"

"잘못 되았구만유. 집사 어른! 돈은 꼭 갚을 팅게……."

"주둥이 닥쳐!"

덕보가 수원댁을 힘껏 떨쳐냈다.

"우리 쌀은 흙 파와서 만든 줄 아나? 아니면 밤마다 똥구멍으로 쌀알을 낳기라도 한 줄 아남?"

덕보가 황 씨의 이마를 손가락으로 세차게 밀치자 손가락 끝에 밀린 황 씨의 머리가 금세 땅에 닿았다.

덕보는 가래침을 입 안 가득 모아 황 씨의 얼굴에 침을 뱉고 뺨을 때렸다.

"어르신 살려주세요, 꼭 갚을게요."

맏딸인 꽃분이까지 덕보의 바짓가랑이를 잡고 사정을 했다. 나머지 아이들도 울며 살려달라고 애원을 하자, 옆에 그 모습을 지켜본 가내 무사들이 아이들을 밀쳐냈다.

"호오라! 네가 꽃분인가 보구나? 어쭈, 많이도 컸네. 이제는 시집도 가도 쓰겠는디?!"

덕보는 꽃분이의 턱을 잡으며 마른침을 삼켰다.

"어르신, 우리 아부지 살려주세요. 내가라도 꼭 갚을랑게요."

"살려주라? 좋지, 내가 언제 느그들을 죽인다고 허드냐? 돈만 갚으면 돼야. 어이! 황 씨, 지난봄에 두 가마, 올 봄에 두 가마, 도합 네 가마에 이자가 세 가마! 총합이 일곱 가마! 알제?"

"집사 어른! 제가 돈을 갚지 않으려고 도망간 것이 아니라 왜놈들이 쳐들어오니까 살라고 피난 간 것이지라. 그러니 전쟁이 끝나면 다시 고향으로 와 땅을 파 묵어야제 어디로 가겠습니까? 제발 어린 새끼들 봐서라도 한 번만 살려주십시오!"

"야 이놈아! 이 난리통에 네가 살아있으리라는 보장이 어디 있어? 왜놈들 눈에 띄기만 하면 코도 베고 귀도 베고 모두 죽이는 세상인디…… 왜놈들이 내 돈 갚을 때까지 널 살려준다고 약속이라도 허더냐? 네가 죽으면 우리는 돈을 어디서 받느냐고! 어서 내놔."

"피난통에 뭔 돈이 있겠습니까? 꼭 돌아와 갚을라요. 집사 나리!"

"야, 털어!"

고함을 지른 덕보의 명령이 떨어지자 가내 무사들은 지게와 보따리를 땅바닥에 내동댕이치며 끓고 있던 솥단지마저도 발로 차버렸다.

"안 돼요!"

"안 된당께!"

밥이 땅바닥에 쏟아지자 아이들은 외마디 외침소리를 내고 모든 희망을 잃고 자살이라도 할 사람들처럼 쏟아진 솥단지만 망연자실 바라보고 있었다. 가내 무사들이 짐 보따리를 털어 찾아낸 것은 쌀과 잡곡 두 말 정도와 엽전 열다섯 냥이었다.

"나리, 그것만은 안 됩니다! 그 곡식은 우리 새끼들 목숨과도 같습니다."

"이놈이, 네 쌀만 귀한 쌀이고 내 쌀은 나락 껍데기더냐?"

"집사 나리! 이 불쌍한 새끼들을 봐서라도 한 번만 돌려주세요. 나리!"

꽃분이와 수원댁은 덕보의 바짓가랑이를 잡고 울며 통사정을 했다.

"이봐라, 황 씨와 꽃분이를 끌고 가자. 이놈들이 도망가면 다시 올 리가 만무시리하다."

"나리! 한 번만 살려주십시오, 이 불쌍헌 핏덩이가 저 없으면 바로 죽습니다. 쌀과 돈은 달라고 하지 않을 테니 이 새끼들 얼굴을 봐서라도 놔 주십시오."

앞장서서 걸어가는 덕보의 뒤에 무사들이 황 씨와 꽃분이를 붙잡고 따라오고 있었다. 수원댁과 아이들은 그 뒤를 따랐다.

"기철 아부지! 가면 안 되어라. 우리들은 다 죽소. 기철 아부지! 꽃분아!"

수원댁은 울며불며 황 씨의 옷고름을 잡고 놔주지 않고 따라갔다. 덕보의 눈짓에 한 무사가 수원댁을 칼등으로 세게 내리치며 황 씨에게서 떨어뜨렸다. 칼등으로 머리를 맞은 수원댁은 피를 흘리며 의식이 서서히 꺼져갔다. 하지만 수원댁은 마지막 힘을 끌어모아 더 세게 황 씨와 꽃분이를 잡으려고 허우적대자 옆의 다른 무사가 칼등으로 더 강하게 내리쳤다. 목을 정통으로 맞은 수원댁이 그 자리에서 쓰러져 혼절하고 말았다. 셋째와 막내가 쓰러진 엄마에게 달려들어 울며불며 깨워보려 애를 쓰고 큰아들

기철이가 벌떡 일어나더니만 덕보를 향해 달려들었다.

"우리 아부지와 누이를 놓아라, 이놈들아!"

기철이 발길질로 덕보의 배를 차자 옆에 있던 가내 무사가 기철이를 칼등으로 내려쳤고 기철이도 그 자리에서 꼬꾸라지며 기절하고 말았다. 황씨와 꽃분이는 아스라이 떠 있는 달빛을 길잡이 삼아 쓰러진 수원댁과 기철 그리고 땅바닥에 널브러져 통곡하는 아이들을 뒤에 두고 덕보와 가내 무사들에게 잡혀 끌려가고 있었다.

굴뚝에서 솔솔 연기가 피어나는 박속유 집 머슴들이 분주하게 움직이고 있었다. 산들바람이 싱그럽게 불어오자 사랑채의 처마 끝에 걸려 있는 작은 풍경 물고기가 댕그랑거리며 청아하게 울리는 오후였다. 전쟁통이라고는 믿기 어려울 정도로 평안해 보이는 박속유의 집, 방 안에는 박속유와 그의 아들 토부가 앉아 있었다.

"그래, 공부는 어디까지 했느냐?"

"예, 대학을 마치고 맹자를 읽고 있습니다."

"흠, 하루가 다르게 좋아지는 것 같구나. 그러면 명나라와 왜나라 말은 어느 정도 했느냐?"

"명나라 말이나 왜나라 말이나 일반적인 대화는 가능할 정도입니다."

"그래, 다행이구나. 내가 누차 이야기하는 것이다마는 너는 장차 크게될 사람이라고 큰스님께서 말씀하셨다. 특히 선진문명을 배워야 더 큰 재산을 모을 수 있으니 명심하여라."

"예, 최선을 다하고 있습니다. 근데 아버님! 한 가지 물어볼 말씀이 있습니다."

"무에냐?"

"우리 가문은 명색이 양반 가문인데 중인들이나 하는 장사를 하는 건 이해가 되지 않습니다."

"우리 집안은 예전부터 참봉 이상의 벼슬을 만들지 않았다. 그래서 지금까지 오랫동안 부를 축적하고 누리며 살았던 것이다."

"예? 참봉 이상의 벼슬이 부와 무슨 상관이 있는지요?"

"참봉 이상의 벼슬을 한다는 것은 집안이 정치에 휘말려 몰락하거나 풍비박산이 될 수도 있다는 게다. 벼슬이 높으면 높을수록 정치적인 세파에 흔들리는 것이니라. 우리는 권력을 이용만 하면 되는 것이다. 권력은 돈으로 얼마든지 살 수 있는 것이다."

"그래도 유학을 공부하는 학자라면 백성과 나라를 위해 일을 하는, 만인지상이라는 정승을 해봐야 하는 것 아닌지요?"

"그래, 그것도 맞는 말이지만 권력은 권불십년인 게다. 어떤 권력도 밀려나면 아무것도 남지 않는다. 하지만 땅은 영원히 남지 않더냐?"

"그렇지만 아버님! 그래도 전 그게 아니라고 생각합니다. 우리 집안은 토지가 많으니 권력자를 이용하거나 무역장사를 하지 않고 소작료만 받아도 부를 축적하는 데 문제가 없다고 생각합니다."

"소작이야 기본이고, 소작은 무역장사에 비하면 아무것도 아니다. 무역장사를 하려면 세상 돌아가는 것을 알아야 하고 그 속에서 권력과 손잡을 때 재산이 들어오는 것이다. 지금은 목숨이 위태하기에 절대 권력이 필요한 시기이다."

"절대 권력이라 함은?"

"그것은 내가 알아서 할 일이다."

"근데, 우리도 피난을 떠나야 되지 않습니까?"

"웬 피난이더냐? 우리가 피난을 가는 순간 재산도 잃고 목숨도 잃은 것이다. 내게 다 방도가 있다."

"소문에 왜놈들은 조선 백성들을 처참하게 죽인다고 들었습니다."

"그러니 조심해야 한다. 왜장 고니시가 며칠 전에 순천읍성에 들어왔다. 하지만 너무 걱정하지 말거라. 난 남원에 있는 송첨지와는 다르다."

"송첨지는 남원에서 제일가는 부자 아닙니까?"

"그렇지. 그자는 망하고 말았다. 남원성 전투 때 관군에게 식량을 대주었던 것을 고니시가 알게 되고…… 모두 죽고 만 거지. 그 집안은 그것으로 끝나 버린 것이야."

"고니시는 우리 백성을 무참하게 죽인 나쁜 놈입니다. 싸워야지요?"

"그러면 우리도 죽는 길밖에 더 있느냐? 이제 세상이 바뀌었다는 걸 알아야 해."

토부는 아무 말도 잇지 못했다.

"정유년에 들어 칠전량 전투에서 승리한 왜군이 좌우 양군으로 나누어 무려 우군 6만여 명이 황석산성을 공파한 후 육십 령을 넘어 진안을 거쳐 전주로 나아갔고, 좌군 5만여 명은 수군의 엄호를 받으면서 사천과 하동을 거쳐 남원으로 가서 남원성을 공략했다. 결국 남원성이 함락되고 연이어 전주성도 함락되고 말았다. 이것으로 전라도, 아니 조선은 왜놈들 세상에 넘어가고 말았다는 뜻이다."

"아버님은 어찌 그렇게 정확히 알고 계신지요?"

"내가 장사를 하다 보니 전국 각지에 객주들과 보부상들이 있다. 지금은 세상을 읽어내지 못하면 모두 죽는 세상이다. 그래서 경거망동을 하면 안 된다."

"피난 가지 않아도 될 방안이 있는지요?"

"그럼, 있지. 넌 우리 집안의 기둥이다. 무슨 일이 일이 있어도 지켜낼 것이다."

그때 밖에서 덕보가 부르는 소리가 들려왔다.

"나리, 덕보입니다요."

"그래, 어서 들어오거라"

박속유의 말을 듣고 사랑채로 들어온 덕보는 방 안에 토부가 있는 것을 보고 잠시 머뭇거렸다.

"괜찮다. 이제 토부도 어린아이가 아니다."

덕보는 박속유의 말을 듣고 살짝 고개를 끄덕이고는 말을 꺼냈다.

"나리! 고니시 장군이 읍성에 아직 머무르고 있습니다. 그 안에 우리가 부리는 왜의(왜나라의 의사)가 있어 말을 넣어 놨습니다."

"잘했다. 얼마면 된다고 하던가?"

"먼저 나락 백 섬이라고 말했습니다."

"뭐야? 나락으로 백 섬이라고? 흠…… 죽일 놈들!"

"나리, 목숨 값이라고 생각하셔야 합니다."

"좋다. 아깝지만 그리할 테니 빨리 우리의 안전을 확보하라 전하거라."

"예, 나리. 근데 이것은 어쩔까요?"

덕보는 박속유 앞에 다가와 치부책 한 권을 꺼내 내밀었다.

"그냥 가지고 있고 저녁에 사랑채로 다시 오거라."

"예, 알겠습니다."

덕보가 사랑채에서 나가자 곱고 인자하게 보이는 김씨 부인이 다과상을 들고 들어왔다. 토부가 일어나 상을 받아 내려놓았다.

"약과입니다."

김씨 부인이 박속유와 토부에게 약과를 권하고 토부는 약과를 받아먹었다. 잠시 방 안은 조용한 침묵이 흘렀다. 처마 끝에 걸린 풍경소리가 쩽그랑거리며 청아하게 울렸다.

"근데 아버님, 부탁이 있습니다."

"또, 그 부탁이라면 그것은 안 된다. 지금은 위험해서 더욱…… 이제 그만 물러가거라."

"그래, 토부야! 지금은 모든 게 왜놈들 세상이야. 아버님 말씀처럼 밖으로 다니면 큰일 나니 조심하거라!"

마음이 여린 김씨 부인이 토부를 보며 걱정스럽게 타일렀다.

"누이를 만나면 배울 것도 많고 제가 편합니다. 어머님!"

"누이라고도 하지 마라! 절에 출가한 아이니라. 이제 너와는 아무런 상관도 없어. 누이도 아니고……."

박속유는 버럭 화를 내며 도포 자락을 휙 낚아챘다.

"아버님, 어찌 그러십니까? 그래도 저와 한 부모님에게서 태어나 같이 자랐는데 어찌 혈육의 인연까지 사라진다고 말씀하십니까?"

토부의 말을 듣던 박속유가 잠시 머뭇거리다가 입을 열었다.

"그래도, 그것은 안 된다. 그 애는 너의 앞날을 막는 운을 가지고 태어났다는 것이 죄인 게다."

"아버님, 누이는 착하고 선심도 깊고 이미 속세를 떠나 그림으로 도를 깨우치고 있는 사람인데요. 이제는 그런 생각하지 마십시오."

"아무튼 나는 싫다!"

박속유는 단호했다.

"아버님, 한번 다녀오고 싶습니다."

토부가 박속유의 속을 다 알고 있는 듯 부드럽고 다정하게 말한다.

"······."

"아버님!"

"조금만 기다리거라. 조만간 안전하게 다닐 방법이 있을 테니······."

인근 지역에서 그의 땅을 밟지 않고 지나갈 수 있는 사람이 없을 정도로 순천도호부 일대에서 박속유는 최고의 부자였다. 일찍이 선대에서부터 드넓은 토지에서 벌어들인 소작료를 받아 많은 재산을 축적해 왔으며 선대에서는 7할의 소작료를 받았으나 박속유가 주인이 되면서부터는 8할의 소작료를 받아 주민들로부터 불만과 원성을 사고 있었다. 또한 부친이 돌아가신 이후로 양반이지만 장사에 눈을 떠 중인들이 하는 무역 거래에서 매점매석을 하여 엄청난 부를 축적했다. 무역 거래뿐만 아니라 주민들에게 사채를 주고 고리를 챙기며 재산을 모으고 있어 원성이 빗발치고 있었다.

어느새 해가 지고 어두워질 무렵이 되자 박속유의 집안이 분주해졌다. 부엌은 부엌대로 곡간은 곡간대로 안채는 안채대로 사람들의 걸음걸이가 분주했다. 그러다가 휘영청 밝은 달이 서산 봉우리에 막 올라서자 분주함과 시끌벅적함은 온데간데없이 사라지고 마당에 적막감이 흘렀다. 멀리서 산짐승의 울음소리까지 들려왔다. 사랑채의 박속유는 홀로 앉아 15첩이 차려진 저녁상 앞에 앉아 쌀밥에 돼지고기, 귀하다는 조기의 머릿속까지 발라서 먹고 있는 중이었다. 이때, 적막을 깨는 발자국 소리가 들리더니 사랑채 앞에 덕보가 멈춰서 사랑채 안에서 들리는 수저 딸가닥거리는 소리를 들으며 차분하게 기다리고 있었다. 한참이 지나 사랑채에서 저녁상이 물러 나왔다.

"나리! 덕보입니다."

"그래, 들어오거라."

덕보가 옆구리에 치부책을 끼고 사랑채로 들어왔다.

"그래, 얼마나 걷었느냐?"

들어오는 덕보를 보며 물었다.

"왜놈들의 감시를 피하며 피난 가는 놈들을 끝까지 쫓아다니면서 환수하고 있습니다. 피난 떠난 놈들을 찾기가 생각보다 어렵습니다."

"세상만사가 쉽기만 하다면 누가 한겨울에 바다에 나가 고기잡이를 하고 한여름 무더위에 꼴 베러 산에 오르겠느냐? 힘들더라도 잡아야지."

"오늘도 황가 놈과 딸년을 잡아 옥에 가둬놨습니다."

"잘했다. 하지만 걱정이다. 이 난리통에 내 돈을 쓴 놈들이 죽어 버리기라도 하면 어떡하냐?"

"가족이 한 명이라도 살아 있으면 끝까지 받아 내야지요."

"난 그래서 네가 맘에 들어. 우리 식솔들을 더 풀어서라도 도망간 놈들을 꼭 잡아서 받아 내거라."

"예, 알겠습니다."

"먼저 장부를 보자."

"예."

흔들리는 촛불 아래서 치부 목록이 적힌 장부를 정리하려 하는 참에 말발굽 소리가 요란하게 들려왔다. 그 말발굽 소리들이 점점 크게 들려오더니 대문 앞에서 '히——잉' 하는 말 울음소리와 함께 웅성거리며 멈춰섰다. 그리고 쾅쾅쾅! 천둥이 치는 것처럼 요란스럽게 대문 두드리는 소리가 저녁의 적막을 깨고 있었다. 놀란 박속유와 덕보가 급하게 사랑채의 문을 열며 밖으로 나왔다. 덕보가 부리나케 내려가 대문을 열어주자 두꺼운 가죽 갑옷을 입은 왜군들이 무더기로 들어왔다.

김씨 부인과 토부 그리고 일하는 머슴들까지 놀라 마당으로 나오고 상황이 심상찮음을 감지한 박속유는 재빨리 버선발로 마당에 내려가 무릎을 꿇고 왜군 장수를 맞이했다. 말에서 내린 왜군 장수가 일본말로 소리쳤다. 왜군 두 장수 옆으로 나전을 했던 통역관 소판이 왜군 무사 복장을 하고 서 있다가 구로다와 눈이 마주치면 조선말로 통역을 해주었다.

"난, 고니시 대장의 부하 장수인 구로다! 내 옆은 부관인 마쓰이다!

마쓰이가 자신을 소개하자 눈치로 머리를 까닥하며 인사를 했다.

"그대가 박속유인가?"

"예, 소인이 순천읍성의 박속유입니다."

"그래, 이야기는 많이 들었다. 대합전하와 대일본군을 위해 식량을 기부한다는 말을 들었다. 잘한 결정이다!"

"당연한 일인데…… 감사합니다. 제가 고니시 대장님을 위해 작은 선물을 바치는 것입니다. 요긴하게 사용하시면 보람되겠습니다."

토부는 아버지의 굴욕적인 모습을 보고 화가 치밀어 올랐다. 김씨 부인이 일그러진 토부의 얼굴 표정을 보더니 토부의 손을 꼭 잡았다.

그날 박속유는 고니시와의 사전 약속대로 나락 백 섬을 왜군들에게 실어 보냈고 구로다는 그 대가로 박속유 집 사람들에게 안전하게 길을 통행할 수 있는 면사첩(통행패)을 주었다. 드디어 박속유는 고니시로부터 집안을 지킬 수 있는 명분을 받은 것이다. 그 후로부터는 집사 덕보와 가내 무사들은 채무자들을 안전하고 편안하게 잡으러 다닐 수 있게 되었다. 그러나 며칠 동안 덕보가 도망간 채무자들을 쫓았지만 잡아오지 못했다.

달도 없고 개도 짖지 않는 어스름한 야밤에 누군가가 두리번거리며 다가오더니 박속유의 집 뒷담벼락에 쪼그리고 앉았다.

"넌 여기서 꼼짝 말고 있어야 한다."

"어무이, 혼자서는 안 된당께요!"

"글먼, 어찌겠냐? 니는 아직 어리고 우리를 도와줄 인간은 아무도 없고 어쩌란 말이여? 나 혼자라도 해야 쓰겄다. 며칠 동안 이놈의 집구석 생김새를 다 알아놨다. 이리 넘어가면 바로 옥이니까 나 혼자 할 만하다."

"어무이, 저도 같이 헌당께."

"넌, 안 돼! 너마저 잃어버리면 난 못산다. 니 애비하고 꽃분이 잡혀가고 난 자식을 둘이나 잃었다. 이제 뵈는 게 없어야. 그러니까 움직이지 말고 꼭 여기에 있어야 한다. 알았지?"

기철은 이를 악물고 고개를 끄덕이며 수원댁의 마음을 편안하게 해주었다.

"우리가 살라면 느그 애비하고 누이를 구해야 해. 느그 애비 없이 어떻게 이 난리통을 이겨 내겠냐? 어떻게든 데리고 나올 테니 기다려라."

수원댁과 기철이가 담벼락 아래에서 속삭이고 있었다. 사내 복장 차림에 뾰쪽한 쇠꼬챙이를 든 수원댁이 기철을 담 아래 두고 박속유 집 뒷담을 뛰어넘었다. 수원댁은 몸을 담벼락에 기댄 채 집안의 주변을 살펴보았다. 텃밭에는 채소들이 가득 심어져 있어 재빠르게 채소밭에 몸을 숨겼다. 말로만 듣던 빨간 왜개초가 주렁주렁 달려있었다. 수원댁은 급한 나머지 눈앞에 보이는 빨간 왜개초를 손으로 훑어서 고쟁이 속주머니에 넣으며 고개를 들어보니 텃밭 너머로 큰 곡간과 창고가 보였다. 창고 안에서 뭔가 움직이는 소리가 들려 귀를 기울이며 봤더니 동물들이 잠을 자다가 움직이는 소리였다. 그곳은 말과 소들을 키우는 마구간과 외양간이었다. 긴장한 수원댁이 왜개초를 만진 손으로 눈과 코를 닦았다. 눈과 코가 맵고 따가웠다.

"뭔 일이대? 정말 맵네?"

다시 몸을 일으켜 창고 모퉁이를 돌자 저 멀리 큰 창고 앞에 횃불을 들고 꾸벅꾸벅 졸고 있는 사람이 보였다. 초조한 수원댁은 침을 꼴까닥 삼키며 숨어서 그 사람이 지나가기를 기다렸으나 그럴 기미가 보이지 않자 땅바닥을 기어서 옥까지 갔다.

"기철 아부지! 기철 아부지!"

최대한 몸을 바짝 엎드린 수원댁이 나직한 목소리로 불렀다. 그 안에는 황 씨와 꽃분이만 갇혀 있었다.

"아니, 자네가 여기를 어떻게 왔당가? 잡히면 죽어. 어서 가소!"

"어무이, 위험해라."

"아이고 꽃분아. 몸은 어쩌냐?"

"야, 나는 괜찮구면요."

"다행이다. 어서 도망치자."

"잡히면 자네까징 다 죽는당께, 어서 가!"

황 씨가 수원댁을 초조하게 바라보며 말했다.

"기철 아부지가 없으면 우리는 아무것도 아니여라. 어떻게든 나갑시다.”

“오메, 이 사람아! 나도 그러고는 싶은디 뭔 방법이 있어야제. 근디 애들은 어쨌는가?”

“몰라요!”

“어미가 되가꼬 모르긴 뭘 몰라? 어디 있냐니깐…….”

“저 담벼락 뒤에…….”

수원댁이 맥이 풀리며 그 자리에 풀썩 주저앉아 버리는 모습에서 황 씨는 꽃분이와 잡혀온 며칠간에 무슨 일이 있었음을 직감했다.

“아이구 나도 몰라요. 미치겠네…….”

“뭘 미쳐, 애기들 어딨냐고 묻는디?”

“그러니까, 내가 그놈들 칼에 맞아 정신이 나갔다가 새벽에 깨어났나 봐요. 글씨 작은 두 놈이 입에서 뭘 토해 놓고 쓰려져 죽어 있드라고요. 기철이 말로 배고파서 버섯을 주워 먹었나 봐요.”

“뭣이라고야? 그걸 시방 말이라고 허냐?”

“엄니, 내 동생들이 죽어 부렀어라?”

꽃분이도 소리 죽여 눈물을 터뜨렸다.

“나도 기절해 있는디…… 해볼 도리가 있어야제…….”

“워메, 팔딱 뛰고 환장허겄네!”

“날 욕할 것이 아니라, 이 집 나리하고 집사 그놈을 잡아 죽여야지라. 당신은 한양에서 뺨 맞고 왜 나한테 분풀이를 헌다요?”

“글먼 우리 기철이는?”

“기철이는 건강해라. 지금 저 담벼락 뒤에 숨겨놨으니 걱정마시오.”

이때, 뒤편에서 인기척 소리가 났다.

"쉿!"

수원댁이 주변을 살피는데 창고 앞을 지키던 하인이 횃불을 들고 오는 것이 눈에 띄었다. 수원댁이 재빨리 모퉁이를 돌아 숨자 횃불이 점점 다가오더니 옥 앞을 밝혔다.

"뭐라 씨부렁거리고 자빠졌냐? 잠이나 자제."

"남이사 씨부리든지 말든지 뭔 관심이 그리도 많응가."

"뭣이여? 이 자식이 대드는 것 좀 봐! 이 난리통에 속 좋은 놈 하나도 없응께 나 건들지 말고 잠이나 퍼 자라."

"내 속도 속이 아닝께 건들지 마쇼."

"아이고, 황가 이놈이 드디어 미쳤구만. 너 한 대라도 덜 맞을라문 좋은 말할 때 자그라. 자! 나도 가서 잘랑께."

창고를 지키던 하인이 다시 오던 길로 돌아갔다. 잠시 후에 수원댁이 두리번거리며 돌아왔다.

"기철 아부지, 조금만 기다리쇼. 내가 꺼내 줄라요."

수원댁은 가져온 쇠꼬챙이로 옥문 경첩을 뜯기 시작했다. 경첩 뜯는 '삑' 하는 소리에 숨도 쉬지 못하고 몸이 굳어졌다. 조심스럽게 한 개의 경첩이 떨어져 나가고 나머지 세 개의 경첩이 남았다. 수원댁이 낑낑대자 문 위쪽에 달린 두 개의 경첩이 떨어져 나갔고 지켜보던 황 씨와 꽃분이가 문짝을 비틀어 젖히고 몸을 빼냈다. 황 씨와 꽃분이 그리고 수원댁은 두리번거리며 재빨리 담을 넘었다. 그리고 담 아래서 목이 빠져라 기다리고 있던 기철이와 함께 황 씨 가족은 걸음아 나 살리라며 멀리멀리 어디론가 달리기 시작했다.

지옥이 된 왜교성

    순천도호부읍성에서 동쪽으로 30리 정도 떨어진 바닷가에 왜장 고니시는 왜군들의 본거지로 삼기 위해 예교촌 옆에 성을 쌓기 시작했다. 왜인들이 예부터 무역을 했던 예교촌과 접해 있어 정서적으로도 편할 뿐만 아니라 큰 바다와 붙어 있어 전쟁에 필요한 물자 공급을 일본 본국으로부터 쉽게 받을 수 있는 곳이었다. 그 즈음부터 사람들은 그곳을 왜교성이라 불렀다.

    왜교성은 호랑이가 엎드려 있는 형상의 지형이었다. 호랑이 뒷발목의 지형 부분만 유일하게 육지와 이어져 있어 사람들이 오갈 수 있는 유일한 통로가 있다. 서쪽은 산이 없는 구릉으로 검단산성의 띠두루봉이 보이고 북쪽으로 20리 정도 떨어진 곳에 광양읍성이 있다. 동쪽은 큰 바다로 접해 바로 앞에는 장도라는 사슴 모양의 작은 섬이 있고 그 뒤로 고양이 생김새의 묘도, 그 뒤편이 탁 트인 남해도 사이에 관음포 앞바다가 보였다. 관음포를 지나 하동과 남해도 사이의 노량해협을 지나면 사천성에 시마즈 요시히로의 왜군 부대가 진을 치고 머물고 있었다. 남쪽은 전라도 해안으로 가는 관문으로 전라좌수영과 5관 5포가 있다. 고하도에 있는 이순신의 조선 수군들과 정면으로 대치되는 왜교성은 그야말로 군사적 요충지였다.

왜교성에는 이른 새벽부터 늦은 밤까지 하루도 빠짐없이 조선 백성들의 피와 땀으로 커다란 돌들이 옮겨지고 하나씩 쌓여 축성되고 있었다. 고니시는 교교히 떠 있는 보름달 아래, 공사장 막사에서 술상을 앞에 두고 부하 장수들에게 일장훈시를 하면서 임무를 숙지시키고 있었다.

"우리의 작전대로 이순신을 궁지로 몰아놓고 칠전량 전투를 승리했다. 조선의 바다를 장악한 이후 남원성, 전주성을 함락하고 이곳 순천도호부에 전라도를 공격할 우리의 전진기지를 구축하고 있다. 왜교성을 시작으로 전라도를 완전히 장악한 다음, 바로 명나라 북경으로 갈 것이다. 그래야 우리의 전쟁이 끝이 나는 것이다."

"고니시 장군 만세! 대합전하 만세!"

"반드시 전라도를 우리 땅으로 만들어야 한다. 이것은 나의 뜻이며 대합전하의 뜻이다! 귀관들도 잘 알아야 한다."

"네, 명심하겠습니다!"

"고니시 장군님, 저희들은 목숨을 바쳐 대장님을 따를 것입니다. 너무 심려치 마십시오."

"좋다. 구로다, 스쿠니, 사사끼, 노무라 그리고 우쓰노미아까지 나의 충성스런 부하 장수들이 있으니 난 걱정이 없다."

"구로다!"

"넷!"

"너는 이곳 왜교성 축성 공사를 다이묘들과 함께 무슨 일이 있더라도

완공시켜라!"

"네! 명심하겠습니다."

"그리고 노무라 자네는 부읍성을 관리하면서 전라도 점령의 교두보로 삼아라!"

"네!"

"그리고 스쿠니와 사사끼 너희는 부역자들을 색출하고 공사장에 가능한 한 많은 수의 인부를 공급해야 한다! 또한 너희는 전투가 발생하면 군사들을 데리고 전투의 선봉장이 되어야 한다! 알겠느냐?"

"예! 명심하겠습니다."

"우쓰노미아는 지금처럼 나의 부관으로서 함께한다."

"감사합니다. 죽음으로 대장님을 모시겠습니다."

고니시의 모든 부하 장수들은 명령을 숙지하고 고니시가 권하는 술을 밤이 깊도록 마시면서 한껏 고무되어 갔다.

"대합전하의 야망은 명나라의 심장을 바로 뚫는 것이다."

"네! 잘 알겠습니다."

"이제 며칠만 있으면 우리 일본 함대가 진도를 지나 한양으로 올라간다. 총사령관을 맡은 도도 다카토라, 선봉장인 구루시마 미치후사, 와키사카 야스하루는 일본 최고의 무사들이다."

"그렇습니까? 그런데 최고의 함대를 자랑하는 그곳에 우리는 어찌 참여하지 않는지요?"

"이번에는 군감찰관이 대합전하의 명령을 직접 받고 출전하는 것이다."

"그러면 메츠케로 누가?"

"모리 다카마사이다."

"저도 그자와 예전에 겨루어 본 적이 있습니다."

"그랬구나. 모리는 훌륭한 무사이기도 하지만 전략가이기에 이번 승리는 당연하다."

"그렇습니까? 근데 선봉장인 구루시마가 대합전하의 총애를 받게 되면 고니시 대장께서는……."

"걱정하지 마라. 난 후방에서 그들을 지원할 것이다. 사실 난 살기 좋은 이 전라도가 좋다. 대합전하께서 조선전쟁을 승리로 이끌면 이곳을 나에게 주신다고 했다."

"네! 알겠습니다. 그래도 우리가 함께해야 하지 않을까요?"

"아니다. 더 확실한 승리의 이유가 있다."

"그게 무엇입니까?"

"바로 이순신이다! 그자는 조선의 왕에게 억울하게 고신을 당해 몸이 상할 대로 상해 정상이 아니다. 아마도 임금이 미워서라도 전쟁에서 이기고 싶은 생각이 없을 것이다. 억울하게 그 모진 고신을 당했으니 누군들 분노가 없겠느냐? 설령 없다고 해도 그에게는 아무런 전선이 없다. 몇 척의 배로 우리의 막강한 일본 함대를 막을 수 없다."

"정보로는 10여 척이 있다고 들었습니다."

"그래, 10여 척? 흥! 우리는 200척이 넘고 해전전략가 모리와 선봉을 맡고 있는 구루시마가 누구더냐? 이제 조선과 명은 우리 일본 무사의 손바닥 안에 있다."

"승리를 사전에 축하드립니다."

"그래. 이번 전투는 눈을 감고 치러도 이길 수밖에 없는 전투이다. 이제 진도를 지나 서해로 가면 임진강으로 바로 들어간다. 이제 조선은 끝이다. 그 시작이 바로 이곳 왜교성인 것이다!"

"네, 최선을 다해 충성하겠습니다."

"노무라 장수!"

"네, 대장님!"

"자넨, 읍성에서 장기전에 대비해야 한다. 조선 놈들이 있어야 농사도 짓고 일도 시킬 수 있을 테니 우리에게 도움이 되거나 순응하는 조선 놈들에게는 통행패를 지급하도록 해라. 또한 멀리 가족을 두고 떠나온 우리 병사들이 힘들지 않도록 다양한 방법을 강구하도록 해라."

"네, 잘 알겠습니다. 그렇지 않아도 순응하는 조선 놈들에게 쌀 세 말을 받고 통행패를 주고 있습니다. 또한 가족을 떠나온 병사들의 고충을 알기에 포로로 잡아온 여인들을 골라 숙소에 가두어 두고 병사들의 생리적인 만족을 위해 위안소를 만들었습니다."

"그래, 잘했다. 얼마나 잡아들였느냐?"

"아직은 많진 않아도 잡아 오기만 하면 됩니다."

"하하하하."

고니시를 비롯해 그 휘하의 많은 장수들이 밤이 늦도록 술을 마시고 노래를 부르며 그 자리를 즐겼다. 술에 취한 노무라는 새벽녘의 푸른 기운을 뒤로하고 부관 마쓰이를 데리고 왜교성을 나와 부읍성으로 돌아왔다.

진구가 불에 달궈진 편자를 망치로 힘껏 때리면서 담금질을 하고 있다. 그때 거나하게 취한 다다쓰구 왜군 병사가 쇠망치로 편자를 두드리고 있는 진구의 머리가 빠질 정도로 뒤통수를 세게 때렸다. 하지만 온몸이 휘청거리면서도 불에 달궈진 편자를 놓지 않았다.

"내가 하지 말라고 했지."

"네, 그렇습니다."

"그런데 왜 하는 거야?"

"마쓰이 부관께서 내일까지 해 놓으라 해서……."

"뭐? 마쓰이 부관께서?"

"예, 그렇습니다."

다다쓰구 왜군 병사는 머리를 갸우뚱하며 생각에 잠기다가 말을 뱉었다.

"그래, 그래도 마구간 청소는 바로 해. 알았어?"

"네, 알겠습니다."

진구는 쇠로 된 집게와 편자를 대장간 화덕 옆에 두고 쇠스랑을 들고 마구간 안으로 들어갔다. 마구간으로 들어오는 진구를 보자 말들이 반가운지 꼬리를 살랑살랑 흔들어주었다. 진구가 어떤 말에게 다가가 목을 쓰다듬어주며 귀에 대고 조용히 속삭였다.

"왜놈들은 편자를 달면 너희들이 얼마나 좋아하는지를 몰라! 정말 바보지?"

진구의 귓속말을 듣고 있던 말이 '히힝' 하며 말꼬리를 흔들어주었다. 쇠스랑으로 열심히 볏짚을 치우고 난 진구는 마구간 바닥에 쌀겨를 깔았다. 진구가 겉옷이 흠뻑 젖을 만큼 일을 하고 있을 때 마쓰이가 다다쓰구와 몇 명의 병사들을 데리고 마구간으로 들어왔다.

"다 했나?"

마쓰이가 진구를 보고 물었다.

"네, 말을 마구간으로 데리고 오시면 됩니다!"

"그래, 고생했다. 너를 믿고 하는 것이니 책임져라!"

"예, 걱정하지 마십시오."

"다다쓰구! 너는 나가서 말을 가지고 들어와라."

"네."

다다쓰구는 마쓰이의 명령에 따라 밖으로 나가 말을 데리고 들어왔다.

"부관님. 여기에 말을 매어 두시고 내일 아침에 오시면 편자를 달아 훌륭한 말이 되도록 만들어 놓겠습니다."

"알겠다."

마쓰이가 마구간을 나가려고 하는데 다다쓰구가 어렵게 말을 꺼냈다.

"근데 부관님! 저희들도 객사 뒤에 있는 위안소에 한 번 가고 싶은데 기회를 주시면 어떨는지요?"

"뭐야? 너희들은 전투에 참여하지도 않는 자들이니 그건 안 돼!"

한마디 뱉고 가버리는 마쓰이를 보고 서 있는 다다쓰구와 다른 병사들이 짜증이 나서 투덜거렸다.

"씨, 우리는 군인도 아닌가? 고생은 죽도록 하는데, 전투를 안 하면 병사도 아니란 소리야 뭐야? 쌍! 이거 해도 너무하잖아. 더러워서 안 한다!"

"진짜 기분 더럽네! 들을수록 기분이 확 상하네."

"다음에는 노무라 장군님께 직접 부탁해보세."

"그래! 그러세."

돌아서는 다다쓰구의 눈에 진구가 보이자 다다쓰구는 만만한 게 홍어 뭣이라고 진구의 뒷통수를 사정없이 때리고 지나갔다. 머리가 아파서 머리를 문지르는 진구는 바보처럼 웃으며 쳐다봤다.

"바보처럼 처 웃기는……."

모두가 빠져나간 마구간 옆의 대장간에서 진구는 다시 편자를 만들기 위해 풀무질을 시작했다. 적막해진 읍성에 진구의 망치질 소리가 요란하게 울렸다.

누군가가 종종걸음으로 주변을 살피면서 관풍루 정자를 지나가고 있었다. 치마 속에 무엇인가를 감추고 배가 불룩해진 여인네는 향청을 지나 군기고를 지키고 있는 경비병들을 피해 마구간으로 급하게 들어갔다.

"진구야!"

진주댁을 보고 놀란 진구가 누가 따라오지 않았나 하는 걱정이 앞서 밖으로 나가 주변을 살펴보고 들어왔다.

"엄니! 여기까지 뭔 일이여?"

"진구야, 배고프제?"

진주댁은 치마 속에 숨겨 가져온 밥과 고기를 펼쳐 놓았다.

"엄니, 누가 보면 어쩔라고?"

"아무도 몰라. 정계꾼들도 이미 집에 들어가고 아무도 없어."

"엄니, 나 때문에 일부러 늦게까지 일한 거제? 글지 말고 일찍 들어가 쉬라니께."

"아니여, 우리 아들과 함께 있으면 지금 이 순간이 제일 좋제."

"엄니 이리와 앉어. 같이 묵게."

"아니여, 니나 어서 무라! 내사 가고 오면서 몰래몰래 주워 먹었다. 한창 묵어야 힘쓸 나인디 못 묵어서 어쩐다냐. 쯔쯧."

"못 먹기는? 난리통에 그래도 우리는 낫그만."

"어여, 많이 무라!"

진주댁이 고향인 진주말씨를 쓸 때는 기분이 좋을 때이다. 진구가 맛있게 먹는 모습을 바라보며 흐뭇한 표정을 지었다. 진구가 밥을 다 먹었는데도 진주댁은 아들과 떨어지기 싫어서 집으로 가지 않고 일하는 진구 옆에서 졸면서 앉아 있었다. 진구는 그런 진주댁의 심정을 안다는 듯이 졸고 있는 엄마의 어깨에 작은 천을 덮어주었다.

난봉산 너머로 도호부읍성을 밝혀주는 아침 동살이 밝아왔다. 이른 아침, 마쓰이가 말을 타고 팔마비 비석을 지나 연자다리를 건너 동헌으로 급하게 들어오고 있었다. 말에서 재빠르게 내린 마쓰이는 동헌을 지나 내사 앞마당으로 들어갔다.

"장군님! 노무라 장군님."

마쓰이는 내사 앞마당에서 노무라를 불렀다. 안에서 인기척이 들리더니 방문이 빼꼼히 열렸다.

"아침부터 무슨 일이야?"

"장군님! 급한 전갈이 도착했는데, 우리 일본함대가 명량 울돌목에서 대패를 하고 말았다고 합니다."

"뭐야? 대패!"

노무라는 속옷 차림으로 마루로 뛰쳐나왔다.

"자세히 말을 해봐라. 도대체 이해가 안 되잖아?"

"구루시마 장군께서 그 해전에서 전사하셨답니다."

"뭐야? 구루시마 장군이?"

"어서 챙기셔야 합니다. 아마도 고니시 장군이 난리가 났을 겁니다."

"알았다. 마른하늘에 무슨 날벼락이더냐. 어서 말을 대기시켜라!"

"네!"

놀란 노무라가 휘청거릴 만큼 다리가 풀려버렸다. 내사 안으로 들어가자 마쓰이는 다시 말을 타고 군기고 쪽으로 향해갔다. 잠시 후, 노무라와 마쓰이가 바람을 가르며 말을 타고 달려 나갔다. 벌렁거리는 말의 코에서 내품는 콧김의 강도가 지금 얼마나 다급한지를 말해주고 있었다. 왜교성의 고니시 장군의 막사에는 이미 모든 장수들이 모여 있었다.

"고니시 대장님! 늦어서 죄송합니다."

"어서 앉거라!"

"네, 그런데 도대체 이게 무슨 일입니까?"

"글쎄, 아무리 생각해도 이해할 수 없는 최악의 상황이 발생하고 말았다!"

"도무지 믿어지지가 않습니다."

"조선의 전선이 불과 13척인데 우리의 200여 척의 함대 중 절반이 수장되거나 불타고 말았다니… 이게 말이 된단 말인가?"

"우리의 주력 부대가 이렇게까지……."

군막 안이 소란스러워지자 고니시가 벌떡 자리에서 일어났다.

"조용히들 하라! 이순신! 그자가 도대체 뭐란 말인가?"

고니시의 비통하고 부들부들 떨리는 말에 모든 휘하 장수들은 숙연해졌다.

"한양과 북경 심장에 비수를 꽂을 모든 계획이 수포가 되고 말았다."

"그러면 이제는 어찌합니까?"

한 장수가 묻자 고니시는 군막 밖으로 아련한 시선을 보내며 말을 이었다.

"명나라에서 지원군이 들어오면 한양을 함락시키기는 어려울 것이다."

"오히려 이순신이 우리를 공격하지는 않을까요?"

"맞다, 그럴 수도 있다. 전세가 이렇게 역전되다니…… 늙어빠진 이순신 그자의 끝은 어디란 말인가?"

고니시의 눈가에 눈물이 맺혔다. 막사 안은 숨소리조차 들리지 않는 긴 침묵이 흘렀다.

"장군! 우리가 해야 할 일은 무엇입니까?"

한 장수가 머리를 조아리며 조용히 입을 열었다.

"그래, 지금부터 왜교성이 우리의 안전을 지켜주는 중요한 성이 될 것이다. 축성하는 데 속도를 내야 할 것이다. 나가들 보아라!"

"최선을 다하겠습니다. 장군님!"

어느새 아침저녁으로 살가죽을 스치는 바람이 차가운 계절이 되었다. 초가을에 입고 온 무명옷으로는 매서운 바람을 막기에 무리였다. 끼니라고 해봐야 하루에 풀대죽 한 사발을 먹으며 가난한 집 귀신 굶듯이 매일 굶다시피 하면서 일을 하니 도저히 춥고 허기져서 견딜 수가 없었다. 해 뜨기 전에 일어나서 축성 공사를 시작해서 해가 지고, 별이 초롱초롱할 때까지 고된 노동을 하루도 빠짐없이 했으니 사람의 몸으로는 도저히 이겨낼 수 없는 실정이었다.

최근 들어 고니시가 축성 작업을 직접 챙기면서, 일본 오사카 성을 만들었던 오카다 다이묘가 들어와 지원까지 가세해 왜교성 축성은 한층 더 속도를 내며 빠르게 진행되고 있었다. 그럴수록 조선 백성들의 고통은 더욱더 커져만 갔다. 조선의 노역자들은 왜군의 조총과 살벌한 칼날 그리고 살점을 파내는 채찍 공포 속에서 일을 하다가 지쳐 쓰러져 죽고 돌에 깔려 죽거나 병들어 죽어가고 있었다. 왜군들은 죽어가는 노역자들보다 훨씬 많은 수의 조선의 백성들을 어디선가에서부터 새로이 끌고 와 현장에 투입시켰다. 왜교성의 공사가 급해질수록 고니시의 군사들은 승려는 물론, 양반, 중인 할 것 없이 힘을 쓸 수 있는 자들은 모두 노역자로 끌어들였다. 참을 수 없는 고통과 배고픔 속에서 도망자도 점점 많아지고 도망자가 많아질수록 다시 잡혀와 목이 잘려 죽어가는 조선의 노역자들도 많아졌다.

"아부지! 저기 또 사람들이 끌려오고 있어라."

유정은 아버지 주 씨의 옷소매를 당기면서 말했다.

"워메…… 뭔 사람들이 저렇게도 많이 잡혀 온다냐? 불쌍타 불쌍해. 또 죽어 나가겠구만."

주 씨가 혀를 차며 안타까움에 얼굴 표정이 굳어졌다.

"오메, 저기 저 아재는 며칠 전에 돌에 깔려 발이 팅팅 부어 도망치등만 결국 또 잡혀와 부렀네요."

"글쎄다. 참, 유정아, 오늘 니 오빠 치재는 어디서 일한다고 하디?"

"오라버니는 성벽 돌 나르러 수레 끌고 나간다고 했어라."

"그놈도 성질을 죽여야 할 텐데……."

"아니, 아부지는? 왜놈들하고 싸워야제 맨날 죽고만 산대요?"

"이년이! 뭔 방정맞은 소리다냐? 죽었다 하고 살라니께……."

"아부지는 화도 안 나요? 저 사람들이 뭔 죄가 있냐고요. 가서 모가지를 꽉!"

"뭣이여?"

주 씨가 유정의 어깨를 쥐어박았다.

늦가을비가 아침부터 한두 방울씩 내리기 시작하더니 옷이 촉촉하게 젖도록 내렸다. 비가 내려도 일은 계속되었다. 가랑비에 옷 젖는 줄 모른 다는 말처럼 비를 촉촉이 맞은 노역자들의 몸에는 딱 감기 들기 좋을 만 큼 추위가 슬그머니 온몸으로 밀려 들어왔다. 유정이도 으슬으슬 몸이 떨 려왔지만 왜군들은 비가 내려도 자신들의 할당량을 채우기 위해 채찍질 을 더욱 매섭게 해댔다.

고니시가 높은 기단 위에 저승사자처럼 당당하게 서서 지켜보고 있었 다. 추위에 바들바들 떨던 유정이가 고니시를 쳐다보며 혼자 중얼거렸다.

"내가 언젠가는 네놈의 모가지를 잘라버릴 것이여! 우리 엄니 한을 풀 어줄 것이그만. 기다려봐. 참말인께!"

"너, 뭔 소리를 혼자 씨부려댔쌌냐?"

"아무것도 아니여라."

"이년아! 가슴 보이지 않게 천으로 칭칭 동여매랑께! 이것이 뭣이여?"

주 씨는 유정의 젖가슴을 가리키며 소리를 죽여 나무랐다.

"아, 어쩔 것이여라. 컷다고 요것이 불쑥불쑥 튀어나온디……."

열여섯 살의 유정은 재빨리 비에 젖어 몸에 달라붙은 옷을 매만지며 자 기 가슴을 쳐다보았다. 이제는 어린 계집티를 벗어나 처녀처럼 가슴이 제 법 몽글거렸다. 아버지 주 씨는 유정이 다른 사람들에게 여자로 보이지 않도록 하느라 늘 불안하고 걱정이 되었다.

"제발 티 안 나게 조심허랑께!"

"알았응께 걱정마시랑게요."

아침부터 보슬보슬 꾸준히 내리던 빗방울이 정오가 되자 굵어지더니 장대비로 변해 세차게 퍼부었다. 작은 물고랑이 만들어지고 성벽 돌 틈 사이로 흙탕물이 제법 많이 흘러내렸다. 축성을 쌓았던 흙더미도 스르륵 무너지는 곳이 생기면서 쑥쑥 땅이 꺼져 내려앉았고 높이 쌓인 성벽이 배가 나오듯이 점점 불룩해지고 있었지만 일은 멈추지 않고 계속해야만 했다. 고니시는 부관 우쓰노미아와 함께 비를 맞으며 기단 위에 서서 진두지휘를 하고 있었다.

"성벽이 무너지려고 한다!"

노역자 중에 누군가가 큰 소리로 외쳤다. 성벽 아래에서 일하던 노역자들은 배가 불룩해진 성벽을 보고 놀라 급하게 자리를 피했다. 성벽에서 백 보 정도 떨어진 곳에 있는 주 씨와 유정도 그 소리를 선명하게 들었다. 왜군 병졸들이 달려와 잠시 넋을 놓고 바라보던 노역자들에게 채찍질을 하며 성벽이 무너지지 않게 돌과 나무 기둥으로 벽을 받치라고 강요했다. 노역자들은 빗속을 뚫고 나무 기둥을 들고 가서 성벽에 받침대를 대었다. 점점 더 강하게 내리는 비가 흙탕물을 이루어 성벽의 돌 틈 사이로 쏟아지고 있었다. 어느새 노역자들은 채찍이 무서워서가 아니라 성벽이 무너지지 않게 하기 위해 빗속에서 젖은 몸을 이끌고 최선의 노력을 쏟고 있었다. 기단 위에 서서 꿈쩍도 하지 않고 그 모습을 쳐다보던 고니시가 무거운 발걸음을 막 떼려는 순간이었다. 불룩하게 나온 성벽이 그대로 와르르 무너지고 말았다.

"피해라. 피해!"

"성벽이 무너진다! 어서 도망가!"

"아ㅡㅡㅡ악."

순식간에 성벽 공사 현장은 아수라장이 되고 말았다. 사람 키의 서너 질 정도의 높은 성벽이 흙탕물과 함께 무너지면서 노역자 일곱 명이 순식간에 성벽의 돌과 함께 흙 속에 파묻히고 말았다. 사람들은 괭이를 들고 와서 흙탕물 속에서 허우적거리는 동료 노역자들을 구해내려고 온힘을 다 내어 용을 쓰고 있었다. 주 씨와 유정도 급하게 달려가 노역자들을 구해내려고 정신없이 맨손으로 땅을 파다 보니 비와 땀으로 범벅되어 온몸이 흠뻑 젖어 있었다. 공사 현장은 일단 중단되고 흙더미에 깔린 사람들을 살려야 한다고 우왕좌왕 갈팡질팡하고 있었다.

　유정은 온몸이 흙구덩이에서 뒤엉켜 윗옷고름이 거의 풀어진 줄도 모르고 동료들을 구하기 위해 온힘을 쏟아내고 있었다. 유정의 젖가슴을 가리기 위해 동여맨 헝겊이 느슨해지면서 하얀 속 살결이 살짝살짝 드러나 보이는 것도 모르고 허둥거리고 있다. 노역자들을 감시하던 사사끼가 유정의 하얀 속살을 보자 눈이 휘둥그레졌다. 이때, 주 씨가 유정을 보며 침을 삼키는 사사끼를 보고 황급하게 달려와 유정을 껴안았다.

　"아부지! 왜 이러요? 저기 사람이 묻혀 있는디…… 아부지!"

　"이놈아, 그만 됐어. 이제 나와! 니가 용을 써도 안 된께."

　주 씨는 흠뻑 젖은 유정의 팔을 낚아채면서 데리고 나가려 하자 유정이 주 씨의 손을 뿌리쳤다.

　"아부지! 저 사람을 구해야 한께 절 좀 놔둬요!"

　"너 아니라도 살 사람은 다 살어. 그만 지랄 떨어……."

　온몸을 던져 주 씨의 손아귀를 빠져나가는 유정을 돌려세운 주 씨가 유정의 뺨을 사정없이 때렸다.

　"이놈의 새끼가 내 말을 안 들을 참이여? 우리 일은 다 끝났응게 어서 가잔 말이여!"

유정은 유독 매몰차게 굴며 자신을 끌고 가는 주 씨를 이해할 수 없었다. 한참을 끌려가서야 유정은 자기 윗옷이 벗겨진 것을 알게 되었고 앞가슴을 추슬렀다. 주 씨는 못 본 체 다른 곳에 시선을 두며 긴 한숨을 내쉬었다. 빗물이 흐르는 작은 도랑으로 유정을 데리고 간 주 씨는 유정의 온몸에 묻은 진흙을 씻어주었다. 멍하니 앉아 몸을 맡긴 채 훌쩍이는 유정은 주 씨에게 맞은 뺨도 얼얼하고 죽어가는 자를 구하지 못한 안타까움과 분노로 온몸이 떨리기 시작했다. 유정은 점차 한기가 밀려오더니 어느새 몸이 바들바들 떨리며 오열이 찾아왔다.

세찬 장대비가 약해지더니 성벽의 사고도 점차 수습 국면으로 가고 있었다. 한쪽에 나란히 눕혀진 네 구의 시신은 돌에 찢긴 상처 때문에 흙 범벅, 피범벅이 되어 있었다. 유정과 주 씨는 노역자들 사이에 서서 비를 맞으며 멍하니 시신들을 바라보았다. 성벽 돌과 흙더미가 일꾼들을 덮치며 눈앞에 쏟아졌을 때 그들의 불안과 공포가 얼마나 컸을까를 생각하니 유정은 가슴이 꽉 막히고 온몸이 떨려왔다. 언젠가는 자신도 저렇게 죽어누워 있을 것이라고 생각하니 눈물이 주르륵 흘러내렸다.

"자! 이제 다 됐으니 자기 자리로 돌아가 하던 일을 계속하라. 어서!"

사사끼가 칼을 뽑아들고 소리를 쳤다. 유정은 주 씨의 손을 뿌리치고 누워 있는 시신에게 서서히 다가갔다. 눈을 감지도 못하고 무서움에 입이 벌려진 채로, 돌에 패인 상처에서 피가 흐르고 있었다. 유정이 비에 젖은 소매 끝 무명천으로 죽은 자들의 상처 난 얼굴을 지그시 눌러주자 피가 멈추는 듯 했다. 유정을 유심히 지켜보던 사사끼가 외쳤다.

"이 자식이! 어서 돌아가서 일을 하란 말이야! 내 말이 안 들려!"

"네, 네, 갑니다. 지금 가요."

어느새 다가온 주 씨가 유정을 데리고 일터로 돌아갔다.

그 시각, 물안개로 자욱해진 불모팅이 길을 돌아온 치재는 젊은 노역자들과 함께 축성할 돌을 한 무더기 실은 수레를 힘들게 끌고 들어왔다. 왜교성으로 들어오는 길은 수레도 젖고 돌도 젖고 황톳길도 젖어 개펄처럼 질퍽거렸다. 치재는 힘든 돌 운반 작업을 끝내고 잡곡으로 만든 주먹밥을 받아 들고 유정과 주 씨가 있는 곳으로 왔다.

"유정아, 무슨 일 있었냐? 사람들이 통 말이 없어야?"

"……."

"유정아, 너까지 왜 그래?"

유정은 오빠 치재가 묻는 말에 대답을 하지 않았다.

"아야, 오늘 뭔 일 있었냐니깐? 왜 대답이 없냐?"

그러자 일을 하던 주 씨가 허리를 펴며 끼어들었다.

"아침녘에 장대비가 허벌나게 내릴 때, 성 옹벽이 무너져 몇 사람이 깔려 죽었어야."

"참말로요? 몇 사람이나요?"

"네 사람이 죽었구먼, 아까운 목숨들이 사라지고 말았제."

"누가 죽었는디요?"

"청수골에 사는 감나무 집 정 씨가 있드라……."

주 씨가 무심하게 남의 집 이야기 말하듯이 중얼거렸다.

"그 아재가 죽었어요?"

"오라버니! 우리는 왜 피난가다 잡혀 와서 죽고, 성벽 쌓다가 죽고, 도대체 우리가 뭔 죄가 있다고 이래야 된대요?"

긴 한숨만 내뱉고 속으로 말을 삼키며 듣고만 있던 치재가 벌떡 일어나 말한다.

"이것이 사람 사는 것이다요? 그래 유정이 니 말이 백번 맞다. 아부지! 이래 죽으나 저래 죽으나 죽는 순서만 다른디…… 이렇게 사느니 차라리 왜놈들하고 한바탕 붙어 불자고요! 예전에 장윤 장군을 비롯해 의로운 이기남 의병장, 정사준 의병장, 조정 의병장등 우리 동네에도 불의를 참지 못하고 싸운 어른들도 많았어라."

치재의 말에 주 씨는 누가 들을까 무서워 주변을 살피며 치재의 등판때기를 주먹으로 때렸다.

"이놈의 새끼가 애비 죽는 꼴을 봐야 그런 말을 안 할 거냐? 네가 무슨 수로 저 무시무시한 조총을 이겨낼 것이냐. 저항하는 순간 죽는 것이여. 꿈에라도 생각지 말아라, 알았냐?"

"……."

"왜 대답을 안 해? 느그들 잘 들어. 아무리 억울하고 화가 목구멍까지 차고 입에서 쉰내가 풀풀 나더라도 참아야 혀. 뭔 일 있더라도 목숨은 살아야 혀. 알아들었냐? 왜 대답을 안 해?"

"예."

치재가 주 씨의 강압에 못 이겨 대답하자 주 씨는 대답이 없는 유정을 보고 다그쳤다.

"니는 대답 안 하냐?"

"…… 예, 알았구만요."

유정도 마지못해 대답을 했다. 화가 난 치재는 손에 들고 있던 주먹밥을 꽉 씹었지만 삼킬 수가 없었다.

노역에 동원된 조선 백성들은 매일 노동이 끝나면 도망자를 막기 위해 임시 거처가 마련된 장도라는 섬으로 이동했는데, 선착장에 모두 모여 인원점검을 받은 후 수십 척의 배에 타고 숙소가 있는 장도에 들어갔다.

유정은 장도로 가는 배를 탈 때마다 무척 서글퍼졌다. 깜깜한 밤에 물살을 가르며 물 위를 가는 느낌은 죽음의 공간으로 들어가는 기분이었다. 장도라는 작은 섬으로 들어갈 때면 왠지 다시는 엄마를 볼 수 없거나 뭍으로 나오지 못할 것 같은 두려움이 엄습해 왔기 때문이다.

비를 흠뻑 맞으며 일을 한 유정은 성벽이 무너지면서 억울하게 죽어간 사람들로 인한 심리적 충격을 받았는지 밤새 열로 끙끙 앓았다.

세상에 자비는 없다

온몸에 열이 난 유정은 밤새 끙끙 앓으며 엄마를 찾았다. 유정이가 아
픈 것은 아랑곳하지도 않고 속없는 아침 햇살은 눈부시도록 밝았지만 유
정의 열은 조금도 떨어지지 않고 계속 펄펄 끓었다. 밤새 잠을 자지 못하
고 간호를 하던 주 씨가 감시관인 왜군 장졸한테 유정의 병세를 고했지만
오히려 귀뺨만 맞고 돌아왔다.

한 걸음도 떼기 힘들 만큼 빽빽하게 탄 수많은 노역자들은 배에서 멍하
게 서 있었다. 그런 죽음의 고통을 가득 실은 배 한쪽 구석에 유정이 쪼그
리고 앉아 있었다. 치재는 한숨만 크게 내쉬었다. 차가운 날씨에도 배는
푸른 물살을 가르며 왜교성 선착장에 금세 도착했다. 갈매기 소리가 들려
야 하는 선착장 하늘은 까마귀 떼들로 가득했고 마치 장송곡을 노래하듯
까악거리는 소리가 아침 햇살 속에서 울려 퍼지고 있었다. 좁고 불안한
나무다리를 건너 배에서 내린 노역자들은 엄청나게 모여든 까마귀 떼와
그 소리에 모두 놀랐다. 그리고 까마귀들이 새까맣게 걸터앉아 있는 높은
기둥에 뜯겨버린 해골만 남은 사람의 머리를 보고 또 한 번 놀란 유정은
그만 뒤로 넘어지며 구토를 하기 시작했다.

"우––욱, 욱–––. 캬악–– 우웩–."

"유정아, 유정아!"

주 씨가 울면서 구토를 하는 유정의 등판을 두들겨 주자 치재는 까마귀 떼들을 보이지 않게 하려고 자신의 몸으로 유정의 얼굴을 감싸 안았다.

"이건, 아니야. 이건 아니라고……. 우–––욱."

기운을 차리지 못한 유정이 지쳐가는 목소리로 중얼거리며 쓰러졌다. 노동과 배고픔에 시달리다 노역장을 빠져 도망간 장평골 아저씨를 비롯해 참수 당한 세 명의 머리를 꽂아 놓은 나무 기둥 위에 까마귀들이 걸터앉아 부리로 머리를 쪼아 먹고 있었다. 그 주변을 날며 자리를 차지하기 위해 싸우고 있는 또 다른 까마귀들은 날개를 푸득거리며 자리 다툼을 하고 있었다. 긴 나무 기둥 끝에 매달려 까마귀밥이 되어 버린 가련한 조선 백성의 수급을 보며 노역자들은 고개를 돌리며 재빨리 지나쳤다.

"사람 죽이기를 풀 베듯 하는 시상이니…… 어서 가자고 다치기 전에……."

치재가 하늘을 날고 있는 까마귀 떼를 향해 돌을 던지며 '저리 가 이놈들아!' 하고 소리를 질렀다. 유정을 업고 노역장까지 온 주 씨는 아침부터 참혹한 광경에 할 말을 잃었다. 어제 무너진 성벽의 잔해물이 그대로 있었고 누워있던 시신들은 어디론가 감쪽같이 사라졌다. 노역자들 중에 누구도 그 시신들이 어디로 어떻게 사라졌는지를 아는 사람이나 입을 여는 사람은 아무도 없었다. 주 씨가 유정을 옹벽 한쪽에 기대어 두고 주변을 살펴보지만 왜군 감시관들은 아직 보이지 않았다.

"고니시 장군님 죄송합니다. 다시는 무너지지 않도록 하겠습니다."

"오카다! 넌 나고야 성을 불과 몇 년 전에 만든 다이묘 중에 최고의 다이묘! 일본의 자존심이 아니더냐? 가을비 몇 방울에 이 고니시의 자존심을 무너뜨리다니……."

"장군님! 죄송합니다."

"죄송? 왜교성은 바닷가 산성으로 방어가 목적인 성이다. 그러니 내탁축법으로 누구나 쉽게 쌓을 수 있는 평범한 축성이 아니더냐?"

"그렇습니다."

"그런데, 가을비 한 번에 이렇게 허망하게 무너지고 말다니 미천한 조선 놈들 앞에서 대합전하의 자존심이 무너지고 말았다."

"죽을죄를 졌습니다. 앞으로는 무너지지 않도록 시혈(矢穴) 흔적에 작은 돌로 받쳐 굳건하게 할 것이며 그동안 줄눈 없이 막돌 허튼층 쌓기를 해서 외벽이 거칠어졌으나 앞으로는 성벽 안쪽은 바깥 성돌보다 작은 자연석으로 지탱할 수 있도록 돌을 끼우거나 채울 것이며 그 안쪽에 다시 돌덩이를 부수어 넣고 그 안에 석재 부스러기와 흙으로 완전히 채우도록 하겠습니다."

"그러면 그동안 그렇게 하지 않았다는 것인가?"

"죽여주십시오."

고니시가 칼을 빼들었다.

"너는 대일본의 자존심을 무너뜨렸다. 너의 교만함이 나와 대합전하의 자존심을 땅바닥까지 떨어뜨려버렸다. 용서를 바라지는 않겠지?"

"죽음으로 책임을 다하겠습니다."

"좋다, 스스로 죽을 수 있는 하라키리의 기회는 주겠다."

"감사합니다, 장군!"

왜교성의 감리를 맡은 오카다가 호흡을 가다듬더니 고니시에게 감사의 큰절을 올린 후, 머리에 쓰고 있던 투구를 벗고 갑옷마저도 벗었다. 그리고 무사로서 아니 건축 장인으로서 자신의 배를 열어젖혔다. 오카다는 허리춤에 차고 있던 작은 단칼을 꺼내어 옆에 내려놓고 고국을 향해 남동쪽으로 큰절을 올렸다.

　"대합전하 만세!" 하고 긴 호흡을 내뱉던 오카다는 자신의 배를 단검으로 갈랐고 동시에 뒤편에 서 있던 무사가 오카다의 목을 단칼에 베어 버렸다. 목에서 쏟아지던 피가 하늘로 솟구치더니 오카다의 몸뚱이가 그대로 앞으로 고꾸라지고 말았다.

　"스쿠니! 넌 오카다의 시신을 수습해 본국에 있는 집으로 보내줘라."

　"네, 알겠습니다."

　"앞으로 축성 공사는 신이 다이묘가 책임지고 하라! 알았나?"

　"예, 알겠습니다."

　"구로다! 사사끼! 스쿠니! 너희들은 부역자를 더 많이 잡아 와라. 시간이 없다. 지금의 전세로는 언제 이순신의 조선 수군과 명나라의 군사들이 쳐들어올지 모른다. 신이 다이묘가 공사를 제대로 할 수 있도록 인력을 보충해줘라. 산속에서 놀고 먹는 힘 좋은 중놈들도 잡아오너라. 알겠느냐?"

　"네, 당장 명령대로 하겠습니다."

　신이 다이묘가 왜교성의 축성 책임자로 임명되었다. 신이 다이묘 또한 일본의 성을 건축하는 전문가로서 대 역사인 나고야 성을 만들 때 다이묘로 참여했던 인물이었다. 오카다 다이묘는 잠시 머물 성이라고 판단해 대충 작업을 했기에 죽음을 맞이한 것이다. 신이 다이묘는 오카다 다이묘의 죽음을 거울삼아 튼튼하고 견고한 성을 쌓기 시작했다. 모서리 쌓기도 다른 돌을 수직 방향으로 교차하여 쌓아나갔다. 또한 나고야 성처럼 성의 각도를 70도 정도로 안정감을 주었고 천수각도 나고야 성처럼 7층은 아니지만 5층 망해루로 만들어 지휘부가 안전하게 생활하게 만들도록 지시했다.

　성벽에 기대고 있던 유정이 심한 열 때문인지 헛소리로 엄마를 계속 찾더니 급기야 혼절하고 말았다. 겁이 난 주 씨는 유정을 업고 눈에 보이는 가까운 막사로 급하게 뛰어 들어갔다. 막사 안에는 사사끼와 왜군 감시관들이 있었다. 주 씨는 사사끼의 얼굴을 보고 잠시 머뭇거렸다.
　"장군님, 우리 아이가 너무 아픕니다. 살려주세요!"
　"여기가 어디라고 함부로 들어오는 거야? 당장 나가지 못해!"
　왜군 감시관들이 유정을 업은 주 씨를 막사 밖으로 내보내려고 하자 사사끼가 기절한 유정을 보았다.
　"놔두고 모두들 나가서 오늘 일을 시작하라!"
　"네."
　"그리고 넌 가서 의무 군인을 데리고 와."
　사사끼의 명령에 왜군들이 급하게 막사 밖으로 향했다. 잠시 후에 의무 군인이 들어오자 사사끼가 주 씨에게 말했다.
　"이봐, 넌 나가 있어!"
　"아, 예…… 하지만……."
　"뭐야? 치료 받기 싫다는 거야?"
　"아…… 아, 아닙니다."

사사끼의 위압에 주 씨가 주저주저하다가 막사 밖으로 나왔다. 사사끼의 시선이 유정의 가슴을 향했고 음흉한 미소가 떠올랐다. 사사끼가 지켜본 가운데 의무 장졸이 유정을 넓은 판자 위에 눕히고 살펴보았다. 입 안에 뭔가를 넣어주었고 얼마 후, 의무 군인은 막사 밖으로 나갔다. 밖에서 기다리던 주 씨가 안으로 바로 들어가자, 유정은 넓은 판자 위에 편안하게 누워 있었다.

"열만 떨어지면 큰일 없을 것이라고 하니 깨어나면 데려가도록 해라."

사사끼는 주 씨에게 한 마디 내뱉고는 밖으로 나갔다. 주 씨는 이 모든 상황이 어리둥절하기만 했다.

해가 지고 저녁이 되자 걱정되고 불안한 주 씨는 아직도 열이 많은 유정이를 업고 장도로 들어가는 배를 탔다. 주 씨는 치재에게 오늘 있었던 일을 말하지 않았다.

장도에 있는 숙소의 막사 사이로 불어오는 매서운 바람 끝이 온몸을 웅크리게 만들었다. 하지만 유정은 높은 열 때문에 '엄니! 엄니!' 하고 헛소리를 할 뿐 열이 떨어지지 않아 주 씨와 치재가 교대로 유정의 이마에 차가운 물수건을 올려주며 밤이 깊어가고 있었다. 많이 마르고 핼쑥해진 유정을 보는 치재의 눈에서 눈물이 그렁그렁 맺히며 아버지 주 씨를 보고 귀엣말로 속삭였다.

"아부지! 좀 전에 김 씨가 나랑 몇 명이서만 오늘 밤에 탈출하자고 했어요. 어찌하깨라?"

"김 씨가야?"

"예. 오늘 삼경에 나룻배가 오기로 했다고 나더러 함께 도망치자고 하네요."

주 씨는 식은땀을 흘리며 막 잠이 든 유정의 얼굴을 만져 보았다.

"아부지, 나 이렇게는 못살겠소."

"치재야! 긴 인생에서 피하려고 해도 오늘처럼 어쩔 수 없이 지나가야만 허는 길들이 있다. 그럴 때는 아무 말 없이 그냥 걸어가자."

"아부지?"

"알어, 유정이 몸도 너무 아픈데…… 너마저 없다면…… 저놈들도 사람인데 이 공사가 끝나면 보내주지 않겠냐?"

"아니여라? 아부지는 믿을 놈들을 믿으시오."

"사람들이 그런디 이순신 장군이 진도 울돌목에서 대승을 거둬 조만간 이곳도 이순신 장군님이 온다고 하더라. 치재야! 조금만 더 참아보자."

"아부지! 이건 사람이 아니여라. 난 떠나고 잡소."

"치재야, 그래도 지금은 너무 위험허다. 한 번의 실수는 죽음이야. 너 아침에 장평골 아저씨 못 봤냐? 사람이 죽어도 까마귀밥은 안 돼야지."

주 씨는 마음을 결정하지 못하고 설레발을 치는 치재의 마음을 가라앉혀 주려고 등을 토닥거렸다. 그날 밤 치재는 도망가고 싶은 마음이야 굴뚝같았지만 차마 가족을 두고 혼자서 탈출하는 것을 포기하고 김 씨와 일행들만 떠나보냈다.

날이 채 새기도 전인 새벽녘에 왜군들이 들어와 자고 있는 노역자들을 깨우며 노역자들의 머릿수를 세고 또 세며 다녔다. 치재는 어제 저녁에 떠난 김 씨 일행이 탈출에 성공한 모양이라는 생각이 들자 아쉬움은 더욱 컸고 주 씨를 노려보았다. 치재의 시선을 받은 주 씨는 치재가 아버지 때문에 떠나지 못했다는 원망의 심정을 헤아리며 눈을 감아버렸다. 주 씨는 아픈 유정과 치재까지 지키느라 한 소금도 눈을 못 붙였지만 간밤에 유정이의 열이 많이 떨어지고 아침이 되어 가볍게 일어난 모습을 보니 마음이 가뿐해졌다.

파도가 출렁거렸다. 오늘부터는 큰 바다와 접해 있는 동남쪽 방향 높은 바위로 이루어진 천혜의 지형 구조 위에 성 둘레를 겹으로 쌓고 제일 높은 곳에 돌을 모아 기단을 만들고 돌 기단 위에 5층 규모의 천수각 공사를 한다는 지시를 받았다. 바람 끝이 차가운 겨울이 다가올수록 성벽 공사도 점점 끝이 보이고 철옹의 왜교성으로 변해가고 있었다.

고니시는 축성 쌓기의 마지막 박차를 가하기 위해 군사들을 인근 주변의 정혜사, 선암사, 송광사, 화엄사, 운암사, 향림사 등 모든 절에 보냈다. 고니시의 명을 받은 구로다는 직접 부역자를 색출하기 위해 선암사로 군사들을 데리고 나아갔다.

"조선의 산은 참으로 아름답단 말이야!"

선암사로 들어가는 길 좌측에 흐르는 맑고 시원한 계곡물이 졸졸거리며 낙엽을 실어 나르고 있었다. 늦가을의 조계산은 단풍으로 울긋불긋 아름다운 물이 들고 있었다. 절 입구에는 통나무로 다듬어진, 번개에 맞아 반쯤 불탄 장승이 악귀는 들어가지 말라고 말하듯 눈을 부라리고 있다. 구로다는 눈을 부릅뜬 장승의 눈빛이 불편했는지 활을 겨누어 장승의 눈알에 쏘아 버렸다. 구로다가 쏜 화살은 정통으로 장승의 눈에 명중했다.

"내가 누군데…… 쳐다보기는……."

조계산 자락 모퉁이를 돌아보니 계곡 위로 반달 모양의 승선교가 보이고 그 위에 2층 누각, 강선루가 있었다. 말 그대로 신선이 내려온다는 강선루와 목욕을 하고 다시 올라간다는 승선교가 있어 자연의 아름다움을 더욱 빛나게 해주고 있었다. 구로다는 자신이 신선이라도 되고 싶은 듯 승선교를 지나 말에서 내려 강선루에 올라 맑게 흐르는 골짜기를 보고 중얼거렸다.

"흠, 이 산에 아주 신묘한 깊이가 감춰져 있구나!"

조계산에서 품어져 나오는 신비스러운 기운이 느껴졌다. 일본 무사로서 저항감이 스멀스멀 기어 나오는지 갑자기 옆구리에 차고 있던 태도(왜도)를 꺼내 칼끝을 응시하고서 서서히 검술을 하기 시작했다. 강선루 2층 누각에서 홀로 선암사의 고고한 역사와 싸우는 것처럼 진지하게 검술 춤을 추었다. 함께 온 왜의 병사들은 구로다의 진지한 칼춤을 처음으로 감상하며 환호했다. 잠시 후 구로다가 검을 칼집 속에 집어넣고 내려왔다.

"우후, 시원타! 이놈들은 내 칼끝을 이기지 못해. 역시 묘미가 있구나!"

구로다는 내려와 유유히 말 위에 올라 갈 길을 재촉했다.

일주문 앞에 다다르자 천 년의 역사를 품은 은행나무가 노란 낙엽비를 뿌리며 구로다를 지켜보고 있었다. 구로다는 떨어지는 은행나무 잎을 피해 대웅전을 향해 곧바로 말을 달렸다. 대웅전 앞엔 큰스님인 호암이 마당 중앙에 서 있고 그 주변에 스님들과 행자들이 들어오는 구로다를 보며 머리를 조아렸다. 말 위에서 스님들과 행자들을 훑어보던 구로다가 입을 열었다.

"스님, 제가 여기에 있는 스님들과 행자들을 데려가고 싶은데요?"

따라 나온 왜의 병사 한 명이 나서며 유창하게 조선말로 통역을 했다.

"아하, 속세에서 쓸모없어 중이 된 중놈들을 어디에 쓰시게요?"

호암 큰스님이 웃으며 당당하게 말했다.

"그거야, 제가 알아서 쓰임에 맞게 쓰지요. 굳이 말해줄 이유는 없겠지요."

"그래도, 중놈도 사람인데 이유는 알아야 하지 않겠습니까?"

"큰스님은 절이나 지키지 뭐 굳이 알아야 할 이유가 있나요?"

"초라한 중이기는 하나 공부하는 비구를 보고 업을 지고 있는 산이라 했습니다. 산이 함부로 움직여지는 것 보셨습니까? 산은 타인이 억지로 움직이려고 해서 움직이는 것이 아니라 스스로 움직일 때라야 가능한 것이요. 명색이 업산인데 어디로 무엇 때문에 가는지는 알아야 움직일 것입니다."

"오호? 업산이라…… 우리는 왜교성에서 왔소."

"왜교성이요?"

"우리는 고니시 장군님의 명을 받들고 왔소."

"아, 그 사까이 지방의 약종상 아들 말이구먼. 한때는 대마도가 우리의 땅이었는데…… 그자의 사위가 대마도의 도주이니 조선의 백성을 따뜻하게 대해주면 좋을 텐데, 어찌 그렇게 살생을 자행하는지 모르겠소. 가시면 내 그러지 말라더라고 전해주시오. 인간은 하나의 작은 우주라고 말이요!"

구로다는 통역 병사의 입을 통해 들은 큰스님의 말을 듣고 깜짝 놀랐다. 산속에 있는 스님이 이토록 자세히 알고 있다는 것에 겁이 나고 두려움이 엄습하며 강선루 위에서 받았던 느낌을 이해할 수 있었다.

"어찌 그리 잘 아는지요?"

"나와 종교는 다르다고 해도 세상은 하나지요. 지금은 편견에 사로잡혀 우주의 이치를 망각했더라도 곰곰이 생각해보면 모두가 같은 것이요. 그러니 장수도 살생을 그만하고 우주의 이치를 깨달으시오. 무지가 화가 되어 돌아오는 법이오. 무력으로 세상을 얻을 수는 없는 법입니다. 나무아미타불 관세음보살."

말 위에 있던 구로다는 호암의 말을 듣고 화가 끓어올랐다.

"이런 땡추 주제에 누구를 훈계하는 거야! 이 늙은이까지 끌고 가라."

"네!"

"이보시오, 장수. 우리 큰스님에게 무례하오. 어서 사과하시오."

젊은 중이 큰스님 앞을 막아서며 왜의 병사들과 맞섰다. 모든 중들과 행자들까지 호암 큰스님 앞으로 모여 방어 자세를 취했다. 말을 탄 구로다의 신호가 떨어지자 왜군들이 그들 앞을 가로막은 스님들과 행자들을 무참하게 칼로 베어 버렸다. 뒤에 있던 파르스름해 보이는 동승이 큰 소리로 외쳤다.

"멈추시오. 멈추시오!"

왜군 병사들은 우레처럼 들리는 그의 말에 동작들을 멈추고 당당하게 서 있는 동승을 바라보았다.

"당신들은 살생이 무섭지 않소! 우리가 스스로 갈 터이니 살생은 멈추시오. 그리고 부탁이오. 우리 큰스님은 남아서 부처님을 모셔야 하니 우리만 가게 해주시오!"

"그래, 그래야지. 나도 처음부터 늙은 밥버러지까지 데리고 갈 생각은 없었다. 그런데 저 늙은이가 화를 돋우는 바람에 칼끝이 급해지고 말았다. 자, 모두 앞으로 나오너라!"

절반 정도의 스님들과 행자들이 스스로 앞으로 나왔다.

"어이 늙은 땡추! 산이 움직이지 않는다고……? 칼끝 앞에 움직이지 않는 것이 있을까? 푸하하하! 오늘은 이 정도만 데리고 간다. 다음은 땡추 당신 차례이니 기다리고 있어. 끌고 가자!"

"나무아미타불."

포승줄에 묶여 끌려가는 스님들과 행자들을 보며 호암 큰스님이 합장을 하고 염불을 외우며 서 있었다. 구로다는 스님과 행자들 수십여 명을 끌고서 왜교성으로 향했다. 임진왜란과 정유재란이 일어난 이후 선암사에서 살생이 일어난 일은 그날이 처음이었다. 호암은 줄에 묶여 끌려가는 스님들과 행자들의 뒷모습을 오래 바라본 후 대각암으로 올라가 조용히 불공에 전념했다.

왜교성에 하루 동원되는 부역자만 해도 수백, 수천에 이르렀다. 정혜사를 비롯해 선암사, 송광사, 향림사, 화엄사 등에서 끌려온 많은 스님들과 행자들은 물론 흥양, 보성, 낙안, 부유, 화순, 광양, 돌산 등에서 붙잡혀온 백성들까지 모두 강제노역에 시달리고 있었다.

유정과 주 씨도 피곤하고 지친 몸을 이끌고 손을 호호 불며 천수각 기단공사장에 투입되어 돌을 쌓고 있었다. 천수각 기단에서 고개를 들어 출렁거리는 큰 바다를 보면 장도와 묘도는 물론 가슴이 확 트이는 경치가 아름다운 남해도의 절경이 한눈에 들어왔다. 유정은 평상시 마음이 답답할 때면 먼 바다를 바라보며 답답함을 달래곤 했다. 천수각은 고니시가 직접 기거해야 하는 공간이므로 신이 다이묘는 정성을 다해 성을 쌓고 있었다.

"아버지, 저기 좀 보랑께요? 사람들이 또 잡혀와요!"

유정이 주 씨의 옷고름 잡아당기며 말했다. 왜군 병사들이 사람들을 끌고 불모퉁이를 돌아오고 있다. 탈출했던 김 씨를 비롯해 여섯 명을 포승줄로 묶어 끌고 오는 것이 보였다.

주 씨는 맥이 풀리며 그 자리에 풀썩 주저앉고 말았다. 멀리서 봐도 굴비 엮듯 포승줄에 묶여 끌려오는 김 씨와 노역자들의 몸뚱이는 이미 지칠 대로 지친 만신창이의 상태였다. 이때, 사사끼가 주 씨와 유정이가 일하고 있는 천수각 쪽으로 말을 타고 다가와 내려서 걸어오고 있었다. 곁을 지나던 노역자들이 사사끼에게 인사를 하고 지나갔다. 주 씨는 말에서 내린 사사끼에게 다가가 정중하게 인사를 했다.

"장군님, 일전엔 감사했습니다. 덕분에 우리 아들놈이 열도 떨어지고 건강해졌습니다."

"아하, 아들놈이라……."

그 말에 주 씨는 깜짝 놀라 주변을 두리번거렸다.

"혹시, 제 아들놈이 뭔 잘못이라도?"

"그래, 많이 잘못했지."

사사끼가 껄껄대며 웃었다.

"아직 어려서…… 너그러이 용서를 부탁드립니다."

불안해 보이는 주 씨가 말을 얼버무렸다.

"잘못을 했으면 벌을 받는 것은 당연하지 않나?"

그 말을 들은 주 씨가 재빨리 무릎을 꿇고 빌기 시작했다.

"벌을 받아야죠. 하지만 용서를 부탁드립니다. 이놈아! 어서 빌지 않구서. 뭐해?"

주 씨가 옆에 서있는 유정을 데려다가 무릎을 꿇게 만들었다.

"장군님, 죄송합니다."

"네가 뭘 잘못했는지 아는가?"

"……."

사사끼가 웃으며 유정에게 묻자 유정은 할 말이 없어 주 씨를 바라보았다.

"장군님, 제가 겁 없이 장군님의 막사로 아들놈을 데리고 들어가 죄송합니다. 너무 열이 높아 혼절을 하는 바람에 제가 잠시 눈이 멀고 말았습니다. 죄송합니다."

"눈이 멀었으면 그런 눈은 빼버리면 될 것이고?"

"장군님, 죄송합니다. 제 아비가 저 때문에 한 일이니 저를 벌해 주십시오."

"자기를 벌해 달라. 그러면 그렇게 할까?"

"아닙니다. 이놈은 혼절해서 아무것도 모릅니다. 저를 벌해 주십시오. 장군님, 절 벌해 주십시오."

"그러면 먼저 아들을 벌할 것이니 얘들아! 당장 이놈을 내 막사로 데려가거라."

"네!"

왜군 병사들이 유정을 끌고 가려 하자 주 씨는 완강하게 길을 막아서며 자기를 데려가 달라고 애원했다. 주 씨는 다시 말에 올라타며 떠나려는 사사끼의 다리를 붙잡고 자신을 벌해 달라고 사정했다. 이때, 왜군 병사 하나가 주 씨의 머리를 칼등으로 내리치자 주 씨는 머리에 피를 흘리며 쓰러졌다.

"아부지! 아부지!"

왜군들은 유정을 데리고 공사장 한쪽에 있는 사사끼의 막사로 데리고 갔다. 힘이 빠진 주 씨가 정신은 차렸지만 땅바닥을 기면서 더 이상 따라가지도 못하고 유정을 데려간 사사끼의 막사만 망연자실 바라보았다.

왜교성의 유일한 입구인 연륙처를 건너온 왜군들은 김 씨와 함께 도망간 노역자들을 입구 중앙에 무릎을 꿇게 하고 다른 노역자들이 보는 앞에서 채찍으로 사정없이 때렸다. 피맺힌 비명 소리가 노역장 사람들의 애간장을 녹였다. 김 씨의 고통스런 육신은 채찍이 하늘로 오를 때마다 갓 잡은 생선이 펄떡거리듯 팔짝팔짝 뛰었다. 그 모습을 주변에서 보고 있던 치재는 그동안 원망했던 아버지 주 씨에게 감사의 기도를 올리며 중얼거렸다.

"아부지! 감사허요. 그때 아부지가 날 잡아주지 않았더라면 나도 저 꼴로 지금 저 자리에 있을 것잉만요. 그러나…… 그러나……."

도망자의 살이 찢겨지는 처절한 비명 속에서 치재는 두 눈을 질끈 감았다. 한 명의 왜군이 말을 타고 고니시가 머무르고 있는 막사로 향하고 있었다.

막사 한쪽 귀퉁이에 유정이를 처박아 놓은 사사끼는 술을 들이켜고 야비하게 눈웃음을 지으며 벌벌 떨고 있는 유정을 바라보았다.

"네, 이년! 네가 감히 날 속여?"

"내가 장군님을 속이다니요?"

"이년이 너의 그 하얀 속살을 진즉에 보았는데도 거짓말이야? 어서 상의를 벗어 보아라. 누가 맞는 것인지 보자."

유정은 옷고름의 섶을 꽉 쥐어 잡고 머뭇거렸다.

"네년이 나를 속여?"

"속일 의도는 없었어라. 장군님!"

"날 속인 것만으로도 바로 죽여 마땅하다. 또한 너의 애비 그리고 오라비까지 바로 죽여 버릴 수도 있다!"

"제발, 아부지와 오라비는 살려주세요. 속일 의도는 없었어라."

"없었다? 넌 이미 나를 속였어."

사사끼가 유정의 옷고름을 잡아 뜯어 버리자 유정은 수년 전에 정읍에서 있었던 엄마 생각에 분노가 치밀어 올랐다. 유정은 사사끼 얼굴에 침을 모아 뱉었다.

"이 더러운 놈, 아무리 전쟁통이라고……."

화가 난 사사끼는 유정의 뺨을 세차게 때렸다. 유정은 옷고름을 쥐어잡은 채 사사끼에게 손이 발이 되도록 빌며 겁에 질려 바들바들 떨었다.

"옷을 벗지 못하겠다 이 말이냐? 일본 무사의 자존심을 건드려? 좋다."

사사끼가 유정의 겉옷을 강제로 잡아채자 상의가 풀어지고 말았다. 젖가슴을 싼 헝겊천이 보이자 사사끼의 눈빛이 이글거렸다. 사사끼는 정신을 잃은 사람처럼 유정의 젖가슴을 덮고 있던 헝겊천을 풀어헤치며 밀어붙였다. 구석에 밀린 유정은 사사끼가 옆구리에 차고 있는 작은 칼을 꺼내들었다.

"제발 날 나가게 해줘요. 제발 용서해주세요."

"호오! 이년이, 날 속이는 것도 부족해서 날 죽이려고 해?"

"장군님! 장군님을 죽이려고 한 것이 아니고……."

사사끼는 유정이 들고 있는 단검을 조금도 겁내지 않고 유정에게 다가와 주먹으로 얼굴을 강타했다. 유정이 막사 천막 한쪽 구석에 처박혔다. 화가 풀리지 않은 사사끼가 유정의 옆구리를 발로 차고 주먹으로 뺨과 얼굴을 무자비하게 때리자 유정은 막사 한쪽으로 꼬꾸라지고 말았다.

"소리를 지르면 네 애비와 오라비를 바로 죽일 것이다."

사사끼는 자신의 갑옷을 벗어 팽개치고 벌벌 떨고 있는 유정에게 다가와 유정의 명주바지의 겉옷을 벗기려 허리춤에 손을 대자 유정은 악을 쓰며 거세게 반항했다. 사사끼가 유정의 목덜미를 잡아 침대 위로 밀어버렸다.

한편, 탈출에 실패하여 모진 고문으로 기진맥진한 김 씨와 노역자 일행들을 앞에 두고 왜군 장수들이 나와 큰 소리로 외쳤다.

"자, 두 눈을 뜨고 모두 보아라! 이자들은 어젯밤 장도에서 군영을 탈출한 자들이다! 우리 모두가 힘을 모아 성을 쌓아야 할 시기에 자신만 편하자고 도망간 천하의 못된 악질 놈들이다! 이들은 우리들의 배반자이며 우리의 적이므로 앞으로 이런 자들처럼 도망자가 나타나지 않게 하기 위해 공개 처형을 하겠노라!"

"처형하라! 처형하라!"

왜군 병사들 사이에서 처형하라는 함성이 터져 나옴과 동시에 왜군 장수들이 칼날을 높이 치켜들더니 도망자들의 목을 향해 번쩍 날았다.

"아———악."

짧은 비명과 함께 여섯 사람의 목이 하늘을 향해 솟구치더니 땅바닥에 '퍽————퍽' 소리와 함께 뒹굴어지고 말았다.

"이놈들아! 안 돼! 이런 법은 없어. 이럴 수는 없다고……."

기력이 딸려 땅바닥에 엎드려 있던 주 씨가 익숙한 목소리에 고개를 들어보니 분노를 참지 못한 아들 치재가 피를 토하는 김 씨를 향해 고함치

머 달려가고 있었다.

"이 나쁜 놈들! 우리가 뭔 죄가 있다는 거여? 이놈들아, 나도 죽여라!"

치재가 달려가며 소리를 지르자, 주 씨는 생각하고 판단할 겨를도 없이 치재를 잡으러 일어서 달려 나갔다.

"치재야, 멈춰라! 치재야! 제발 침착해라. 치재야!"

이미 제정신이 아닌 치재는 달려가면서 세상이 보였다. 지금까지 생을 살아온 자신에게 인생의 길은 항상 서로 다른 두 갈래 길이었다. 어느 길을 택하여 걸어가는가에 따라 인생의 항로가 달라졌다. 사람들이 덜 다닌 길을 택하면 택한 대로 삶의 무게와 운명이 만들어지고 또한 뭇사람들이 다닌 길을 그대로 택하면 그대로 삶의 무게와 운명이 인간에게 다가온다는 것을 짧은 순간에 느끼고 있었다.

말을 탄 왜군 장수가 달려오는 치재를 향해 달려가 긴 칼을 뽑아들며 하늘을 향해 한 바퀴 돌리더니 치재의 목을 향해 내리쳤다. 치재는 그 자리에서 피를 토하며 거꾸러지고 말았다. 주 씨가 급하게 쫓아갔으나 할 수 있는 일이라곤 이미 축 늘어진 치재를 껴안으며 하염없이 우는 일뿐이었다.

"치재야! 이놈아! 이제 나보고 어쩌란 말이냐? 치재야!"

치재는 아버지 주 씨에게 죽기 전 단 한 마디의 말도 남기지 못하고 뭔가를 말하려고 입만 놀리다가 그렇게 죽고 말았다. 말을 탄 왜군 장수가 아직 뜨거운 피가 솟구치는 치재의 몸뚱이를 안고 오열하는 주 씨를 한 바퀴 돌고 지나갔다. 주 씨는 죽은 치재를 안고 하염없이 울었다. 노역자로 일하던 조선 백성들은 왜군들의 만행과 악행을 보며 가슴속으로는 울고 있었지만 그 누구도 주 씨에게 다가와 슬픔을 같이해 주는 사람은 없었다.

　해가 서산에 뉘엿뉘엿 저물어 가고 있을 때 왜군 병사 둘이서 혼절한 유정을 업고 아들의 시신 앞에서 망연자실 울고 있는 주 씨 곁에 누이고 돌아갔다. 주 씨가 터지는 울음을 참으며 정신을 가다듬고 유정을 바라보았다. 유정의 얼굴엔 피멍이 들어 있고, 피가 흥건하게 젖은 무명바지에 풀려 헝클어진 머리, 젖가슴을 가리는 천도 없이 웃옷만 걸치고 있었다.

　"유정아, 치재야! 내가 죽일 놈이다. 너희들에게 이런 세상을 준 내가 죽일 놈이여!"

　주 씨는 축 늘어진 유정과 죽은 치재를 양팔로 감싸 안고 컥컥거리며 울고 또 울었다.

　붉은 노을이 왜교성 하늘 위로 빠져 들어가더니 밤하늘엔 어느새 별들이 하나둘씩 만개하기 시작했다. 주 씨는 아무것도 하지 못하고 유정이와 치재를 꺼안고만 있었다. 검단산성 띠두루봉에서 하얀 보름달이 쑥 솟아올랐다. 이때, 유정이가 눈을 떴다.

　"아부지."

　"그래, 일어났냐?"

　"아부지, 흐흐흑."

　"그려, 아부지 여기 있응께…… 아부지가 미안해. 정말 미안해."

　울던 유정은 옆에 누워있는 오빠 치재를 보았다.

　"아부지, 오라버니가 왜 그래요?"

　"유정아, 오래비가 저 달나라로 갔어야!"

　"아부지! 오라버니가 왜 이런다요?"

"오라비가…… 니 오래비가 저 달님이 좋아 먼저 갔다니께."

"오라버니! 흐흐흑."

심신이 지친 유정은 소리도 크게 내지 못한 채 눈물만 하염없이 흘렸다. 그날 밤, 주 씨는 치재를 묻어주기 위해 성벽 한쪽에 작은 돌들을 주워와 돌무더기를 만들기 시작했다. 작은 돌들을 들고 오가는 주 씨의 발걸음은 큰 산을 들고 오는 것처럼 무거워 보였다. 큰 산 수십 개를 들고 온 주 씨가 치재의 얼굴을 돌로 덮고 난 후에 돌무더기 위로 쓰러지고 말았다.

"아부지!"

유정이 다가와 주 씨를 껴안았다. 보름달이 유정과 주 씨의 머리 위로 와서 포근하게 감싸주었고 밤하늘에 별이 가득하게 빛났지만 두 자식을 한꺼번에 잃은 주 씨는 기운을 차리지 못했다. 유정은 주 씨가 깨어나도록 흔들어 보았지만 일어나지 못했다.

차가운 날씨에 점점 바람이 강하게 일어나더니 어느새 바람 끝이 아주 매서워지고 있었다. 한참이 지나서 같이 일하는 사람들이 나타나더니 주 씨를 업고 선착장으로 가서 배를 타고 장도로 돌아갔다.

밤새 바람이 강하게 불었다. 요동치는 날씨가 치재를 잃은 주 씨와 만신창이가 된 유정의 아픔을 대신해주고 있었다. 날이 밝고 아침이 되어도 바람은 줄어들지 않고 더욱 세차게 불었고 모든 배들이 거친 풍랑에 출항도 하지 못하고 대기 중이었다. 유정과 주 씨는 아무 말도 못하고 숙소 안에서 그저 앉아만 있었다. 바람이 강하여 결국 배가 뜨지 못한다는 전달을 받고 숙소인 장도에서 노역자들은 하루를 머무르게 되었다. 노역자들에게는 얼마 만에 맞이한 자유로운 하루였지만 주 씨와 유정에겐 눈물만 흐르는 고통의 연속이었다. 밤이 되고 하늘에 별이 보이더니 바람이 점점 사라지고 있었다.

가슴에 아들 치재를 묻은 주 씨는 바닷가에 앉아 하늘을 원망하며 소리 죽여 울다가 숙소로 돌아오자 유정이 보이지 않아 겁이 덜컥 났다. 유정을 찾기 시작했다. 유정은 멀리 외따로 바다가 보이는 소나무 숲에 앉아 울고 있었다. 주 씨가 울고 있는 유정에게 다가갔다.

"유정아, 미안하다."

"아버지! 내 가슴이 저려 숨조차 쉴 수가 없어요. 가슴에 불이 나서 손도 댈 수 없을 만큼 뜨거운데…… 어떻게 해야 할지를 모르겠어요."

이미 유정은 가슴에 수없이 많은 상처 자국이 만들어져 있었다. 사방으로 갈기갈기 찢긴 것처럼 손으로 가슴을 쥐어뜯고 있었다.

"유정아. 미안타! 미안해."

차가운 땅바닥 기운이 온몸으로 스며들고 있었지만 유정은 오히려 차가운 땅바닥에 불이 난 가슴을 식히기라도 하듯 온몸으로 땅을 구르고 또 굴렀다. 시간이 지나자 하늘에 박혀있던 별들이 유정의 가슴에 내려앉은 듯 유정은 조금씩 안정감을 찾아가고 있었다. 유정은 하늘을 향해 두 팔을 벌려 하늘의 별빛을 그대로 가슴속에 담았다. 두 사람은 아무 말 없이 하늘만 바라보며 눈물을 흘렸다.

"아부지, 내 가슴이 너무 아퍼라!"

"……."

"엄니와 나 그리고 오라버니를 생각하면 이대로 당하고 살 수만은 없어라."

"……."

"엄니와 내 인생을 짓밟고 내 오라버니를 죽인 왜놈들 앞에서는 절대 안 울 것잉만요. 아버지! 우리 여기서 도망쳐요. 나도 할 수 있어라!"

"그래, 니 맘이 그러면 그러자. 오래비를 가슴에 묻어서 데리고 가자!"

"그래요, 아버지! 우리 꼭 살아서 나가요."

유정은 흐느적거리는 주 씨의 가슴에 얼굴을 묻고 하염없이 울었다. 유정은 아버지의 피 끓는 오열을 느꼈다.

다음 날도 노역은 계속되었다. 하지만 주 씨는 유정을 데리고 탈출할 계획을 꼼꼼히 세우며 장도로 들어가서는 탈출할 수 없다고 판단하고, 하루 일과가 끝나면 인원점검을 한 후에 장도로 들어가기 전에 배를 타지 않고 빠져나가는 방법밖에 없다는 것을 알고 꼼꼼하게 방안을 찾고 있었다.

주 씨가 탈출하기에 적합하다고 생각하는, 달빛이 없고 파도가 없는 잔잔한 날이 되었다. 경비병들이 배에 탑승하는 인원을 확인한 후, 주 씨와 유정은 마음이 다급해지며 불안하고 초조했다. 갑작스럽게 사람들의 다툼이 생겼다. 순간, 빈틈의 기회가 왔다. 주 씨는 유정을 데리고 배에 타지 않고 바로 바위 뒤로 몰래 숨었다. 노역자들을 태운 배는 왜교성 선착장을 떠나 죽음의 물살을 가르며 장도로 들어갔다. 칠흑 같은 밤이 되자 왜교성이 조용해졌다. 왜교성 안에는 감시 병사 한 명도 없이 쥐새끼 한 마리 보이지 않았다.

"유정아, 인자 바다 물속으로 해서 감시자가 없는 남쪽으로 도망가자!"

"예, 아부지! 쪼금만 기다려주시오. 내 금방 올랑께요."

유정은 주 씨가 대답하기도 전에 어둠 속으로 사라지고 말았다. 유정은 칠흑 같은 어둠을 뚫고 조심스럽게 사사끼가 머무르고 있는 막사로 향해 갔다. 유정이 가만히 막사 주변을 살폈지만 아무도 없었다. 문을 열고 막사 안에 들어서자 작은 등불 하나가 불을 밝히고 있고 한쪽에는 빈 술병과 술상이 널브러져 있었다. 경비도 없이 술에 취한 사사끼가 혼자 코를 골며 자고 있었다. 유정은 이를 악물고, 감추고 있었던 단검으로 누워 있는 사사끼의 가슴을 주저 없이 단방에 찔렀다. 사사끼는 칼에 찔린 채 유정을 밀치고 비틀거리며 일어나 한 손으로 가슴에 꽂힌 칼을 잡고 다른 한 손으로 유정의 옷소매를 잡았다. 유정이 사사끼의 힘에 밀리고 있었다. 그때 언제 왔는지 주 씨가 들어서면서 사사끼의 긴 태도(왜도)를 뽑아서 사사끼의 배를 찔렀다. 사사끼는 유정을 쳐다보며 아무 말도 못하고 그대로 쓰러졌다. 이 모든 일이 순식간에 벌어지고 말았다. 유정이 사사끼의 가슴에 꽂힌 단검을 빼들어 사사끼의 옷에 닦았다.

"아부지! 이제 이 세상에 자비는 없어라!"

죽은 사사끼를 강렬한 눈빛으로 바라보며 말하는 유정의 눈에서 눈물이 주르륵 흘러내렸다.

어둠을 뚫고 막사에서 나온 두 사람은 감시병이 없는 큰 바다, 천혜의 자연 바위성벽으로 이루어진 동쪽 사면의 가장 얕은 바닷물 속으로 살며시 들어갔다. 바닷물이 얼마나 차가운지 몸을 움직이기는커녕 숨조차 내쉬기 어려웠지만 이겨내야만 했다. 두 사람은 사시나무 떨듯 추위에 떨었다. 주 씨가 물에 홀딱 젖은 유정을 감싸며 파도가 잔잔한 바다 속을 걸어 갈대밭이 무성한 남쪽 땅까지 나왔다. 주 씨는 우선 유정의 흠뻑 젖은 옷을 벗겨 꾹 짜내고 자신의 옷도 벗어 꾹 짰다. 유정은 사시나무 떨듯 온몸이 떨려왔다. 벌벌 떨며 갈대 사이를 지나 억새풀을 헤치며 밤나무골까지

갔다.

"나약해지문 안 되야. 묵묵히 걸어가자! 눈물을 보이지 말거라!"

주 씨의 주문처럼 유정은 그렇게 걸었다. 왜군 병사들이 일어나기 전에 조금이라도 더 많이 도망치려면 지체할 시간이 없었다.

어느새 관음포에 아침 해가 떠오르고 있었다. 주 씨와 유정은 사람들의 눈을 피해, 숨어 지낼 수 있는 곳을 향해 억새밭 사이를 빠른 걸음으로 걸어갔다.

구로다를 비롯한 여러 왜장들이 가슴팍에 오른팔을 반쯤 구부리고 고개를 숙인 채 고니시 앞에 무릎을 꿇고 앉아 있었다. 긴 칼 한 자루와 두 자루의 짧은 칼을 찬 고니시는 화가 머리끝까지 나서 장도를 넣었다 빼기를 반복하다가 결국 의자를 걷어차고 말았다.

"구로다! 넌 뭐하는 놈이냐? 그깟 쥐새끼 같은 놈을 못 잡는단 말이야! 어떻게 사사끼 같은 장수가 죽을 수 있단 말이냐? 그것도 우리 진지 안에서…… 사사끼가 당하다니 믿을 수 없어!"

고니시 앞에 무릎 꿇은 구로다, 스쿠니, 우쓰노미아의 고개가 점점 숙여지고 있었다. 이때, 구로다가 고개를 들며 말했다.

"장군님! 면목 없습니다. 그러나 며칠 안에 곧 잡힐 것입니다. 걱정하지 마십시오. 꼭 잡겠습니다!"

"도대체 어떤 놈이기에…… 무슨 수를 써서라도 꼭 산 채로 잡도록 해라. 내가 그 쥐새끼들의 낯바닥을 꼭 봐야겠으니 말이다."

"네, 아마도 주 씨라고 하는 놈과 유정이라는 아이가 없어진 것으로 보아 그들이라고 생각됩니다."

"이건 대일본 무사의 자존심이다. 또한 대합전하의 자존심에 크나큰 상처를 입히고 말았다. 후, 열 받아! 당장 그놈들의 집에 병사들을 보내라."

"명심하겠습니다."

"요즘 들어 도망자들이 많아졌다면서? 노역자들이 동요되는 것을 막아야 한다. 도망자들을 꼭 잡아서 본때를 보여줘야 해. 도망자의 식솔들을 잡아 모두가 보는 앞에서 죽여라! 그리고 소문을 내. 그래야 함부로 도망갈 생각을 못한다. 알았나?"

"그렇지 않아도 도망자의 식솔들을 잡아 족치고 있습니다."

"족쳐가지고 되나? 숨긴 곳을 알려주지 않으면 죽여 버려! 그리고 본국으로 귀나 코를 소금에 절여 보내라고!"

"예, 어제도 다섯 통이나 소금에 절여 부산으로 보냈습니다."

"다섯 통이나! 그게 많다는 것인가?"

"죄송합니다. 더 많이 보내겠습니다."

잠시 정적이 흘렀다. 화가 풀리지 않은 고니시가 막사 안을 왔다 갔다 서성거렸다.

"모두들 꼴도 보기 싫다. 나가서 당장 잡아 와. 어서!"

"네."

부읍성 북문과 오리정 사이에 있었던 시전에 면사첩(통행패)을 가진 사람들이 점점 다시 모이더니 어느 정도 규모를 갖춘 시전이 다시 형성되었다. 하지만 이미 시전은 소판의 패거리가 완전히 장악을 해서 장사를 하려면 그들에게 자릿세와 물품 구입에 필요한 모든 검열을 받아야만 했다. 소판은 꺽쇠를 비롯해 부하들을 데리고 소금전 지하 창고에 모여 있었다.

"성님, 이른 아침부터 뭔 일이다요?"

"사사끼 장군이 죽었다."

"워메 난리 나부렀네. 인자 우리는 어쩐다요?"

"감히 장군을 누가 죽였답니까?"

"정확하지는 않지만 장평골 술도가의 주 씨라고 하더구나."

"에이, 성님! 주 씨는 그런 짓 못해라."

"그러게 내가 봐도 주 씨는 맘이 여려서 남을 죽일 만한 위인이 못 되지. 근데 묘하게도 사사끼 장군이 죽은 날 주 씨하고 그의 딸, 유정이가 사라지고 말았다. 글고 며칠 전에 주 씨의 아들 치재가 죽었거든."

"치재가 죽었어라? 워메 어쩐다요. 불쌍해서……."

"시방 죽은 사람이 한둘이간디? 불쌍하기로 치자면 평생 땅바닥에 주 저앉아 울어야 쓸 것이다."

"그래도 고놈이 내 불알친군디."

"선머슴 같은 주 씨 딸은 어쩌냐?"

"고년은 독한 구석이 있는디 설마 아직 가슴에 물도 안 찬 년이 어찌 장 군님을 죽일 수 있을께라?"

"얼마 전에 사사끼 장군이 그년을 겁탈해서 혼이 빠져 부렀다고 하더라."

"주 씨 집도 폭삭 망해 부렀구만, 아들 죽고 딸년 그렇게 되불고……."

"성님! 고년은 엄청 독한 구석이 있어라. 머리 깎고 머스마처럼 다녀분 거 보시오? 왈패 같은 년이랑께라."

"우리 시전 뒤를 봐준 사사끼 장군이 죽어 부렀으니 걱정이지."

"그러면 자릿세를 이제는 누구한테 바쳐야 우리가 가질 수 있다요?"

"그거야 마쓰이 부관한테 물어봐야지."

꺽쇠가 고개를 갸웃하니 흔들었다.

"와따, 마쓰이 보통이 아니던데요. 미친놈처럼 가늠을 못하겠어라. 어쩔 때는 아무렇지도 않은가 싶다가도 날씨가 조금 꾸리꾸리 하면 사람을 어찌나 닦달을 하고 쥐어 패든지. 정상이 아니던데요?"

"그래도 우리에게 꼭 필요한 자다. 꺽쇠야 넌, 술도가 집을 유심히 살펴보거라. 고니시 장군님께서 열을 받을 만큼 받아서 범인만 잡으면 시전 경영권은 완전히 우리 것이다."

"그러기만 하면 최고지라."

꺽쇠가 운영하는 소금전에 시전 패거리들이 소금 가마니를 수레에 다 신고, 지하 창고로 내려와 앉아 있는 소판에게 인사를 하고 꺽쇠에게 말했다.

"성님! 갔다 올랍니다요."

"오늘은 어디로 가냐?"

"오늘은 낙안성에 다섯 가마여라."

"워메 아깝다. 고것을 돈으로 치면 몇 냥이다냐?"

옆에서 듣기만 하던 소판이 고개를 돌려 쳐다봤다.

"소금을 저만큼 쓸라믄 얼마나 많은 사람들이 죽었겠냐?"

"줄잡아도 수백 명의 코나 귀가 잘렸을 것인디……."

"요놈아 요즘에는 귀는 두 개라고 안 되고 코만 받는단다. 코만."

"워메 징그러운 거. 왜놈들은 사람도 아닌 게라?"

"느그들은 잡생각 하지 말고 시키는 것만 해."

"아따, 성님도……."

"주뎅이 닥쳐라. 꺽쇠는 오늘 유정이 그 왈패 년의 집이나 가봐라."

"알았어라. 성님."

꺽쇠는 패거리를 데리고 술도가로 향했다. 술도가에는 이미 왜군 병사들이 집 앞을 지키고 있었다. 뭔가 심상치 않는 분위기를 느낀 꺽쇠는 시전으로 돌아와 쌀전과 소금전의 가게 안을 쳐다보고 어디론가 급하게 달려갔다.

귀신들이 사는 용수골 당집

앵무산 자락을 따라 산 아래에는 탐스런 억새꽃이 눈꽃처럼 펼쳐져 있다. 사뿐사뿐 흩날리는 꽃망울들이 바람을 따라 어디론가 날아가다가 지나가는 유정을 위로라도 하듯 주위를 오르내리며 춤을 추고 있었다. 하늘거리며 얼굴에 부딪히는 억새꽃망울이 유정의 험난한 길을 잠시 잊게 해주었다. 유정은 얼굴에 느껴지는 감촉만으로는 부족했는지 손등으로 꽃망울을 대어본다. 살포시 날린 꽃술이 허공을 한 바퀴 날더니 찢겨진 가슴에 내려앉았다. 유정은 꽃술을 살며시 안아주었다.

해창 포구에 다다르자 멀리서 왜군 병사들이 조선 백성들을 포승줄로 묶어놓고 몽둥이질을 하며 윽박지르는 광경이 보였다. 유정과 주 씨는 한 무리의 왜군 병사들 때문에 더 이상 앞으로 나아가지 못하고 억새밭에 그대로 앉아 몸을 숨겼다. 주 씨가 억새밭 사이로 기어가더니 어디선가 홍시 몇 개를 따가지고 와서 유정의 손에 홍시를 쥐어 주었다. 유정은 배고픈 것도 잊어버리고 있었는데 홍시를 보는 순간 등짝에 붙은 배고픔이 밀물처럼 밀려왔지만 멍하니 바라볼 뿐 그것을 얼른 먹지 못했다.

"묵어 두어라. 요기는 안 되겠지만 그래도 배창시가 좋아할 것이다."

"……."

"유정아, 묵으라니까……."

유정은 손에 쥔 홍시만 쳐다보며 생각했다.

"산다는 것이 뭘 께라? 속없는 배는 꼬르륵 소리나 내쌌코."

"유정아. 니가 안 묵으면 나도 안 묵어야겠다."

주 씨는 마른 홍시 하나를 갈대숲에 던졌다.

"아부지! 묵는당께요, 버리지 마세요."

유정이 재빨리 손에 든 홍시를 조금씩 입에 대기 시작했다. 부드러운 홍시가 목구멍을 타고 넘어가자 '꼬르륵' 하는 소리가 폭포소리처럼 뱃속에서 들려왔다. 유정은 홍시를 씹지도 않고 목구멍으로 흘러 내려 보냈다.

그날, 유정과 주 씨는 억새꽃밭 속에서 하루 종일 한 발짝도 나아가지 못한 채 시간을 보내고 있었지만 가을 햇볕에 몸을 말리며 휴식을 취하고 있었다. 유정은 용이 누워 잠잔다는 용산과 해창 포구 사이로 떨어지는 낙조를 보면서 순천 천지가 아름답다는 것을 처음 느꼈다.

붉게 노랗게 퍼렇게 아니 보랏빛으로 변한 구름 덩어리들이 갈기갈기 찢기고 상처 난 유정의 가슴에 그대로 밀려 들어왔다. 빛살을 머금은 뭉게구름이 고통과 치욕으로 푹 파인 유정의 가슴에 차곡차곡 쌓여지는 것처럼 포근하게 안기더니 따스하게 감싸 안아주었다. 유정은 자신도 모르는 사이에 눈물이 볼을 타고 흘러내렸다. 아름다운 저녁놀이 가슴속으로 밀려 들어올수록 유정은 젖가슴을 감고 있던 헝겊을 풀어버리고 온몸으로 자유를 받아들이고 있었다.

멀리 지평선이 보였다. 유정에게 지평선이란 자신이 다가감과 동시에 더더욱 멀어지는 환상의 선처럼 느껴졌다. 주 씨도 유정의 눈물을 못 본 체하며 물끄러미 저녁놀만 바라보고 있었다.

"아부지, 저녁놀이 너무나 이뻐요. 죽었다면 볼 수 없는 이 아름다움……."

"그래, 정말 이쁘구나. 그래서 자갈밭에 굴러도 이승이 좋은 것인디…… 니 오래비는…… 치재야……."

"아부지, 오래비 불쌍해서 어쩐대요."

유정과 주 씨는 소리를 낼 수 없었지만 가슴속에서 밀려오는 서러움을 참을 수도 없었다. 갑자기 유정이 눈물을 뚝 그치며 말했다.

"아부지, 전 사사끼를 내 손으로 죽일 때 약속했어요. '이제는 자비는 없다. 왜놈들 앞에서는 절대 울지 않을 것이다'라고요."

"오냐, 그래야제."

"근데…… 가슴속에 있던 억울한 불덩어리가 불꽃처럼 뚫고 나와 가슴속이 후련할 것이라 생각했는데 왜 이렇게 답답한지 모르겠어요."

"그놈은 죽어도 되는 놈이다. 인간이기를 거부한 놈은 죽어도 싸다. 너무 맘 쓰지 마라."

"원수 놈을 죽였는디 그놈도 사람이라고 내가 사람을 죽였다는 사실이 나를 괴롭혀라."

"세상에 죽어도 되는 것은 아무것도 없다. 하지만 그놈들은 죽어도 된다."

"누가 누구를 죽일 권리가 있을까요?"

"……."

주 씨는 유정의 말을 듣고 아무 대답도 하지 못했다. 어느새 아름다운 황혼은 어둠 속으로 사라지고 말았다. 아무 말 없이 무거운 침묵이 흐르고 있었다.

"난, 고니시 만큼은 꼭 죽이고 싶어라. 그자는 치재 오빠를 죽였고 나와 엄니의 인생을 죽이고 말았어라. 용서가 안 되는 놈이여라. 난 그놈을 꼭 죽이고 말 것이여라."

"유정아, 이제는 엄마랑 멀리 도망가서 살자."

"엄니가 괜찮을랑가 모르겠소, 우리 땜시 잡혀갔을지도 몰라라?"

"……."

"어서 엄니를 데리러 가요, 아부지."

"오냐, 그러자!"

유정은 엄마라는 말에 또다시 가슴 밑바닥의 감정이 북받쳐 올랐다. 주씨도 정읍댁이 걱정되었다. 양반가의 자녀로 태어나 몰락한 자신한테 시집와서 고생만 죽도록 한 정읍댁을 생각하자 가슴이 천 갈래 만 갈래로 찢어졌다.

"고니시 놈한테 꼭 복수를 하고 싶은데, 재주도 능력도 없으니……."

"아직은 어려도 당당해야 한다. 이제는 너희들이 지켜야 할 조선이다."

"그렇게 거창한 것은 모르겠고요, 그놈은 절대 용서할 수 없어라."

"유정아! 혹시나 아부지가 죽거든 조계산 '위헌한 정령'이라는 동굴에 조선의 역사가 흐른다는 것을 잊지 말고 전쟁이 끝나면 꼭 가거라."

"뭔 소리다요? 아부지가 죽기는 왜 죽어라. 살아야제. 글고 뭔 동굴에서 역사가 흐른다요?"

"그러니까, 누구에게도 말을 하지 말고…… 혹시나 내가 죽으면……."

"그런 무서운 소리는 하지도 마시오."

"......."

어느새 해가 지고 무수한 별들이 하늘을 덮더니 해창 포구에 있던 왜군 병사들도 모두 어디론가 사라지고 말았다. 주 씨와 유정은 그믐달을 불빛 삼아 억새밭을 나와 갈대밭 사이로 하천을 따라 해룡토성으로 올라가기 위해 밤새 쉬지 않고 걸었다.

도망자가 발생하면 그의 가족도 함께 끌려가 고문을 당한다는 사실을 잘 알기에 빨리 가서 정읍댁을 피신시켜야 한다는 사실을 잘 알고 있었다. 하지만 생각보다 늦어지고 있어 불안했다.

건달산을 돌아 깜깜한 밤에 장평골 옥천가, 유정의 집에 도착했다. 물레방아에서 귀신들이 먹다 버린 맑은 물이 쏟아지고 있었다. 하지만 불은 꺼져 있고 집의 입구를 왜군 병사들이 지키고 있었다. 유정과 주 씨는 정읍댁의 신상에 이미 문제가 생겼다고 직감했다. 주 씨는 고민 끝에 누구도 가지 않으려는 귀신들이 산다는 용수골 당집으로 유정을 데리고 올라 갔다. 당집은 낮에도 빛이 들어오지 않을 만큼 괴기스러운 나무들로 꽉 차 있는 을씨년스럽고 무서운 곳이다. 그곳은 한낮에도 귀신에게 홀려 며칠 동안 산속을 헤매다 온몸이 상처투성이가 되어 나타난 사람들이 많아 누구도 가까이 가지 않는 곳이었다.

유정은 용수골 당집 입구에 도착하자 무서움이 밀려와 한 발짝도 떼기가 어려웠으나 왜교성의 생지옥을 생각하며 발걸음을 떼었다. 옛날부터 생매장을 못 하는 시신들을 몇 년 동안 풍장을 시키고 난 후에 뼛조각만 매장하려는 시신을 모시는 돌 더미 위에 볏짚으로 쌓아둔 초분들이 여러 개가 있었다.

유정은 아버지 주 씨의 허리춤을 잡고 깜깜한 주변을 두리번거리며 발을 딛고 나아갔다. 손으로 더듬거리며 당집 문을 열고 들어가자 칠흑처럼 어두운 방 안에 창살을 뚫고 들어온 가느다란 달빛이 어슴푸레 속내를 보여주었다. 찢겨진 상여, 귀신 인형들, 붉게 쓰인 만장, 축축 늘어진 천 조각들, 그릇과 다양한 도구들이 달빛을 받아 숨 쉬는 것처럼 느껴졌다.

유정은 겁이 덜컥 났다. 주 씨가 부싯돌로 호롱불을 밝히자 어둠속에서 불꽃과 함께 험상궂고 무섭게 생긴 모든 것들이 살아 나타나더니만 유정에게 밀려들어왔다. 머리털이 곤두서고 소름이 돋아난 유정은 무서움에 숨이 턱 막혀왔다. 순간 유정은 주 씨의 등 뒤로 숨어버렸다.

"유정아, 괜찮아."

"아부지, 무서워요."

"두려움도 생각하기 나름이다. 여기도 사람이 사는 곳이여. 두려워할 것 없어. 피곤하니 우선 이대로 두고 잠이나 자자."

눈만 감으면 귀신 인형들이 허공에서 춤을 추며 날아다닐 것만 같고 자신의 다리를 잡아당길 것만 같았다. 유정은 잠들지 않으려고 눈을 부릅떴지만 힘들고 무거운 눈꺼풀이 지친 몸을 이기지 못하고 자기도 모르게 잠이 들고 말았다.

이름 모를 새떼들의 지저귀는 소리에 잠을 깬 유정은 아침 햇살이 방 안을 온통 감싸주고 있어 생각보다 무섭지 않아 마음이 편안해졌다. 주 씨가 마을 주변에 몰래 내려가 먹을 것을 조금 구했으나 집에는 왜군들의 경비가 심해 다가가지 못하고 정읍댁의 소식은 전혀 알 길이 없었다. 두 사람은 당집에서 며칠간을 편안하게 지내면서 유정은 몸도 마음도 점차 회복이 되었고 안정감을 되찾아 가고 있었다.

며칠이 지나 어스름해지는 해름 시간에 누군가 당집으로 오고 있었다. 유정과 주 씨가 몸을 숨기며 오는 사람을 지켜보는데 유정이 또래의 사내아이였다. 사내아이는 극도의 공포감으로 한 발 한 발 조심스럽게 주변을 살피며 다가오고 있었다. 처녀 귀신이 머리카락을 잔뜩 흩트려 놓은 것처럼 생긴 나무 뒤에 숨어 있는 유정을 보지 못하고 사내아이가 지나가고 있었다.

　"너, 누구냐?"

　유정이 사내아이의 어깨를 툭 치며 조용히 물었다.

　"으…메! 엄마야, 귀신이다."

　아이는 놀라 벌어진 입을 다물지 못한 채 눈만 댕그랗게 뜨고 벌벌 떨며 자리에 주저앉아 오줌을 지렸다.

　"하하하하. 아부지, 얘가 우리 보고 귀신이래?"

　유정이 배를 잡고 크게 웃다가 일어나 다시 물었다.

　"귀신이 웃네?"

　사내아이는 오줌을 지리자 일어나지도 못하고 주저앉아 있었다.

　"아부지, 쟤 오줌 쌌어. 오줌싸개야."

　유정이 더 크게 웃자 아이가 벌떡 일어나 손으로 바지를 털며 일어났다.

　"아니여, 아니랑께. 오줌은 무슨 오줌? 땅바닥에 물이 있어 묻었구만……."

　주 씨가 다가와 아이를 데리고 방으로 들어갔다.

　"근디, 넌 겁도 없이 어떻게 여길 혼자 온다냐?"

　유정이 신기한 듯 물었다.

　"사실은 나도 엄청 무서운디, 왜놈들을 피하려면 여기밖에 생각난 데가 없었어…… 내가 지금 왜놈들한테 쫓기고 있는 신세거든."

"왜, 뭐 땜시?"

"난 용두마을에 살고 있는 강여인의 아들, 차돌이여. 어저께 우리 집에 왜놈들이 도망자들을 찾는다고 들어와서 엄마를 겁탈하려고 하고 식량도 뺏어가려고 하니까. 우리 엄마가……."

주 씨와 유정은 눈알만 뒤룩거리며 차돌의 말을 듣고 있었다.

"그래서?"

"그려서. 우리 엄니가 그놈들을 술과 고기를 먹여서 취하게 만들어 놓고 왜놈 두 놈을 죽여 부렀당게."

"그래서?"

"그때 또 다른 왜놈들이 들어와서 우리 엄마와 내 동생 둘을 죽여 부러서…… 나도 눈에 뵈는 것이 없어 들고 있던 낫을 말 탄 왜놈에게 던졌는데 모가지에 그대로 찍혀 불더라고……간신히 도망 나와 쫓기다 보니 여기까지 오게 됐구만."

차돌은 이야기를 마치자 마치 큰 죄나 지은 죄인처럼 고개를 숙였다.

"느그 아부지는?"

짠한 눈으로 쳐다보던 주 씨가 물었다. 잠시 침묵하던 차돌이가 그 침묵을 깨고 다시 입을 열었다.

"우리 아부지는 임진왜란 때 장윤 장군 휘하에서 의병활동을 하시다가 진주성 2차 전투 때 진주에서 왜놈들한테 처참하게 돌아가셨그만이라. 그래서 우리 엄니가 복수를 한다고…… 그렇게 한 거지라."

"그랬구나. 우리도 왜교성에 노역자로 끌려가 고생만 뒈지게 하다가 도망쳤어."

"그랬구나."

조용히 듣고 있던 주 씨가 입을 열었다.

"너희 어무니가 대단하시구나. 아저씨도 왜놈이라면 더 이상 용서를 할 수가 없다. 유정 엄마만 만나면 아저씨도 박이량 의병장이나 이기남 의병장 휘하로 들어가 왜놈들과 싸울 참이다. 느그 어머니가 정말로 훌륭하고 숭고한 분이시다. 아저씨가 부끄럽구나."

"나와 아버지도 왜교성을 나올 때 사사끼라는 장수를 죽이고 왔어. 아마도 난리가 났을 것이다."

"오라! 고것이 너였구나! 나도 들었어. 그래서 우리 마을에 와서 너를 찾고 다닌 것이었구나. 여자인지 남자인지 모른다면서 우리 또래의 아이들을 보면 잡아가거나 아니면 모조리 죽여 버리고 있었거든. 왜놈들은 사람도 아니라니까."

"아이들을 잡아가서 무참히 죽인다고?"

"그렇다니까. 우리 동생들도 잡아가려고 했다니깐."

"차돌아, 엄마랑 동생 일은 안됐다. 미안해."

"아니여. 울 엄니하고 동생들 시신도 거두지 못했어. 나도 죽은 엄니와 동생들을 위해 무슨 일이 있어도 왜놈들한테 복수를 꼭 하고 싶어."

일본 병사의 복장을 갖춘 소판이 급하게 소금전으로 들어와 투구를 놓고 자리에 앉았다.

"물 한 사발만 가져온나."

"예, 성님! 여기 있습니다."

물을 받아 벌컥벌컥 마시고 난 소판이가 말했다.

"스쿠니 장군이 애한테 당하고 말았다. 스쿠니 장군이 누구더냐? 일본 최고의 무사, 스쿠니가 애가 던진 낫에 죽고 말았다. 뒷일이 걱정이다. 또 다시 자존심을 다친 고니시의 분노가 벼락의 창끝보다 무서울 텐데⋯⋯."

"사사끼를 죽인 자도 유정이라고 하던데 이번에는 누구랍니까?"

"차돌이라고 용두에 사는 강여인의 아들이다. 이제 열다섯 정도 먹었다는데⋯⋯ 워따, 뭔 일인지 모르겠다."

쌀쌀한 날씨 탓에 몸을 웅크린 아낙네가 작은 소쿠리를 들고 소금을 사러 가게 안으로 들어왔다.

"소금 한 됫박만 주시오."

"한 됫박이면 되지라."

"근디 얼마다요?"

"요즘 우리도 소금 구하기가 은자 구하기만큼 어려워서 어제보다 배나 올라부렀소."

"워메, 어제보다 배나 올랐으면 달포 사이에 얼마나 올라분 거다냐?"

"비싸면 안 사면 되지 뭔 말이 그리 많소? 가시오. 당신 아니어도 사갈 사람은 넘쳐나니 걱정 말고 꺼지시오. 내일 오면 또 배는 올랐을 것인게, 그리 알고 가시오."

"워메 안 살 수도 없고 그러면 반 됫박만 주시오."

꺽쇠는 얄팍하게 됫박을 달아 소금을 팔았다. 아낙네는 소금을 들고 툴툴거리며 소금전을 나갔다. 소판은 그런 꺽쇠를 유심히 쳐다보았다.

"소금 값은 좋냐?"

"성님! 그걸 말이라고 하신다요."

"그냥 부르는 것이 값이어라. 아마 열 곱절은 넘을 것이오."

"우리가 왜놈들 똥구멍은 닦아도 우리 목구멍은 이런 호강이 없구나."

"세상이 우리 손에 있다. 기회가 왔을 때 악착같이 벌어라."

"그래야지라. 근디 요즘 들어 의병들이 우리를 노린다고 하던디요?"

"나도 들었다. 박이량 의병장의 본거지를 얼른 알아야 하겠는디. 도대체 어딘지 모르겄다."

"의병들만 아니면 다리 좀 쭉 펴고 돈 벌겄는디 눈엣가시네."

소판은 물 한 그릇을 더 마시고 벌떡 일어나 소금 한 줌을 퍼 들었다.

"어떻게든 먼저 찾아라. 유정이, 차돌이 그리고 의병만 잡으면 목구멍에 기름칠은 물론이고 배창시까지 기름칠로 번질번질하게 칠하고 살 것이다."

"성님, 우리는 성님만 믿고 따를 것이오. 그래도 우리가 한때는 관아에서 고문기술자들 아니겄소."

"헛소리 말고. 요즘처럼만 벌면 박속유도 안 부럽다."

"아하하하, 지나가던 똥개가 웃겄소. 아무리 그래도 어찌 박속유 나리하고 빗댄단 말이요?"

"말이 그렇다는 것이지 이놈아. 두고 봐라. 내가 박속유 껍데기를 활딱 벗겨불랑께."

"아따, 성님 주제에 꿈도 야무지요."

소판은 꺽쇠의 정강이를 사정없이 걷어찼다.

"이 개자식이…… 잘해주니까. 위아래도 몰라보네."

"아이고 성님, 미안혀요. 그런 뜻이 아니고……."

"너, 말조심혀라."

"야…….."

"애들 풀어서 유정이와 차돌이를 꼭 잡아라. 그것이 우리가 살길이다."

소판은 투구를 들고 소금전을 나가 읍성으로 급하게 행했다. 멀리 가고 있는 소판을 보고 꺽쇠가 구시렁거렸다.

"사람 고문하는 나졸이 무슨 벼슬이라고 위아래야. 아이고, 더러워라."

꺽쇠는 비싼 소금을 한 줌 들고 저만치 가는 소판을 향해 뿌렸다.

왜군 병사들은 차돌이가 빠져나간 용두마을을 불태우며 주민들을 모두 죽이고 죽은 용두마을 사람들의 코와 귀를 모두 베어 갔다. 또한 사사끼를 죽이고 도망간 유정과 주 씨를 찾기 위해 장평골도 초토화시켰다.

왜군들은 스쿠니 장수를 죽인 차돌과 사사끼 장수를 죽인 유정을 찾기 위해 고을마다 차돌과 유정의 얼굴이 그려진 방을 붙이고 현상금까지 내걸었다. 그러자 차돌과 유정의 용기 있는 영웅적 행동에 관한 소문이 순천도호부는 물론 조선의 각 고을로 퍼져나갔다.

왜교성으로 잡혀간 이후, 두 달 동안 유정은 엄마 정읍댁을 보지 못했다. 엄마가 보고 싶었던 유정은 주 씨도 모르게 차돌과 함께 마을로 향했다. 옥천 골짜기를 따라 20리 정도 쭉 내려가면 연자다리 근처에 유정의 집이 보였다. 유정의 집 마당은 폐허처럼 텅 비어 있을 뿐 정읍댁은 보이지 않았다. 깨진 옹기들과 소줏고리 그리고 마구 자란 잡풀들로 심란하게 엉켜져 있고 사람의 인기척이라고는 어디에서도 찾아 볼 수 없었다. 그동안 지키고 있던 왜군 병사들의 모습도 보이지 않고 시전 패거리들이 주변을 서성거리고 있었다. 유정은 혹시 정읍댁이 나타나지나 않을까 하는 심정으로 늦게까지 시전 패거리의 눈을 피해 집을 지켜보고 있었다.

"유정아, 근디 저놈들은 누굴까?"

"술 배달할 때 여러 번 봤는데 관아 밑에 있던 나졸들이었어. 사람 쥐어패는 것이 직업인 놈들이지. 전쟁이 나고 난 이후 관군으로 안 가고 시전에서 장사를 하드라고. 근디 저놈들이 뭣 땜시 우리 집을 서성거리지?"

"어째 누구를 기다리는 폼인디…… 가서 한번 물어볼까?"

"아니여, 조심해야 쓰겄다."

"근디, 오늘도 니 엄니는 안 올란갑다. 이제 그만 가자."

"너무 늦었지?"

"그래, 달이 저 산 위에 올라 있잖어."

이때, 고샅 끝으로 누군가 들어오는 인기척이 느껴졌다. 유정이 몸을 숨겨 자세히 보자 달빛이 만든 큰 그림자가 괴기스럽게 다가오고 있었다. 누군가 사람을 등에 업고 들어오고 있었다. 시전 패거리들도 숨어서 골목을 쳐다보고 있었다. 그림자가 지나가고 실체를 자세히 보니 진구가 정읍댁을 업어 집 마루에 내려놓고 몸을 일으켜 주었다. 정읍댁은 겨우 일어나 진구의 부축을 받으며 다리를 심하게 절면서 힘겹게 방으로 들어가고 있었다. 그 모습을 지켜본 유정은 감격이 벅차올라 벌어진 입이 다물어지지 않았다. 방 안의 불이 켜지고 구멍이 숭숭 뚫린 창호지 사이로 희미한 불빛이 새어 나왔다. 유정은 실로 두 달 만에 엄마를 보자 눈물이 핑 돌았다. 그리운 엄마가 살아있다는 안도감과 엄마를 볼 수 있다는 기쁨에 가슴이 요동치기 시작했다.

구름 사이로 달이 빠르게 지나가고 있었다. 유정은 당장이라도 방에 들어가 엄마의 가슴에 안겨 펑펑 울고 싶을 정도로 보고픔이 목구멍까지 차올랐지만 지켜보는 시전 패거리가 불안해 정읍댁과 진구가 방으로 들어간 뒤에도 한참을 더 기다려야 했다. 시전 패거리들이 유정의 집 마당까지 슬금슬금 쥐새끼처럼 가더니 주변을 둘러보고서야 어디론가 사라졌다. 유정과 차돌은 주변을 서성거리거나 지켜보는 사람이 없는지와 성벽 위 경비병의 동태도 자세히 파악했다. 달빛이 구름에 가려지자 유정과 차돌은 마루 밑으로 숨어 들어갔다.

"엄니! 엄니!"

유정이 마루 밑에서 조용히 불렀다.

"누구냐, 우리 유정이냐?"

누워 있는지 목이 잠긴 엄마의 목소리가 나지막하게 들려왔다.

"엄니, 문은 열지 말고 듣기만 혀. 나 유정이여."

"아이고, 내 유정이구나!"

"그려, 엄니! 성벽 위에 왜군들이 있응께 듣기만 해, 아부지랑 나는 건강해 걱정 마."

"느그 오래비는?"

"으———, 오라버니……도 걱정 마, 잘 있어."

"유정아! 고생 많았제? 나, 진구여!"

진구가 방문 가까이로 몸을 붙이며 말했다. 유정의 귓가에 '부처님! 감사헙니다'라는 정읍댁의 목소리와 함께 꺼이꺼이 숨죽여 우는 정읍댁의 울음소리가 들려왔다.

"진구야! 나도 없는디 울 엄니를 돌봐줘서 고마워!"

"뭘, 나는 아무것도 한 것이 없어. 유정아! 얼마 전부터 왜놈들이 아저씨와 너를 찾는다고 집에 와서 난리를 치고 엄니를 잡아 옥에 가뒀어. 지금 니 엄니가 왜놈한테 당한 모진 고문으로 상처가 심해서……."

진구도 울먹이고 있었다.

"이 나쁜 놈들을 나는 절대 용서하지 않을 거야……."

유정은 이미 울고 있었다.

"엄마는 우리 유정이가 너무 자랑스러워."

"유정아, 네가 왜놈 장수를 죽였다고 사람들이 엄청 좋아해."

"뭐, 고을 사람들이 모두 안단 말이야?"

"그래. 글고 용두마을의 차돌이라는 애도 너처럼 왜놈 장수를 죽여 부 렀다고 지금 읍성 안이 온통 너와 그 차돌이 이야기뿐이여."

"참말로?"

"그래, 억울한 조선 백성들한테 너와 차돌이가 원한을 풀어줬다고 좋아 서 난리당께. 어떤 아줌씨는 춤도 추고 난리가 아니당께."

유정은 곁의 차돌이를 보며 진구에게 차돌이와 함께 있다는 이야기는 하지 않았다.

"내가 네 친구라는 것이 자랑스러워. 사람들이 너를 처녀 영웅이라고 한당께."

"몰랐네. 그 사사끼란 놈은 사람도 아니야. 백 번 죽어도 싸. 진구야 넌 어떻게 지내?"

유정의 말을 듣고 있던 진구가 잠시 말을 머뭇거렸다.

"난…… 미안해 유정아."

"뭐가 미안해. 뭔 일 있어?"

"사실…… 나, 읍성 안에서 왜놈들 말을 관리하는 것을 도와주고 있 어."

진구가 미안한 듯 말했다.

"니가 왜놈들 밑에서?"

“옛날 나장으로 있던 소판 아재가 마구간에서 계속 일하게 해주었어.”

“뭐, 그 고문기술자? 짐승보다 못한 소판 그놈.”

“그려, 매질했던 나장놈.”

“고놈은 사람도 아닌디, 고니시가 읍성에 들어온 날, 왜놈 군복을 입고 있더라고. 그리고 소판과 함께 있던 시전 패거리들이 우리 집 주변을 서성거리드라고.”

“조심해라, 옛날 나졸들이 시전에서 쌀과 소금을 손에 꽉 쥐고 횡포를 부리고 있다고 하드라. 아무튼 소판 아재 눈에는 띄지 마라. 왜놈들 앞잡이니께.”

“그랬구나…… 고맙다.”

“…….”

진구의 말끝이 점점 흐려지고 있었다. 그때 정읍댁이 끼어들어 말했다.

“진구가 왜놈들을 많이 알아서 내가 이 정도여. 진구가 아니었으면 난 진즉에 죽었어야.”

“알아, 엄니! 글고 진구야. 미안해하지 마. 괜찮응께. 니가 뭔 죄가 있다냐. 니 땜시 울 엄마가 살아 있잖아. 고마워 진구야!”

유정은 진구를 진심으로 위로해 주었다.

“유정아, 왜놈들한테 쌀 서 말을 주면 안전하게 통행할 수 있는 면사첩(통행패)을 받을 수 있어, 그 패만 있으면…….”

“너도 있냐?”

“응, 어렵게 쌀을 구해서 만들었어. 너도 있으면 왜놈들 몰래 다니지 않아도 되는디…….”

“어떤 미친놈이 대문짝만하게 방이 붙어 있는 나에게 통행패를 준다냐? 난 받을 수도 없지만 그놈들한테는 받고 싶지도 않아."

"그래. 난, 불쌍한 우리 엄마 땜에… 날 이해해 줘. 어쩌다 보니 그렇게 됐어."

진구의 목소리가 떨리고 있었다.

"내 새끼 유정이가 자랑스럽다. 외삼촌처럼 나라를 위해 싸워야 헌다!"

"내가 엄니 한을 풀어줄 것이어."

"잊지 않고 있었구나. 유정아 지금까지 비밀을 지켜주어 고맙다."

"……."

정읍댁이 울고 있는 소리가 나지막하게 들렸다.

"내 걱정 말고 엄니나 걱정해."

"평생 느그 아부지한테 죄를 짓고 살았다. 아부지한테 전해. 이제부텀 내 걱정은 허지 말고 아부지 몸만 잘 챙기라 한다구……."

정읍댁의 목소리가 몹시 힘겹게 떨렸다.

"엄니, 짐 챙겨서 여기서 도망가자!"

"유정아, 지금은 아줌마가 너무 아파서 안 돼!"

진구가 말했다.

"유정아! 진구 말이 맞어. 지금 시상에 어디 간들 편안한 곳이 있겠냐? 이제 고신도 다 당했으니 내가 사라지면 오히려 더 의심을 받을 거여. 우리 유정이랑 내 가족들 모두 건강한 줄 알았으니 이 어미는 이제 죽어도 여한이 없응께. 꿈자리가 사나워 혹시 잘못 되었나 걱정 많이 했거든. 아버지나 오라비한테 내 걱정은 하들 말고 집에 올 생각도 말라고 혀라. 글고, 유정아! 술도가 안쪽 작은 항아리에 있는 옥수수를 꺼내 가지고 가거라. 진구야, 네가 나가서 망태에 담아주어라."

"예."

진구가 살며시 방문을 열고 나와 술도가 안으로 들어갔다. 잠시 후, 작은 망태를 마루 밑에 두고 마루에 걸터앉았다. 마루 밑에 숨어 있는 유정이가 진구의 종아리를 꽉 잡았다.

"진구야 고맙다. 넌 나의 영원한 친군께."

"⋯⋯."

진구는 말이 없었고 유정 옆에 숨어있던 차돌이가 유심히 쳐다보고 있었다.

"너는 내일 용수골 당집으로 와. 기다리고 있을게"

"용수골 당집, 귀신이 사는 곳인데?"

"그려, 진구 겁쟁이구나."

유정이 아주 작은 목소리로 웃음을 터뜨렸다.

"겁쟁이라니? 알았어. 갈게."

진구는 겁쟁이란 말에 속이 상했는지 방 안으로 들어갔다. 유정은 엄마가 준 옥수수 망태를 들고 차돌과 함께 떨어지지 않는 발걸음을 돌려 용수골의 당집으로 올라왔다.

운명의 씨앗이 싹트다

"구로다! 며칠 안에 잡겠다던 네놈은 뭐하는 놈이냐?"

"죄송합니다."

"사사끼를 죽인 놈, 아니 계집애라면서…… 스쿠니를 죽인 애새끼까지 못 잡고 있으니 너희들은 고니시의 장수라고 할 수 있겠느냐? 전부 땅바닥에 혀를 처박고 죽어라. 바보 같은 놈들."

"죽여주십시오. 죄송합니다."

"흐――흐흐, 내가 미쳐 버리겠네."

구로다, 노무라, 마쓰이, 우쓰노미아 등 많은 왜장들이 가슴팍에 오른팔을 반쯤 구부리고 고개를 숙인 채 고니시 앞에 무릎을 꿇고 앉아 있었다.

긴 칼 한 자루와 두 자루의 짧은 칼을 찬 고니시는 화가 나면 하는 버릇처럼 장도를 넣었다 빼기를 반복하고 있었다.

"구로다! 수단과 방법을 가리지 말고 무슨 수를 써서라도 꼭 산 채로 잡아라. 그 쥐새끼들의 껍데기를 꼭 벗겨주고 말 것이다."

"당장 군사를 더 보강하겠습니다."

"꼴도 보기 싫다. 꺼져 버려!"

"죄송합니다."

"나가서 당장 잡아와. 어서!"

"네."

"구로다! 넌 잠시 남거라."

"네."

고니시의 명령에 구로다는 걸음을 멈추고 나머지 장수들은 막사 밖으로 나갔다.

"무슨 일이십니까?"

"구로다! 너에게 새로운 임무를 줄 것이니, 잘 수행해라."

"예, 장군님."

"머지않아, 전쟁은 끝날 것이다. 그러니 지금부터는 보물급의 조선 문화재와 석탑, 도자기, 그림, 탱화 등을 수집해서 일단 대마도로 보내고 다시 나고야로 몰래 보내도록 해야 할 것이다. 그것은 다이코사마님(히데요시의 존칭)도 몰라야 한다. 또한 도예가, 화공들은 잡아서 본국으로 데리고 간다. 알았나? 특히 선암사에 묘법이라는 화공을 꼭 잡아 데려오도록 하라."

"네, 명령대로 따르겠습니다."

구로다가 자신만만하게 대답했다.

"근데 장군님. 박속유를 한번 불러들이심이 어떨는지요?"

"박속유 말이냐? 뭐하게? 지난번에도 나락 백 섬을 보내왔고 이번에는 스스로 백 섬을 또 가져왔잖아?"

"그게 아니고, 제가 듣기로는 그자의 딸이 절세미인이라고 합니다."

"절세미인?"

"꽃다운 열아홉에 미모가 조선의 삼남지방에서는 최고라고 합니다."

"그래? 삼남지방에서 최고란 말이지…… 내일 박속유를 불러들이게."

"예, 알겠습니다."

다음 날, 박속유는 조랑말을 타고 불모팅이를 돌고 있었다. 불안한 마음으로 불모팅이에 서서 왜교성을 내려다보았다. 어느새, 공사 중인 왜교성의 웅장한 윤곽이 드러나 보이고 있었다. '참! 사람 손이 무섭군.' 하며 조랑말을 타고 왜교성 입구를 지나 고니시가 묵고 있다는 막사로 들어가자 눈가에 잔주름이 많아 보이는 고니시가 박속유를 반갑게 맞아주었다.

"오, 박 대감! 오랜만이오."

"바쁘신 와중에 저에게까지 신경을 써 주셔서 감사합니다. 원하는 것이 있으시면 편하게 말씀을 하시지요."

"그리 말씀해 주시니 제가 감사하오. 전번에 주신 나락 이백 섬은 아주 요긴하게 군량미로 잘 썼소."

"아, 그러시면 이번에는 얼마나 더 필요하신지요?"

"아…그게……."

"장군님께서 무얼 망설이십니까? 제 여식이라도 달라면 드려야지요."

"그 말이 참말이요?"

고니시의 마음속을 관통한 박속유의 시원한 말을 듣고 고니시의 얼굴이 순간 훤해졌다. 고니시의 웃는 얼굴을 본 박속유는 내심 당황스러웠다.

"어찌 제 맘을 아셨소? 아주 어여쁜 딸을 두셨다는 소문이 자자하더군요."

박속유의 얼굴이 순간 움찔거렸지만 내색하지 않으려고 애를 쓰고 있있다.

"제 딸년이라고 하셨습니까? 제 딸년은 박색에 꼬라지도 더럽고 음식 솜씨도 없어 아직 멀었습니다만……."

고니시의 얼굴이 굳어지며 얼굴색이 변해갔다.

"혹시 제가 사윗감으로 거북하다 이런 말씀인가요?"

"아니, 그럴 리가요? 저야 영광이지만 제 여식이 부족함이 많아서……."

박속유의 눈에 고니시의 골이 깊게 팬 얼굴 주름이 선명하게 들어왔다.

"제가 사윗감으로 부족함이 없다면 지금 저와 함께 댁으로 가서 술이라도 한잔 하십시다."

박속유는 불편함을 애써 감추며 환하게 웃으면서 술안주라도 장만시키겠다는 핑계로 먼저 길을 나섰고 잠시 후, 고니시는 단장을 하고 우쓰노미아와 몇 명의 호위무사만 데리고 박속유의 집으로 향했다.

해는 서서히 저물어 가고 아흔아홉 칸의 대궐 같은 박속유의 집 굴뚝에 연기가 피어오르고 있었다. 밤이 깊어가고 있었다.

"그럼, 술은 이만하고 박 대감의 여식을 한번 불러주시지요?"

박속유가 잠시 머뭇거렸다.

"딸이 어디 갔나요?"

"아닙니다. 잠시만 계십시오. 덕보야, 단오야!"

박속유가 부르자 덕보와 단오가 달려왔다.

"부르셨습니까? 나리!"

"오냐. 가서 금화를 데리고 오너라."

"네."

단오가 뒷걸음질로 나가고 덕보는 머리를 숙인 채 고니시를 힐금힐금 보고 있었다. 고니시가 긴장됐는지 술잔을 털어 마셨고 얼마 지나지 않아 머리를 곱게 빗은 금화가 방문을 열고 들어섰다. 고개를 숙인 금화가 방에 들어와 앉을 때까지 고니시는 금화의 사뿐사뿐한 걸음과 당당한 모습에 눈을 떼지 못했다. 고니시는 말 한마디 건네지 않았지만 이미 혼이 나간 채 눈만 댕그랗게 뜨고 금화의 일거수일투족만 멍하니 바라보고 있었다. 차갑고 독살스러운 고니시의 얼굴이 어린아이처럼 벌게지고 있었다.

　"이 애가 제 여식입니다. 볼품도 없고 음식 솜씨도 많이 부족합니다."

　박속유가 나지막하게 말해도 고니시는 아무 말도 들리지 않은지 금화만 바라보고 있었다.

　"앞으로 박 대감은 제가 책임지리다."

　시선은 금화에게 가 있는 고니시가 혼잣말처럼 속삭였다.

　고니시가 다녀간 뒤로 박속유의 집에서는 난리가 났다. 금화의 어머니, 김씨 부인은 머리에 흰 띠를 묶고 자리에 누웠고 금화는 방에서 나오지도 않았고 밥을 먹지도 않았다. 작은아들 토부가 사랑채에 다시 들어섰다.

　"아버님, 어찌 원수에게 누이를 시집보낸다 할 수가 있단 말입니까? 저는 도저히 이해가 되질 않습니다."

　토부는 한 치의 물러섬 없이 당당하게 말했다.

　"이놈아, 고니시가 누구냐? 고놈 혀끝에 우리의 목숨이 달려있다. 네 누이 금화가 시집을 가지 않으면 우리 집은 하루아침에 모두 절단난다. 원균이 칠전량 전투에서 패하고 가까운 남원성, 전주성이 함락된 이후로 곡창지대 순천부가 고니시 손에 넘어갔는데……."

"그래도 아버님! 이건……."

"토부야! 이제 전라도는 물론 우리 조선은 끝이야, 끝났다고! 이미 조선의 왕은 임진년에 백성을 버리고 도망친 무능한 사람이다. 고니시가 순천부를 포함해 전라도를 점령한 최고의 실력자란 말이야. 그 사람의 말 한마디에 우리의 목숨이 달려있어. 이놈아, 우리는 파리 목숨보다 못해!"

"아버님, 설령 그렇다 해도 우리 백성들의 목숨을 수없이 앗아간 놈입니다. 목숨도 부족해 코도 베고 귀도 베고 남녀노소를 막론하고 인간으로는 할 수 없는 짓은 다 했던 놈입니다. 나는 누이를 절대 시집보낼 수 없습니다."

"내가 나 살자고 그러는 게냐? 금화만 시집가면 우리 집안 전체가 무탈하고 재산은 물론 지역에서 최고의 힘과 권력을 유지할 수가 있다."

"누이의 인생은 뭐가 되는데요. 우리 살자고 누이를 죽여요? 그런 권력 필요 없습니다!"

"이놈아, 세상을 넓게 봐야지. 이제는 왜놈들의 세상이 된 거야. 조선은 끝났다!"

"그렇다면 공부도 아무것도 필요 없습니다. 고니시! 쳐 죽일 놈에게 내 누이를 줄 수 없습니다."

토부가 입술을 깨물고 문밖으로 나가 버렸다. 박속유는 두 눈을 질끔 감았다.

그날 이후, 토부는 글공부는 물론이고 식음을 전폐하고 누구도 만나지 않았고 큰아들 미부는 어려서 얼굴에 심한 흉터가 생긴 이후 집안일에 관여하지도 않아서 집안 식솔들은 큰아들이 있다는 것 자체를 잊고 살아왔다. 방에 틀어박힌 금화는 자신의 집안을 생각하면 자신이 희생을 해야 한다는 생각도 하고 있지만 도저히 마음이 내키지 않아 밤마다 고통의 시간을 보내고 있었다.

어느 날, 머리에 흰 띠를 묶고 자리에 누웠던 김씨 부인이 급하게 사랑채로 들어왔다.

"큰일 났어요, 금화가 사라졌어요!"

"뭐, 사라져? 단오 이년은?"

"단오도 없어졌어요."

"도대체 당신은 뭐하는 사람이요? 애 하나 간수 못하고……."

"왜교성으로 시집갈 날이 얼마 남지도 않았는데, 큰일이야. 이제 우리 집안에 망조가 든 것인가? 이런 망할 년 같으니라고, 집안을 망해 먹을 년이야."

"그러니까 나리는 처음부터 안 되는 일을……."

"이런, 자식 년 하나 간수 못한 년이 주둥이가 뚫렸다고 어디서 나불거려!"

박속유는 김씨 부인에게 쌍말을 퍼부었다. 박속유가 도포자락을 휘날리며 밖으로 나가니 마당에 토부가 우뚝 서 있었다. 박속유가 툇마루에 서서 하인에게 덕보와 가내 무사는 물론 일하는 하인들을 모두 모으라고 고래고래 소리를 질렀다. 그때 토부가 아버지 앞으로 다가섰다.

"이게 어머니 잘못인가요? 왜 죄 없는 어머니한테 그러시는 겁니까? 누이는 잘 나간 거지요. 그럼요, 아주 잘 나갔지요. 저도 나갈 것입니다!"

토부는 덕보와 하인들이 나타나기도 전에 대문 밖으로 나가 어디론가 사라지고 말았다.

금화와 단오는 집을 나와 사람들이 다니지 않는 산길로만 걸어서 구치와 학구마을을 지나 소화가 머물고 있는 선암사로 향했다. 집에서 60리 정도나 떨어진 먼 거리여서 꼬박 하루가 되어서야 도착했다.

박속유의 큰딸 소화는 어려서 선암사로 들어와 묘법 스님이 되어 있었다. 어려서부터 신동이라고 소문이 날 정도로 그림을 잘 그려 인근에서는 모르는 사람이 없을 만큼 유명한 소화는 스님이 된 후부터 항상 부처님을 그리고 있었다.

금화는 조계산 입구에 이르러서야 안도의 한숨을 내쉬었다. 일 년에 한 번 정도 오갔던 선암사절. 선암사는 금화가 올 때마다 다양한 모습을 보여주고 있었다. 금화는 승선교 다리 위에 앉아서 흐르는 물을 보았다. 물속에서 아른거리는 자신의 얼굴을 보노라니 지금 자신의 복잡한 심정을 보고 있는 듯했다.

일주문을 지나 대웅전에 들러 삼배를 올리고 원통전을 돌아 은행나무 숲으로 들어갔다. 노란 은행잎은 이미 모두 떨어지고 회색빛의 앙상한 줄기만이 슬픈 모습으로 사방으로 뻗어나가 있었다. 그 아래 색 바랜 노란 은행잎이 자리 싸움을 하듯 녹차나무 잎에 걸터앉아 서로 힘겨루기에 지친 듯 군둥내를 풍기고 있었다.

땅바닥에서 스멀스멀 기어오르는 짚단 썩은 냄새 같은 은행 알의 내음이 처음에는 쾌쾌했지만 맡을수록 정겹고 구수하게 느껴졌다. 금화는 은행 알을 몇 개 주웠다. 그때 스님이 다가왔다.

"뭘 하고 계시는지요?"

"예, 떨어진 은행 알을 줍고 있습니다."

"그래요. 이 은행 알은 선암사 것인데요?"

"아, 그렇습니까? 몰랐습니다."

"보살님, 은행 알을 줍지 말고 마음을 주워보세요."

"마음이요? 누구나 주울 수가 있나요?"

"주인이 어디 있답니까? 줍는 사람이 임자이지요. 눈에 보이는 은행 알 말고 오신 김에 마음을 주워가세요."

합장을 한 스님이 원통전으로 걸음을 옮겼다. 옆에 있던 단오가 입을 삐죽거리며 금화에게 말했다.

"아씨, 마음이 어디가 떨어졌다고 주운답니까? 칫!"

금화가 빙그레 웃으며 스님의 뒷모습을 쳐다보며 발길을 돌려 산을 올랐다. 양쪽 길엔 푸른 잎을 자랑하는 전나무가 하늘 높은 줄 모르고 솟아 있었다. 금화는 전나무 사이를 걸으며 코끝에 밀려오는 상큼한 공기를 통해 답답한 마음을 날리며 소화가 머무르고 있다는 대각암으로 향했다.

산에선 밤이 일찍 찾아왔다. 산사는 한 치 앞도 볼 수 없을 만큼 칠흑 같은 어둠으로 변했다. 산속이라 그런지 훨씬 차갑고 까칠한 바람이 창살 사이 문지방을 건너오고 있었다. 소화가 기거하는 암자에는 작은 호롱불 하나가 켜 있었다. 정면에는 작은 부처님이 모셔져 있었고 우측에는 시렁이 있으며 그 시렁 위에 작은 대바구니가 몇 개 포개져 있었고 나머지 공간은 그림을 그린 후 말리기 위해 걸어둔 탱화들이 흔들리고 있었다.

금화는 몸을 웅크리며 손을 모아 옆구리 사이로 넣었다. 하지만 소화는 편안하게 누워 차가운 방바닥 위에 손을 올려놓고 있었다.

"언니, 근데 방에 군불을 때지 않아?"

"예, 이 암자는 군불을 때는 아궁이가 없습니다."

"언니! 말 내려, 왜 그래?"

"그럴 수 없습니다."

"내 참, 그러면 스님들은 전부 겨울에도 차가운 방에서 지내는 거야?"

"아닙니다. 선암사에 계시는 스님들은 겨울이면 군불을 때는데, 제가 지내는 이곳 대각암은 아궁이가 없어 한 번도 군불을 때어 본 적이 없습니다. 큰스님이 이곳 암자에는 절대 군불을 때지 못하게 하셨다고 합니다."

윗목 얇은 이불 속에서 벌벌 떨며 누워있던 단오가 불쑥 한마디 내뱉었다.

"아니, 아씨! 스님들은 군불을 때면서 아씨가 있는 이곳은 군불을 때지 못하게 해요? 말이 안 되잖아요, 스님들이 왜 그래요. 나빠요!"

"지금 큰스님도 옆방에 계시니 조용히 말하세요."

"아, 큰스님도 계셔요?"

단오는 뻘쭘해서 이불을 둘러썼다.

"큰스님이나 전 출가할 때부터 이렇게 지내서 지금은 지낼 만합니다."

"언니! 나도 언니처럼 우리 집을 떠나야 할 것 같아."

"아니, 어디로 가시려고요?"

"……."

"아버지가 계속 시집을 가라고 하는데, 정말 가기 싫어."

"이유가 있겠지요."

"아버지 말을 따르기는 죽는 것보다 싫고, 따르지 않자니 우리 가족이 모두 위험해지고……."

"고민이 많은 모양이네요."

"언니, 아무리 바보 병신이어도 아버지가 시집가라면 가겠는데…… 상대가 왜교성에 있는 왜군 대장, 고니시야!"

그 말은 들은 소화가 벌떡 일어나 앉았다.

"고니시라고 했습니까?"

"응, 고니시. 언니도 알아?"

"피도 눈물도 없는 잔인한 사람이라고 들었습니다. 얼마 전에 이곳 선암사에 부하들이 쳐들어와서 여러 사람들을 살생하고 끌고 갔었습니다."

"여기도 왔다고? 조선 백성의 원수인 고니시한테 나더러 시집을 가라고 하니 내가 미치겠어요."

"휴——."

소화가 자기도 모르게 한숨을 내쉬었다.

"언니, 나 여기에 있게 해줘. 으——응?"

"……."

"언니, 추워도 괜찮아, 언니 방해하지 않고 쥐 죽은 듯이 지낼 테니까. 사실은 여기에 있을 생각으로 도망쳐 온 거야."

"나무 관세음보살, 나무 관세음보살."

"……."

호암 큰스님이 계시는 방에 불이 밝혀지고 헛기침 소리가 들려왔다.

"묘법은 자지 않으면 내 방으로 건너오거라."

"예, 알겠습니다."

이불 속에서 나온 소화가 복장을 갖추고 호암의 방으로 건너갔다.

"누가 왔드냐?"

"예, 속세에 인연이 있던 여동생이 찾아왔습니다."

"그래, 건너오라고 하거라."

소화는 동생 금화를 데리고 호암이 있는 방으로 다시 건너왔다. 금화는 해질녘에 은행나무 아래에서 만난 스님을 보고 놀랐다. 호암의 방에는 작은 화로에 주전자의 물이 끓고 있고 다반에 찻잔 몇 개가 전부였다. 비구니가 된 소화가 금화에게 눈치를 주었다. 금화는 소화가 하는 대로 호암에게 삼배를 올렸다.

"은행 알은 많이 주웠습니까?"

"선암사 것이라 해서 줍지 않았어요."

"아하하하. 묘법아, 넌 산에 들어온 지 몇 년이나 되었드냐?"

"세보지 않아 모르겠습니다."

옆에 앉아있던 금화가 손가락으로 수를 세었다.

"십삼 년 되었는데요. 제가 여섯 살, 언니가 여덟 살 때니까요."

"그래, 꽤 많이 되었구나. 묘법아, 우리가 너무 오래 세월을 보낸 것은 아닌가 싶다."

"뭘요, 일각이 여삼추 같아 이제 부처님 얼굴 몇 장 그린 것 같은데요."

"그래, 묘법이 많이 컸구나."

옆에 듣고 있는 금화가 궁금했는지 호암에게 물었다.

"아니, 근데 우리 언니는 왜 여기에 있어야 한대요? 집이 가난한 것도 아니고, 언니가 어디 아픈 것도 아니고 도대체 이유를 모르겠어요."

"궁금하신가요?"

"그럼요, 얼마나 궁금했는데요. 어느 날 갑자기 가고 말았으니. 그때 제가 언니를 찾아내라고 얼마나 울었는지 아세요? 지금도 기억이 생생해요. 우리 토부 돌 잔칫날 나랑 놀다 아버지가 불려 들어간 뒤로 사라지고 말았으니까요."

"우리 아씨 기억력이 좋네. 내가 데리고 왔지요. 묘법에게는 간혹 이야기를 해주었습니다. 이 소승도 그날이 생생하게 기억납니다."

"그러니까, 왜 큰스님이 데려가셨는지가 이상해요."

"벌써 십 년이 지났는데도……. 제가 해룡토성에 갈 일이 있어 가던 길에 대궐 같은 큰 집의 지붕 위에 용들이 뒤엉켜 싸우고 있었지요."

"용들이 싸운다고요?"

금화는 일순 모든 걱정이 사라지고 호기심에 초롱초롱한 눈빛으로 큰스님을 주시했다.

"우리 아씨가 아버지를 닮으셨구먼."

"대궐 같은 지붕 위에 몇 마리의 용이 있는데 전부가 여의주를 물 수 있는 큰 용들이었소. 근데 새까맣게 생긴 용이 아래 있는 용 세 마리를 휘어감고 꼼짝도 못 하게 하고 있었소. 이미 한 마리는 떨어져 힘을 잃어가고 있고 나머지 두 마리 용도 숨을 헐떡거리며 벗어나려 발광을 하고 있었지만 머지않아 기력이 떨어질 운명이었소. 자세히 보니 새까만 용은 이승에 있어야 할 용이 아니고 저승에 있어야 할 용인데 이곳으로 잘못 와서 서로 간에 심하게 싸웠던 것이오. 소승이 곧바로 큰 집으로 들어갔던 것이오. 그 집이 바로 묘법의 집이었소."

"다른 사람들에게도 용들이 싸우는 것이 보였나요?"

금화가 마른 침을 꼴깍 삼키며 물었다.

"어쩌다 이 소승에게만 보였던 모양입니다."

큰스님은 대답하고 웃었다.

"그럴 수가 있나요?"

"그러게요. 가서 보니 귀한 아들 돌잔치를 하고 있었소."

"우리 토부 돌 잔칫날에?"

소화가 혼잣말로 중얼거렸다. 호암은 그날의 상황을 금화에게 자세하게 말해주었다. 금화는 처음 듣는 이야기인지라 귀를 쫑긋 세워 듣고 있었고 소화는 차를 만들어 호암에게 올리고 합장을 했다. 호암은 차를 한 잔 마시고 옛날 소화를 데려온 이야기를 계속해 주었다.

"나리, 참으로 기쁘시겠습니다. 나무아미타불. 전 선암사에 있는 호암 스님이라고 합니다."

"예, 기쁘다마다요. 집안을 일으킬 튼튼하고 건강한 아이가 태어났으니 이보다 기쁜 일이 어디 있겠습니까?"

박속유가 어린 아들을 쳐다보며 스님에게 대답했다.

"제가 길을 가다 멀리서 보니 이 집에 상서로운 기운이 돌아 집안을 잠시 둘러보았습니다."

"아, 그래요. 어떤 기운이 보이는지요?"

박속유는 눈이 동그래졌다.

"저승에 있어야 할 용이 이 집을 아주 강하게 누르고 있었습니다."

호암이 눈을 감고 대답했다.

"저승에 있어야 할 용은 뭐지요?"

"돌잔치를 하는 아이가 크게 될 운명입니다. 근데 참으로 답답……."

박속유가 아들이 크게 된다는 말에 호암의 말이 끝나기도 전에 웃으며 말했다.

"아, 그래요? 크게 될 운명이라고요……. 감사합니다. 여봐라! 여기 스님에게 상을 크게 차려 오거라. 어서."

"감사합니다. 나무아미타불. 주시는 시주는 감사히 받겠습니다."

박속유가 뭔가 생각이 난 듯 다시 물었다.

"아, 조금 전에 저승에 있어야 할 용이라 하셨는데 그게 무슨 말인지요?"

"아, 그러니까……."

호암의 말이 조금 느려지자 박속유는 스님이 말을 끝내기도 전에 말했다.

"이 좋은 경사스러운 날 무슨 말인지요? 제가 답답해서 죽게 생겼습니다. 어서 말씀을 해보세요."

"제가 괜한 이야기를 했나 봅니다. 이만, 시주 잘 받고 갑니다."

호암이 자리를 털고 일어나자 박속유가 호암의 바짓가랑이를 잡았다.

"스님, 이리는 못 가십니다. 제가 재산이 없습니까? 힘이 없습니까? 부족한 것이 아무것도 없습니다. 이제야 집안을 끌고 갈 건강한 사내 자식을 얻었는데 뭐가 답답하다는 것입니까?"

호암은 아무 말도 못하고 그 자리에 멈춰서고 말았다. 하늘을 보며 '나무관세음보살, 나무관세음보살'이라는 말만 외워댔다.

"전쟁도 없고, 흉년도 아니고……. 못 될 것이 뭐란 말입니까?"

"지금부터 제가 드린 말씀에 곡해 없으시기 바라며 모두에게 좋을 것이라고 판단해 말씀드립니다. 우선 제가 큰딸을 데려가겠습니다."

"큰딸을 데려가다니요? 그게 무슨 말인지요?"

"승낙을 해 주신다면 말씀해 드리겠습니다."

"……."

박속유와 호암은 서로를 빤히 쳐다보고만 있었다. 한참이 지나서야 박속유가 말문을 열었다.

"우리 아들과 관련 있는 일인가요?"

"예, 아들의 생명과 출세에 관련이 있습니다."

박속유는 호암을 다시 쳐다보며 말했다.

"그렇게 하겠습니다. 말씀해 주십시오."

"큰딸은 이승 사람이 아닌데 이승으로 잘못 오고 말았습니다. 저승에서 온 영혼이니, 천지가 뒤집히고 세상의 빛을 잃어야만 비로소 이 세상 사람으로 살 수 있는 운명입니다. 중요한 것은 돌잔치를 하는 아들의 앞길을 막는 운명이라는 것이지요. 큰딸은 죽을 만큼 공덕을 쌓고 심신을 수양시켜야 그나마 이승에서 목숨이라도 연명할 수 있습니다. 죄 많은 인생으로 업보를 가지고 태어났기에 자신을 태워 남을 구원해야만 하는 인생이지요. 나무아미타불 관세음보살!"

박속유가 마음이 다급하여 호암의 말이 채 끝나기도 전에 다시 물었다.

"그러면, 소화만 데리고 가면 우리 아들 토부가 크게 될 수 있다는 것입니까?"

"그렇습니다. 제게 큰딸을 데리고 가게 해주시면……."

"내 딸 소화를 말이죠?"

"예."

"……."

박속유가 일어나 창문을 열고 먼 산을 오래 쳐다보았다. 마당에서 동생 금화와 그림 그리기를 하며 놀고 있는 소화가 눈에 띄었다. 박속유가 소화를 한참 동안 바라보더니 고개를 확 돌려버렸다.

"지금 데리고 가십시오! 집사람에게 말도 하지 말고 이 자리에서 바로 데리고 나가 돌아보지도 마시오!"

"나무 관세음보살."

호암은 눈을 감고 있었다. 박속유가 마당에서 놀고 있는 소화를 불렀다.

"소화야! 이리 오너라."

소화는 아버지가 부르는 소리를 듣고 방으로 들어왔다. 눈알이 초롱초롱한 금화는 들어가는 소화를 쳐다보자 박속유는 숨을 길게 한 번 내쉬더니 소화를 꽉 껴안았다.

"스님, 어서 가시오. 그리고 내 딸이 천수를 누리게 해 주십시오."

박속유가 호암에게 소화를 건네고 고개를 돌려버렸다.

대각암 선방에서 말을 마친 호암은 소화가 만들어 놓은 야생차를 마셨다. 금화의 답답한 마음이 얼굴 표정에 그대로 보였다. 어른거리는 작은 호롱불만이 세 사람의 모습을 문짝 창호지에 비쳐주고 있었다.

"그래서요?"

"소승은 소화를 안고 아무도 없는 뒤뜰로 나가 데리고 왔습니다."

"아, 그랬군요. 늘 궁금했었는데……."

"큰스님, 한 가지만 여쭤도 될까요?"

소화가 호암에게 물었다.

"묘법아, 속세의 인연과 끊어야만이 살 수 있는 길이야."

"나무아미타불."

큰스님의 말에 소화는 더 이상 묻지 않고 말문을 닫았다. 그리고 호암은 금화를 보고 말문을 열었다.

"아씨! 앞으로 감당하기 어려운 나날이 닥쳐올 것입니다. 그것을 해결하는 방법은 아씨 자신을 믿는 것뿐입니다. 스스로를 믿고 스스로의 판단에 당당해야만 위기를 넘길 수 있습니다. 하지만 인간에게 주어진 운명은 인간의 힘으로는 감당하기 어려운 것이 있을 수 있습니다. 담담하게 받아들이는 것도 순리입니다. 아마도 아씨는 현명한 사람이라 잘 하리라 생각합니다."

호암이 차를 한 잔 더 마시고 돌아앉았다. 소화가 호암 큰스님에게 삼배를 드리자 금화도 얼떨결에 삼배를 하고 방을 물러나왔다.

두 사람은 방으로 돌아와 자리에 누웠다. 이미 단오는 곤하게 잠이 들어 있었다. 산사의 밤이 꿈을 꾸는 듯 조용했다.

"언니, 우리 어려서 그림 그리고 소꿉장난하던 시절 생각나?"

"예, 생각나지요."

"그럼, 식구들이 안 보고 싶었어?"

"많이도 울었지요. 그러나 어쩌겠습니까. 제 운명인데요."

"운명이라는 것이 있을까?"

금화는 잠시 생각하며 소화를 바라보았다.

"사람의 운명은 부처님만이 아시지요."

"근데 언니는 언제부터 그림을 그렇게 잘 그렸어?"

"전 지금도 제가 그림을 잘 그린다고 생각해 본 적이 없어요. 그냥 이 절에 들어와서 하루 종일 눈만 뜨면 부처님의 얼굴을 그렸어요."

"지금까지 십삼 년 동안 부처님만 그렸다고?"

"어려서부터 큰스님은 나에게 매일 한 동이 물을 주고 조계산 장군봉에 올라가라 했어요. 장군봉 아래 배바위라고 있는데 그 널찍한 바위에 나뭇

가지로 부처님의 얼굴을 그리라고 했지요."

"그 어린 나이에?"

"그러니까, 들어올 때부터 했으니, 여덟 살부터지요."

"그 나이에 물 한 동이를 이고 저 꼭대기까지?!"

"처음에는 시키는 대로 바위에 물로 그림을 그렸지요. 한쪽을 그리면 한쪽은 말라져 없어져버리고 또 한쪽을 그리면 또 말라버렸으니 완성된 그림을 본 적이 없었어요. 비가 오나 눈이 오나 그렇게 삼 년을 하고 나니까 그림이 바위에는 없는데 내 머릿속에는 있더라고요."

"우와! 지독하다. 지독해!"

"삼 년이 지나면서부터는 부처님의 얼굴을 그리기가 지겨워 날아가는 새도 그리고 소나무도 그리고 눈에 보이는 모든 것을 그리기 시작했지요. 결국 바위에는 아무것도 남지 않으니 큰스님은 내가 뭘 그리는지 알 수 없었지요. 전 행복했어요."

"그러면 언니가 몇 년 동안 배바위에서 그림을 그렸는데?"

"6년을 매일같이 산에 올라 배바위에 물 그림을 그렸지요. 어느 날 큰스님이 그동안 그린 그림을 가지고 오라고 해서 한 장도 없다고 했더니 심하게 혼을 내셨어요. 그러고는 그 벌로 승선교 아래 흐르는 물 위에 손으로 그림을 그리라고 하시더군요."

"바위에 물로 그림을 그리는 것도 이상한데, 흐르는 물 위에 손으로 그리라고 하니, 큰스님이 미친 거 아니에요?"

"나무 관세음보살."

소화가 합장을 했다.

"아니, 언니? 이상하잖아?"

"그래서 일 년 동안 눈이 오나 비가 오나 승선교 아래 물 위에 그림을 그렸지요."

"참으로 황당하네! 그리라고 시킨 사람이나 그리고 있는 사람이나 다 똑같아."

"그리고 일 년이 된 어느 날, 큰스님은 선암사에 계시는 모든 스님과 행자를 모셔놓고 제가 얼마나 그림을 잘 그리는지 종이 위에 부처님을 그리라고 하시더군요."

"드디어 정신이 돌아왔구만. 종이에 그리라고 하니……."

"전 7년 만에 처음으로 종이에 부처님의 얼굴을 처음 그려봤어요. 오히려 어색했어요. 하지만 바위에 물로 그리듯, 물 위에 손으로 그리듯 천천히 그렸지요."

"언니의 그림을 보고 사람들이 뭐랬어?"

"그날부터 제가 그림을 잘 그리는 사람이 되었지요."

"그 그림이 어디 있는데?"

"그림이 다 그려지고 사람들이 보고 감탄을 하자, 큰스님은 그림을 찢어버렸어요. 지금까지도 그림이 일정량 모이면 큰스님은 그림을 찢어버리고 계셔요."

"도대체 그 심보는 뭐래? 좋으면 다 함께 보면 좋을 텐데……."

"아무 욕심도 미련도 없어요."

인시(寅時)가 되자, 엄마 뱃속에서 갓 태어난 아이의 심장소리처럼 부드럽고 나지막한 법고소리가 네 발 달린 모든 중생을 깨우기 시작했다. 하늘을 날아다니는 날짐승을 깨우는 운판 북소리가 잔잔하게 들리더니 아침을 알리며 어디론가 날아가는 한 무리의 새떼들의 소리가 들려왔다. 눈을 부릅뜨고 용머리에 물고기 몸뚱이를 하고 있는 목어소리가 둔탁하게 울려 퍼지면서 물짐승을 깨우고 있었다. 마지막으로 모든 지옥의 중생을 깨우는 종소리가 '딩' 하고 들리고 소화가 복장을 챙겨 입고 대웅전으로 나갔다. 소화가 나가는 소리를 듣고 나서야 금화는 스르르 새벽잠 속에 빠져들었다.

귀신 의병

진구는 유정과 차돌이가 안전하게 통행할 수 있는 통행패를 얻기 위해 여러 가지 방법을 찾아보았으나 두 사람은 왜군들에 의해 현상금까지 붙어 수배가 내려진 사람인지라 쉽지가 않았다. 진구는 유정과 차돌에게 미안한 마음이 들어 과하마에 식량과 환도 세 자루를 싣고 당집으로 올라왔다.

"워메! 맛있는 거. 이 희건 쌀밥 기름기가 자르르 흐른 것 좀 보게."

차돌이 입 안에 밥을 한가득 밀어 넣었다.

"입에서 슬슬 녹네. 이 얼마 만에 목구멍을 청소하냐? 참말로 맛있다."

"진구한테 신세를 지는구나. 고맙다. 진구야!"

"아니구만요."

주 씨의 칭찬에 겸연쩍은 진구가 머리통만 긁적댔다.

"반찬이 된장밖에 없어 미안해."

진구는 반찬 없이 먹고 있는 유정과 차돌에게 괜시리 미안해졌다.

"아니야. 쌀밥만 있으면 다른 찬은 필요도 없어. 고마워!"

진구가 유정과 차돌이 게걸스럽게 먹는 것을 보고 밖으로 나가더니 감을 가지고 들어와 칼로 감을 잘게 썰어 된장 속에 넣어주었다.

"와, 이렇게 먹으니 진짜 맛있구나."

"그러게, 이렇게 먹어보려고 생각도 못해 봤는데……."

세 사람은 게 눈 감추듯 정신없이 흰쌀밥을 먹어치웠다. 식사를 마치자 진구는 부읍성에 주둔하고 있는 왜군들의 동태를 설명해 준 후 환도 세 자루를 들고 당집 옆에 있는 당산나무 작은 공터로 주 씨와 유정 그리고 차돌이를 데리고 나갔다.

"아저씨, 이것은 환도라는 살상용 진검입니다. 가지고 다니기 편하게 칼집에 고리가 있어 오랫동안 전투를 할 때 좋은 칼이지요. 검의 길이는 1척 2촌이고 너비는 7푼 정도 되는 보통 성인이 사용할 수 있는 크기입니다."

"그래, 아주 단단하고 실하게 생겼구나."

"예, 숙부께서 집안에 내려오는 칼이라고 하시면서 칼등에 보아(保我)라는 글을 새겨 주시고 어른이 되면 의로운 곳에만 쓰라고 하셨습니다."

"참으로 의미가 있는 칼이구나."

"그러면 제가 잠시 검술을 보여드리겠습니다."

진구는 긴 호흡을 내쉬더니 진지하게 검술을 하기 시작했다. 좌우상하를 찌르고 막고 다시 하늘을 날아 공격하고 다시 좌우를 찌르더니 앞으로 굴러 허공을 날아 발로 돌려차기를 하고 자유자재로 몸을 놀렸다. 검술을 보고 있던 유정이도 칼을 들고 검술을 하기 시작했다. 유정이와 진구의 검술은 상당한 수준이었다. 유정은 칼춤이 끝나고 이마에 흐르는 땀을 닦으며 진구의 검술을 계속 쳐다보았다.

"유정이는 언제 검술을 배웠대?"

"뭐, 조금 흉내만 내."

진구도 끝났다.

"아저씨, 제가 하고 있는 검술은 고려 때 무인들이 하던 일격필살을 노리는 우리의 검술입니다."

진구는 환도를 주 씨 앞으로 내밀며 보여주었다.

"참으로 아름다운 칼이다. 진구야, 넌 어디서 그런 무술을 다 배웠다냐?"

주 씨가 묻자 진구가 대답했다.

"돌아가신 작은아버지가 어려서부터 가르쳐 주셨습니다. 작은아버지가 4년 전 왜놈한테 돌아가신 이후로는 오성산에 계시는 작은아버지 친구이신 박이량 의병장에게 틈틈이 배운 무술입니다. 의병장께서 언젠가 크게 나라를 위해 쓸모가 있을 거라고 게을리하지 말라 하셨습니다."

"그래? 박이량 의병장이 부유촌으로 가는 오성산에 계신단 말이지?"

"예, 비밀 장소이기에 아는 사람이 거의 없습니다. 왜놈들과 앞잡이들이 의병 본거지를 찾으려고 난리들이라 조심해야 합니다."

"나도 가면 박이량 의병장이 받아주실까?"

"그럼요. 제가 소개를 했다고 하면 의심하지 않을 것입니다."

"좋다. 그러면 가능한 한 빨리 소개를 해다오."

"당장이라도 가서서 제가 소개했다고 말씀하시면 됩니다."

"좋다. 말 나온 짐에 바로 떠나겠다. 정말로 왜놈들과 싸워 왜교성에서 고생하는 백성들과 내 아들의 원한을 풀어주고 싶다."

"아부지, 우리도 같이 가면 되지라."

"안 돼. 의병이 되기엔 아직 나이가 어려! 하지만 혼자 두고 간다는 것이 걸리는구나……."

주 씨가 유정이 손을 잡고 말했다.

"유정이는 걱정하지 마세요."

"그래요, 아부지. 내가 뭔 애기간디요."

"아저씨! 우리도 진구한테 날마다 무술을 배워서 나이가 차면 의병이 될 것이구만요."

"고맙다. 우리 진구가 올바르게 커주어 큰 힘이 되는구나."

"아저씨, 저는 비록 왜놈들 밑에서 말을 관리하고 있으나, 이 칼을 드릴 테니 아버지와 작은아버지 그리고 우리 형의 원한을 모두 풀어주세요. 아마도 우리 식구들이 좋아할 겁니다."

"진구야, 이렇게 귀한 검을 나에게 주다니 고맙다. 내 무술을 배워서 진구 가족의 원한은 물론 조선 백성과 내 아들의 한을 꼭 풀어주마."

주 씨가 진구를 껴안아 주자 진구도 감사의 뜻으로 주 씨를 꼭 안았다. 유정과 차돌은 안전한 당집에 머무르기로 결정하고 주 씨는 그날 진구가 준 환도를 들고 결국 박이량 의병장이 있는 오성산으로 바로 떠났다.

주 씨가 떠나던 날 저녁, 유정과 차돌 그리고 진구는 가족의 원수를 갚기 위해 뭔가를 해야 한다는 일념으로 자기들만의 의병을 결성하기로 결의했다. 그리고 귀신이 사는 당집에서 귀신처럼 신출귀몰하게 활동하자는 의미로 '귀신 의병'이라 이름 지었다.

의병을 결성한 기념으로 진구가 산속에 숨겨 둔 조선의 토종마(馬)인 과하마 한 필과 환도 한 자루씩을 나누어 주었다. 아이들은 진짜 의병이 된 것처럼 칼을 휘두르고 폼을 내며 으스댔다. 유정과 차돌은 자기들만의 말을 가졌다는 생각에 기분이 무척 좋아졌다. 유정은 과하마의 이름을 오빠 이름을 따서 치재라 정하고 계속 '치재야! 치재야!' 하고 불러주었다.

그날부터 아이들은 진구에게 말 타는 법, 칼 쓰는 법, 활 쏘는 법 그리고 수박치기 등 다양한 무술들을 조금씩 배우기 시작했다. 가슴에 품은 한이 많은 상태에서 무술을 배우다 보니 유정과 차돌에게 하루해가 짧기만 했다.

이른 새벽부터 밤늦게까지 검술, 활쏘기, 수박치기 등 손과 발에 피가 나면 헝겊으로 감고 또 피가 나면 다시 헝겊으로 동여매 가며 무술을 연마했다. 유정과 차돌은 왜놈들을 주먹 한 방에 꺼꾸러뜨릴 수 있을 때까지 그런 재능을 기르려는 목표가 뚜렷하기에 무술 실력은 하루가 다르게 늘었다.

며칠 동안 찬 서리가 짙게 내리더니 첫눈이 내린 이른 새벽이었다.

"자, 오늘은 그동안 쌓은 실력을 확인하기 위해 사냥을 나갈 것이다. 호랑이도 토끼를 잡으려면 똥을 싼다고 했다. 그것은 작은 일도 쉽지 않다는 뜻이다. 하물며 너희들은 온 힘을 다해야만 뭐든 잡을 수 있다는 것을 기억하기 바란다."

암팡진 진구가 다부지게 말했다.

동이 트기도 전에 유정과 차돌은 진구를 따라 과하마를 타고 국사봉으로 향했다. 차가운 기운이 손끝을 시리게 만들었지만 처음 사냥에 출정하는 아이들 얼굴에는 비장함마저 흐르고 있었다. 가족의 원한을 풀기 위해 복수를 해야 한다는 일념으로 배운 무술이기에 스스로 능력을 평가하는 자리인 만큼 차가움 따위는 문제가 되지 않았다.

산속으로 들어가자 새벽 여명이 걷히고 주변이 밝아지고 있었다. 이제 막 잠에서 깬 토끼가 사람들 소리에 놀라 바스락거리며 뛰어가자 유정이 먼저 활을 뽑아 겨누고 쏘아서 곧바로 명중시켰다. 그 모습을 본 차돌은 활통을 등에 매고 토끼굴이 뚫린 예상 길목을 확인한 후에 토끼의 앞쪽을 향해 달렸다. 도망치던 토끼의 앞에 차돌이 가로막고 맨손으로 토끼를 잡아 올렸다. 차돌의 예상은 적중했고 산 채로 잡았던 것이다. 유정과 진구가 놀래 입을 다물지 못하고 환호로 그동안의 고생한 보람을 축하해주었다. 차돌은 진구의 만족스런 미소를 보고 기분이 좋아졌다.

모퉁이를 돌아가니 골짜기에 다다르자 굶주린 멧돼지 몇 마리가 모여 코로 땅을 헤집고 있었다. 멧돼지와 마주친 유정과 차돌의 얼굴에 긴장한 모습이 역력했다. 진구는 말 위에 앉아 묵묵히 지켜만 보고 있었다. 차돌은 말에서 내려 활을 꺼내 멧돼지를 겨냥해 활시위를 당겼다. 순식간에 멧돼지들이 후다닥거리며 쏜살같이 어디론가 달아나기 시작했다. 그러나 활에 맞은 멧돼지가 씩씩거리는 거친 숨소리를 내며 차돌을 향해 거침없이 돌진했다. 차돌이 달려오는 멧돼지를 보고 다시 활시위를 당겼지만 빗나가고 말았다. 놀란 차돌이가 말을 버리고 뒤도 보지 않고 도망가기 시작했다. 말을 타고 있던 유정도 놀라 덩달아 도망가고 있었다. 하지만 진구는 나무 뒤에 몸을 숨기며 쫓아오는 멧돼지를 향해 차분히 연달아 활시위를 당겼다. 목과 가슴에 화살을 맞은 멧돼지는 씩씩대다가 진구 앞에서 고꾸라졌다.

잠시 후, 유정과 차돌이 돌아와 쓰러진 멧돼지를 보았다. 둘은 아직도 드러누워 거친 숨소리를 내쉬는 멧돼지가 무섭게 느껴졌다. 세 명의 귀신 의병들은 과하마에 토끼와 멧돼지를 싣고 난봉산에서 가장 높은 국사봉에 올랐다.

"와, 시원허다. 이제야 비로소 어른이 된 것 같다!"

"유정아 너도 글지?"

"응, 사실은 나도 인자사 진짜 어른이 된 것 같아."

"맞아, 우리가 아직 완전한 어른은 아니지만 그렇다고 어린아이도 아니야. 진구에게 끊임없는 훈련을 받아서 우리 가족의 원수를 갚아주자."

국사봉에서 동남쪽 바닷가에 위치한 왜교성이 한눈에 보이자 유정은 노역을 했던 회한이 밀려오며 분노가 치밀었다. 까마귀밥이 된 불쌍한 조선의 노역자들, 돌무더기에 깔려 죽은 노역자들, 왜놈들의 칼에 죽은 치재 오빠와 사사끼의 저주스럽고 치 떨리는 만행까지도 떠오르며 용서를 하고 싶어도 용서가 될 수 없는 송곳처럼 박혀버린 회한이 유정을 서글프게 만들었다.

"아———악! 아———악!"

유정은 왜교성을 향해 피를 토하듯 소리를 질렀다.

난봉산의 모든 골짜기에서 유정의 한 맺힌 메아리가 울려 퍼졌다.

당집으로 내려온 유정과 차돌은 진구가 시키는 대로 멧돼지 고기를 얇게 썰어 말리기 위해서 응달에 널었고 토끼는 가죽을 벗겨 장작불에 구워 먹었다.

"나 죽는 줄 알았당께. 멧돼지가 그렇게 무서운지는 처음 알았다니까? 지금 생각해도 오금이 다 저린다."

차돌이가 몸을 부르르 떨며 흔들었다.

"근다고 뒤도 보지 않고 도망을 가냐? 오줌은 안 쌌냐? 어디 바지 좀 볼까?"

"너 죽을래? 내가 애기냐? 오줌을 싸게……."

차돌은 옛날 당집에 올 때가 생각났는지 손으로 유정의 입을 가리며 얼버무렸다.

"역시 우리 스승인 진구는 대단해. 쫓아오는 멧돼지를 보고 맞히는 것은 아무나 할 수 없는디……."

"진구는 간덩이가 엄청 부었나봐."

"우리 진구는 착하기만 한 줄 알았는디 정말 야무지다."

유정과 차돌 그리고 진구는 맛있게 토끼고기를 먹으며 멧돼지에게 쫓겨 도망갈 때 얼마나 무서웠는지를 이야기하면서 즐거운 시간을 보내고 있었다. 시간이 흐르고 아이들은 아무 말도 없이 모닥불의 불꽃만 쳐다보고 있었다.

"여기가 언제까지 안전할 수 있을까?"

유정이 먼저 말을 꺼냈다.

"지금 왜군들은 너희들을 찾기 위해 모든 고을에 방을 붙이고 길목마다 검문 검색을 강화했어! 미친 듯이 쫓아다니고 있어."

진구가 걱정스럽게 말했다.

"여기도 언제까지나 안전할 수는 없어. 그러니 사람이 사는 것 같은 흔적을 남겨서도 안 되고 언제든지 바로 도망갈 수 있게 준비해야만 해!"

차돌이도 진구와 비슷한 생각을 말하고 있었다.

"그러면, 이곳을 좀 더 무섭게 만들어 놓을까?"

"어떻게?"

"당집 안에 있는 귀신 인형들을 당집 주변에 숨겨 두었다가 사람들이 나타나면 귀신놀이를 해서 도망가게 만드는 거야. 어때?"

"나도 처음 이곳에 들어올 때, 얼마나 겁을 먹었든지 딱 죽는 줄 알았다니깐. 저 아래 아동바리 모퉁이를 지날 때는 발이 땅에서 떨어지지 않더라고…….."

"아동바리가 뭔데?"

유정이 물었다.

"어린 애들이 죽으면 작은 단지에 아이들을 담아 묻어주는 곳인데…… 몰라?"

"말은 들었는디 어딘지는 몰랐어. 넌 무술도 잘하면서 귀신이 무섭냐?"

"무술은 무술이고 귀신은 무섭드라…….."

진구가 머리를 긁적이며 대답했다.

"좋았어. 글먼 당장에 귀신 인형들을 주변에 모두 숨겨두자."

귀신 의병들은 누구라도 당집에 찾아올까 싶어 귀신들이 사는 것처럼 더 무섭게 만들어 놓기로 했다. 당집에 모셔진 귀신 인형과 천을 이용해 나무 뒤에도 수풀 속에도 그리고 초분 위에도 줄을 달아 귀신 인형들을 숨겨 두었다.

몇 날이 흘렀다. 의병들이 체포되어 순천부읍성 감옥에 갇혀있다는 소식이 들려왔다. 해질 무렵, 유정과 차돌은 먹을 것도 구하고 옥에 갇힌 의병 소식도 듣고 싶어 변복을 하고 시전으로 내려갔다. 정말 오랜만에 보는 시전이라 재미있고 즐거웠다. 유정과 차돌이는 국밥도 먹으며 시전 저잣거리를 구경하고 다니고 있었다. 정유재란 전에는 술을 주막에 배달했던 곳이라 익숙한 공간이었다.

유정과 차돌이 무심코 소금전 앞을 지나고 있을 때였다. 소금전 앞에는 수레 두 대에 소금 가마니를 싣고 있었다.

"꺽쇠 성님, 오늘은 몇 가마나 보낼까요?"

"오늘은 열 가마라고 했다. 해 떨어지기 전에 싸게 갔다 줘라."

"야, 열 가마면 도대체 코나 귀가 얼마나 된다는 소리여. 나가 아무리 왜놈들 밑에서 밥을 빌어먹고 있어도 소금 가마니 갖다주는 것은 진짜로 싫당께."

"생각을 하지 마. 그냥 가져다 줘부러. 머리 아픈 게……."

"아따, 성님은 소금 열 가마니로 귀와 코를 저리면 죽어가는 조선 백성이 몇이나 된지 아요? 수백, 아니 수천이여라."

"저 미친놈이……."

"저녁에 술이나 몽땅 먹어불라요."

"퍼 마시던지 말든지, 나중에 속 아프다고 누런 똥물이나 쏟아내지 마라."

"누런 똥물까징 쏟아내도 미치지 않고 살라문 목구멍에 술을 까득 채워 숨만 쉬어도 꽐꽐 넘칠만큼 마셔 불라요."

"워메, 저런 미친놈…… 느그들은 시킨 대로 후딱 주고 오니라."

유정이와 차돌이는 소금전 앞에서 하는 말을 듣고 울분을 토하고 있었다.

"저놈의 소금전을 언젠가는 불질러 부러야지. 저 새끼들이 더 나쁘당께."

"저 비싼 소금을 거기다 쓰다니 내가 미쳐불겠다. 그냥 확 털어불까?"

"나도 그 생각은 굴뚝같다. 근디 우리도 쫓기는 신세라, 다음에 보자."

소금전으로 오고 있던 다른 시전 패거리들이 유정과 차돌이가 모퉁이에 숨어 소금전을 쳐다보고 있는 것을 뒤에서 보게 되었다.

"조놈, 선머슴 같은디?"

"그래, 변복을 했어도 유정이 같은디?"

"잘 걸렸네, 우리 손에 선머슴이 걸리다니. 뭔 일이당가?"

소금전을 쳐다보던 유정과 차돌이가 자리를 일어서 어디론가 가고 있는 것을 보았다.

"어서 가서 꺽쇠 성님에게 말하고 오소. 난 저놈들 따라갈랑께."

"알았구만. 잘 쫓아가소."

시전 패거리 중에 한 명은 뒤따라가고 한 명은 소금전에 있는 꺽쇠를 데리러 갔다. 잠시 후에 꺽쇠가 패거리를 데리고 헐레벌떡거리며 달려왔다. 그들은 모퉁이에 숨어 유정과 차돌이가 시전 저잣거리를 구경하는 것을 쳐다보고 있다.

"그래, 선머슴 유정이가 분명 맞구만."

"근디 옆에 있는 놈은 누굴까?"

"그야 모르제."

"우리는 유정이만 잡으면 되지."

꺽쇠를 중심으로 시전 패거리들이 헛웃음을 치며 당당하게 유정이가 구경하고 있는 대장간 앞으로 나갔다. 유정과 차돌이는 산돼지처럼 탄탄해 보이는 시전 패거리들이 앞을 가로막자 덜컥 겁이 났다.

"어이, 술도가 선머슴이 여기에 뭔 일이대?"

"……."

"그동안 머리카락이 많이 길었구나. 몰라보겠다야?"

"성님! 아무리 변복을 해도 저잣거리에서 유명한 유정이를 어찌 몰라본 다요?"

"그라제. 읍내에서 최고로 유명한 사람인디. 우리 유정이 잡아가면 현 상금도 있던디. 돈 좀 벌어 보끄나?"

"근디, 성님 요놈도 방에 붙어 있는 차돌이란 놈하고 비슷한디라?"

"그래, 비슷꼬롬하네."

"맞다. 용두에 사는 차돌이네!"

"넌 얼른 소판이 성님한테 가서 말혀라."

"야, 후딱 댕겨 올께라."

시전 패거리 중에 한 명이 달려갔다.

"성님, 우리 오늘 횡재해부렀소. 소판 성님이 알면……."

"차돌아! 튀어."

유정이의 급작스런 말과 행동에 미처 움직이지 못한 차돌이는 시전 패 거리에게 잡혀버렸다. 유정 또한 재빠르게 도망을 시도했지만 시전 패거 리들이 수도 많고 지형도 잘 알고 있어 멀리 도망가지 못하고 싸움 끝에 잡히고 말았다.

"와따, 고것 솔찬히 빠르네. 가시내여? 머시매여? 한번 까봅시다. 언제 고로코롬 싸움은 배웠냐? 솔찬하네."

"워메, 난 팔이 부러져 분지 알았다. 아이고야!"

"야! 이 자식아! 창피하게 주뎅이 닥쳐라. 조용히 혀."

"아니, 진짜로 아퍼라."

시전 패거리들은 유정과 차돌이를 왜군들이 있는 읍성관아가 아닌 자 기들의 본거지인 소금전 지하 창고로 데리고 갔다.

"뭐라, 유정이와 차돌이를 잡았다고?"

"예, 성님. 이놈들을 한꺼번에 잡아부렀당께요."

"잘했다, 잘했어. 어젯밤 꿈에 돌아가신 우리 엄니가 보이더만…… 이제 시전은 우리 것이다. 앞으로 맘대로 술 처먹고 각시 방댕이만 두들기고 살아도 된다."

"정말로라? 감사허요."

"가만히 있아봐, 이 소식을 누구한데 알려야 최고로 큰돈이 되겠다냐? 그렇지! 일단은 마쓰이 부관한데 물어보고 몸값을 키워야지. 요로코롬 중요한 것을 함부로 쓰면 안 되지. 일단 가보자."

"예, 성님! 어서 갑시다요."

소판은 시전 패거리들과 함께 시전 소금전 지하 창고로 길을 재촉했다. 입이 귀에 걸린 소판은 뭔가 많은 생각을 하며 행복해 보였다. 유정과 차돌은 얼굴에 가벼운 찰과상을 입은 채 나무 기둥에 묶여 있었다. 이때, 소판이 들어왔다.

"아니, 이게 누구여? 선머슴 유정이 아니냐? 참으로 반갑다. 그동안 어디서 고생을 했냐? 진즉에 왔으면 고생도 안 하고 편히 살았을 것인디. 이제라도 잘 왔다."

"소판 아저씨! 우리를 풀어주세요. 내가 아재한테 잘못한 것도 없는디. 왜 그라요?"

"그래, 나한테 잘못한 거 없제, 뭐가 있었냐? 단지 우리는 니가 필요할 뿐이여."

"왜라, 뭐 땜시오?"

"뭐 고곳까지는 알 필요 없고, 우리는 니 땜시 살판났다. 고맙다야, 우리한데 잡혀주어서……."

"뭔 자다가 봉창 뚫는 소리다요? 고맙다니?"

"저런 모지런 년이 있나. 너만 있으면 시전이 완전히 우리 것이 된다니께. 이 바보 멍충아!"

"조용히 안 허냐?"

"죄송하구만이라 성님!"

"소판 아재, 살려주시오. 같은 조선 백성들끼리 이러문 안 되지라. 왜놈한데 당한 것도 서러운디 우리 백성들끼리 도와주고 살펴줘야지라."

"그러지, 서로 도와주고 살펴주어야지. 바로 니가 나 좀 살펴줘야 쓰겄다. 고맙다. 도와주어서……."

들고 있던 차돌이가 화를 참지 못하고 버럭 성질을 부렸다.

"아따, 왜놈들보다 더 무서운 놈들이 있었네! 왜놈들의 개 노릇을 하다 보면 붕알이 촐랑촐랑 거려 많이 부끄러울 텐디? 그동안 용케도 붕알이 안 떨어지고 붙어있었네. 참으로 불쌍한 놈들이네."

"뭣이여? 터진 주둥이라고 막 질러대네?"

소판은 차돌이를 사정없이 주먹으로 뺨을 때리고 발로 걷어차 버렸다. 급소를 맞은 차돌은 많이 고통스러웠다.

"때려 봐라, 이놈들아! 세상에 공짜는 없응께. 지금은 온통 니 세상 같지? 근디 시상은 안 그런 것이여. 니 눈구멍에서 피눈물이 곧 쏟아질 것잉게."

"아따, 요놈 진짜 야무네! 그래 그 정도인게 스쿠니 장군을 죽였제. 일본 최고의 무사를 단방에 죽여 부렸응게."

"소쿠린지 스쿠닌지도 몰랐는디 다행이네. 그래도 사내로 태어나 그 정도는 해야지 않겠냐?"

"그래, 니 똥 굵어 좋겠다. 니가 장군을 죽여분 덕에 포상만 커져 부렀고, 우리만 살판났응게."

"귀한 몸들 잘 모셔야 한다. 워메 좋은 거. 애들을 어떻게 팔아야 최고로 비싸게 팔 것인지 생각 잘해야 한다. 일단은 요놈들을 단단히 묶어두어라. 기분 좋은 이 밤을 그냥 보낼 수 없지. 느그들이 이놈들 지키고 모두 주막으로 가서 축배를 들자."

"워메, 성님. 듣다가 반가운 소리네요. 몽땅 묶어 붑시다."

"잘 지켜라. 시전은 우리 것이다."

소판은 꺽쇠를 비롯한 시전 패거리를 데리고 주막으로 갔다. 모두들 흥에 겨워 술잔을 주고받으며 콧노래가 절로 나왔다.

"성님, 요즘에는 시상 사는 맛이 나요. 내가 눈만 한 번 획 뒤집어도 사람들이 발발 기어부니 아주 살 만하요."

"그래서 국보들은 많이 모았냐?"

"탱화, 탑, 도자기 눈에 보이면 다 내 것이오. 성님 말씀대로 일부는 잘 빼돌려 났으니 걱정마시오."

"그래, 잘했다. 돈이다. 돈!"

구로다 장군의 명을 받은 소판은 조선의 국보급 문화재를 찾아 수탈하는 이야기를 하면서 깊은 밤이 될 때까지 진탕 술을 마시고 있었다.

진구는 읍성 마구간에 편자 만드는 일을 하고 밤늦게 돌아왔다. 진구의 엄마인 진주댁은 진구가 집에 돌아올 때끼지 자지 않고 삯바느질을 하며 기다리고 있었다.

"엄니! 저 왔어라."

"그래, 고생많았데이. 어서 들어 온나. 이제마 바람이 차다 아이가."

"그러게요. 엄니도 옷 단단히 입고 다니시오. 몸도 약한디."

"그라고, 내사마 오던 길에 주막에 가봤다 아이가. 소판 아재가 시전 패거리들하고 억수로 취해 있는기라?"

"그래요. 뭐 좋은 일이라도 있는 모양이지라."

"주모가 그라는디, 방에 붙어 있는 사람들을 잡아서 기분이 좋아서 그란다고 하는기라. 방에 붙은 사람이 혹시 술도가 집 유정이 아이가?"

"엄니, 뭐라고 했소? 방에 붙은 사람들을 잡았다고라?"

"그래, 주모 말이 술을 떡이 되게 먹었는데 그놈들 하는 말이 내일이면 그자들 덕분에 돈을 엄청 벌 거라며 좋아 죽드란다."

"엄니, 나 마구간에 빠뜨리고 온 것이 있소. 근디 잡아다 어디에 뒀다고 그럽디까?"

"잡힌 애들이 조선의 영웅인디 불쌍타더라."

"아니, 엄니 잡아서 어디에 두었다고 들었냐니깐?"

"그게, 아마 소금전이라카제?"

"소금전이라? 엄니 나 걱정 말고 먼저 자시오. 다녀올라요."

진구는 급하게 달려 주막으로 향했다. 주막에는 아직도 소판 아재를 비롯해 꺽쇠랑 시전 패거리들이 만취한 상태로 횡설수설거리고 있었다. 술 취한 그들에게서 대략의 상황을 파악한 진구는 소금전으로 향했다. 소금전은 정말로 조용했다. 아무리 찾아봐도 유정과 차돌이는 없었다. 이상한 생각이 들어 계속 주변을 찾아봤지만 어디에도 유정과 차돌이는 없었고 소금만 가마니로 가득 쌓여 있었다. 그때 마룻바닥에서 뚜껑이 열리더니 사람이 한 명 나와 뒷간으로 들어갔다.

"그래. 저기에 지하실이 있었구나!"

조금 후에 뒷간에서 나온 패거리는 진구의 한 방에 아무 소리도 내지 못하고 그대로 쓰러지고 말았다. 진구는 조용히 마룻바닥을 열고 나무 계단 아래로 내려갔다. 누군가 인기척이 들렸다.

"시원하게 쌌는가? 시원하겠네."

진구는 대답도 못하고 주변을 살펴보니 큰 창고 안에 한 명의 사내가 땅바닥에 누워 쉬고 있었다. 나무 기둥에 유정과 차돌이가 묶여져 있었다. 진구는 살며시 다가가 누워있는 자를 뒤에서 가격해 한 방에 기절시켰다. 비명 소리에 놀라 유정과 차돌이가 눈을 뜨고 진구를 보았다.

"진구야! 워메 꼼짝없이 죽는 줄만 알았어야?"

"그래, 어쩌다가 이리됐냐? 어서 가자."

"고맙다! 진구야. 우리가 맘이 풀어져 방심하고 말았어. 미안혀. 내가 언젠가는 왜놈들 앞잡이 노릇을 하는 소판 아재와 꺽쇠 그놈을 혼을 내야 하겠그만."

"아무튼 조심혀."

진구는 묶여 있는 유정과 차돌이를 풀어 지하실을 빠져나와 시전 저잣거리를 지나 향교를 거쳐 용수골 당집으로 돌아왔다.

아이들은 당집에서 며칠 동안 꼼짝도 않고 숨어 지냈다. 진구는 아무 일도 없는 것처럼 마구간을 치우고 말을 관리하며 일에만 열중했다. 소판이가 마구간에 놀러 와도 평상시처럼 편안하게 대했다. 진구는 틈틈이 감옥 주변을 살펴보았지만 왜군들이 철저히 경비하는 바람에 옥에 갇힌 의병이 누구인지는 알아낼 수가 없었다.

시간이 지날수록 귀신 의병들은 유정의 아버지 주 씨가 잡히지는 않았나 하는 걱정으로 점점 불안해졌다. 귀신 의병은 논의 끝에 첫 임무로 옥에 갇힌 의병들을 구하기로 결의하고 지난날, 시전 패거리를 거울삼아 방심하지 않고 조심스럽게 행동했다.

　칼을 차고 활과 화살 그리고 과하마를 데리고 진짜 의병이 된 것처럼 부읍성과 옥천서원이 잘 보이는 청수골 골태 언덕에 숨어 순천부읍성을 바라보았지만 아무리 고심을 해봐도 세 사람의 힘으로는 감옥에 갇힌 의병을 구할 방법을 찾지 못해 막막했다.

　한편, 박속유의 집을 박차고 나온 토부는 집을 나간 누이 금화를 찾기 위해 시전과 읍성 주변을 며칠째 서성거렸다. 늘 집안에 박혀서 글공부만 하던 토부로서는 모든 것들이 재미있고 흥미로웠다. 토부는 말만 들었던 선인들의 깊은 얼을 느끼고 싶어 대학자이신 한훤당 김굉필과 조위 선생이 머물렀던 임청대와 옥천서원에 도착했다.

　"얘들아, 저기 봐. 웬 아이가 겁도 없이 혼자 옥천서원으로 간다."

　"그러게? 저기는 왜놈들이 못 가게 하는 곳인디. 쬐그만 게 겁을 상실했네."

　"통행패가 있나 보지?"

　"야, 저기 향교 쪽에서 왜놈들이 서원 쪽으로 가는데, 쟤 어떡하지?"

　"기다려 보자. 통행패가 있겠지."

　청수골에 숨어 있던 귀신 의병들은 서원 앞에서 넋을 놓고 서 있는 토부가 불안해 보였다. 서원 입구에는 경현당이라는 현판이 땅에 떨어져 있었다. 토부는 현판을 들어 한쪽에 세워두고 먼지를 털어냈다. 대문은 출

입을 할 수 없도록 큰 나무로 가로질러 대못질을 해 놓았다. 토부가 굳게 잠긴 옥천서원 안을 문틈과 담 너머로 보고 있는데 왜군 병사 두 명이 나타나 토부를 붙잡았다.

"이놈 봐라? 너, 스쿠니 장군님을 죽인 그 차돌이라는 놈 아니야?"

한 왜군 병사가 방을 꺼내 얼굴을 대조해 보았다. 토부는 일본 병사의 말을 알아듣고 일본말로 대답을 해주었다.

"난 차돌이란 자가 아니오. 난 박속유 집안의 아들 박토부라고 하오."

"이놈 봐라, 우리말을 하네. 좋아. 그러면 고니시 장군에게 받은 통행패를 내 봐라."

"그것은 집에 두고 왔소!"

"집에? 푸하하하, 이놈아! 난 우리 집에 은덩어리가 산처럼 쌓여있다. 이 맹랑한 놈 보소?"

"오, 이런 쥐새끼 같은 어린놈이 겁도 없네?"

한 왜군 병사가 토부의 어깨를 칼등으로 내리치자 한 방에 바로 쓰러졌다. 귀신 의병들은 옥천서원 앞에서 왜군에게 맞아 쓰러지는 아이를 지켜보고 있었다. 그리고 눈알이 커지더니 서로의 얼굴을 쳐다보며 눈을 꿈뻑하고 신호를 보냈다. 얼굴을 검은 천으로 가린 귀신 의병들은 주변에 더 이상의 왜군 병사들이 없다는 것을 확인하고서 바로 옥천서원으로 방향을 잡고 내려갔다.

"나는 차돌이가 아니고 박속유 집안에 박토부라는데, 왜 날 이렇게 때리는 게요."

"이놈이 주둥이만 살아가지고…… 박토부인지는 모르겠고 우리가 차돌이라고 하면 차돌이야. 이놈을 끌고 가서 차돌이라고 보고하세."

"그래, 방에 붙은 얼굴하고 비슷해."

"아니야…… 행색을 보니 차돌이라는 놈은 아닌 것 같으니 차라리 죽여서 데리고 가세, 코라도 베어 가게."

"그래!"

왜군 병사들의 말을 알아들은 토부는 울컥 겁이 밀려왔다. 상황의 심각함을 느낀 토부는 옥천서원 옆쪽으로 냅다 뛰기 시작했다. 왜군 병사들이 소리를 지르며 쫓아왔다. 모퉁이를 돌아 돌담길로 막 접어들 때, 숨어서 대기하고 있던 귀신 의병들이 왜군 병사들을 향해 칼로 찌르고 또 찔렀다. 왜군 병사들은 갑자기 나타난 진구와 차돌, 유정의 칼에 변변한 대항도 못한 채 꼬꾸라졌다. 유정과 차돌은 손과 온몸이 떨렸다.

"이제 어서 돌아가자!"

진구의 말에 귀신 의병들은 토부를 데리고 향교 쪽으로 달렸다. 갑자기 급습을 당한 왜군 두 명 중에 한 명은 그 자리에서 쓰러져 죽고 한 명은 배를 움켜쥐고 순천읍성 쪽으로 줄행랑을 쳤다.

귀신 의병들은 향교에서 청수골 골태언덕으로 방향을 바꿔 산속에 숨겨둔 과하마를 타고 난봉산을 넘어 용수골 당집에 도착했다.

당집 방 안에 토부를 앉혀 놓고 모인 귀신 의병들은 왜군 병사들을 물리쳤다는 기쁨에 흥분이 가라앉지 않았다.

"우린 귀신 의병이다!"

"뭐? 귀신 의병?"

"그렇다. 왜군들을 무찌르고 백성을 구한 귀신 의병…… 넌 누군디 겁도 없이 혼자 댕기는 거냐?"

유정이 물었다.

"난 박속유 집안의 아들 박토부라고 한다."

귀신 의병들은 박속유 집안의 아들이라는 말을 듣고 더 이상 말을 이어가지 못하고 서로의 얼굴만 쳐다보았다. 차돌은 앉아있던 자세를 바꾸어 슬그머니 무릎을 꿇었다. 진구도 차돌의 행동을 보고 슬쩍 자세를 바꾸려고 하자 유정이 진구를 노려보았다. 그러자 어색해진 진구는 다시 조심스럽게 자세를 옮겨 가부좌로 앉았다. 방 안은 어색한 공기가 맴돌았다.

"방도 비좁구만……. 나까지 와서 많이 불편들 하지?"

"아니, 아닙니다."

차돌이 어색하게 대답을 했다.

"근데, 사실은 내가 갈 곳이 없으니 당분간 여기에 있게 해주게."

토부는 진심 어린 마음이었지만 아랫것들 대하듯 부탁하고 있었다. 조용히 듣고 있던 유정이 헛기침을 하고 서서히 말을 꺼냈다.

"여기는 귀신들이 사는 당집이야. 무서운 것은 둘째 치고 방도 좁을 뿐만 아니라 함께 지내야 해. 박 대감 어른의 도련님이 우리와 함께 여기서 있을 수 있겠나?"

유정이 토부의 얼굴을 똑바로 쳐다보지도 못하며 설명을 했다.

"나, 너희들만 받아주면 여기에 있고 싶어. 집 나와서 며칠 동안 날씨는 춥지 돈은 있어도 밥 먹을 데도 별로 없지. 잠자는 것도 빈 집에서 쪼그리고 자다보니 무섭기는 하지……."

"아니, 너처럼 부잣집에서 사는 애가 뭣 때문에 나와서 이 고생을 하는데?"

잠시 말문을 잇지 못하는 토부가 차분하게 말을 하기 시작했다.

"난 우리 아버지를 이해할 수도 용서할 수도 없어서 집에 들어가고 싶지가 않아."

"왜 그래? 너희 집은 부자 중에 부자, 고을 관아에서도 함부로 못하는 최고의 부자잖아?"

"우리 아버지는 조선이 망했다고 생각해. 돌아가는 정세를 보면 그게 사실이라는 생각도 들지만 우리 누이를 고니시한테 시집을 보내는 것은 잘못이라고 생각해."

"뭐라고? 금화 아씨를 고니시에게 시집을 보낸다고?"

"말도 안 돼!"

"잘 나왔다. 사람이라면 그래야지."

아이들은 모두 한마디씩 했다.

"박 대감 나리께서 미친 거 아냐?"

화가 난 차돌의 말에 모두들 차돌을 쳐다보았다.

"아, 미안, 미안해…… 나도 모르게 미쳤다고 했네."

"아니야. 우리 아버지가 미치지 않고서는 할 수 없는 일이야. 그래서 내가 나와 버렸어."

"그 일 때문에 나왔다면 비좁지만 여기에 같이 있자."

"고맙다, 유정이라 했지? 내가 돈은 조금 가지고 나왔으니 도움이 될 거야. 너희들은 쌍것들이지만 내 생명을 구해준 은인이잖아."

"……."

"그야, 그렇지."

"유정이는 원래 양반가의 자식이었지. 근데 지금은 아니라고 봐야지……."

토부의 거침없는 말에 유정이 입을 굳게 다물었다. 잠시 흐르는 어색한 침묵을 깨고 차돌이가 끼어들었다.

"근데, 양반 최고 부잣집 아들이 우리처럼 천한 애들과 친구가 될 수 있을까요?"

"나도 쉽지는 않다만 너희들은 내 생명의 은인이다. 명나라 고서에 이런 말이 있지. '생명의 은인에게는 위아래가 없으며 내 마음을 주어라' 내 명색이 글을 배운 사람으로서 알고 있는 것을 실천하는 것이 중요하다고 생각한다. 나도 한훤당 선생을 흠모하는 선비로서 도학정신을 이어받아 실천하는 것은 참으로 중요하거든."

"한훤당이 누군디?"

"……."

"50여 년 전에 옥천서원에 유명한 선비가 있었지. 그분이셔."

"……."

"아무튼 모르겠고. 넌 참으로 좋은 아이구나. 자, 글면 지금부터 너도 귀신 의병이 되는 것이다."

유정이 토부에게 손을 내밀었다. 하지만 진구와 차돌은 신분이 너무나 다른 토부에게 감히 손을 내밀지 못하고 멈칫거리고 있었다.

"자, 뭣들 허냐? 손들 내밀지 않구…… 우린 이제부텀 죽는 날까지 귀신 의병으로 함께하는 거여!"

진구와 차돌도 어색하게 손을 내밀었고 토부가 손을 포개자 그날 모두는 귀신 의병이 되었다. 그들은 밤새 서로의 이야기를 나누며 상대를 알아가고 있었다.

"난 조선의 원수 고니시를 꼭 죽이고 말 거야!"

새벽녘이 될 때, 눈빛이 살아있는 토부가 굳은 의지를 가지고 말했다. 토부의 말을 듣고 유정은 코끝이 찡해지며 부끄러운 생각이 들었다.

"나도 고니시가 너무 밉고 죽이고 싶었지만 내가 고니시를 감히 죽일 수 있다고 생각하지는 못했어. 사실 그동안 잊고 지낸 것 같아 부끄러웠다."

"그러게, 너무나 큰 상대여서 우리가 고니시를 죽일 수 있겠어?"

유정의 말을 듣고 진구가 말했다.

"쉽지는 않겠지. 근데 해야만 돼! 고니시가 죽으면 우리 누이가 시집을 가지 않아도 되잖아. 우리 열의가 하늘에 닿아 꼭 이루어지리라 생각한다."

토부의 결의에 찬 한마디가 귀신 의병들의 새벽잠을 달아나게 만들었다.

"그래, 난 왜교성에서 결심했어. 다시는 울지 않겠다고. 그리고 토부 말에 용기를 다시 얻었어!"

유정은 가슴에서 뿌듯하게 벅차오르는 무언가를 느꼈다. 토부는 자기를 살려준 아이들과 신분에 상관없이 마음의 의지가 되는 친구가 되었고 그날부터 귀신 의병의 일원이 되었다. 토부는 부잣집 아들답게 돈을 가지고 있어 식량이 필요할 때면 식량을 구할 수가 있었지만 얼마를 가지고 있는지는 절대 말해주지 않았다.

옥천의 맑은 물이 흐르고 그 옆으로 느티나무 잎들은 떨어져 앙상하게 가지만 축 늘어져 바람에 흩날리고 있었다. 불타버린 옥천서원은 재만 남아 있었고 임청대라는 글자가 쓰인 기단에는 왜군 복장을 한 소판과 박속유 집에서 일하는 집사 덕보가 서 있었다.

"성님! 바로 여깁니다요."

소판이 손가락으로 골목 모퉁이를 가리키며 말했다.

"여기서 당했다는 말이제?"

"예, 바로 이곳에서 애들 세 명한티 갑자기 당하는 바람에 한 놈은 이 자리에서 죽고 한 놈만 배에 칼을 맞고 도망 와서 살았지라. 왜군 병사의 말을 들어보면 박속유 집안의 아들 박토부라고 똑똑히 말했다고 합니다."

"흠…… 상황을 보면 그 애들과 함께 사라졌다는 말인데, 그 애들은 누구지?"

"짐작은 가는디 정확하지 않아 뭐라 말 못하것소. 아무튼 성인은 아닌디…… 무술 실력이 상당했다고 허고요. 왜군 병사들도 기본 실력은 가지고 있는 자들인디 그렇게 쉽게 당한 것을 보면 보통은 아닌가 봐요."

"짐작 가는 사람이 있는가?"

"긍께, 고것이…… 내가 짐작하는 놈들이라면 이렇게까지 무술을 잘할 수 없고…… 말이 안 되는지라. 헷갈린당게요?"

"갑자기 당해서 그런 것이었제, 아직 성인도 아니고 애들이었담시롱?"

"스쿠니 장수나 사사끼 장수는 일본 최고의 무사들인데도 애들한테 당했잖아요? 우리가 알고 있는 술도가 집 유정이하고 용두마을 차돌이가 범인이라는데 앞뒤가 안 맞어라. 우리가 헛다리 짚는 것은 아닌가 모르겠소."

"안에서는 괜찮은가?"

"고니시 장군이 핏대를 세움시롱 날마다 난리를 처분 바람에 혼이 빠져 정신이 하나도 없다고 하드랑께요."

"조선 애들이 야물기는 한가 봐."

"긍게 말입니다요."

"아무튼 걱정이네. 벌써 십여 일째 아무리 찾고 다녀도 토부 도련님이 보이지 않응게. 나리가 날마다 날 잡아먹으려고 해서 미치겠네."

"나도 시전 패거리를 동원해서 주변을 샅샅이 뒤져봐도 쥐 털 하나 보이지 않아 미치겠당께요. 왜놈들은 즈그 군사 한 명 죽으면 어디 난리라도 난 것처럼 호들갑을 떰시롱 결국 옥천서원을 바로 불질러 버리잖아요."

"나쁜 놈들 옥천서원이 어떤 곳인데……."

"불지른 날 저도 속상해 잠을 못 잤구만요."

"자네나 나나 같은 신세구만. 맨날 당하고 눈치만 보고……."

두 사람은 아이들이 도망갔다는 향교 쪽을 향하여 걸어갔다.

인간의 저주

진구의 어머니, 진주댁은 고니시 부대가 순천부 읍성에 주둔할 때부터 왜군 병사들의 밥을 해주는 취사 강제노역에 시달리고 있었다. 동이 트는 인시에 가서 달이 중천에 뜨는 술시까지 설거지를 하고 지친 몸을 이끌며 집으로 돌아와 진구가 귀가할 때까지 잠을 자지 않고 헤진 겨울 솜옷 등을 바느질하고 있었다.

진구는 오늘도 밤늦게까지 마구간을 모두 치운 후에 옥에 갇힌 의병들의 신원을 알아보기 위해 감옥 근처에서 기웃거렸지만 경비가 심해 그냥 돌아와야만 했다. 고문당하고 있을 유정의 아버지 주 씨와 의병들을 생각하면 돌아가신 아버지 생각이 나서 마음이 아파왔다.

차가운 날씨에 진구가 집에 늦게 도착했을 때 방의 불이 켜져 있었다. 방문을 열고 들어서는 진구를 보자마자 진주댁은 기다렸다는 듯이 대광주리 속에서 그릇을 꺼냈다.

"아들아! 배 안 고프나? 여기 돼지고기다. 어서 묵으라."

진주댁은 사기그릇에 담아 둔 고기를 꺼내 진구의 입에 밀어 넣었다.

"뭔 고기당가?"

진구의 입 속은 벌써 볼테기가 터질 만큼 고기로 가득 차 있었다.

"그냥 무라, 누가 쪼매 줬다아이가."

진주 고향말을 쓰고 있는 진주댁은 기분이 무척 좋아보였다.

"엄니, 내 입 터져불겠네. 워메, 맛있구만."

진구가 입이 미어져라 돼지고기를 먹고 있을 때에 밖에서 웅성거리는 사람 소리가 들렸다. 진주댁은 재빨리 고기 그릇을 이불 속으로 밀어 넣고 진구는 먹던 고기를 꾸역꾸역 목구멍으로 급하게 삼켰다.

"진구 어매! 안에 있소?"

왜놈들 앞잡이 노릇을 하는 나전이었던 소판이 불렀다.

"뉘…… 뉘시당가요?"

진주댁이 방 안을 주섬주섬 치우고 진구의 입을 닦아주며 대답했다.

"나 소판이네. 얼른 문 열지 않고 뭣 헝가?"

소판의 목소리가 굳어져 가고 있었다. 방문이 바로 열리더니 진주댁이 문을 열고 나왔다. 마당에는 왜군 복장을 한 소판과 왜군 병사 두 사람이 칼을 들고 서 있었다.

"어찌, 이 밤중에 여기까지 뭔 일이다요?"

"잘 지내신가?"

"덕분에 잘 지내고 있습니다만…… 어떻게 은혜를 갚아야 할지."

"안에 누구 있는가?"

"예, 우리 진구가 방금 돌아왔는디……."

"그래, 한 가지 물어보세. 얼마 전에 시전 주막에서 주모가 뭔 이야기를 진주댁한테 해주었다고 하던디? 혹시 들은 말을 어디서 말한 것이 있는가?"

"뭔 말을 한다요. 내사마 들은 것도 없지만 어디다 말한 적도 없어라. 애당초 그런 말씀은 하시지도 마시랑께요."

"그라제, 자네가 말할 디나 있겄는가. 했으면 진구밖에 더 있겄어."

"입 밖에 낸 적도 없어라."

"그건 그렇고……."

진구가 방문을 열고 마루로 나왔다.

"소판 아재 오셨는가요?"

"그래, 잘하고 있제?"

"예, 열심히 하고 있구만이라."

"그려, 다행이구만. 진주댁 자네는 얼른 옷 갈아입고 날 따라오게!"

"뭣 땜시, 이 밤중에?"

"그건 알 것 없고 손님들이 갑자기 왔으니 어서 나오게."

"아, 예…… 그럼 들어가서 옷 좀 갈아입고……."

"시간 없응께 어서 나오랑께."

소판은 뒷짐을 지고 마당을 한 바퀴 둘러보았다. 방으로 들어간 진주댁을 따라 진구도 따라 방으로 들어갔다. 진구가 걱정스런 눈빛으로 조용히 말했다.

"엄니, 안 가면 안 돼?"

"진구야! 우리가 뭔 힘이 있다냐? 살려면 시키는 대로 해야지. 난 고기 땜에 온 줄 알고 억수로 놀래 부렀다."

"엄니! 날 마구간에서 일하게 해주었어도 저놈은 왜놈보다 더 나쁜 놈이랑께. 간교하기가 왜놈 똥구멍도 닦아 줄 놈이라니까?"

놀란 진주댁이 진구의 입을 막았다.

"이놈아! 그래도 우리를 도와 준 사람이다. 고맙게 생각혀."

"뭐 하고 있능가? 얼른 나오지 않고?"

"아, 예. 시방 나가요."

"안 가면 쓰겄는디…… 느낌이 이상헌디…… 좋지 않은 소문들이 있당게."

"뭔 일이야 있겄냐? 먼저 자그라."

진주댁이 옷을 챙겨 입고 나가자 소판과 왜군들이 진주댁을 데리고 갔다. 걱정이 된 진구는 백여 보 뒤에서 몰래 진주댁을 따라나섰다.

거무튀튀한 연자루의 그림자 아래를 지나가는 진주댁의 뒷모습이 죽음의 문턱을 넘어가는 사람처럼 무겁게 보여 진구는 불안감을 감출 수 없었다. 그들은 읍성 대로를 따라 객사 옆에 있는 향청으로 진주댁을 데리고 갔다. 향청은 유생들이 공자에게 제를 올리는 신성한 곳이지만 밤이 되면 노무라가 여인들을 불러 술을 마시고 노래하는 술청으로 진주댁을 들여보내고 소판은 어디론가 사라졌다. 왜군 병사 두 명이 향청 앞에 서서 경비를 서고 있어 진구는 조금 떨어진 관풍루 아래에 숨어 초조하게 향청을 지켜보았다.

방 안에서 술 취한 왜군들의 고함 소리와 악기 소리가 뒤섞여 새어나왔다. 술상 두드리는 소리가 들리는가 싶더니 노랫가락 사이로 진주댁의 비명 소리가 가냘프게 들렸다. 그때 누군가 진구가 숨어 있는 관풍루 교각 아래로 다가오고 있었다. 진구는 재빠르게 몸을 옮겨 객사 뒤로 가서 바위에 숨었다. 거기서 조금 떨어진 대나무밭 사이에 있는 초가에서도 사람들의 웅성거리는 소리가 들려왔다. 술 취한 왜군들의 고함 소리 속에 여인들의 비명과 울음소리가 뒤섞여 들려왔다.

진구는 초가에서 나는 소리에는 아무런 관심이 없었다. 진구는 다시 주변을 살피며 관풍루 기둥 아래로 조심스럽게 발걸음을 옮겨왔다. 향청에서 여인의 비명 소리가 점점 작아지면서 왜놈들의 웃음소리와 악기 소리에 묻혀버렸다.

진구는 심장이 방망이질을 하며 주먹이 불끈불끈 쥐어지고 피가 거꾸로 솟구쳤다. 바로 달려가서 경비병을 죽이고 향청으로 들어가고 싶었지만 쉽사리 발길이 떨어지지 않았다.

찬 서리는 소리 없이 온 세상을 덮어 마치 눈이 내린 것처럼 주변을 하얗게 만들 때, 불안한 진구 가슴에도 찬 서리가 수북이 쌓이고 있었다. 구름 사이를 뚫고 나온 달빛이 밝아지면서 투명해진 서리가 미세하게 반짝일 때, 향청에서 음악 소리도 고함 소리도 웃음소리도 사라지고 온 세상이 멈춰버린 듯한 정적만이 흘렀다. 찬 서리가 뒤덮은 땅바닥 위로 가련한 여인의 울음소리가 정막을 깨며 낮게 깔려 퍼져 나왔다. 미세하게 들려오는 울음소리가 진구의 가슴에는 몸부림치고 저항하는 엄청난 폭포소리처럼 크게 들리면서 심장이 쿵쾅거리기 시작했다.

숨소리조차도 들리지 않는 고요함 속에 머리가 헝클어지고 옷고름이 찢겨진 초췌한 진주댁이 향청 방문을 열고 무거운 발을 내딛고 있었다. 향청을 지키던 병사들이 진주댁을 보고 웃으며 진주댁의 엉덩이를 손으로 툭 쳤다. 넋이 빠진 진주댁은 그들을 쳐다보지도 않고 죽은 여우의 고개처럼 집을 향해 대로를 따라 처벅처벅 다리를 끌며 걸어갔다. 왜군들이 향청 방문을 열고 들어가더니 불을 끄고 나왔다.

"어이! 우리도 이제 들어가세."

"우리 대장은 매일 새로운 여인들을 바꾸어 품으니 살맛이 나겠구먼."

"억울하면 출세를 해야지."

왜군 병사들은 그곳을 떠나 자신들의 숙소로 향했다. 길을 걷는 진주댁은 아무 소리도 들리지 않는지 옷고름만 꽉 쥐고 걸었다. 그 모습을 바라보는 진구는 엄마에게 뭔가 큰일이 생겼다는 것을 바로 알아차렸다.

찬 서리에 흐느적거리는 진주댁의 발걸음을 보면서 진구는 엄마의 상처를 그대로 느낄 수 있었다. 하지만 진구는 엄마를 부축해주러 나서지도 못하고 피눈물을 흘리며 따라만 가야 했다.

어둠 속에서 삶의 무게를 짓누르고 있는 거무튀튀한 연자다리를 건넌 진주댁은 차가운 서리를 품고 이슬처럼 흐르는 옥천으로 '둠벙' 하고 들어가 '으흐흐흐……' 하염없이 서글프게 목 놓아 울었다.

맑고 차가운 물이 진주댁의 가슴으로 세차게 몰아치고 얼굴을 때리더니 물 속으로 머리가 쑥 들어가고 말았다. 지켜보고 있던 진구가 놀라 벌떡 일어서자, 다시 물 위로 부글부글 물방울이 올라오더니 커다란 용이 물줄기를 뿜어내며 하늘을 향해 거침없이 솟아오르듯 진주댁이 '아--악' 하고 괴성을 지르며 몸을 일으켰다.

진주댁은 온몸을 분노와 추위로 바들바들 떨었다. 울다 지친 진주댁이 옥천을 나와 집으로 들어가는 것을 보고 진구는 오밤중에 서리를 밟아가며 아이의 울음소리가 들린다던 아동바리 모퉁이를 지나 유정과 귀신 의병들이 있는 용수골 당집으로 올라갔다.

다음 날 진구는 해가 중천에 떠도 당집에서 일어나지 않았다. 유정과 차돌 그리고 토부가 말을 걸어도 아무 대답도 없이 잠만 잤다. 해가 지고 어두워져서야 친구들에게 내려간다는 말도 없이 당집을 떠났다. 당집을 나선 진구는 바로 집으로 들어가지 못하고 집 주변을 뱅뱅 돌다 망설임 끝에 마당에 들어섰다. 집은 불도 꺼져 있고 참으로 조용했다. 불길한 생각이 들어 방으로 뛰어 들어갔다.

"엄니, 엄니! 이게 뭐여? 엄니!"

진구는 방 안에서 목매달아 축 늘어져 있는 진주댁을 보았다. 축 늘어진 몸뚱이를 부여잡고 아무리 불러보지만 진주댁은 대답이 없었다.

"엄니, 죄송혀요. 미안해, 엄니……."

진구는 죽은 진주댁을 끌어안고 하염없이 울었다. 울다 지친 진구는 그 자리에서 그대로 굳어져 죽은 엄마와 나란히 누워 멍하니 천장만 바라보고 있었다. 세상에 유일하게 남은 자신의 혈육인 어머니마저 죽고 만 것이다. 진구는 지금 자신이 무엇을 할지 아무런 생각이 나지 않고 눈물만 흐르고 있었다. 그저 반닫이를 열어 엄마가 아끼며 좋아했던, 시집올 때 입었던 옷으로 갈아입혀주고 있었다. 버선도 새것으로 신겨드리고 머리도 곱게 빗겨드리고 얼굴도 깨끗하게 닦아드리고 분도 발라드렸다. 이불장 속에 숨겨둔 꽃신도 신겨드리고 아버지가 준 아끼던 옥가락지도 끼워드렸다. 곱게 다듬어진 진주댁을 진구가 품에 안고 서럽게 울었다. 진구는 진주댁을 과하마에 앉히고 말을 끌고 용수골 당집으로 향했다. 가엾고 불쌍한 엄마를 생각하니 눈물만 나왔다. 가는 길에 말고삐를 잡고서 죽은 엄마를 위해 노래를 불러주었다.

"어무이 웃을 땐 / 기억이 없고

어무이 죽을 땐 / 아무도 없네

낯선 땅 순한 땅에 / 설움만 남기니

찬 서리가 알아주리 / 밝은 달이 알아주리.

지아비 잃고 / 자식 잃고,

이제는 갈 곳도 잃으니 / 참으로 서럽네.

어찌할꼬 서러운 생 / 어찌할꼬 박복한 생

이제는 갈 곳 잃어 / 어찌할꼬

이제는 갈 곳 잃어 / 어찌할꼬."

당집에 있는 유정이와 차돌이 그리고 토부는 밤중에 누군가 노래를 부르며 올라오는 소리를 듣고 재빨리 뒷문으로 나와 숨었다. 진구였다. 아이들은 넋이 나간 진구의 모습과 과하마에 축 처진 채 앉아있는 모습으로 걸쳐져 있는 진주댁을 보고 놀랐다. 아이들은 진주댁을 과하마에서 내려 당집으로 모시고 들어갔다.

진주에서 열일곱 살에 순천으로 시집와서 시부모와 시동생을 돌보며 가난을 밥 먹듯 하고 살다가, 임진왜란이 터지자 나라를 구하겠다는 일념으로 진주성전투에 민초의병으로 참가한 남편 잃고, 아들 잃고 시동생 잃고 그리고 진주에 사는 친정 부모마저 잃어버린, 오로지 진구 하나만을 믿고 살았던 박복한 진주댁은 세상에서 가장 치졸한 저주, 가장 혐오스런 저주에 걸려들어 스스로 목숨을 끊고 말았다.

진구는 유정을 껴안고 펑펑 울었다. 죽은 엄마 곁에서 밤새 꿈쩍도 하지 않고 진주댁을 죽게 만든 소판과 향청에 있었던 노무라와 왜놈들을 되새기며 이를 갈고 또 갈았다. 천성이 착한 진구는 왜놈들이 미웠지만, 어머니 때문에 말을 관리하며 자신의 육신을 왜놈에게 의지했던 지난날이 분노로 변하기 시작했다.

다음 날 귀신 의병들은 진주댁을 양지바른 곳에 묻어주었다. 진구는 박복한 어미의 무덤 앞에서 해가 지도록 떠나지 않았다. 한때는 소녀처럼 고왔던 진주댁의 모습과 초인처럼 역경을 이겨내며 자신을 길러준 진주댁의 모습을 떠올리며 통한의 눈물을 흘리고 있었다.

아이들이 아무리 말려도 조금의 미동도 없이 진주댁의 무덤 앞에서 날을 샌 진구는 동이 트기 전에 어디론가 사라지고 말았다. 유정과 차돌 그리고 토부가 기다리는 당집에 그날 이후 진구는 나타나지 않았다.

물고 물리는 자존심

"아이고, 우리 금화가 돌아왔구나. 고맙다! 고마워!"

금화가 집으로 들어오는 것을 보고 머리에 흰 끈을 감고 있던 김씨 부인이 버선발로 나와 반갑게 맞이했다. 금화가 돌아왔다는 말에 박속유도 안도의 한숨을 내쉬고 있었다. 금화는 대각암에 며칠을 묵다가 소화에게 아무런 말도 없이 집으로 돌아온 것이다. 그때, 왜군들의 말발굽 소리가 요란하게 들리더니 대문 두드리는 소리가 크게 들렸다. 노무라의 부관 마쓰이가 소판과 군사들을 이끌고 들어왔다.

"당신은 얼른 금화를 데리고 사랑채로 들어가시오!"

"예."

박속유가 사랑채에서 마당으로 내려가 들어오는 사람들을 직접 맞았다.

"여기는 어쩐 일입니까?"

박속유는 마쓰이에게 굽실대며 정중하게 말을 했다.

"혹시, 박토부라는 아이가 여기에 사는가? 자기가 박속유의 아들이라고 하던데?"

"어찌, 제 아들놈을 찾는지요?"

"그럼, 박토부라는 놈이 여기에 사는 것이 확실하구만? 당장 내놓거라!"

마쓰이가 박속유 턱 앞까지 다가왔다.

"토부는 잠시 밖에 나가고 현재는 집에 없습니다. 근데 무슨 일로?"

"네 아들놈이 패거리들과 함께 나의 부하를 죽였다. 당장 내놔라!"

"우리 토부가 사람을 죽여요? 그 애는 공부밖에 모르는 아이입니다. 그럴 리가 없습니다."

"그럼, 내가 틀렸다는 거냐? 그놈이 내 병사를 죽였단 말이다."

"사람을 죽여요? 뭔가 잘못됐습니다."

"당장 내놓지 않으면 너희 가족 모두를 끌고 가 죽여 버리겠다!"

놀란 박속유가 마쓰이 앞에 무릎을 꿇으며 땅바닥에 엎드려 애걸했다.

"장군님, 왜 그러십니까? 지난번에 나락을 이백 섬이나 보냈습니다. 고니시 장군께서도 감사하다고 저희 집까지 방문해 주셨습니다. 또한, 우리 딸이⋯⋯."

말을 다 듣지도 않고 마쓰이의 부하가 박속유를 칼등으로 세게 내리쳤다. 김씨 부인과 금화가 그 소리를 듣고 사랑채에서 마당으로 급하게 달려 내려왔다. 마쓰이는 내려오는 금화의 미모를 보고 잠시 넋을 잃었다.

"무슨 말이 이리 많아? 당장 내 부하를 죽인 범인만 내 놓으면 될 것을⋯⋯."

쓰러진 박속유의 이마에서 피가 흐르고 있었다. 그때 덕보가 가내 무사들을 데리고 박속유가 쓰러져 있는 마당으로 달려왔다.

"장군, 무슨 일이신지요?"

덕보는 마쓰이에게 꾸벅 인사를 올렸다. 그러나 마쓰이는 덕보의 인사에 대꾸도 안 했다.

"이봐, 박속유! 당신의 아들놈이 나의 부하를 죽였고 난 용서를 할 수가 없소. 당장 내놓지 않으면 모두 고신을 할 것이니 그리 아시오!"

"오해이십니다. 제 아들놈이 어찌……."

"이 늙은이가 감히 날 어떻게 보고 나락 몇 섬 가지고 생색을 내는 거야! 여봐라! 당장 이 늙은이와 식솔들을 모두 끌고 가라! 그리고 이 집을 모두 불질러 버려라!"

김씨 부인이 마쓰이의 발목을 잡고 사정을 했다. 그때 옆에 있던 덕보가 소판에게 가만히 물었다.

"어이, 소판이! 이건 너무하잖는가? 도대체 무슨 일인지 말을 해보게."

"그것이 토부 도령과 같이 있던 일행들이 우리 병사들을 죽인 것은 사실인지라. 하필이면 재수 없게 마쓰이 부관의 부하들이라서……."

"글먼 뭔가 답이 있을 것 아닌가?"

마쓰이는 스스로 분노를 참지 못하고 큰 소리로 말했다.

"내 군사를 죽인 놈은 그 누구도 용서할 수 없다. 이 집에 있는 모든 곡식과 재산을 몰수할 것이며 여인들은 잡아서 읍성으로 데려가 군사들의 위안거리로 삼을 것이다!"

마쓰이는 금화를 쳐다보고 눈이 마주치자 고개를 얼른 돌려버렸다.

"장군님, 어찌 이러십니까? 한 번만 용서해 주십시오. 저희 집에 있는 재산 절반을 내놓을 테니, 제 식솔들은 제발 살려주십시오!"

박속유는 마쓰이의 바짓가랑이를 잡고 통사정을 했다.

"감히 더러운 조선 놈이 대일본 장수의 옷을 잡아?"

마쓰이는 칼등으로 박속유의 머리를 강하게 때렸다. 그리고 야릇한 미소를 지으며 스스로 행복감에 빠져들고 있었다. 전쟁의 공포감을 극복하기 위해 스스로 내뿜는 포악질에 감동받으며 거칠고 잔인한 난폭성에 굴복당하는 초라한 모습을 보며 즐거움을 느끼고 있었다. 이때, 소판이 마쓰이에게 다가가 귀에 대고 뭔가 소곤거리자 마쓰이가 고개를 끄덕였다. 소판이 박속유에게 다다가 인자함을 베풀 듯이 말한다.

"박 대감 나리! 우선 나락 300석을 마쓰이 장군님께 드리고 가내 여인들을……."

"뭐하는 짓이냐?"

박속유에게 말을 하던 소판이 금화의 소리에 놀라 고개를 돌려 바라보았다. 금화가 소판의 말을 막고 당당하게 마쓰이에게 걸어가 마쓰이의 귀뺨을 사정없이 때렸다. '짝!' 소리와 함께 주변에 있던 모든 사람들이 행동을 그대로 멈췄다.

"그대 이름이 뭐냐?"

당황한 마쓰이는 금화의 행동에 할 말을 잃어버렸다.

"아……."

마쓰이는 금화의 당당한 눈빛에 온몸이 얼어 버려 얼버무리고 있었다.

"네 이름이 뭐냐고 물었다. 감히 여기가 어디라고 와서 공갈치며 행패를 부리는 거냐? 내가 바로 고니시 장군과 혼인할 사람이니라."

금화의 말을 들은 마쓰이와 소판의 눈이 커지면서 당황하기 시작했다. 다른 병사들도 부동자세를 취하며 멈칫거렸다.

"네 이름을 물었다."

"……."

"네 이름을 말하지 않겠다는 거냐?"

금화는 다시 한 번 마쓰이 귀빰을 세차게 때렸다. 모든 사람들은 숨도 쉬지 못하고 굳어버렸다. 그녀의 강단에 마쓰이는 이미 기가 꺾이고 말았다.

"대답이 없는 것을 보니 고니시 장군을 업신여기고 있구나."

금화가 다시 귀빰을 때리려고 손을 들어 올렸다. 마쓰이가 재빨리 빰을 가리며 말했다.

"아, 저는 노무라 장수의 부관 마쓰이라고 합니다."

마쓰이는 겁에 질려 떨리는 목소리로 대답했다.

"나를 잡아다 군사들의 위안거리로 삼는다고? 감히 고니시 장군의 부인될 사람을 위안거리로 삼는다? 네 놈은 고니시 장군의 부인될 사람을 능멸했고 재산을 갈취하려 했으니 그 죗값을 달게 받아야 할 것이다. 그럼 가서 고니시 장군에게 직접 이 상황을 전부 말하고 무례함에 대한 책임을 지라고 하여라. 내일까지 내 부모님과 나에게 고니시 대장이 직접 와서 사과하지 않으면 혼인은 없을 것이라고 정확히 전하거라!"

"……?!"

"왜 대답이 없는 것이냐?"

마쓰이는 말문이 막혀 제자리에 서서 놀란 토끼눈을 하고 대답했다.

"아, 예. 알겠습니다."

"내일이라고 했다. 고니시 대장군이 직접 와서 내 부모님과 나에게 사과하지 않으면 내가 직접 가서 이번 혼인은 없다고 말할 것이다. 알았느냐?"

"아, 예."

금화는 마쓰이에게 한 번 더 확언을 듣고 가슴에 깊은 대못을 박은 후 안채로 들어가 버렸다.

칼등에 맞은 박속유 이마에서 피가 흘러내리고 있었다. 하지만 모두 멍하니 서로를 쳐다만 보고 있었다. 그때, 흐르는 피를 본 김씨 부인이 재빨리 다가와 자신의 소매 끝으로 박속유의 이마를 누르기 시작했다. 놀라고 황당한 마쓰이는 병사들을 데리고 참담한 모습으로 돌아갔다. 방에 돌아온 금화는 숨을 죽여 가며 울고 있었다. 화가 난 박속유는 덕보의 뺨을 강하게 내리쳤다.

"이 개만도 못한 놈아! 어찌 이런 모멸감을 받게 한단 말이야. 내 아들 토부를 못 찾아서 네가 어찌 집사라 할 수 있느냐?"

"나리! 죄송합니다."

"죄송? 주댕이는 뚫려 가지고. 콧구멍이 두 개라서 숨은 쉬고 살지."

"백방으로 찾아보지만 도련님을 찾을 수 없었습니다."

"왜놈들이 이렇게 찾고 다니는 것을 보면 틀림없이 무슨 변고가 생긴 것이 분명해. 이 자식아!"

박속유는 덕보의 정강이를 발로 차며 분풀이를 하고 있었다.

"내 아들 토부를 찾는 데 밤낮이 어디 있어? 더 이상 밥 축내지 말고 어서 찾아와. 못 찾으면 들어오지 말고 죽어버려!"

"예, 나리."

덕보가 가내 무사들에게 눈짓으로 데리고 나가려 하자 박속유가 소리쳤다.

"무사를 다 데려가면 어떡하라는 게냐? 두 놈은 금화를 지키도록 하라! 이제 금화가 다시 나가면 우리 집안은 끝이다. 알아?"

"예, 알겠습니다."

명을 받은 두 명의 가내 무사는 금화의 방문을 지키러 가고 덕보는 나머지 무사들을 데리고 토부를 찾으러 나갔다.

화가 난 마쓰이는 군막에 돌아와 소판을 발로 걷어차고 또 걷어찼다. 소판은 마쓰이 앞에서 고개를 숙인 채 무릎을 꿇고 맞고 있었다. 화가 덜 풀린 마쓰이는 소판에게 욕설을 하고 침을 뱉고 뺨을 때렸다.

"너, 이놈! 네놈 말만 듣고 재산을 얻으러 갔다가 죽을 혹을 붙이고 왔으니 어떡할 거야?"

"죽을죄를 졌습니다. 생각지도 못한……."

"내가 고니시 대장군님께 찾아가서 박속유 그 개자식과 미친년한테 사과를 하시라고 말을 해. 그것은 죽음이야. 죽음!"

"……."

"차라리 나보고 죽으라고 하는 소리보다 더 무서운 말이다. 이 개새끼야!"

마쓰이는 소판을 주먹으로 발로 사정없이 때리고 걷어찼다.

"장군! 제발 목숨만 살려주십시오."

"이 쥐새끼 같은 조선 놈아! 내가 지금 얼마나 치욕스럽고 기분이 더러운지 알기나 해?"

"……."

"더럽고 미개한 조선 년한테 일본 최고의 다이묘 집안의 장자인 내가 귀뺨을 맞다니. 아ㅡㅡㅡ악, 이 미친년을…… 분통해, 분통하다."

"부관님 죄송합니다. 상상도 못한 일이라…… 죄송합니다."

"죄송? 누구에게도 맞아 본 적이 없는 내가 버러지 같은 조선 년한테 맞다니……."

마쓰이는 주먹으로 소판을 사정없이 때렸다.

"죄송합니다."

"내 집안의 명예와 이름을 걸고 그 미친년을 죽일 것이다. 그년을 고니시의 애첩으로 인정할 수 없다. 이것은 일본의 장수로서도 치욕이요, 대합전하에게도 치욕이다. 고니시 장군을 홀린 그 흉악스런 년을 내가 꼭 죽인다. 이 미친년……."

마쓰이는 자기의 뺨을 만지고 또 어루만지며 칼을 빼서 높이 치켜들었다.

"장군님. 죄송합니다. 살려만 주십시오."

소판은 빌기 시작했다.

"그 미친년 때문에 내가 미쳐 버리겠다!"

"장군님, 살려만 주십시오. 제가 어떻게든 장군님의 자존심을 되찾아 오겠습니다요."

그 말을 들은 마쓰이가 뭔가 생각난 듯 가만히 칼을 내렸다.

"소판! 너는 당장 가서 박속유에게 고니시 장군이 가지 않아도 되는 답을 찾아와라! 난 고니시 대장의 부관인 우쓰노미아를 만나 상의할 것이다. 다행히도 우쓰노미아는 나의 친구이니 상황을 설명하고 답을 얻을 것이다."

"네, 알겠습니다. 죄송합니다."

"당장 찾아와. 이 버러지 같은 놈."

공포에 벌벌 떨며 그 자리를 도망 나오고 싶었던 소판은 게걸음치며 뒤로 물러 나왔다.

"잠시만, 말발굽을 달아주는 그 조선 놈 새끼는 어디 가고 안 나타나는 거야? 그놈도 당장 잡아와! 어떻게 조선 놈들은 애새끼들까지도 골칫덩어리야. 노무라 장군이 말발굽을 달아주라 하는데, 그 새끼가 있어야 달아주지."

"네, 당장 대령시키겠습니다."

마쓰이는 주변에 보이는 물건들을 발로 차 버렸다. 겁먹은 소판은 급하게 나가 버렸다.

왜교성 해안가에 안택선(아타케부네) 수백여 척이 파도를 타고 있었다. 안택선의 높이는 3층으로 갑판 위에 집 모양의 지휘소가 있으며 선체는 뾰족하게 만들어져 빠른 속도로 항해할 수 있는 배들이었다.

마쓰이가 말을 타고 빠른 속도로 왜교성 입구의 성문을 통과했다. 날렵하게 뻗은 천수각을 뒤로하고 먼 바다 관음포를 바라보며 마쓰이와 우쓰노미아가 대화를 나누고 있었다.

"내 말을 이해할 수 있겠는가?"

"나도 몰랐네. 얼마 전, 내가 장군님을 모시고 박 대감 집에 가서 그 집 여식을 보기는 했으나 부인으로 혼인을 약속한 줄은 몰랐네."

"그러게 말이야. 대합전하께서 아시면 좋지 않으실 텐데…… 고니시 장군께서 정말 그렇게 하실까 궁금하구먼."

"그렇게 하더라도 당분간은 비밀로 하시겠지. 현재 전세가 불리해서 낮도 없는 상황인데……."

"전세가 불리한 것이 사실인가?"

"고니시 장군님의 말씀을 빌리자면 전쟁은 생각보다 빨리 끝날 것이라고 하더군."

"아니, 이제 전쟁이 시작 아닌가?"

"시간을 보면 끝나야 할 시기지만 상황을 보면 이제 시작이지. 그런데 장군님께서는 머지않아 철수할 것이라고 생각하는 것 같아."

"철수? 그럼 진다는 것인가?"

"그건 모르지. 그런 뜻은 아니겠지."

우쓰노미아가 고개를 흔들었다.

"그래, 아무튼 뜻밖이네. 근데 자네 들었는가?"

"뭘?"

"대합전하가 아들과 어머님이 죽고 난 후로 극도로 몸도 쇠약해졌다는 소식을 들었네."

"난 금시초문일세. 우리의 대합전하가 어떤 분이신가? 그 험난하고 불리한 전투를 다 이기고 열도를 통일하신 분이네. 쇠약해지다니 절대 그럴 리가 없네."

"그렇지. 내 정보가 잘못되었겠지. 아무튼 자네만 믿고 가네. 고니시 장군의 눈치를 보고 답을 얻어 주시게. 가능하면 내일까지 박 대감 집에 무슨 전갈을 주셔야 하네. 행여라도 혼인을 못 한다고 해버리면 난 죽은 목숨이네."

"……."

"그년이 보통은 아닐세. 아, 근데 그년의 미모가 대단하더라고."

"나도 한 번 봤는데, 정말 아름답더라고…… 사실 나도 마음에 확 들었거든."

"남자라면 한번 품어 보고 싶을 만큼 생겼더군."

"그럼 조심히 가시게."

"우쓰노미아! 읍성으로 한번 오시게. 그년 정도는 아니지만 좋은 여인들을 보여줌세."

"그래, 조만간에 술 한잔 하세."

우쓰노미아의 배웅을 받으며 마쓰이가 왜교성을 빠져나왔다.

수년 전에 순천도호부의 부사 김여물이 쌓았던 동천 둑방이 보였다. 그 너머로 넓은 모래밭 가운데 고수부지가 호수를 품고 있었다. 전쟁이 일어나기 전에는 양반들이 배를 띄우고 풍류를 즐기는 참으로 아름다운 곳으로 중종 때 부사 심통원이 세운 환선정이라는 2층 정자도 보였다.

소판과 덕보는 환성정을 쳐다보며 강가에 서 있었다. 죽도록 두들겨 맞은 소판은 입 안에 고인 침을 끌어 모아 땅에 뱉었다. 그러자 핏물이 가득 섞인 침이 한가득 바닥으로 떨어졌다. 덕보는 소판을 쳐다보며 답답한 속내를 토로했다.

"어이, 동상, 미안허이."

"아니, 성님은 아씨가 혼인한다는 말을 왜 하지 안 했당게라?"

"이 사람아! 나도 몰랐응께 안 했제. 금화 아씨가 혼인하기 싫다고 도망쳤다가 하필 그날 막 온 것이랑께. 그리고 아씨가 고니시와 혼인할 것이라고는 상상도 못했네."

"사실, 나도 깜짝 놀라 부렀소. 마쓰이 뺨을 '짝' 하고 때릴 때, 내 명줄도 '꽉' 막혀 끊어진 줄 알았소. 오메, 보통 당찬 기집이 아니드라고?!"

"그러게, 난 간이 몽땅 떨어진 줄 알았네. 어디서 그런 배짱이 나오는지……."

"독한 것이 나리하고 닮았더라고요?"

"누구 닮았겠는가? 씨 도둑질은 못 한다고, 허지 않던가. 나리보단 한 술 더 뜨던디요."

"마쓰이 표정을 보니 완전히 얼었더구만……. 으-하하하하."

"아무튼, 성님 어쩔라요? 내가 마쓰이한테 당한 걸 생각하면 자다가도 벌떡 일어나게 생겼소. 후- 열 받아서……."

소판은 재수 옴 붙었다는 듯이 침을 땅바닥에 퉤 뱉었다.

"자네가 참소, 이런 일이 생길 줄 누군들 알았겠는가?"

"재물은 커녕 매만 왕창 맞았으니 성님이 어떻게 책임질라요?"

"나리가 재산의 반을 내놓겠다고 막 약속을 했는디, 그때 아씨가 나서 는 바람에 엄청난 재산을 잃어 분거지. 원래 계획은 아주 좋았잖은가."

"……."

"아무튼 책임지시오."

"이 사람이? 책임을 어떻게 진당가? 다음 기회를 봐야제."

"그건 그것이고……. 고니시가 나리한테 어떻게 사과하러 간다요? 이 것은 하늘이 무너져도 있을 수 없는 일인디…… 그것은 마쓰이한테 죽으 라는 소리당께요. 마쓰이가 죽기 전에 내가 먼저 죽게 생겼소. 성님이 해 결하시오."

"아따, 나도 모르겠네."

"이 일로 마쓰이에게 미움을 사면 시전 경영권은 물론이고 우리 모두 죽소."

"시전 경영권?"

"아무튼, 고니시가 사과하러 와야 아씨가 혼인한다고 했으니 참말로 큰

일인디……."

"설마, 아씨가 그렇게까지 헐까?"

"그년 못 봤소. 뺨 쌔레분 거? 중요한 것은 아씨가 고니시에게 그 일 때문에 혼인을 거절하겠다고 통보하러 가불면 우리는 초상이요. 마쓰이란 놈하고 나 그리고 성님까징……."

"오메, 그러고 보니 잘못하면 우리가 다 죽게 생겼네?"

"어제, 마쓰이가 나한테 그럽디다. 고니시에게 말하기 위해 아씨가 길을 나서면 바로 죽이라고……."

"뭐여, 죽이라고?"

"오늘 아씨가 아무 일도 없이 넘어가면 다행이지만……."

"내가 가서 분위기를 만들어 봐야겄네. 어찌 됐든 마쓰이라도 와야 할 것 같은데 걱정이네."

"나도 모르겄소. 오늘 성님이 아씨를 달래든지, 겁을 주든지 알아서 하시오."

"금화 아씨 고집은 어려서부터 유명했는디…… 저녁까지 사과를 못 받으면 고니시를 찾아간다는 소리나 안 할랑가 모르겄네. 글면 큰일인디……."

"말했소. 혹시나 사과가 없다고 고니시에게 찾아가는 순간 아씨는 죽소. 그때 성님도 오해받으면 안 되니까 처신을 잘하시오. 명심하시오."

두 사람은 환선정을 바라보고 서서 호수 같은 잔잔한 강의 풍경을 바라보고 있었다.

소판은 병사들을 데리고 박속유의 집으로 향했다. 소판이 대문을 열고 들어오자 박속유가 사랑채 대청마루에 서 있었다.

"자네가 웬일인가?"

"나리! 제가 왜 왔겠습니까요?"

"이 사람이 나하고 농담하자는 것인가? 내가 지금 자네한테 물어보는 것 아닌가?"

"아따, 나리! 나리는 저한티 너무 함부로 허신디, 제가 나리와 나리의 식솔들을 살려주고 있다는 사실을 모르신가요?"

"웬 홍두깨 같은 소린가?!"

"옛날에 사람이나 쥐어 패던 나전 나부랭이가 아닙니다요. 옛날에야 나리가 관아 정도는 맘대로 주물렀지만 지금은 제 손에 나리댁의 운명이 달려있다는 것 정도는 알 텐디요?"

"허험……."

어처구니가 없는 박속유는 연신 헛기침을 했다.

"지가 오늘은 고니시 장군님의 명을 받들어 나리 댁에서 신세 좀 질까 헙니다. 주안상이나 한 상 차려주시지요."

"……."

"지 말이 안 들리는 모양입니다. 이대로 가불까요?"

"아니네. 흠, 덕보야! 게 있느냐? 덕보야!"

박속유가 부르자 덕보가 마당으로 달려 나왔다.

"네, 나리!"

"자네는 뭐 하느라고 방구석에서 나오지도 않고 있는 것인가? 어서 손님 모시고 주안상을 봐서 넣어 드리게."

"나리, 감사합니다. 미천한 저에게 주안상도 내주시고…… 잘 묵겠습니다.”

“근데, 고니시 장군님의 명이란 게 뭔가?”

“아, 그거요! 아씨의 신변을 보호하라고 했습니다요. 그래서 아씨 방을 지켜드리려고 왔습니다요.”

“금화의 신변을? 괜찮다고 전해주시게. 집 안에서 뭔 일이 생기겠는가?”

“아닙니다요. 저희들은 명령에 따라야만 허구만요. 이봐라! 너희들은 가서 아씨의 방을 지키도록 하여라. 조만간에 고니시 장군님과 혼인할 귀한 몸이시니 우리가 신변을 보호해야 헌다.”

“네!”

소판의 명령에 왜군 병사들이 금화가 머무르고 있는 안채로 우루루 몰려갔다. 소판이는 덕보에게 찡긋 눈을 맞추고 작은 사랑채로 따라갔다.

“어이, 자네, 이러다가 어쩔라고 일을 키운당가? 조심해.”

“저도 나리한티 당할 만큼 당한 사람이라고요. 생각 같아서는 쌀 한 톨도 없이 싹 뺏어버리고 싶은디…… 내가 노무라 장군한테 가서 조금만 사바사바 하면 나리 목숨은 그대로 가거든요? 노무라 장군 입장에서는 넓은 땅과 많은 식량 그리고 일할 식솔들까징 생기니 얼마나 좋겠소. 그래도 내가 좋은 사람이라 봐주고 있는 것이지라.”

“씨부랄, 이번 기회에 저 나리 놈의 끝을 봐버릴까? 걸핏하면 걷어차서 내 정강이가 성할 날이 없구만.”

“나야 근다고 하지만 그래도 성님은 이 집에서 밥을 얻어먹고 있음시롱 너무한 것 아니요?”

“어이, 사람이 밥만 묵고 살 수 있당가? 언제까지 내가 저놈 똥구녕이

나 빨고 있어야 쓰겄능가. 재물은 내가 고상혀서 다 벌어주고 있는디 밥만 묵는다는 것이 말이 된가? 저 인간은 욕심이 목구멍까지 차서 아마 그 욕심 때문에 모가지가 막혀 죽어 불 것이구만."

"어쩌든지, 재산을 몽땅 빼앗을 것을 생각하니 기분은 좋아지네."

"잘해보세."

덕보가 소판을 바라보고 웃었다.

"근데, 오늘까지 아씨가 고니시 장군님을 데리고 오라 했는디…… 잘 넘어가겄지라?"

"아씨가 어떻게 고니시를 부른당가? 말이 될 소린가. 아무리 고집이 세다고 해도 될 것이 따로 있제."

"그라겄지라. 고니시가 옆집 똥개 이름도 아니고…… 우리 입장에서는 이 혼인을 무조건 막아야 한 거 알지라?"

"뭣 땀시?"

"아따, 고것도 모르겄소? 고니시가 나리의 사위가 되면 우리가 어떻게 재산을 뺏고 건들겄소?"

"이것이 뭐 정식 혼인도 아니고 외로움을 달래기 위해 노리개로 데리고 있을 것인디 그렇게까지 허겄어?"

"물론 글지만 고니시가 아씨한테 폭 빠져 불지도 모르지라."

"그러기는 하지."

"그러니까, 아직 고니시한테 정식 혼인 통보가 가기 전에 없애버리는 것이 앞일을 생각하면 제일 좋당께요? 만일 저녁에 고니시를 만나러 간다면 그냥 놔둘 생각이오."

"그러면 우리가 다 죽는담서?"

"내가 준비를 해 두었으니 섶다리를 건널 때 정리해 불라요."

"뭐, 죽여 분다고?"

"그것밖에 없어라."

"아이고, 난 모르겠네."

답답한 덕보는 주안상이 들어오자 큰 사발에 술을 가득 따라 연거푸 두 잔을 벌컥벌컥 마셔댔다.

그 시간 고니시는 왜교성 바닷가에 떠 있는 안택선에 올라타 있었다. 노를 젓는 하갑판을 지나 상갑판으로 올라갔다. 뒤에는 우쓰노미아가 말 없이 따라가고 있었다. 전투를 하는 병사라고는 한 명도 없는 텅 빈 갑판 에서 녹슬어 가고 있는 대포를 보고 고니시가 한숨을 내쉬며 서서히 상판 에 올라 정자와 같은 누각에 오르자 멀리 큰 바다가 보였다.

"우쓰노미아! 넌 언제 전투에 참여했느냐?"

"바다에서는 칠전량전투 때이니까? 벌써 넉 달이 넘어갑니다. 장군!"

"그래? 우리 손이 썩어가는구나. 우리는 전투를 해야 손이 살아나는 데……."

"답답하시지요. 대장님의 기개가 바다 위에서 높이 날아야 하는데요."

"기개는 둘째 치고 자존심이라도 상처받고 싶지 않다. 아직 조선의 애 새끼들도 잡지 못하니 내가 자존심에 상처를 받아 다른 일을 할 수가 없 구나!"

"죄송합니다. 수많은 병사들이 찾고 있는데 흔적도 보이지 않는다고 합 니다. 아마도 무서워서 멀리 떠나버린 것 같습니다."

"난 생각이 다르다. 등잔 밑이 어둡다고들 하는 것처럼 어쩌면 아주 가까이 있을 수 있다!"

"네?"

"명심하거라. 지금부터는 살얼음판을 걸어야 한다."

"네! 장군님! 빠른 시일 내에 무사로서 대장님을 모시고 멋있는 전투를 하고 싶습니다."

"아마도 조만간에 손이 살아날 기회가 있을 것이다. 누가 먼저일지는 모르지만 울산성, 사천성, 이곳 왜교성이 남해도의 중요한 전쟁터가 될 것이다. 난 오직 일본과 대합전하를 위해서 평화교섭을 추진했을 뿐인데 결과는 내 개인을 위해 한 것처럼 되고 말았으니 답답하고 외롭구나."

"우리는 대장님의 깊은 마음을 다 알고 있습니다."

"고맙구나. 곰곰이 생각해 보니 조선에 들어온 지도 6년이 되었구나. 우리가 전쟁에서 승리한다면, 난 조선에서 살고 싶다."

"그렇습니까? 대장님 제가 한 가지 여쭤 봐도 되겠습니까?"

"뭔데?"

"노무라의 부관 마쓰이라고 있습니다. 저와는 죽마고우입니다."

"그래, 나도 알지. 마쓰이, 좋은 다이묘 집안의 아들이지."

"어제 그자가 박 대감 집에 갔는데, 그 집 여식이 장군님과 혼인할 사이라고 했다고 하는데 사실인가 해서 물어봅니다."

"뭐, 나와 혼인을 한다고?"

그 이야기를 들은 고니시는 크게 웃으며 기뻐했다.

"사실인가요?"

"푸하하하, 그래 사실이다. 우쓰노미아! 너는 내일 가서 박 대감과 금화 아씨에게 감사하다는 내 마음을 전하여라. 오는 12월 초 왜교성 준공식에 맞춰 금화를 데리고 올 것이니 너는 신부를 맞이할 준비를 철저하게 하도록 하여라."

"네, 알겠습니다. 그런데 신부라고 하셨습니까?"

"그래, 신부지! 푸하하하. 우쓰노미아, 병사들에게 말해 이곳으로 술상을 가지고 오라고 하거라. 한양을 치고 명나라 북경까지 달려갈 안택선에서 큰 바다를 보며 너와 함께 한잔 해야겠다."

"네, 감사합니다."

우쓰노미아는 마쓰이와의 약속을 지키기 위해 오늘까지 박속유 집으로 가려 했던 계획을 수정해야 할 상황이 되었다. 우쓰노미아가 아래 병사를 불렀다.

"박속유 나리 댁의 금화 아씨를 기억하느냐?"

"네, 예전에 부관님과 같이 가서 잘 알고 있습니다."

"좋다. 넌 당장 병사들을 이끌고 박 대감 집으로 가서 내일 내가 간다고 말하고 지금부터 금화 아씨를 고니시 장군님의 신부로서 신변을 보호하도록 하여라. 아씨의 신변을 보호하는 것이 너희들의 임무이다."

"네, 그렇게 하겠습니다."

"어느 누가 와도 내 명령 없이는 손톱 하나라도 건드릴 수 없다. 알았나?"

"네, 목숨처럼 보호하겠습니다."

"명심해라. 어서 가서 책임을 다하거라."

우쓰노미아의 명령을 받은 병사들은 짐을 꾸려 서산에 저녁놀이 물들기 시작할 무렵 말을 타고 박 대감 집으로 출발 준비를 하고 있었다.

한편, 박속유 집의 금화는 방 안에 도도하게 앉아 뭔가를 기다리는 듯했다.

"아씨! 뭔 생각을 그렇게 하신대요?"

"……."

"아씨!"

"왜 그래? 놀랐잖아."

"뭔 생각을 그렇게 하시냐고요?"

"넌, 몰라도 된다."

"……."

"밖이 시끄러운데 고니시가 왔는지 확인하고 오너라."

"고니시 장군이 와요?"

"시키는 대로 어서 나가 봐."

단오는 금화의 말을 듣고 방문을 열고 나갔다. 금화는 고니시의 사과를 기다리고 있었던 것이다. 단오가 다시 들어왔다.

"아무도 오지 않았더냐?"

"아니요? 많이들 왔던데요."

"누가 말이냐?"

"고니시가 아니라 왜군 병사들이 아씨 방을 지키고 있어요."

"뭐라고? 나를 지키고 있다고?"

"예, 방문을 열어드릴까요?"

단오가 방문을 열자 왜군들과 가내 무사들이 섞이어 안채 주변을 지키고 있었다. 금화가 안채의 방문을 열고 밖으로 나왔다. 그러자 왜군들이 길을 막아섰다. 금화가 당당하게 마당으로 내려와 가마꾼들을 부르자 박속유와 김씨 부인 그리고 하인들이 모두 마당으로 나왔다. 소판과 덕보도 금화가 가마를 타고 왜교성에 있는 고니시를 만나러 가려 한다는 소식을 듣고 놀라서 마당으로 뛰어 나왔다. 마당에는 가마가 도착하고 박속유는 금화를 달래고 있었다.

"금화야 왜 이러느냐? 내가 괜찮다고 하는데 굳이 그래야 되겠느냐?"

"아버님, 이것은 저와 왜군 장수와의 약속입니다. 이 약속을 지켜내지 못하면 앞으로도 전 왜교성에서 살아날 수 없습니다. 제가 고니시와 혼인하는 것이 싫다면 절 말리시고 원하신다면 절 보내주십시오."

"금화야, 난 다 이해하고 용서했다."

그때 소판과 덕보가 황급히 나서며 금화를 말렸다.

"아씨, 조금만 참으시면 조만간에 기별이 올 것입니다."

쌍판이 샛노래진 덕보가 말했다.

"이것 봐라, 집사는 누구의 식구이더냐? 나리가 머리가 깨지는 것을 보고도 그런 말을 한단 말이냐? 주인을 위해 칼을 들고 싸워야 할 사람이 날 말려? 그러고도 우리 집의 집사라고 말할 수 있는 거냐?"

"아씨, 그게 아니고……."

듣고 있던 소판이 거드름을 피우며 나섰다.

"아씨, 꼭 가고 싶으면 가셔야지요. 하지만 신변에 대해서는 책임질 수 없습니다."

"뭐라고 했는가? 신변?"

"그렇습니다. 신변이라고 했습니다."

"소판! 교활하기가 끝이 없구나. 그렇겠지, 자네가 무슨 재주로 고니시 장군에게 사과하라는 말을 전달할 수 있겠느냐? 그것 자체가 자네에겐 죽음을 뜻하겠지?"

금화의 말을 듣고 소판은 겁이 덜컥 났다.

"아씨가 고니시 장군님의 성격을 잘 모르시는 모양인디요? 그분은 그의 부하들을 정말 아낍니다. 마쓰이 부관이 죽을 만큼 잘못을 한 것도 아닌데…… 다시 말씀드리지만 거리에는 굶주린 폭도들도 많아 아씨가 나가면 신변 보장은 장담하지 못합니다."

"그래, 금화야! 가지 말거라. 사과 받지 않아도 난 괜찮아."

박속유와 김씨 부인도 간곡하니 금화를 말렸다. 금화는 의기양양한 소판을 쳐다보았다.

"아버님, 지금 절 막으시면 난 고니시 장군과 혼인하지 않을 것입니다. 저런 비겁하고 교활하기가 끝이 없는 자들에게 세상의 이치를 말해주어야 합니다. 어서 출발하자."

금화는 당당하게 가마에 올라탔다.

"검당 아재, 출발하시지요?"

단오가 앞장서며 가마꾼들을 재촉하고 박속유와 김씨 부인은 금화의 고집을 꺾지 못하고 망연자실 바라만 보았다. 걱정이 된 박속유가 덕보를 쳐다보았다.

"덕보야, 넌 가내 무사들을 데리고 왜교성에 다녀 오거라."

"……."

대답을 하지 못한 덕보가 소판의 눈치를 보자 소판이 고개를 끄덕였다.

"덕보야 뭐하고 있는 게야? 가내 무사들을 준비시키지 않고!"

"예, 나리."

가마꾼들에 의해 가마가 출발했다. 덕보는 움직이는 가마를 쳐다만 보고 서 있었다.

"왜, 너는 안 가고?"

"아, 예. 갑니다요."

덕보가 가마 앞으로 달려가고 떠나는 가마를 쳐다보던 소판과 왜군들은 지켜보다가 다른 방향으로 금세 사라졌다.

금화가 타고 가는 가마는 어두워질 무렵 해룡토성 앞에 있는 섶다리를 건너려는 중이었다. 가마꾼들이 많이 지쳐 보이지도 않았지만 덕보는 횃불을 들고 금화에게 다가왔다.

"아씨, 잠시 가마꾼들이 쉬어가야 할 것 같습니다."

"그렇게 하세요."

금화는 가마에서 나와 섶다리 입구에서 주변을 살펴보았다. 어두워서 잘 보이지는 않아도 물소리의 세기로 보아 상당한 물의 깊이를 느낄 수 있었다.

"아씨, 가내 무사들이 있으니 걱정하지 않으셔도 됩니다. 전 집에서 해야 할 중요한 일이 있어 여기서 돌아가 봐야겠습니다."

"그렇게 하세요, 걱정하지 마세요. 이렇게 사람들이 많은데 무슨 일이야 있겠어요."

"그러믄요. 애들아! 아씨 잘 모시고 다녀오도록 하여라."

"예."

가내 무사들이 대답했다. 가마꾼 네 명에 가내 무사 여섯 명이 횃불과 검을 들고 가마를 따르고 있었다. 덕보는 금화에게 인사를 하고 어둠 속으로 사라졌다. 금화는 횃불에 비친 강물의 물줄기와 물의 흐름을 바라보았다.

"아씨, 지금 가면 너무 늦지 않을까요? 꼭 이 밤에 가야 하나요?"

"기다려 보거라. 누군가 나타나 나에게 사정을 하며 길을 막을 것이다."

사방이 조용했다. 어디선가 미세하게 말발굽 소리가 가깝게 들려왔다. 금화는 주변을 돌아보고 살짝 웃었다.

"말들이 오는 소리가 들리는데요?"

"봐라. 오지 않느냐? 단오야, 어서 가자고 하거라. 아마도 마쓰이와 소판이가 나에게 사죄하러 오고 있을 것이다. 어서 출발하거라."

"예. 검당 아재, 아씨께서 출발하자고 하시네요."

"자! 출발들 하세."

가마꾼들이 금화가 탄 가마를 메고 섶다리를 건너갈 때, 여러 필의 말들이 천천히 뒤를 따라오고 있었다. 이때, 갑자기 복면을 한 사람들이 나타나 가내 무사들을 공격해왔다. 순식간에 가마 주위는 혼란에 빠지고 말았다. 칼 부딪치는 소리에 놀란 단오가 비명을 질렀다. 당황한 가내 무사들이 칼을 빼들고 복면한 괴한들의 칼날을 막아내지만 쉽지 않았다. 그 모습을 지켜 본 가마꾼들 또한 당황하여 섶다리 위에 가마를 놓아두고 도망을 치기 시작했다. 가마에서 내린 금화 또한 단오의 안내를 받아 섶다리를 건너 모래사장으로 달아나기 시작했다.

"아씨, 이것이 뭔 일이다요?"

"마쓰이 이놈, 이놈이 날 죽이려고 마음을 먹은 모양이다. 이 교활하고 비겁한 놈……."

가내 무사들과 복면의 괴한들은 섶다리 아래 강물로 빠지거나 칼에 맞고 쓰러지며 치열한 싸움으로 죽고 죽이고 있었다. 결국은 복면의 괴한들이 가내 무사들을 모두 쓰러뜨리고 섶다리를 건너 도망가는 금화를 향해 말을 타고 다가오고 있었다.

금화와 단오가 숨을 헐떡거리며 죽을힘을 다해 도망을 치는데, 앞에서 한 무리의 말 탄 왜군 병사들이 나타났다. 지치고 놀란 금화와 단오는 왜군들 앞에서 쓰러지고 말았다. 둘은 적들에게 앞뒤가 모두 막혀 포위된 상태로 거친 숨을 몰아쉬었다.

"이놈들이 날 죽이려고 철저하게 준비를 했구나."

"아씨, 인자 어떡해요?"

"죽기밖에 더하겠냐? 고니시에게 시집가는 것이 죽기보다 싫었는데 잘되었지. 내가 마쓰이를 너무 가소롭게 보았구나."

단오가 벌벌 떨며 살려달라고 왜군 병사들에게 빌고 있었지만 금화는 오히려 차분하고 담담하게 체념하고 주저앉아버렸다. 말 탄 왜군 병사들이 말에서 내려 투구를 벗고 다가왔다.

"혹시, 금화 아씨가 아닌가요?"

"그렇다. 내가 금화다. 죽이면 되지 뭐 하러 이름을 물어보느냐?"

"우리는 아씨를 보호하라는 명을 받고 왔습니다."

"뭐, 보호?"

"내가 누군지 알고 말하는 것이냐?"

"알다마다요. 박 대감의 따님이시고 고니시 장군님과 혼인할 분이신데, 어찌 모르겠습니까? 근데 어찌 이렇게 도망을 가고 계시는지요?"

그 말을 들은 금화는 어안이 벙벙하며 이 상황이 이해가 되지 않았다.

"지금 날 죽이려고 온 게 아닌가?"

"죽이러 오다니요? 아씨를 보호하라는 우쓰노미아 장군의 명령을 받들고 댁으로 가는 길입니다."

"그래요? 그러면 저자들은 누구요?"

"저자들이라니요?"

"방금 복면을 한 괴한들이 나타나 날 죽이려고 하기에 도망을 가는 중입니다."

"뭐라고요? 저희들은 장군의 명을 받들고 아씨를 보호하러 왔습니다. 이봐라, 저기 있는 복면한 자들을 잡아라!"

"네!"

고니시의 부하들은 섶다리를 건너오는 복면의 괴한들을 쫓기 시작했다. 복면의 자객들은 왜군 병사들이 쫓는 것을 보고 필사적으로 도망쳤다.

"아씨, 댁으로 모시겠습니다. 고니시 장군님의 부관이신 우쓰노미아가 내일 오신다고 댁에서 기다리고 계시라는 말을 전했습니다."

"아, 그래요?"

"아씨! 가마꾼들이 다 도망가고 말았으니 어떻게 하지요?"

"단오야. 불러보거라. 멀리 가지는 않았을 것이다."

"검당 아재! 검당 아재!"

단오가 다리 주변을 향해 수차례 부르자 검당 아재를 비롯해 가마꾼들이 한 사람씩 나타나기 시작했다.

"아씨, 죄송합니다. 순식간에 생긴 일이라서…… 죄송합니다."

"됐네. 어서 가세."

금희는 우쓰노미아가 보낸 왜군들의 경호를 받으며 집으로 다시 안전하게 돌아올 수 있었다.

금화 아씨 방에 촛불이 아지랑이처럼 얇게 흔들리며 불꽃을 태우고 있었다. 놀란 금화와 단오가 마주앉아 이야기를 나누었다.

"단오야, 마쓰이와 소판이 우리 목숨을 노리고 있다. 위태롭게 되었다."

"설마……."

"집사도 우리 편이 아닌 것 같다."

"설마요."

"아니다. 그들의 눈빛을 보면 뭔가가 있어."

"그러고 보니 집사하고 소판 아재가 집 뒤뜰에서 머리를 맞대고 이야기하는 것을 자주 봤어라."

"그래, 뭔가 있다. 중요한 것은 우리를 도와줄 사람이 아무도 없다는 것이다."

"나리나 마님 말고는 없단 소린가요?"

"당장은 우쓰노미아가 있는데 왜놈이라 속을 모르겠고…… 현재는 없다."

"그라문?"

"혹시 도움을 받을 사람이 없을까?"

"나가 뭔 사람이 있었어요. 친구 말고는."

"친구?"

"친구라고 해봤자. 유정이하고 진구뿐인디…….”

"유정이하고 진구라?"

"진구는 착해서 아무 도움도 안 될 것이고 유정이는 선머슴처럼 다닝께로 시전 저잣거리에 있는 왈패 중에 도와줄 사람이 있을지도 모르지라."

"유정이?"

"그러면 니가 유정이를 한번 데리고 올 수 있을까?"

"근디 유정이가 왜교성 공사장에 끌려가서 죽었는지 살았는지도 모르는디 어디서 만난다요?"

"그래, 어쩌지?"

"아무튼 수소문 해볼라요."

"그래라."

두 사람은 특별한 방안도 없이 걱정만 하다 날이 새고 말았다.

단오가 통행패를 들고 팔마비가 있는 도로를 지나 연자다리 쪽으로 가자 연자루에 왜군들이 서서 지키고 있었다. 단오는 유정이가 살았던 장평골 술도가 집으로 갔다. 물레방아가 돌아가고 있고 사람이 살고 있다는 생각이 들었다. 마당에 조심스럽게 들어가자 유정의 어머니 정읍댁이 장독을 씻으며 힘든 몸을 움직이고 있었다.

"유정 엄니, 안녕하신게라?"

"워메, 너는 단오가 아니냐?"

"예, 단오여라. 몸은 어쩌신가요?"

"나야 뭐. 전쟁통인디 편하기만 하겠냐? 넌 부잣집에서 살고 있는 게몸은 다치지 않았지."

"야, 그라지라. 근디 오다가 보니까 골목마다 방이 붙어 있던디. 유정이 소식은 알고 있는가요?"

"어찌 알겠느냐? 왜놈들이 저리 시퍼렇게 눈을 뜨고 찾고 다니는디…… 걱정이다."

"그라겄소. 아무튼 몸이라도 건강해야 할 것인디. 걱정이여라."

"그래도 친구가 좋구나. 요로코롬 걱정도 해주고……."

"엄니! 유정이가 어디 있는지는 모르제라?"

"그러지 나도 궁금해 죽겄다. 왜놈들이 아직도 수시로 들러서 감시허고……."

"엄니도 몸 잘 지키시오. 그라문 갈라요. 혹시라도 유정이를 만나게 되면 나한테 연락 주라 해주시오."

"그런 날이 와야 쓸 것인디. 니도 몸조심해라. 가시내들로 태어나서 당나귀보다 못한 세상이라 걱정이다."

"저, 갈께라."

"그래, 항상 조심혀라."

"야."

단오는 유정네 집을 나와 진구 집으로 향했다. 진구도 없고 진구 어머니인 진주댁도 없었다. 사람이 사는 집 같지 않게 썰렁해 보였다. 단오는 방문 틈에 꼭 만나고 싶다는 쪽지를 끼워놓고 시전 저잣거리까지 가 보았다.

쌀전을 지나 소금전을 지나가고 있었지만 쌀전도 소금전도 문이 닫혀 있어 시전거리가 썰렁했다. 하지만 소금전 지하 창고에 시전 패거리들이 모여 있었다.

"이놈의 새끼들아! 그년 하나를 죽이지 못하고 실패를 해. 죽어 부러!"

"성님, 그때 왜군들이 나타나 우리를 죽여 불라고 쫓아올지는 상상도 못했지라, 성님이 그런 말도 없었지라. 첨에는 우리를 도와주러 온 줄 알고 성님이 준비도 많이 했다고 생각했는데 칼을 들고 우리를 죽이려고 할지는…… 워메! 그때만 생각하문 지금도 오줌이 저려 오지라.”

“그때 왜 우쓰노미아 군사들이 나타나냐고?”

“성님은 그것을 울한테 물어보요? 답답해 미치겠그만이라.”

“…….”

“일이 많이 꼬여 부렀다. 마쓰이를 어떻게 보냐? 미치겠네.”

“성님, 우리가 마쓰이를 먼저 봐 불께라.”

“미쳤냐? 마쓰이한테 맞고는 살아도 사사끼 장군님 이후에 마쓰이가 우리 시전을 봐주고 있는디…… 어떻게든 마쓰이에게 잘해야 한다. 알았지? 그때 유정이하고 차돌이만 놓치지 않았어도 지금쯤은 살판이 났을 것인디…….”

“죄송하그만요.”

“어떻게든 유정이하고 차돌이는 우리 손으로 다시 잡아야 한다. 그래야 우리가 살어. 항상 유정이 집에 사람을 붙여놨겠지?”

“그럼요. 시전 패거리를 전부를 동원시켜서 지금 찾고 있당께요.”

“요로코롬 갑자기 모든 것이 꽉 막혀분지 모르겠다. 내 손에 재물이 다 들어온 것 같은데…… 참말로 미쳐불겠네. 술이나 한잔 땡겨야 쓰겠다. 가자!”

“좋소, 성님. 다음에는 실수 없이 죽여 불랑게 너무 걱정 말고 술이나 몽땅 먹어 붑시다.”

“술? 저런 머저리들을 데리고 있으니…….”

“성님, 어쩔 것이오. 웃으시란 말이요. 그래야 복이 와라. 하하하하.”

“그래, 미친놈들 말이 맞다.”

우쓰노미아는 박속유의 사랑채에 앉아 박속유와 마주 앉아 이야기를 나누고 있었다.

"이야기 모두 들었습니다. 그만하기에 다행입니다."

"부관님의 병사들이 아니었으면 길거리의 괴한들에게 당해 죽고 말았을 것입니다. 생각만 해도 끔찍합니다."

"앞으로는 제가 보호할 테니 걱정하지 않으셔도 됩니다. 놈들을 꼭 찾을 테니 너무 걱정하지 마시오."

"감사합니다! 장군님! 참, 제가 딸을 시집보내는데 그냥 보낼 수 없지요. 나락 100석을 보낼 것이니 고니시 장군님께 말씀해 주십시오. 그리고 제 딸…… 시집가면 의지할 사람이 아무도 없습니다. 부관님께서 오라비처럼 챙겨주시면 어떨는지요?"

"너무 걱정하지 마십시오, 눈치를 보니 장군님께서 아씨를 많이 좋아하고 계시더군요. 요즘에 자주 웃고 계십니다."

"다행이네요! 그리고 제가 부관님 것도 별도로 챙겨놨습니다."

"그렇게 하지 않으셔도 됩니다."

"친동생처럼 여겨주십시오."

"그런데 제가 아씨를 만나 그날의 상황에 관해 물어보고 싶은데요."

"근데…… 금화가 입을 열지 않아요. 그날 이야기를 나도 단오한테 들었어요."

"그러면 단오라는 애를 불러 주시지요?"

"예, 덕보야! 단오를 당장 오라 하거라."

"예."

눈치를 보고 서있던 덕보가 대답을 한 후 잠시 후에 단오가 들어왔다.

"그날의 상황을 자세히 말해 보거라."

"예, 그러니까. 해룡토성 밑에 있는 섶다리 앞에서 쉬고 있었습니다. 집사 나리가 일 때문에 돌아가고 얼마 후에 섶다리를 건너는디 말 탄 괴한들이 나타나 가내 무사들 전부를 죽여불고, 도망치는 아씨와 나를 쫓아왔어요. 그때 장군님의 병사들이 나타나니까 그자들이 도망치고 말았습니다."

"그자들이 누구 같아 보이더냐?"

"복면을 하고 있어서 잘 모르겠어요."

"말씨가 어떠하더냐?"

"그러고 보니 괴한들은 말을 안 했구만요. 길거리 폭도 같으면 돈을 달라고 했을 것이고, 도망갈 때면 서로에게 도망가자고도 말을 했을 터인디…… 지금 생각해 보니 아무 말도 안 했어요!"

"그래?! 말을 해서는 안 될 이유가 있는 것이지."

단오에게 그날의 상황을 들은 우쓰노미아는 생각이 깊어졌다.

"아씨가 나에게 했던 말인디요. 자기를 죽이려고 하는 자가 며칠 전에 왔다가 아씨한테 뺨 맞은 그 사람…… 바로 마쓰이일 거라 했어요."

"마쓰이? 그건 무슨 말인지? 뺨이라니?"

우쓰노미아가 박속유를 쳐다보자 박속유가 움찔하며 목을 움츠렸다.

"뭐, 별일은 아닙니다."

박속유는 말하고 싶지 않은 듯 겸연쩍어했다.

"마쓰이가 댁에 다녀간 것은 저도 알고는 있었는데, 아씨가 마쓰이의 뺨을 때리다니요?"

"그것이 그러니까…… 부관님! 그냥 모른 체 해주시면 안 될까요? 우리 딸년이 죄를 지고 말았지요……."

우쓰노미아는 단오에게 그날의 이야기를 다 들었다.

"그래요? 아씨가 생각하기에는 마쓰이가 자기를 죽이려고 했다는 것이지?"

우쓰노미아가 단오를 쳐다보며 물었다.

"아무튼 아씨가 그렇게 말했습니다요."

"단오는 그만 물러가거라!"

"예."

부담스러운지 박속유가 단오를 돌려보냈다.

"나리! 정황을 보니 그들은 단순히 길거리의 폭도들이 아니군요. 뭔가 아씨를 노리는 자가 틀림없습니다."

"그렇습니까? 저는 길거리에 굶주린 폭도들이 너무 많아서 그러려니 했는데?"

"이제 아씨께서 며칠 지나면 왜교성으로 오시는데 그곳은 최고로 안전하니 걱정 마시지요."

"감사합니다. 부관님만 믿겠습니다. 술이나 한잔 하시지요? 덕보야! 여기 푸짐하게 술상을 보거라."

"예, 미리 준비시켰습니다."

마루에서 두 사람의 이야기를 다 듣고 있던 덕보가 대답했다. 매우 푸짐한 술상이 사랑채로 들어왔다. 박속유와 우쓰노미아는 밤새 술을 마셨고 덕보는 사랑채 마루에 서서 그들의 이야기를 모두 듣고 있었다.

'우르르 쾅, 꽈---꽝.'

추운 겨울 계절을 재촉하는 비가 세차게 내리고 있었다. 대낮인데도 어두워진 하늘 때문에 저녁처럼 깜깜해졌다. 한 치 앞도 볼 수 없을 정도의 빗속을 뚫고 구로다의 기마부대가 선암사의 승선교와 강선루를 지나 천년 먹은 은행나무 사이로 들어오고 있었다. 구로다가 일주문 앞에 다다르자 거짓말처럼 비는 개었고 탐스러운 햇살이 온 세상을 밝히며 처마에서 떨어지는 빗방울을 투명하게 비춰주고 있었다.

대웅전 앞마당에는 호암 큰스님이 늠름하게 서 있고 스님들과 행자들이 그 옆에서 무기를 들고 서 있었다. 하늘을 바라보던 호암이 행자를 불렀다.

"목개야! 그동안 절밥만 하느라고 고생했다. 너는 오늘 부로 대각암 묘법을 데리고 이 절을 바로 떠나거라."

"아닙니다. 지난번처럼 왜군들이 들어오는데 제가 큰스님을 지켜야 할 것 같습니다."

"아니다. 그동안 스님도 못 되고 내게 절밥만 십여 년을 공양했으니 됐다. 고맙다. 지금부터 너는 묘법을 살리는 것이 나를 살리는 것이다. 선암사에 어떤 일이 생겨도 뒤도 보지 말고 묘법을 데리고 고금도로 떠나거라. 어서!"

"고금도로 말입니까?"

"그래, 어서 떠나거라."

"그럼……."

목개는 호암에게 큰절을 하고 원통전을 넘어, 푸른 야생차에 노란 은행잎이 이불처럼 덮인 야생차밭을 돌아 대각암으로 올라가 호암의 말씀을 묘법에게 전했다. 묘법은 목숨처럼 아끼는 화방도구만 바랑에 담아 메고 선암사를 향해 삼배를 하고 목개를 따라서 송광사로 넘어가는 굴목재로 발길을 옮겼다.

덩치가 큰 말을 타고 섬뜩하게 긴 칼을 찬, 구로다가 선암사 마당에 있는 탑 주위를 한 바퀴 돌고 말안장에 앉은 채로 고개를 한 바퀴 돌리더니 목청을 돋아 말했다.

"스님! 다시 보니 반갑습니다. 묘법만 내주시면 살생 없이 그냥 갈 것이오."

"장군님, 미천한 묘법을 데려다 어디에 쓰시게요? 별 재주가 없는 자인데요."

"오우, 짜증! 내놓기만 하면 되는데 웬 말이 그리 많소. 늙으면 죽여야 하는데……."

"감히, 큰스님에게 무슨 말 버릇이오? 당장 사죄하시오."

호암을 지키고 서 있던 젊은 스님이 당당하게 말했다. 그러자 옆에 있던 왜군 기마병이 또각또각 말을 타고 다가오더니 순식간에 긴 칼을 빼들어 일합에 젊은 스님을 베어버렸다. 스님들은 갑자기 일어난 일에 모두들 놀라서 뒤로 한 발짝 물러서며 경계 자세를 취했다. 그러나 호암은 태연하게 앞으로 나섰다.

"장군님! 이 늙은이를 데려가면 어쩌겠소? 밥도 많이 먹지 않아 손해가 적을 것이오."

"이 늙은이가 나하고 장난을 치자는 겐가?"

구로다가 장도를 빼들고 호암에게 다가오자 옆에 있던 다른 스님이 나섰다.

"묘법은 여기에 없고 대각암에 있소. 조금 전에 대각암을 떠나 고금도로 도망갔소."

"너 이놈! 그게 무슨 말이냐? 이놈!"

호암이 고자질한 스님에게 화를 냈다. 구로다가 두 스님의 대화를 보고 크게 웃었다.

"여러 말 하고 싶지 않았는데 이리 쉽게 답을 주다니 스님! 고맙소."

구로다는 잠시 말 위에서 합장을 하더니만 고자질한 스님을 단칼에 베어버리고 호암에게도 칼을 휘둘렀다. 호암 스님이 비틀거리며 쓰러지자 스님들과 행자들이 구로다와 왜군 병사들을 향해 공격을 가했다.

선암사 대웅전의 앞마당은 왜놈들과 선암사 스님들 사이에 목숨이 오가는 싸움이 벌어졌다. 스님들은 왜군 병사들의 상대가 되지 못했다. 왜군 병사들이 휘두르는 칼과 창에 추풍낙엽처럼 스님들과 행자들이 피를 토하며 널브러졌다.

"멈추지 못하느냐? 멈추어라! 감히 너희들이 선승이라 하겠느냐?"

쓰러진 호암이 큰 소리로 외치자 스님들과 행자들이 싸움을 멈추었다.

하지만 이미 선암사 스님과 행자들은 많은 피해가 발생하고 말았다.

"여기가 어디라고 싸운단 말이더냐? 부처님의 진신사리가 모셔진 석탑이 있는 곳이니라."

칼에 베인 호암이 입에서 피를 흘리며 스님들과 행자들을 꾸짖었다. 화가 머리끝까지 치솟은 구로다는 모두 무릎을 꿇게 만들었다.

"감히 중놈들이 우리에게 대들어? 용서할 수 없다. 이치로! 너는 군사 다섯 명을 데리고 당장 묘법을 잡아 오너라! 그자를 잡기 전에는 나에게 나타나지 말거라. 꼭 산 채로 잡아야 한다. 알았나?"

"예, 장군님! 무슨 일이 있어도 잡아서 데려오겠습니다! 가자!"

목례를 마친 이치로가 말머리를 돌려 병사들과 함께 대웅전을 돌아 대각암으로 향했다. 호암은 계속 각혈을 하더니 의식을 놓고 말았다.

"큰스님! 정신을 차리십시오. 스님!"

"큰스님을 이렇게 만든 저놈들을 용서할 수 없다. 저자들을 공격하라!"

한 스님이 벌떡 일어서며 큰 소리로 말하자 스님들과 행자들은 다시 무기를 들고 왜군들과 정면으로 싸움판을 벌렸다. 하지만 스님들과 행자들은 왜군들에게 계속 밀려나며 야생차밭으로 쫓겨 산속으로 도망가고 말았다.

묘법과 목개가 작은 굴목재로 올라가고 있을 때, 불에 훨훨 타고 있는 선암사에서는 연기가 자욱하게 피어오르고 있었다. 둘은 선 자리에서 나무관세음보살을 마음속으로 수도 없이 외워댔다. 그때, 말발굽 소리가 점점 더 가까이 들려왔다. 긴장한 목개는 재빨리 묘법을 데리고 바위 뒤에 숨어 상황을 살펴보았다. 이치로가 묘법이 숨어 있는 바위를 지나 송광사로 넘어가고 있었다. 목개는 송광사 길이 아닌 접치재가는 길로 방향을 바꾸어 이치로의 왜군 기마병을 피할 수 있었다.

　진구는 녹초가 되어 새벽에 용수골 당집으로 돌아왔다. 검은 복장에 한 번도 보지 못한 검을 등에 메고 나타나 그대로 쓰러져 잠이 들었다. 전에는 볼 수 없었던 진구의 모습이었다. 해가 중천에 뜰 무렵 진구는 깨어났고 귀신 의병들이 진구 옆에 모였다.

　"진구야! 너 도대체 어디 다녀오는 거야? 얼마나 걱정했는데."

　"……."

　"그동안 어디에 있었던 거야?"

　차돌도 걱정이 되어 물었다.

　"말 안 해 줄 거야?"

　유정이가 계속 물었지만 진구는 입을 꾹 다물고 아무런 말도 하지 않았다.

　"……."

　"진구야, 우리도 알아야 뭘 도와주지?"

　"유정아, 나 혼자 해야 할 일이야."

　"진구야, 같은 의병끼린데 말해주면 안 돼?"

　진구는 아무 말도 없이 밖으로 나가버렸다. 그리고 진주댁이 묻혀 있는 무덤가에서 어두워질 때까지 앉아 있었다. 유정도 아무 말 없이 물끄러미 옆에 따라 앉았다. 그리고 그날 저녁 진구는 당집에는 들어오지도 않고 또다시 어디론가 사라지고 말았다.

　살상에 공출에 노역에 겁탈에 조선 백성들의 원한과 분노가 한계점에

도달한 어느 날, 순천도호부 읍성에 아침이 밝아오고 있었다. 소판이 허겁지겁 마쓰이가 묵고 있는 숙소로 달려왔다.

"장군님! 큰일 났습니다. 오늘도 병사 한 명이 죽어 있습니다!"

"뭐야, 오늘도?"

"어제처럼 홀라당 벗겨져 있습니다."

"어딘 게야?"

"관풍루 처마 끝에……."

"흠…… 어제는 향청, 오늘은 관풍루. 이년이 보통은 아니라고 하더니만 아주 독하구만……. 당장 가서 덕보를 데리고 오너라."

"네, 알겠습니다."

마쓰이는 병사들을 데리고 관풍루로 질풍처럼 나갔고 소판은 말을 타고 박속유의 집으로 달려갔다. 관풍루 처마에 거꾸로 발가벗겨진 채 시신이 매달려 있었다. 겨울밤을 지나서인지 입에 물린 자갈 사이로 혀를 쭉 내밀고 동태처럼 굳어져 있었다. 동료 병사들이 시신을 내려 거죽으로 덮어주었다.

"옷이 벗기고 거꾸로 매달았다는 건, 타살입니다. 손목, 발목, 입에 물린 재갈, 얼굴의 부기 등등 몸부림의 흔적이 강한 것으로 봐서 살아있을 때 묶어 달아둔 것 같습니다. 죽은 시각은 대략 축시 정도로 추측됩니다."

"흠…… 살아있을 때 매달았다 이거지?"

"벌써 두 명의 병사가 괴기스럽게 죽었습니다. 부대 내 병사들이 동요될 가능성이 있어 걱정입니다."

시체를 처리하는 병사가 마쓰이에게 말했다.

"자, 모두들 듣거라! 노무라 장군께서 낙안성에 잠시 가 계신다. 이 사실은 너희들만 알고 절대 함구하라. 동료들에게도 말하지 마라. 알겠지?"

"네, 알겠습니다."

"자네는 병사들을 데리고 가 시신을 인근 산에 묻어주어라."

"네."

숙소에 돌아온 마쓰이는 앉지도 못하고 깊은 고민에 빠지고 말았다. 방 안을 서성대며 혼잣말로 중얼거렸다.

'이 미친년이 나와 한번 해보자는 건가? 나에게 복수를 하겠다 이거지?'

마쓰이는 곁에 누가 있는 것처럼 자신의 답답함을 토로했다. 그때 소판이 덕보를 데리고 들어왔다. 마쓰이는 덕보가 들어서자마자 발로 걷어찼다.

"아이야! 부관님! 무슨 일이신지요?"

"개자식! 부관 딱지를 뗀 지가 언젠데 아직도 부관이라 부르는 거야?"

마쓰이는 덕보를 다시 발로 걷어찼다.

"아차! 죄송합니다."

"네 놈이 내 병사를 죽여? 그러고도 살 수 있으리라 생각해?"

"무슨 말씀이신지요? 제가 어떻게?"

"어제도 오늘도 벌써 두 명이 죽었다. 네놈의 아씬지 뭔지 하는 그 미친년이 시켜서 했겠지? 네가 아니면 누가 했겠어?"

"장군님, 무슨 천부당만부당의 말씀을…… 그건 절대 오해십니다. 여기 덕보 성님은 그 집 나리도 아씨도 전부 미워합니다. 혹시 시켰다고 해도 절대 하지 않을 것이구만요."

소판이 이야기에 끼어들며 말했다.

"너는 주둥이 닥치고 가만히 있어! 일도 처리하지 못한 놈이……."

마쓰이는 소판의 정강이를 발로 걷어찼다.

"오메, 나 죽네. 내 다리!"

소판은 한 발로 홀딱홀딱 뛰면서 다리를 부여잡고 아파했다.

"다 네놈 때문에 생긴 일이다. 아무 대책도 없이 일만 저질러 놓고……. 그년이 시집가서 고니시 장군을 이불 속에서 주댕이로 꼬셔놓고 귀에다 고자질하면 우리는 언제 죽을지 모르는 신세가 되고 만다!"

"장군님. 믿어주십시오, 전 절대로……."

"진정 네놈이 한 것이 아니라는 말이지?"

"네, 그렇습니다. 제가 어떻게 장군님의 군사에 손을 댈 수 있단 말입니까?"

"지금까지 정황을 보면 그 미친년이 시켜서 네놈이 내 병사를 죽여야 맞는 이치인데, 아니라고 하니 혼동이 오는데?"

둘의 대화를 듣고 있던 소판이 또 끼어들었다.

"장군님, 며칠 뒤면 아씨가 고니시 장군님에게 시집을 갑니다."

"나도 알아!"

"우리의 앞일을 생각해 보면 시집가기 전에 아씨를 꼭 죽여야 후환이 없을 겁니다."

"이놈아! 우쓰노미아가 아씨를 지키고 있다. 우쓰노미아가 누구냐? 바로 고니시 장군의 분신이다. 지금 그년을 죽인다는 것은 고니시 장군을 죽인 것과 같다. 이 멍청아!"

마쓰이는 소판을 다시 발로 사정없이 걷어찼다. 덕보가 뭔가 떠올라 말을 꺼냈다.

"장군님! 우쓰노미아가 몇 가지 의심스러운 점을 찾은 것 같습니다. 중요한 것은, 우리 집 종년이 마쓰이 장군님이 의심된다고 말한 것입니다."

"종년이 어찌 알고 날 의심해?"

"아씨가 말했다고 자기를 죽이려는 자는 마쓰이라고 했다며 우쓰노미아에게 말하더라고요."

"뭐? 그년이 날 지목해?"

"그래서?"

"제가 보기엔 반신반의하는 것처럼 보였습니다."

"후, 미치겠네! 우쓰노미아가 의심을 하게 되면……."

"장군님! 시간이 없습니다. 아씨가 왜교성으로 들어가기 전에 죽여야 합니다. 장군님은 전혀 나타나지도 않았는데 바로 알아챈 것을 보면 그냥 둬서는 안 됩니다."

"왜교성으로 들어가기 전에 처단한다?"

생각에 골몰한 마쓰이가 묘안이 떠올랐는지 얼굴에 미소가 번졌다.

"소판아! 조선인 자객을 사거라."

"예?"

"시전에서 나온 돈이 있으니 돈은 걱정하지 말고…… 나의 존재도 거론하지 말고…… 조선인 자객으로 하여금 시집가기 전날 정리를 하는 게다. 그년이 죽으면 우쓰노미아도 책임을 지고 죽게 될 것이고 그러면 내 앞날이…… 이것이 바로 일석이조가 아니겠는가? 푸하하하."

"아주 훌륭한 괴책입니다."

"그래, 누구라도 좋다. 그 미친년을 죽이거나 우리 장수를 죽인 유정과 차돌이만 잡아오면 시전 경영권을 주겠다."

"장군님! 그것은 제가 하고 있는데 누구를 준다는 것입니까?"

마쓰이는 소판의 귀뺨을 사정없이 때렸다.

"이런 건방진 놈! 내가 하면 하는 것이지, 토를 달아. 누구라도 내 속을 풀어주고 고니시 장군께 충성할 기회를 준 놈에게 혜택을 주는 것이지. 감히."

새벽, 진구는 용수골 당집 방문을 열어보고 진주댁이 누워있는 묘로 향했다. 부시시 잠에서 깬 유정이가 따라 나섰다. 진구는 아무 말도 없이 마냥 앉아만 있었다.

"밥은 먹고 다니는 거여?"

"……."

"진구야! 혼자서 하지 말고 우리 함께하자."

"이것은 내 일이여. 다음에 말할게."

"그래, 하지만 항상 우리가 옆에 있다는 것은 잊지 마. 근디, 며칠 전에 울 엄니를 몰래 만나고 왔는데, 단오가 날 찾드라는 거여."

"우리 집 문틈에도 쪽지가 있던디……."

"단오한테 뭔 일이 생긴 거 아니여?"

"그러게, 우릴 찾고 다닌 거 보면 틀림없이 단오한테 뭔 일이 생겼그만. 소문이 사실인지는 몰라도 내일 금화 아씨가 시집간다고 하드라고……."

"내일?"

"소문은 그러더라고."

"시집간다는 것은 토부한테 들은 이야긴디 그것이 내일인지는 몰랐구만."

"두 가지 중에 하나구만. 단오에게 문제가 생겼거나, 아니면 왜교성으로 들어가 버리면 다시는 못 본 게 마지막으로 볼라고 했거나 둘 중에 하나네."

"그러겠다. 그러면 시간이 없네, 오늘 밤밖에……."

"그러자, 우리 셋이는 친군께 밤에 몰래 가보자."

지옥으로 가는 가마

"아씨, 그만 주무시고 일어나세요."

"잠은 무슨 잠, 내일이면 이 집을 떠난다고 생각해봐. 너 같으면 잠이 오겠느냐?"

"……."

금화는 이불 속에서 꼼짝도 하지 않고 있으면서 단오에게 짜증을 냈다.

"내일이면 이 방도 이불도 모두 헤어져야 하는데……."

금화가 한숨을 내쉬며 일어나 앉았다.

"아씨가 좋아하는 이불을 가져갈까요?"

"이불이 무슨 소용이 있겠니? 죽는 것이 차라리 편할 것 같다. 나 혼자 죽는 것은 두렵지 않은데 우리 미부와 토부 그리고 어머니와 식솔들을 생각하니 죽을 수도 없구나."

"아씨, 지금이라도 도망가 버릴까요? 그냥 둘이서 산속으로 들어가 숨어 살면 되잖아요. 제가 옆에서 잘 모실게요."

"단오야, 우리를 지키고 있는 왜놈들이 안 보이냐? 지금은 도망도 못 가!"

"아, 그렇지!"

"그리고 덕보가 소판이를 만나는지 잘 감시하고 있지?"

"그날 이후 소판 아저씨는 오지 않았는데, 며칠 전에 집사를 데리고 나갔다고 했어요."

"며칠 전에? 이놈들이 무슨 꿍꿍이가 있나?"

"집사 나리가 그 사건과 관계가 있을까요? 난 도저히 이해가 안 가요."

"나도 덕보를 몰랐는데, 세상이 어수선해지니까 본색을 드러내는 거다. 아무튼 덕보를 잘 지켜봐라."

"예, 아씨! 죽이라도 가져올까요?"

"됐다, 죽은 먹어서 뭐하겠느냐. 내 맘이 천근만근인데."

금화는 다시 이불 속으로 들어가 버렸다.

정유년의 아픔만큼이나 차가운 섣달이 시작되었다. 눈이 펑펑 내려야 하는 섣달이지만 지금까지 큰 눈이 한 번 오지 않았다. 건달산 양지바른 곳에 자리 잡은 박속유 집 뒤뜰은 하루 종일 집안에 해가 들어 따스한 햇살이 좋았다. 사랑채에서 박속유와 덕보가 이야기를 나누고 있었다.

"나리, 그래도 시집가는 날인데 전이라도 굽고 고기라도 삶아야 되지 않을까요?"

"안방마님까지 저렇게 머리끈을 싸매고 있는데 잔치를 하겠느냐?"

"그럴수록 해야 합니다. 고니시 장군의 병사들이 보고 있는데 시집보낼 집이 초상집처럼 우울하다면 고니시 장군께서 화날 일입니다."

"그도 그렇구나. 이걸 어쩐다?"

"그럴수록 즐거운 잔칫집처럼 전도 지지고 나물도 볶고 고기도 삶아 나

뉘 먹어야 합니다. 그동안 우쓰노미아 병사들이 경비하느라 고생도 했는데, 그냥 보내면 매정하다고 나리에 대한 소문도 좋게 나지 않습니다."

"들어보니 네 말이 맞구나."

"내일 왜교성에 들어갈 때 음식이라도 싸서 보내야 하고……."

"그래, 당장에 음식도 만들고 병사들과 식솔들에게 나누어 먹여라. 집안 문중에서는 아무도 모르니 올 사람은 없을 것이다."

"예, 나리!"

덕보가 사랑채를 나가고 잠시 후, 하인들은 곡간을 열고 음식 준비를 하기 시작했다. 시집가는 잔치 분위기가 음식 냄새를 통해 사방팔방으로 퍼졌다. 음식 냄새를 맡은 김씨 부인이 머리에 하얀 띠를 두르고 부엌으로 들어왔다.

"너희들은 뭐가 좋다고 이렇게 음식 냄새를 풍기며 희희낙락거리느냐?"

"마님! 이게 아씨를 위한 일이라고 집사 나리가……."

"뭐야? 아이고 이게 뭔 일이다냐? 답답타, 답답해!"

화가 난 김씨 부인은 안방으로 들어가 버렸다. 하녀들은 왜교성으로 보낼 음식을 만들어 대바구니에 차곡차곡 쌓기 시작할 무렵 금화는 덤덤하게 방에만 있었다.

저녁이 되자 경비하는 우쓰노미아 병사들에게도 푸짐한 주안상을 내주었다. 집안 식솔들은 김씨 부인이나 금화의 마음은 안중에도 없는 듯, 큰소리로 웃으며 음식과 술을 진탕 먹고 있었다. 덕보는 경비를 맡은 왜군 병사들에게 술대접을 하면서 같이 술에 취해 가고 박속유 또한 맘에 없는 웃음을 보이며 병사들을 격려하며 돌아다녔다.

"우쓰노미아 장군은 어디 갔느냐?"

"내일 행사 준비 때문에 일찍 왜교성으로 들어갔다고 합니다."

"그래, 내일은 중요한 날이지. 어지간이들 마셔라."

"사랑채로 술상이나 가져오라 하거라."

"예, 당장 올리겠습니다. 오늘같은 날은 술로 위로를 삼으셔야지요."

"……."

검은 옷에 검은 천으로 복면을 한 유정과 진구는 깊은 밤에 박속유의 집 마구간 짚더미 속에 숨어 있었다. 진구는 짚 다발 속에서 들려오는 유정의 숨소리를 고스란히 들으며 괜히 어색해 얼굴이 빨갛게 된 것 같았다.

"뭔 좋은 일이라고 잔치를 하고 난리다냐?"

"답답하다. 조금 전에 안채로 살짝 가 보았더니 아씨하고 마님은 꼼짝도 않고 있드라고. 뒤뜰로 돌아가는 단오를 만나 잔치가 다 끝나면 이리 온다고 했으니까 기다려 보자."

"뭔 일이라고 말 안 해?"

"누가 볼까 조심스러워서 말도 못하고 왔어. 끝나면 올 것인게 기다려 보자."

"짚 다발 속이 따뜻하니 좋다. 난 잠이 올라구 하네."

"그래, 한숨 붙여. 단오가 일찍은 못 올 것잉게 차분히 기다리게."

"근디 진구야! 너 옷이 참 잘 어울린다야?"

"그래? 너도 잘 어울려."

"나도 이런 옷이 처음이라 왠지 멋진 자객이 된 것 같아."

어디선가 멀리서 개 짖는 소리가 들리고 여인네가 작은 실눈으로 남정네를 홀릴 것 같은 예쁜 초승달이 구름 사이를 지나가고 있었다. 깊은 밤, 박속유 집의 마당에 펼쳐진 술상들 위에 널브러진 음식과 술병 그리고 뒹굴어 엎어져 있는 술잔들이 질펀하게 즐긴 잔치집의 뒷자리와 비슷해 보였다.

차가운 겨울바람이 마당을 매섭게 휘몰아치고 지나갔다. 사람들은 아무도 없고 우쓰노미아 병사 몇 명만이 안채와 집 모퉁이에 서서 이야기를 나누고 있다. 집안 뒤뜰 대나무밭에서 일어나는 겨울바람 소리와 처마 끝에 걸려 흔들거리는 풍경소리가 귀신들의 스산한 잔치가 끝난 것처럼 어지럽게 들렸다. 덕보가 작은 사랑채를 나와 두리번거리며 오랫동안 비어 있던 캄캄한 토부의 방으로 슬그머니 들어갔다. 안에는 몇 사람이 복면을 하고 있었다.

"꺽쇠야! 지금 사람들이 모두 취해서 잠이 들었다. 경비를 하는 병사가 많지 않고 우쓰노미아 장군이 왜교성에 갔으니, 절호의 기회다!"

"예, 걱정하지 마십시오. 오늘은 조선의 검객을 멀리서 모셔왔기에 틀림없이 성공할 것입니다."

"뉘신지는 잘 모르나, 오늘 꼭 성공하시오. 그리고 만약이라도 날 만난 적은 없는 것이오."

복면한 자들은 대답 대신 머리를 끄덕였다.

"그럼, 나 간다."

"네, 염려 마십시오."

덕보가 사라지자 복면을 한 사내들이 밖으로 나와 대나무밭으로 조심스럽게 스며들어갔다. 대나무밭 속에서 신호를 보내자 뒷담 너머에 있던 복면을 한 정체불명의 사내들이 박속유 집의 담을 넘어 대나무밭으로 들어왔다.

미부는 방 안에서 무언가 바삭거리는 소리를 들었다. 그들이 잽싸게 뒷마당 텃밭을 지나 마구간을 돌아 안채로 들어서는데 병사들이 보이자 잠시 멈췄다. 진구는 마구간을 지나가는 수상한 자들을 보았다. 진구는 스며든 달빛을 받으며 잠든 유정을 흔들어 깨웠다.

복면을 한 자객 두 명이 순식간에 졸고 있는 두 명의 왜군 병사를 소리 없이 제거하고 또 다른 병사에게 살그머니 접근해 가는 순간이었다.

"누구냐?"

어느 우쓰노미아 병사가 외마디 고함을 질렀다. 놀란 자객들은 칼을 휘두르며 그 병사를 바로 공격했다. 칼과 칼이 부딪치는 소리가 조용했던 박속유 집의 적막을 깨고 말았다. 진구와 유정은 뭔가 좋지 않는 일이 일어났음을 바로 알 수 있었다. 잠들지 않고 있던 미부도 금화도 위급한 상황을 바로 느꼈다. 자객들은 바로 금화 아씨가 거처하는 안채로 방향을 잡고 쏜살같이 달려갔다. 안채를 지키고 있던 우쓰노미아 병사들을 만난 자객들은 이를 앙다물고 싸우기 시작했다. 놀란 단오는 방문을 열고 나와 소리를 지르며 사람들을 불렀다.

"진구야! 단오 목소리다. 단오가 위험해. 가서 구하자."

"넌 여기 있어 나 혼자 갈게. 보아 하니 저들은 칼을 쓰는 자객들이다."

"아니야, 부족하지만 단오를 구하는 일이다. 가자!"

유정이 먼저 칼을 들고 안채 쪽으로 달려가자 진구도 급하게 따라갔다.

잠이 오지 않아 깨어 있던 금화는 부딪치는 칼날 소리와 사람들의 비명 소리에 즉시 자객이라는 것을 알고 서둘러 옷을 입고 안채 뒤쪽에 있는 작은 툇마루 아래로 숨었다. 금화가 어렸을 때 숨바꼭질을 하면 숨었던 금화 자신만이 알고 있고 아무도 모르는 안전한 곳이었다.

"이놈들이 나의 목숨을 끝까지 노리는구나!"

안채 마당에서 자객들과 우쓰노미아 병사들 간에 처절한 싸움이 벌어졌고 단오는 안채 마루에 서서 비명을 지르며 벌벌 떨고 있었다. 자객 한 명이 아씨 방이 있는 마루로 올라 단오를 죽이려 하자 진구와 유정이가 자객을 막아섰다. 자객과 진구는 마루에서 진검승부를 하며 한 치의 양보도 없었다. 유정은 떨고 있는 단오를 감싸주었다.

"단오야, 괜찮아."

"유정아! 아씨를 구해야 해."

"아씨는?"

"방에 계실 거야. 어서 가자!"

진구가 자객과 치열한 싸움을 하고 있는 사이에 유정과 단오는 금화 아씨의 방으로 들어가 방문을 열었으나 금화아씨는 이미 방에는 없었다.

"워메, 아씨가 어디 갔다냐? 아씨! 아씨! 잡혀간 거 아닐까?"

"단오야, 찾아보자. 우선 조심해라."

"근디 마루에서 싸우는 사람이 진구다냐?"

"……."

사람들의 다급한 고함 소리에 자고 있던 병사들과 가내 무사들이 급하게 칼을 들고 튀어나왔다. 김씨 부인은 이미 안채마루로 나와 벌벌 떨며 단오를 불러댔고 단오가 금화의 방에서 나와 안채로 향했다. 단오는 김씨 부인에게 달려가 두려움에 벌벌 떨었다. 시끄러운 소리에 놀란 식솔들도 머리를 감싸 쥐며 하나둘 일어나 마당으로 나오고 있었다. 어느새 유정의 모습은 자취를 감추고 말았다. 단오는 금화 아씨를 찾으면서 동시에 사라진 유정이까지 찾고 있었다.

"금화는?"

"아씨가 방에 없어요."

안채 마당에서 싸우고 있던 자객과 진구는 사람들이 나타나자 서로 다른 방향으로 도망을 가고 말았다. 마루 밑에 숨어 있던 금화는 자객과 병사들이 싸우면서 나는 칼 소리를 들으며 마쓰이와 소판의 얼굴이 떠올랐다.

"저놈들을 모두 죽여라!"

덕보가 병사들과 가내 무사들에게 명령을 내렸다.

"단오야! 어서 가서 다시 한 번 금화를 찾아보거라."

김씨 부인의 말을 듣고 달려간 단오가 금화의 방문을 다시 활짝 열었지만 금화는 보이지 않았다. 놀란 단오가 다시 김씨 부인이 있는 마루로 달려왔다.

"마님, 다시 봐도 아씨가 없어라!"

"다 찾아본 거야? 어서 찾아봐라."

겁이 난 김씨 부인은 덕보를 불렀다.

"덕보야! 덕보야!"

칼을 들고 마당에 있던 덕보가 김씨 부인에게 달려왔다.

"금화가 안 보인다. 어서 찾아라! 어서! 아이고…… 금화야!"

"안 보여요?! 예, 마님!"

얼굴에 야릇한 미소를 띤 덕보가 주변을 돌며 금화를 찾았다. 그때 박속유는 옷고름을 채 매지도 못하고 술이 덜 깬 상태에서 안채로 들어섰다. 김씨 부인은 박속유가 오는 것을 보고 마당으로 내려갔다.

"나리, 금화가 우리 금화가…… 없어요."

"뭐라고, 금화가 없다고?"

놀란 박속유가 덕보를 다시 불렀다.

"제가 벌써 덕보에게 찾으라고 보냈어요."

"다시 한 번 방을 찾아보시오. 겁이 나서 어디에 숨었는지도 모르니……."

바쁜 걸음으로 금화의 방으로 향하는 박속유의 뒤를 김씨 부인과 단오가 따랐다. 마당에는 왜군 병사들과 식솔들이 점점 늘어나자 복면을 한 자객들은 모두 담을 넘어 도망가 버렸다. 횃불을 든 가내 무사들이 누워 있는 시신들을 들고 덕보를 따라 함께 나타났다.

치열했던 한밤의 난리는 끝이 났다.

"나리! 모두 쫓아버렸습니다. 여기 자객 중에 한 놈이 죽어 있습니다."

"저자의 복면을 벗겨 보거라."

"예!"

하인이 복면을 벗기며 말했다.

"우리 조선 사람 같은데요?"

"뭐? 조선 사람이라고? 무슨 원수가 졌다고……."

"너희들은 우리의 피해를 확인해 보거라."

덕보가 가내 무사에게 명령하자 가내 무사와 하인들이 여기저기서 죽은 시신들을 마당으로 끌고 나왔다.

미부도 얼굴을 가린 채로 마당으로 나와 그 모습을 지켜보고 있었다. 우쓰노미아 군사 중 세 명이 죽었고 두 명은 부상을 입었고 가내 무사 중에서는 다친 사람은 없었다. 우쓰노미아 군사 중 한 명은 오늘의 위급했던 상황을 알리기 위해 말을 타고 왜교성으로 달려갔다. 그런데 가장 중요한 금화가 보이지 않았다. 김씨 부인이 걱정스레 식솔들과 박속유를 바라보며 말했다.

"우리 금화가 잡혀갔나 봐요?"

"흠, 어서 금화를 찾아라. 어서!"

박속유의 성화에 집안 식솔들이 모두 금화를 찾아 나섰다. 하인들이 흩어져 찾고 있는 도중에 금화가 천천히 마당 가운데로 걸어왔다.

"아니, 금화야? 너, 괜찮은 게냐?"

김씨 부인이 금화를 보고 와락 끌어안고 흐느꼈다.

"아씨!"

단오도 엉엉 소리 내어 울고 있었다. 박속유와 모든 식솔들이 금화를 보고 안도의 한숨을 내쉬고 있었다. 미부도 그 모습을 조용히 바라보다가 방으로 들어갔다.

"너희들은 아씨의 경비에 만전을 기하도록 하여라."

덕보가 큰 소리로 말하자 금화가 날카로운 시선으로 덕보를 쳐다보았다. 덕보는 순간 금화의 강렬한 눈빛을 피하느라 부산하게 움직이고 있었다. 입을 굳게 다문 금화는 김씨 부인을 따라 안방으로 향했다. 단오는 두리번거리며 유정과 진구를 찾고 있었지만 어디에서도 보이지 않았다.

"덕보야! 너는 지금 당장 봉 의원을 데리고 오너라. 병사들의 상태를 말해주고 약까지 처방해 오도록 해라."

"예, 알겠습니다."

시끄럽게 짖어대던 개 짖는 소리가 사라지고 구름 사이로 실눈 같은 초승달이 평화롭기를 기다렸다는 듯이 다시 얼굴을 내밀었다. 박속유의 식솔들은 시간이 지나면서 조금씩 안정감을 찾아가고 있었다.

초롱초롱 빛나던 별들이 동이 트는 푸른 기운에 조금씩 빛을 잃어가며 앵무산 너머로 사라질 무렵 우쓰노미아가 말을 타고 급하게 박속유의 집으로 들어왔다. 해가 앵무산을 넘어 온 세상을 훤하게 밝혔지만 금화는 밤새 귀신들의 잔치 소리에 힘들었는지 깊은 꿈 속을 헤매고 있었다.

오늘은 왜교성의 낙성식이 거행되는 날이었다. 순천도호부 인근 백성들의 피와 땀과 죽음의 대가로 만들어진 왜교성이 조선 백성들의 원성과 분노 그리고 한을 돌담 속에 숨겨두고 고니시와 일본 군사들이 성대한 축하를 준비하고 있었다. 또한 오늘은 금화 아씨가 고니시에게 시집가는 날이었다. 꽃가마를 들고 온 우쓰노미아 군사들부터 기모노를 입고 있는 여인네들까지 많은 사람들이 아침부터 박속유의 집으로 들어오고 있었다. 우쓰노미아는 어젯밤 일로 인한 부담감 때문인지 집에 들어오는 사람들을 일일이 검색하며 세심하게 살피고 지켜보았다.

유정과 진구는 새벽녘에 당집에 들어와 잠이 들었다. 하지만 금세 진구는 어디론가 사라지고 말았다. 차돌은 이른 아침부터 난봉산에 올라 무술 연습을 하고 내려오면서 먹을 것을 구해오겠다며 마을로 향했다. 청수골 샘에 고을 사람들이 모여 쑥덕거리고 있어 그곳으로 가보았다.

"아니 글씨! 오늘 고니시 그 나쁜 놈한테 자기 딸을 보낸다 하더라고?"

"그럼, 시집가는 것이 아니당가?"

"시집은 뭔 시집이여? 지 살라고 딸 팔아먹는 게지."

"참으로 막돼 먹은 시상이구만! 인간의 탈을 쓰고 어찌 그럴 수 가 있을까?"

"그러니께, 사람들이 박속유를 박속아지라고 부르는 이유가 있당께."

"그려, 양반이 되어가지고 매점매석에 돈놀이를 안 하나, 돈이 되는 짓이라면 못할 것이 없는 놈 아닌가?"

기철이 아버지 황 씨가 고을 사람들 사이에서 입에 거품을 물며 말을 하고 있었다. 황 씨의 차림새는 거리에서 구걸하는 사람보다도 초라하기 그지없었다. 그 옆에 꽃분이가 물을 마시고 있고 어린 기철일 품에 안고 있는 황 씨의 마누라 수원댁 역시 차림새가 거지꼴이었다.

"그런 놈들은 귀신이 안 잡아가고 뭐 하는지 모르겠어."

"귀신이라고 박속아지같이 비열한 놈 잡아가고 싶겠어?"

황 씨의 말 속에는 그동안의 억울한 감정이 그대로 녹아 있었다.

"그려, 그러겠제."

"내가 박속아지 그놈 집에 잡혀가 봤는디, 집안에 감옥이 있드라고……. 집이 얼마나 넓고 크던지 이것은 집이 아니라 대궐이드랑게."

"아니 근디, 황 씨 자네는 뭔 일로 잡혀 갔능가?"

"뭔 일이었는가? 가지 많은 나무가 바람 잘 날 없다고 자식 새끼 배 안 굶게 하느라고 보릿고개 때 쌀 좀 빌려 썼제. 죄라문 그것이 죄제."

"맞당게. 곡식 좀 빌려 묵고 올 가을 흉년에 소작료를 8할 뜯기고 나니까, 줄 것이 뭐가 있었소?"

"그려, 그 집사 놈한티 피난가다 잡혀 왔담서?"

"덕보란 놈, 내 죽기 전에 꼭 내가 죽여 불라요. 고놈 땜시 내 토끼 같은 자식 둘을 저 시상으로 가게 한 놈이여."

"피도 눈물도 없는 독헌 놈들이여……."

듣고 있던 한 사람이 벌떡 일어났다.

"내가 덕보란 놈을 조금 아는데, 생김새는 순한 양처럼 생겨가지고 처음 보면 사람들이 그놈 낯바닥에 다 속는다니까. 교활하기가 구렁이 뺨치고 비굴하기가 여시 머리끄덩이를 잡아 흔들 놈이랑께요."

"덕보! 그놈은 인간도 아니당께!"

"속 뒤집어 징께 박속아지집 야기는 그만 허더라고……."

"근디 요즘에는 통행패가 얼마나 헌당가?"

"쌀 서 말짜리가 요새 다섯 말은 줘야 한다네."

"그려? 서 말 할 때 맨들 것인디……."

"목숨 지켜주는 값도 올랐네, 그려."

"목숨은 무슨 목숨을 지켜줘? 통행패 받아도 노역자로 일하다 죽거나, 전쟁터에 끌려가서 노 젓거나, 방패막이로 제일 앞세워서 같은 백성들 손에 죽을 것인디……."

"난 쌀 다섯 말 있으면 원 없이 새끼들과 쌀밥이나 묵고 죽겠네."

"맞어, 그것이 정답이네. 소나무 껍질 벗겨먹기도 신물이 나네. 쌀밥으로 새끼들 배불리 한 번 실컷 먹여 봤으면 원이 없었어."

"지금은 쌀이 최고여. 저잣거리 시전에 쌀전을 가보소. 정유난이 나기 전보다 열 배는 올랐을 것이네."

"쌀만이 아니여라, 소금은 어쩌고라? 그냥 모든 것이 부르면 돈이여. 고놈의 시전 패거리들이 왜놈들에게 거머리처럼 딱 붙어서 백성들 단물을 빨아먹고 있당께."

"천하에 나쁜 놈들…… 박속아지 집이나 한번 털어 봐 불까?"

"그것도 좋네, 배고파서 죽으나, 왜놈들한테 잡혀 죽으나, 죽기는 매일반잉게."

"근디 앞으로 털지도 못할 것이네."

"왜 근다요?"

"아이 사람아! 오늘부터는 고놈의 사위가 고니시여, 고니시!"

"그렇게 되붕만? 진작에 털었어야 하는디, 잔주름이 짜작거리게 늙었어도 왜놈 대장이니 사위 하나는 잘 얻었그만 그려."

그 자리에 모인 조선백성들은 박속유의 욕하는 재미에 떠날 줄 몰랐다.

"근디 그 소문 들었소?"

"뭔 소문?"

"며칠 전부터, 왜놈들이 한 명씩 한 명씩 죽어 가는데 원인을 모른다문서?"

"아무튼, 나도 조금 전에 들었는디, 죽은 왜놈들이 깨댕이가 홀라당 벗겨져서 죽어 있었디야 글씨!"

"이히히히. 남사시럽구먼."

"누군지 몰라도 무지하게 야무네 그려. 누가 그랬다요?"

"말들은 많은디, 밤에 검은 옷에 검은 복면을 하고 소리 없이 나타나 한 명씩 죽여 분다는 거여."

"아따 시원허네, 그려. 도대체 얼마 만에 들어본 속이 시원한 소린가? 이순신 장군이 울돌목에서 벌어진 명량전투 이후로 최고로 재미진 말이네."

"사사끼나 스쿠니를 죽인 사람들도 애들이었는데……."

"아, 그러네. 그 검은 옷을 입고 다는 사람도 혹시 애 아니여?"

"설마……."

차돌은 초라한 옷가지를 입었지만 얼굴이 예쁜 꽃분이가 눈에 들어왔다. 차돌은 먹을 것은 챙기지도 못하고 무리에서 빠져 나와 용수골 당집으로 올라왔다. 유정은 보이지 않았고 토부만 방에서 책을 읽고 있었다.

"토부야, 읍내에 사람들이 모여 웅성거리기에 가 봤더니 이상한 소문이 돌더라."

차돌이 조심스럽게 말을 꺼냈다.

"뭔데, 나와 관계있는 소문이더냐?"

토부가 책을 보며 물었다.

"응 그래, 너의 집안 이야기였어."

"……."

토부는 특별한 관심을 보이지 않고 고개를 돌려버렸다.

"알고 있었구나?"

차돌이가 고개를 끄덕이며 말했다.

"여기서 무슨 소문을 들어 알고 있겠느냐? 그냥 듣고 싶지 않아……."

"맞아, 당집에 숨어 지내는 처진데, 소문을 들을 수는 없지."

차돌이 고개를 갸우뚱거렸다.

"왜교성 낙성식 날 한다고 하든?"

"응, 오늘이 낙성식인가 봐. 왜교성으로 데리고 간대."

"이제는 나와 상관없는 일이야. 쫓기는 신세라 갈 수도 없지만……."

"그래도, 누이인데 가 봐야 하지 않을까?"

"내가 거길 왜 가냐? 그 더럽고 흉악한 데를…… 아버지도 싫고, 죽지 못하고 시집가는 누이도 싫다."

토부는 벌떡 일어서 문을 꽝 닫고 나가버렸다.

박속유 대문 앞에는 꽃가마가 대기하고 있었다. 꽃가마 주변은 칼을 세 개나 차고 있는 우쓰노미아가 당당하게 서 있고 온통 왜군 병사들로 둘러 싸여 있었다. 마당에는 기모노를 입고 있는 여자들이 금화의 방 앞에서 금화가 나오기를 공손히 기다리고 있었다.

박속유의 집에서 일하는 하인들도 추운 날씨에 손을 호호 불어가며 옹 기종기 모여 신기한 듯 주변을 둘러보면서 쏙닥거리고 있었다.

시집가는 날인데도 경사스러운 분위기는 어디에서도 찾아 볼 수가 없 었다. 김씨 부인은 보이지 않고 박속유만이 불안한 표정으로 대청마루에 서서 찬바람을 맞으며 마당을 쳐다보고 있었다. 얼굴 화장을 마친 금화는 아무런 표정도 없이 방 가운데 서 있고 기모노를 입은 두 여인네가 금화 에게 옷을 입혀주고 있었다.

금화의 눈가에는 나비의 꼬리처럼 화려한 모양이 붉은색으로 그려져 있었고 머리는 틀어 올려졌으며 이마 부위에 반달 모양의 머리빗을 거꾸 로 꽂아 놓고 그 위를 꽃 장식으로 마무리를 했다. 기모노를 입은 여인들 은 금화의 몸에 하얀 천으로 만든 도포를 겉옷으로 입히고 흰색 끈으로 겉옷을 감싸며 허리에 묶고 난 후에 한 발짝 뒤로 물러나며 입가에 미소 를 띠우며 감탄했다.

"정말 아름답습니다! 이렇게 아름다운 신부는 처음입니다."

"오, 정말 대단합니다. 하늘에 선녀가 있다면 아마 아씨일 것입니다. 너무나도 아름다워요. 축하드립니다."

함께 일을 도와준 기모노 입은 다른 여인네들이 칭찬을 아끼지 않았다.

하지만 김씨 부인과 단오는 금화의 방 한구석에 돌아앉아 쳐다보지도 않고 훌쩍훌쩍 울고만 있었다.

"자, 아씨! 그럼 나가시지요."

기모노 입은 여인들이 금화에게 허리를 굽히며 손으로 안내를 하자 금화는 아무런 대꾸도 없이 그냥 그 자리에 덤덤히 서 있었다. 다시 한 번 금화에게 손짓으로 안내를 하자 금화는 당당한 걸음걸이로 앞만 보고 걸어 나갔다.

"이년아, 안 따라가고 뭐해?"

김씨 부인이 단오를 쥐어박으며 짜증스럽게 말하자 화들짝 놀란 단오가 눈물을 훔치고 일어서며 따라 나섰다. 방문이 열리고 금화가 걸어 나오자 하인들과 집안의 식솔들이 모두 놀랐다.

금화는 마음이 약해질까 봐 집안 어느 곳도 둘러보지 않고 안채에서 내려와 작은 대문을 지나 사랑채 앞마당을 지나가고 있었다. 사랑채 대청마루에 서 있는 아버지인 박속유를 쳐다보지도 않고 대문을 향해 걸음을 옮겼다.

대문이 '끼--익' 하는 소리와 함께 열리고 금화가 나오자 대문 밖에서 기다리던 왜군 병사들은 아름다운 금화를 보고 입을 다물지 못했다. 특히 우쓰노미아는 금화의 아름다움에 눈을 떼지 못하고 얼이 빠져버렸다.

일본의 전통 신부로 꾸며놓은 금화의 미모는 상상 이상의 아름다움이었다. 금화의 아름다움에 잠시 정신을 잃은 하인들 또한 금화가 타고 갈 꽃가마의 문을 열어주는 것조차 잊어버리고 멍하니 금화를 바라만 보고 서 있었다. 이때, 우쓰노미아가 급히 달려와 꽃가마의 문을 직접 열어주었고 가마에 오르는 동안에도 다른 사람들처럼 넋이 빠져 있기는 마찬가

지었다.

"자, 이제 아씨를 모시고 왜교성으로 출발한다!"

우쓰노미아가 얼굴에 미소를 감추고 전쟁에 출정할 때의 모습처럼 우렁차게 고함을 질렀다. 차갑고 매몰찬 하늬바람이 박속유 집 대문을 치고 돌아 꽃가마를 휘몰아 쓸쓸히 빠져나가고 있었다.

꽃가마에 실려 온 차갑고 매몰찬 하늬바람이 날카로운 바닷바람과 만나 난공불락의 성으로 변한 왜교성으로 휘감고 들어갔다. 왜교성 동북쪽에 위치한 천수각은 세상의 모든 것을 보고 싶은 듯 하늘을 향해 곧게 솟아 있었다. 천수각 앞에는 악사들이 칠현악기 고큐, 목이 긴 현악기 샤미센, 오동나무로 만든 와곤, 그리고 가부좌를 틀고 앉아 무릎 위에 올려놓고 치는 비와 등 일본 전통악기로 흥을 내고 있었고 다른 편에 서 있던 나발수와 북을 들고 있는 사람들 또한 행여 질세라 흥을 북돋고 있었다. 천수각 아래 광장에는 왜교성 준공을 축하하기 위해 온 우키타 히데이에, 이시다 미쓰나리 장군을 비롯해 조선에서 날고 긴다는 왜나라의 장수들이 모두 모여 축하연을 베풀고 있었다.

유정과 차돌은 왜교성이 한눈에 보이는 불모텅이 위에 올라 바위 뒤에 숨어 있었다. 왜교성을 너머 들려오는 음악 소리가 차가운 바닷바람에 펄럭거리는 깃발소리에 묻혀 스산하게 들려왔다. 바위 뒤에 숨어 있던 유정은 웅장한 왜교성을 바라보며 눈물이 고였다. 수없이 많은 생각들이 주마등처럼 지나가고 있었다. 유정이 고개를 숙여 땅바닥을 보는데 고였던 눈물이 주르륵 흘렀다.

"유정아, 오라버니 생각이 나지?"

"……."

유정이 손으로 눈물을 훔치고 고개를 돌려 왜교성을 바라보았다.

"응, 우리 오라비가 저 돌담 밑에 묻혀 있는 걸 생각허면 미치겠어……
묘도 없이 돌만으로 덮어 두었는데……."

유정이 설움을 참아내며 흐느끼고 있었다.

"난, 우리 엄니와 동생들 시신이 어디에 있는지 몰라. 아무도 우리 엄니
와 동생들을 거두어 주지 않았을 거여. 나쁜 놈들, 저 바람에 펄럭이는 깃
발소리가 우리 엄니하고 동생들이 나한테 원망하는 소리처럼 들린당께."

"그렇게 생각허지 말자. 어디 너만 그러냐? 우리 백성들 대부분은 부모
형제 시신들이 어디에 있는지도 몰라. 진구도 마찬가지고……."

"억울하게 돌아가신 우리 엄니하고 내 동생은 자신들을 죽인 왜놈들보
다 날 더 미워하고 원망할지도 몰라!"

"차돌아, 그 말이 뭔 말이냐?"

"죽은 엄니와 동생들의 시신이 그냥 마을에 버려져 있응께…… 죽어서
도 얼마나 원망을 하고 있겠어."

차돌이가 잠시 말문을 멈추더니 다시 말을 하기 시작한다.

"사실, 수습하려고…… 혼자서 용두마을에 갔는디…… 무섭고 겁이 나
더라고, 벌써 한 달도 넘어버린 시신을 상상해 보니 두려웠어…… 난 나
쁜 놈이여!"

유정이가 말릴 새도 없이 차돌은 엉엉 참았던 울음을 터뜨렸다.

"그래, 울고 싶을 때는 실컷 울어! 그것이 좋드라."

유정이 울컥거리는 차돌의 등판을 다독여주었다.

"사실 난 울 자격도 없어. 우리 엄니와 동생이 나를 얼마나 원망했겠

어."

"차돌아, 너무 자책하지 마. 내일이라도 나랑 같이 가서 엄마와 동생들을 잘 모시자."

전쟁의 상흔이 더욱 커가는 시절이었지만 부모가 자식을 챙기는 일과 자식이 부모를 찾는 일 또한 자연의 커다란 법칙이요, 순리였다. 차돌은 왜교성을 바라보며 서럽게 울다가 다시 말문을 열었다.

"세상이 너무 잔인하고 무서워."

"그러게, 전쟁 없이 싸우지 않고 사는 방법은 없을까?"

"고니시 저놈은 뭘 가지려고 조선까지 와서 저렇게 사람을 죽이고 불 지르고 하는 것일까? 천년만년을 사는 것도 아닌디. 재미있을까?"

"……."

"우리가 강가에서 물고기 잡을 때처럼 그럴까?"

"모르지. 고니시가 전쟁 병에 걸린 사람인지도 몰라. 본인 스스로도 고치지 못하는 병 말이야."

"그래, 우리 눈에는 보이지 않지만 미친병에 걸린 것처럼 전쟁 병에 걸렸는지도 모르지. 그러지 않고서야 이렇게까지 함부로 사람을 죽인다는 것이 이해가 안 돼. 허기야 미친놈이 자기 미친 줄은 모르지."

"자기도 모르는 전쟁 병. 죽은 우리 오라비가 전쟁 병에 걸린 미친놈한데 아무 이유도 없이 죽었다고 생각하니 더 억울해."

"그렇게 보면 권력이 클수록 전쟁 병에 심하게 걸린 사람이네."

"왜?"

"전쟁을 하자고 결정하는 놈은 풍신수길처럼 권력자들이잖아."

"그러네, 욕심과 권력이 큰 놈일수록 전쟁병에 심하게 걸렸겄다. 나쁜 놈."

"전쟁 병도 열병처럼 나쁜 맘을 많이 먹으면 열이 높아 바로 죽게 만들었으면 좋았을 텐데…… 어찌 색깔도 냄새도 없이 걸린지도 모르게 했을까?"

"근게 말이다. 권력욕이 큰 놈이 전쟁 병에 걸리면 열이 높아져서 머리가 '펑' 하고 터지게 했으면 전쟁은 아예 없었겠다."

이때, 왜교성 안에서 긴 나발 소리가 들려오고 잠시 후, 북소리가 '둥− 둥− 둥−' 짧고 강하게 울리더니 막사 안에서 검은 옷을 입은 남자가 나오고 연이어 흰 옷을 입은 여자가 뒤따라 걸어 나오는 모습이 보였다.

두 사람이 나란히 서서 천수각 쪽으로 걸어가자 그 뒤를 많은 사람들이 줄을 이어 북을 치는 고수들이 뒤를 따르고 있었다. 그때, 불모팅이를 돌아 누군가 산 위로 올라왔다. 토부였다. 재빨리 바위 뒤로 숨은 유정과 차돌은 토부가 올라와 나무 뒤에 숨어서 왜교성을 바라보는 것을 숨어서 보고 있었다.

왜교성 안에서 다시 나발 소리가 크게 들려오고 북소리와 함께 곱게 단장을 한 남자와 여자가 천수각 안으로 들어가고 나머지 사람들은 천수각 앞 광장에서 북을 치고 나발을 불며 덩실덩실 춤을 추기 시작했다. 흥에 겨워 고함을 지르는 소리가 크게 들리는 만큼 유정과 차돌은 가슴이 미어졌다. 토부는 하얀 옷을 입은 누이 금화가 천수각 안으로 들어간 후에도 불모팅이를 떠나지 못했다. 한참이 지나서 토부는 그 자리를 떠났다.

유정과 차돌은 쓸쓸한 왜교성 낙성식을 보고 돌아가고 있었다. 왜군들의 눈을 피해 해룡토성 아래에 있는 섶다리를 건너 돌아가는데 섶다리 모래사장 언덕 아래에 사람들이 모여 웅성대고 있었다. 궁금해진 유정은 사람들 사이로 들어가 이야기를 들었다. 그 속에도 황 씨 가족이 있었다. 아침에 꽃분이를 처음 본 차돌은 반가운 사람을 만난 것처럼 얼굴에 미소가 번졌다. 황 씨는 입가에 거품을 물고 말을 하고 있었다.

"글씨…… 왜놈들이 쉬쉬하며 말은 안 하는디…… 며칠째 밤마다 왜놈들이 한 명씩 죽어간대. 어느 날은 처마 끝에 목이 매달려 죽어 있고, 어느 날은 똥간에 빠져 죽어 있다는 거지라."

"워메! 그 말이 참말이당가?"

"방금 들은 따끈따끈한 소식인디…… 오늘 아침에는 관풍루 처마에 대롱대롱 거꾸로 매달려 있는 놈은 왜놈이 아니라 왜놈 앞잡이였다네."

"워메, 시원해분 거, 십 년 묵은 체증이 뻥 뚫린 기분이네."

"그 의적이 누구당가? 누구?"

"하늘에서 보낸 조선의 영웅이 분명허당께."

"근데, 중요한 것은 죽은 사람 모두가 깨댕이가 홀라당 벗겨진 상태로 죽어 있다는 거여."

"깨댕이를 벗겨 놨어? 그러면 거시기도 시원하게 보였겠네? 이히!"

모두들 한바탕 크게 웃었다. 대부분의 말들은 차돌이가 아침에 들었던 이야기였다. 하지만 유정은 처음 듣는지라 귀를 쫑긋 세우고 듣고 있었다.

"전라도 아니 조선에 영웅이 나타났구먼."

"맞어. 그 조선의 영웅을 사람들이 달빛 그림자라고 부른대?"

"뭐? 달빛 그림자?"

"그려, 달빛 그림자! 형체가 잡히지 않는다고 해서 그렇게 부른디야……"

"그 신출귀몰한 사람이 체구가 작다는 이야기도 있어."

"설마, 체구가 작은 사람이 그렇게 할 수 있겠어?"

"이봐, 사람이 독기를 품으면 안 되는 것이 없는 것이네."

"어두운 밤에 온통 검은 복장으로 나타나기 때문에 눈에 보이지도 않는데……."

"아, 그래요? 글먼 우리 아들도 체구가 쬐깐헝게 그렇게 할 수 있겠네?"

유정이가 이야기를 듣고 있는 내내 차돌은 한쪽 구석에 조신하게 앉아 있는 꽃분이에게 연민의 정을 느끼고 있었다.

"달빛 그림자가 눈앞에 있다가도 눈 깜박거리는 사이에 뒤통수로 돌아와 있다는 거여. 그러니 잡을 수 있겠어?"

"거참, 오랜만에 시원하고 재미있네!"

"뭔가 사연이 있어. 그냥 죽인 게 아니구만, 뭔가 슬픈 사연이 숨어 있는 것이 확실하네."

"에그! 조선 백성 중에 슬픈 사연 없는 사람이 누가 있당가?"

"그 말이 맞네."

"근디 도대체 누굴까?"

"혹시 사사끼를 죽인 처녀 영웅이 달빛 그림자일까?"

"말만 들었지만 그러면 술도가 유정인디, 그것은 아닐 것이고……."

"그라제."

사람들이 한숨을 내쉬고 고개를 끄덕였다. 그래서인지 몰라도 요즘 들어 왜놈들이 땅거미만 지면 출입을 삼간다는 말이 나돌고 있었다.

"근데 자네들! 그 말은 못 들었제?"

"뭔 말을?"

"나도 조금 전에 들은 말인디, 화가 난 왜놈들이 보복으로 감옥에 잡혀 있던 의병 한 명을 죽여서 연자다리 앞에 간짓대로 걸어놨대."

그 말을 들은 순간 유정과 차돌의 시선이 마주쳤다.

"어른들이 돼 가지고 다리 밑에 숨어서 말만 할 것이 아니라 달빛 그림 자같이 나가 싸워야지라!"

뒤에서 듣고 있던 유정이가 큰 소리로 말하자 사람들이 모두 유정을 쳐다보았다. 지긋하게 나이 먹은 어른이 유정을 보며 말했다.

"자네 말이 맞기는 한디, 상대가 보통 놈들인가?"

"글면 전쟁하러 온 왜놈들이 만만이야 하겠어라? 그래도 해봐야지라."

유정이 언성을 높였다.

"그러면 니가 한번 해 불제? 총각이 되어 불알도 많이 컸겄그만……."

"아직 곱상한 것 보니 불알이 좀 더 커야 할 것 같은디……."

머쓱해진 유정을 보며 한바탕 너스레를 떠는 어른이 다시 말을 이었다.

"내가 뭔 이야기를 하다가 이렇게 됐다냐?"

"그 의병은 죽은 거요?"

"맞아, 뭐라고 상상할 수 없는 고문을 당했다고 그러드라고. 불쌍허게."

"달빛 그림자가 의병을 구했으면 좋을 것인디?"

"그러게 말이시……."

"자네들도 조심해. 왜교성을 다 짓고 나니까 노역자로 끌려가는 숫자는 적어지기는 했는데, 젊은 처자들을 잡아간다는 소문이 있어. 젊은 아낙이나 처자들은 진짜 조심해야 허네."

"처자들을 어디다 쓴다고 잡아간대요?"

"그거야 모르제. 고놈들 속을 어찌 알겠능가?"

황 씨가 수원댁과 꽃분이를 쳐다보며 한번 웃어주었다. 수원댁이 부끄러운지 고개를 살짝 돌렸다.

"각시나 내 딸년을 잡아가면 지 죽고 나 죽고 하는 것이지. 뭐 있겄어."

"아무튼, 왜놈들은 태생이 음침하고 비밀스러운 놈들이여."

고을 사람들이 자기만 아는 비밀스러운 영웅담들을 털어놓으며 입에 게거품을 물고 있을 때, 섶다리 건너 왜교성 쪽에서 십여 기의 기마병들이 힘차게 달려오고 있었다. 통행패를 소지한 몇몇 사람들을 제외한 열댓 명의 조선 백성들이 순식간에 해룡토성 산속을 향해 도망치기 시작했다.

유정이와 차돌이도 무리 속에서 도망가기 시작했다. "저놈들을 놓치지 말고 잡아라!"

말 탄 왜군 장수가 소리를 지르며 달려들었다.

"도망가는 자들은 전부 죽여라!"

당황한 황 씨가 양쪽 손에 어린 기철이와 꽃분이의 손을 잡고 달렸다. 하지만 수원댁과 어린 기철이 때문에 빨리 도망치기는 어려웠다. 그때, 해룡토성 쪽으로 도망가고 있는 유정의 옷고름을 황 씨가 꽉 잡았다.

"이봐요, 초…… 총각! 우리 아들 좀 데리고 가줘요. 제발 부탁이요!"

"……."

대답할 틈도 없이 황 씨는 어린 기철을 유정에게 맡겼다. 유정은 자기도 모르게 어린 기철이의 손을 꽉 잡고 숲 속으로 달렸다. 수원댁이 쓰러지자 황 씨와 꽃분이가 수원댁을 부축하기 위해 달려들었다. 그때 달려오던 왜군 병사들이 꽃분이를 향해 칼을 내리치자 황 씨는 꽃분이를 자신의 몸으로 껴안아 대신 칼을 맞고 쓰러졌다. 황 씨의 외마디 비명과 수원댁의 비명 소리를 뒤로하고 유정과 차돌은 어린 기철을 데리고 해룡토성 숲 속으로 들어갔다.

결국 황 씨를 포함해 몇 사람은 칼에 맞아 죽고 꽃분이와 수원댁을 비롯한 몇 명의 여자들은 왜놈들에게 잡혀 어디론가 끌려갔다. 유정과 차돌이는 숲 속에 숨어서 끌려가는 조선 여인들을 보면서 마음 한구석이 답답해져 왔다. 연자다리로 가서 참수당한 의병의 얼굴을 보고 싶었지만 어린 기철이 때문에 가지 못하고 기철이를 데리고 당집으로 함께 돌아왔다.

딸 금화가 시집가는 날이었지만 왜교성에 들어가지도 못하고 하루 종일 방 안에서 서럽게 울다가 지친 김씨 부인은 철새들의 도래지인 갈대밭을 지나 용산으로 가기 위해 집사를 데리고 길을 나섰다.

용의 등을 타고 오르고 내리고를 여러 번 반복하자 드디어 용꼬리 산에 도착하니 넓은 바다가 한눈에 훤히 보였다. 드넓은 바다로 퍼져가는 바닷길이 김씨 부인의 답답함을 달래주고 있었다.

하늘에서 내려온 선녀처럼 양쪽 날개를 쭉 펴고 고고하게 날아가는 검은 두루미가 김씨 부인을 보고 날아와 주변을 빙빙 맴돌기 시작했다. 김씨 부인은 금화 생각에 눈물이 핑 돌았다.

"금화야! 금화야! 정말 미안하구나. 내 딸 금화야!"

이미 해는 서산으로 떨어지고 있었고 붉게 물들어 가는 노을 속에 불쌍한 금화를 애타게 부르는 김씨 부인의 목소리만 허공으로 사라지고 있었다.

달빛 그림자

"이 자식! 넌 도대체 어딜 쏘다니다가 이제 오는 거야?"

"저…… 죄송합니다."

왜군 병사 둘이서 마구간에 들어서는 진구를 번갈아 발로 차면서 혼을 냈다.

"네, 죄송합니다."

"요즘 들어서 자리도 자주 비우고 게을러지고 있어, 어서 마구간이나 깨끗하게 치워! 이 조선 놈의 새끼……."

진구는 왜군 병사의 발길질에 엉덩이를 맞았지만 싱글벙글 웃으며 마구간 안으로 들어갔다.

"저놈이 병신처럼 처웃기는 해도 기술 하나는 대단해!"

"그래? 저놈이 바로 말발굽에 쇠를 박는다는 놈인가?"

"우리 장군들이 저 어린놈한테 편자 박아달라고 줄을 서 있잖아?"

"일본에서는 없는 새로운 기술이라는데?"

"쳇, 그러게. 우리는 말굽에 가죽 짚신을 신겨 다녔는데……."

"장군들이 조선의 편자가 최고라는데?"

이때 순천도호부읍성의 최고 책임자인 노무라 장수가 마구간에 들어섰다. 그 옆에 마쓰이가 말 한 필을 끌고 따라왔다.

"어서 오십시오. 노무라 장군님!"

"그래, 이곳은 별일 없지?"

"그렇습니다. 여기는 항상 완벽합니다."

"좋아, 그래야지."

"근데, 어쩐 일로 여기까지 직접……."

"마구간에서 일하는 조선 놈이 지금 있나?"

"아, 예, 마구간에서 청소하고 있습니다."

"그래, 나오라고 해!"

"네, 당장 불러내겠습니다."

왜군 병사에 의해 마구간을 치우다 말고 나온 진구의 얼굴과 옷에는 말똥들이 여기저기에 묻어있었다.

엄마가 죽은 그날 향청에 있었던 노무라를 진구는 바로 알아보았다. 진구는 그를 쳐다보는 순간 손이 바르르 떨렸지만 웃으며 대했다.

"장군님 부르셨습니까?"

"네가 말발굽에 쇠를 박는다는 조선 아이냐?"

"예, 그렇습니다."

"네 몸에서 말똥 냄새가 진동하는구나. 떨어져라!"

노무라가 찡그리며 말하자 소판이 진구를 뒤로 밀어제쳤다.

"조선에서는 말굽에 쇠를 박는 이유가 뭐냐?"

"말발굽이 깨지거나 상처가 나면 말이 달릴 수 없으므로 편자를 박아 말굽이 깨지거나 무너지는 것을 막아주는 것입니다. 그래야만 오랫동안 걷고 달릴 수 있게 되는 것입니다. 또한 겨울철에는 미끄러지는 것도 방지할 수도 있습니다."

"편자라?"

"예, 말굽 모양으로 만든 쇠를 편자라고 하는데 구멍을 여덟 개 정도 만들어 제로라는 줄칼로 주변을 다듬어 주고 대갈이라는 못을 대갈 망치로 박아 말발굽에 달아주는 것입니다. 먼저 말굽을 칼로 정확하게 파서 다듬어 주는 것이 중요합니다."

"어린 네 놈은 어떻게 그런 것을 아는 것이냐?"

"죽은 제 아부지가 늘 하던 일로, 어려서부터 배운 것입니다."

"그래, 틀림없이 오래 탄단 말이지?"

"그렇습니다. 지금 장군님께서 쓰시는 짚신 말굽보다는 수십에서 수백 배는 좋을 것입니다."

노무라 옆에 있던 마쓰이가 우렁차게 대답했다.

"그러하면 내 말에도 편자를 달아 놓거라. 출병은 하지 않고 성안에만 갇혀 있으니 몸이 쑤시고 가려워서 아주 미쳐 버리겠다."

"저희들도 미치겠습니다. 전장에선 이 칼들이 빛나야 하는데 칼집에서 잠만 자고 있으니……."

마쓰이가 칼을 한번 꺼내 들어 보이며 말했다.

"기다려라. 내가 고니시 장군께 건의해서 전쟁터가 아니면, 조선 놈들 모가지라도 베어오겠다고 말하겠노라!"

말의 고삐를 잡고 가던 진구가 왜군 장수들의 말을 유심히 듣고 있었다.

"참, 장군님! 어제 잡아온 조선 여자 중에 꽃봉오리가 터지지도 않은 예쁜 아이가 있었습니다. 오늘 밤 향청에 준비할까요?"

"그래, 그런 아이가 있었다고?"

"고니시 장군의 애첩보다 더 탐스러운 아이입니다."

"뭐라고? 고니시 장군의 애첩보다? 푸하하하."

"오늘 밤, 향청으로 모시겠습니다."

"좋아. 오늘은 자네랑 한잔 하자. 내가 그동안 낙안성이 주로 있어 모처럼 왜교성에 다녀와야 하니 조금 늦게 만나세. 아, 참! 더러운 조선 여인은 꼭 씻겨서 데리고 오게."

"알겠습니다."

"군사들에게 삶의 기쁨을 주는 위안소는 잘 운영되나?"

"그렇습니다."

"좋아."

진구는 노무라의 말발굽에 편자를 달기 위해 대장간에서 쇳물을 녹여 편자를 망치로 두드렸다. 망치질을 할 때마다 죽은 엄마의 처절한 얼굴이 떠올랐다. 두드린 편자를 다시 불꽃에 넣고 풀무질을 하자 새로운 공기가 들어갈수록 불꽃이 벌겋게 달아올랐다. 불꽃 속에서 엄마의 얼굴과 노무라의 음흉한 미소가 함께 타오르고 있었다.

오늘밤 누군가 또 엄마처럼 저주받을 짓에 평생 가슴앓이를 할 것이라고 생각하니 진구의 가슴을 방망이로 두드리는 것처럼 콩닥거리며 이가 갈렸다. 밤이 깊어질 때까지 쇠를 두드리는 진구의 망치질 소리가 편자가 아닌 심장을 두드리는 소리 같았다. 진구는 더 이상 망치질을 할 수가 없어 멈추고 마구간을 빠져나와 부읍성 안을 한 바퀴 돌아다보았다. 공북당이라 쓰인 동헌 앞은 조용했고 그 뒤편에 부사사택으로 사용하던 내사 또

한 조용했다. 장청과 이청을 돌아 연자루 옆에 있는 영장청에는 많은 왜군 병사들이 널브러져 자고 있었다. 하지만 감옥은 경비가 삼엄하여 갈 수가 없었다.

진구가 전영을 돌아 관풍루에 다다르자 향청은 아직 조용했다. 진구는 관풍루에 올라가 마룻바닥에 열십자로 벌러덩 드러누웠다. 엄마의 서글픈 비명 소리가 들리는 듯했다. 진구는 자기 뺨을 때리며 한참 동안 누워 있었다. 어디선가 웅성거리는 사람소리가 들려왔다.

"오늘 잘해야 한다. 알았느냐?"

달빛이 밝은 밤이라서 향청 앞에 있는 사람들의 모습을 구분할 수 있었다. 마쓰이가 두 명의 여자를 데리고 서 있었고 그중 한복을 곱게 입은 아이에게 계속 뭐라고 주문을 했다.

"이년이 왜 대답이 없어?"

"……."

한복을 곱게 입은 여자는 고개를 푹 수그린 채 소리죽여 울면서 두려움에 떨고 있었다.

"이년이 죽으려고 환장을 했나? 누구 신세 망치려고 작정을 했어?"

마쓰이가 그 여자에게 겁을 주자 겁먹은 아이는 몸을 더 웅크렸다. 그러자 옆에 서 있던 다른 여자가 여리고 겁먹은 여자를 타일렀다.

"꽃분아! 어렵겠지만 받아들여라. 초가에 잡혀 있는 엄마를 생각해라."

그녀는 자신의 옷고름으로 꽃분이의 흐르는 눈물을 닦아주었다.

"너는 이년에게 노무라 장군님을 잘 모시도록 교육시켜라. 내 출셋길이 너희들 손에 달려있으니……."

"장군님! 이 아이는 지금 두려움에 떨고 있습니다. 시간을 주세요!"

"시간? 조금 있으면 노무라 장군님이 오시는데 무슨 시간을 더 달라고? 저녁에 장군님을 만족시키지 못하면 너희 둘은 나에게 바로 죽는다."

여자는 꽃분이를 관풍루 아래쪽으로 조용히 데려왔다. 관풍루 기둥 뒤에 숨은 진구는 두 사람의 말을 정확히 들을 수 있었다.

"꽃분아! 저놈들은 사람이 아니야. 사람의 탈을 쓴 악마여. 허지만 힘 없는 우리가 살려면 저 악마의 말을 들어야제 어쩌겠냐? 이게 힘 없는 백성의 설움인 거여! 세상을 원망하고 나라를 원망하자꾸나."

"으흐흐흑."

여자가 꽃분이의 두 손을 꼭 잡고 흔들었다.

"마쓰이 저놈은 지독헌 놈이여. 미치광이여. 니가 살아 있어야 복수라도 하지. 같이 잡혀 온 느그 엄니 목숨도 네 손에 달려 있어. 이것아!"

"아줌마, 나…… 무서워요."

꽃분이는 벌벌 떨면서 여자의 품으로 안겼다. 진구의 심장부터 손끝 발끝 아니 작은 실핏줄까지 온몸이 파르르 떨렸다.

"뭐 하고 있어? 어서 오지 못해?"

"알아! 안다. 이제 가자!"

마쓰이가 향청 앞에서 큰 소리로 불렀다. 꽃분이는 여자에게 손을 잡힌 채 이끌려 향청으로 다가갔다. 진구는 관풍루 누각에 숨어 울분과 분노를 참아내려 온 힘을 다하고 있었다.

'노무라! 마쓰이! 인간이기를 거부한 놈, 기다려라!'

관풍루에서 슬그머니 고개를 내밀어 보니 마쓰이가 여자들을 데리고 향청으로 들어가고 입구에는 경비병 네 명이 창을 들고 지키고 있었다.

진구는 꽃분이와 함께 나눈 여자의 말을 기억하고 노무라가 했던 말을 상기하면서 여인들이 모여 있다는 위안소를 찾아가 보고 싶었다. 진구는 의심이 가는 곳으로 발걸음을 천천히 옮겼다. 객사 뒤쪽의 성벽 아래 대나무밭 사이에 민가가 몇 채 있는 곳, 그곳이 진구에게는 의심이 가는 장소였다.

원래 주막으로 쓰던 민가였는데 이상하게 왜군 병사들이 삼엄하게 경비를 하고 있었다. 진구는 소문이 사실일 것 같다는 생각이 들었다. 하지만 죽은 진주댁의 비명 소리가 들리는 듯해서 그곳을 한참 바라만 보다가 곧장 집으로 향했다.

진주댁이 없는 집은 썰렁하기만 했고 호롱불을 켠 방 안에는 엄마의 흔적들이 여기저기에 묻어있었다. 진구는 방바닥에 누워 진주댁이 목을 매었던 기둥을 쳐다보았다. 엄마를 매달았던 기둥의 얇게 벗겨진 나무 표피가 눈에 선명하게 들어오자 자신도 모르게 눈물이 주르륵 흘러내렸다.

진구는 진주댁이 죽고 나서부터 자신에게 화를 낼 줄도 알았고 스스로 자책할 줄도 아는 남자가 되어가고 있었다. 진구는 인생이 달기보다는 쓰기만 했을 어머니가 살아온 숱한 세월들을 생각하면 눈물이 절반이었다. 진구는 벌떡 일어나 다락방의 문을 열고 검은 옷으로 갈아입었다. 검은 복면을 한 진구는 사인검(四寅劍)을 등에 메고 작은 단도를 차고 방을 살며시 빠져나왔다. 조선 백성들이 말하는 달빛 그림자로 변장한 것이었다.

휘엉청 밝은 달이 구름 사이에 살며시 가려져 있었다. 검은 옷에 검은 복면을 한 진구가 경비병이 없는 넘너리 바람골의 성벽 밑에 서 있다가 바람골 성벽을 훌쩍 넘어 감옥으로 향하여 나아갔다. 잠시 후, 진구는 바람 사이로 몸을 숨겨 감옥에 갇혀있는 의병들을 보았지만 멀어서 얼굴들을 정확히 구분할 수는 없었다. 감옥을 지나 왜군들 숙소로 사용하는 진

영에 스며들자 아직도 불이 켜져 있었다.

진구는 도로를 건너 관풍루 누각기둥 사이로 몸을 숨겼다. 그곳은 향청이 바로 보이는 곳이었다. 밝은 불이 켜져 있는 향청 앞에는 여전히 왜군 경비병 네 명이 서 있었다. 향청 안에서 흘러나오는 술에 취해 떠들고 노래하는 소리에 여자들의 비명 소리까지 요란법석이었다. 진구는 꽃분이가 두려움에 떨며 울고 있는 모습이 떠올랐다. 당장 들어가 왜군 장수들을 모두 죽여 버리고 싶었으나 달빛 그림자가 된 진구는 모두가 조용해질 때까지 참고 또 참으며 기다렸다.

해시가 넘어가자 향청에서 술에 취한 마쓰이가 비틀거리며 나오고 함께한 여자가 꽃분이를 등에 업고 나오는 모습이 보였다.

"내가 오늘 네 년 때문에 참는다. 어서 데리고 가버려! 꼴도 보기 싫으니……."

술에 만취한 마쓰이가 쓰러진 꽃분이에게 욕설을 퍼부었다. 여자가 꽃분이를 업고 재빨리 어둠 속으로 사라졌다. 향청의 방 안이 조용해지자 경비를 보던 왜군도 한 명만을 남기고 모두 사라졌다. 이제 달빛 그림자인 진구의 시야에는 칠흑 같은 어둠만이 자욱했다.

진구는 초췌한 진주댁이 걸어 나오는 환상이 떠올랐다. 화가 치밀어 오른 진구는 향청 안으로 몸을 날렵하게 옮기기 시작했다. 해이해진 왜군 병사를 간단히 처치하고 진구가 향청 문을 살며시 열었다.

진구가 서서히 발을 떼어 들어가자 기름등이 켜진 방 안은 열기로 따뜻했다. 순천도호부의 최고책임자인 노무라의 투구와 갑옷이 옷걸이에 정갈하게 걸려져 있고 노무라의 왜도 세 자루가 길이 순서대로 가지런히 걸려 있었다. 하지만 방바닥은 널브러진 술상에 옷가지들, 일본의 악기들까지 진구의 시선에 그런 난장판이 없었다. 술에 취해 곯아떨어진 노무라 역시 혼도시만을 차고 코를 골고 있었다. 진구는 곯아떨어진 노무라의 발목과 손목을 밧줄로 꽁꽁 묶었다. 그리고 천으로 입을 묶을 때 노무라가 몸을 비틀며 눈을 떴다.

"으으으————."

무어라 발악을 하며 말을 하려 했지만 입에 재갈이 물려 있어 알아들을 수 없었다. 노무라가 몸을 일으켜 보려고 이리저리 비틀거리며 여러 차례 시도를 해보지만 쉽지가 않았다. 이때, 진구가 노무라의 가슴을 향해 단검을 꽂자 가슴에서 피가 쏟아지며 몸을 웅크리고 신음하기 시작했다. 진구는 발에 묶은 밧줄을 향청 중심을 지나는 긴 원통나무에 가로 던지고 밧줄을 당겨 노무라를 향청 방 가운데 거꾸로 매달리게 만들었다. 그는 복면을 내리고 노무라의 얼굴을 똑바로 쳐다보았다. 진구를 본 노무라는 눈알이 튀어나올 듯이 쳐다보며 뭐라 소리를 치고 있었다.

"으으으———."

진구가 밧줄에 매달려 있는 노무라를 물끄러미 쳐다보며 말했다.

"전쟁으로 침략한 나라일지라도 인간으로 해서는 안 되는 짓을 너는 했다. 죽어서도 그 죄를 갚을 길이 없는 저주받을 놈이다! 이제 왜 전쟁을 하는지, 왜 사람들을 죽여야 했는지 생각해 보며 영원히 죗값을 받아라."

"으으으————."

몸부림을 치며 저항을 해보지만 혼도시 하나만 차고 깨댕이가 홀라당 벗겨져 매달린 노무라는 무기력했다. 진구가 노무라의 손목 동맥혈관을 단검으로 베었다. 피가 솟구치더니 서서히 손목을 타고 흐르기 시작했다. 노무라의 피가 흥건하게 고여 있던 방바닥 위로 핏방울이 흘러내리자 진구는 노무라가 마지막 자존심처럼 차고 있던 혼도시마저 벗겨버렸다. 노무라가 살기 위해 치욕에 몸부림을 칠수록 핏방울은 사방으로 흩어져 퍼져나갔다. 진구는 향청 방에 있는 기름등의 불을 입으로 불어 껐다. 어둠에 묻힌 향청에는 작은 신음소리만이 퍼져 나왔다.

순천도호부의 아침이 어제처럼 밝아왔다. 읍성관아에서 고니시 대장군의 화난 목소리가 쩌렁쩌렁하게 울려 퍼졌다.

"도대체 너희들은 뭐 하는 놈들이야!"

고니시는 부하 장수들을 세워놓고 연신 발길질했다.

"죄송합니다."

"이게 한두 번이냐! 내가 미쳐버리겠다. 어떻게 일본 최고의 장수들이 이렇게 쉽게 죽어간단 말이냐? 그것도 번번이 군영 안에서……."

"죄송합니다!"

분기가 탱중한 고니시의 말에 부하 장수들은 고개만 땅에 처박고 있었다.

"이번이 처음이 아니라면서 왜 보고하지 않았나? 왜, 왜 하지 않았어?"

고니시는 주먹으로 마쓰이의 뺨을 세차게 때렸다.

"죄, 죄송합니다. 하도 어이없이 죽어갔기에……."

"도대체 누가? 왜? 뭣 때문에? 죽여도 이렇게 더럽고 비굴하게 죽인단 말이야?"

"아무래도 우리에게 원한이 깊은……."

"원한? 조선 놈 중에서 우리에게 원한 없는 놈이 누가 있어, 이 개자식아! 자기 상관도 지키지 못한 놈이 주둥이는 터져가지고……."

"죄송합니다."

"너희들은 죄송하다는 말밖에 못해!"

칼을 빼들고 흥분한 고니시는 마쓰이의 목을 치려고 다가갔다. 그때 옆에 서있던 구로다가 고니시를 말렸다.

"장군님! 참으셔야 합니다."

"으———— 좋아, 내가 참지! 구로다! 넌 어젯밤 야간 근무자들을 한 명도 빠지지 않게 전부 집합시켜! 어서!"

"네!"

구로다가 목례를 하고 장수들을 데리고 밖으로 나갔다. 잠시 후, 야간 경비근무자들이 고니시 앞에 부동자세로 서 있었다. 고니시가 서 있는 병사들 하나하나 일일이 발로 차고 뺨을 때리며 모두를 쓰러뜨리자 병사들은 바로 일어나 부르르 떨며 똑바로 섰다.

"정확히 대답해. 알았나?"

"네, 알겠습니다."

"어젯밤에 수상한 놈을 봤나? 못 봤나?"

"아무도 없었습니다. 개미 새끼 한 마리도 보지 못했습니다!"

"뭐라? 근데 왜 노무라가 죽었어? 그것도 일본 무사의 자존심을 개똥 같이 뭉개고…… 너희들이 도대체 경비를 어떻게 했기에?"

"장군님! 우리 지역엔 그 누구도 외부 침입을 하지 않았습니다."

"저희 구역도 마찬가지입니다!"

"저희도……."

"저희도……."

"그래, 그러면 내부의 적이란 말이지? 당장 읍성 안에 있는 버러지 같은 놈들을 모두 잡아와라."

"네, 당장 대령하겠습니다."

또다시, 왜군들은 읍성 안에서 일하고 있는 조선인들을 모두 끌고 왔다. 마쓰이와 소판은 부역에서 일하는 아낙네들, 짐꾼들 그리고 진구까지 도합 오십여 명 정도가 끌려나왔다. 가능성이 부족한 정계꾼들이 풀려나고 진구는 어린데다 마구간에서 일하는 신분이 보장되어 풀려났다. 문제는 짐꾼으로 일하는 남자들 중에 십여 명이 남게 되었다.

"자, 이놈들을 데리고 가서 말을 할 때까지 고신을 하라!"

고니시는 그들이 실토를 하도록 감옥으로 쳐넣었다. 그리고 구로다에게 작은 목소리로 말했다.

"저들 중에는 범인이 없다! 범인은 외부에서 들어왔거나 아니면 우리가 생각하지 못하는 사람일 수 있다."

"아니, 장군님, 어떻게?"

구로다가 놀라며 고니시에게 물었다.

"저들의 얼굴에 쓰여 있다. 아마 우리가 상상도 못한 사람이 범인일 것이다. 죽은 노무라의 상태를 보면 우선 원한이 있다. 그것도 지독한 개인적인 원한이며 둘째는 생각보다 힘이 약한 사람이다. 매달아 놓은 높이가 너무 낮아! 그리고 마음이 여린 놈이다. 내가 보기에는 여자일 가능성이 크다."

"대단하십니다. 전혀 생각지 못했습니다."

"넌, 잠시 동안 여기에 남아서 원한을 가질 수 있는 자와 여자들 중에서 가능성이 있는 자를 찾아라!"

"네, 알겠습니다."

"우리의 장수 중에 스쿠니, 사사끼, 노무라까지 죽었으니 뭔가 조짐이 정말 좋지 않다. 직산전투에서 명군에게 패하고 울돌목에서 이순신에게 패한 이후에 전운의 느낌이 좋지 않아. 뭔가 불길한 운을 틀어막아야 한다. 그러니 구로다! 너는 꼭 잡아야 한다."

"네, 목숨을 걸고 잡겠습니다."

"노무라가 죽은 사실이 밖으로 퍼져 나가지 못하게 하거라."

고니시와 구로다의 대화를 듣고 있던 마쓰이는 금화의 얼굴을 떠올렸다. '나 대신 구로다 장군이 죽은 거야.' 하고 혼잣말을 했다.

"뭐라고 중얼거리는 거야. 네놈은 오늘 죽어 마땅한 놈이다. 꼴도 보기 싫으니 어서 꺼져!"

고니시는 마쓰이를 쥐 잡듯이 혼을 내며 내보냈다. 오금이 저린 마쓰이는 대답도 못하고 벌벌 떨며 나왔다.

풀려난 진구가 마구간으로 향하는데 뒤따라온 소판이 진구를 불러 세웠다.

"진구야!"

진구가 고개를 돌려 소판이를 바라봤다.

"왜요?"

"느그 어미가 요즈음 보이질 않는다? 어디 아프냐?"

"아닙니다. 멀리 좀 가셨습니다."

"그래, 어디를?"

"외가댁에 다녀올 일이 있어서요."

"느그 외가가 진주 아니더냐?"

"예."

"그래? 나도 며칠 동안 진주 옆에 있는 사천성에 심부름 다녀왔느니라."

"그래서 안 보였군요?"

"날 찾았드냐?"

"아니요. 안 보여서요."

"세상이 워낙 무서운게 느그 엄니도 조심해야 할 텐데……."

"통행패가 있는데요 뭐."

"느그 어미가 여기 없다고 하니 의심받을 수 있다. 조심해라."

진구는 아무런 대답도 없이 마구간으로 들어가 버렸다.

"저놈의 자식이?"

소판이 들어가는 진구를 쳐다보며 끌끌 혀를 찼다. 진구는 불안한 마음을 다잡고 소판이 사라진 것을 본 후, 객사 뒤편에 있는 옛날 주막이었던 초가로 향했다. 사람들의 말을 종합해 보면 주막이었던 초가에 조선의 여인들이 많이 있고 그곳이 비밀스러운 공간인 위안소라고 했다. 진구가 대나무밭 사이를 지나자 경비병들이 지키고 있는 초가가 보였다.

따사로운 햇살을 품은 작은 샛바람들이 대나무의 어린잎들을 살랑살랑 흔들고 있었다. 겨울의 따사로운 햇살을 가득 받고 툇마루에 홀로 앉아 있는 앳되어 보이는 한 여자가 보였다. 너무나도 예쁜 아이가 힘 없이 벽에 기대고 있는 모습이 애처로웠다.

작은 바위 뒤편에 숨어있는 진구의 가슴이 쿵쾅거리며 요동질 쳤고 얼굴은 붉어지고 맥박이 빨라지고 있었다. 이때 기철 엄마인 수원댁이 나타나더니 그 여자아이 옆에 앉았다.

"꽃분아, 인자 그만 들어가자."

꽃분이라는 말을 들은 진구는 눈이 큰 바위만큼이나 커지고 말았다.

'저 아이가 꽃분이였구나……'

어젯밤에 어둠 속에서 희미하게 본 꽃분이였던 것이다. 꽃분이는 고개도 시선도 돌리지 않고 한 곳만 바라보고 있었다.

"꽃분아!"

"……."

수원댁은 꽃분이의 얼굴을 가슴으로 꽉 안아주었다.

"세상에는 옳고 그름이 있단다. 그 흉악한 노무라가 천벌을 받은 것이제. 우리가 당한 만큼 분을 풀고 싶은디 누군가가 그놈을 죽여주잖아? 이게 세상이 아니고 뭣이겠냐?"

꽃분이를 품에 안은 수원댁이 혼잣말처럼 중얼거렸다.

"으———흐———."

"절대 딴 맘 묵으면 안 된다!"

꽃분이는 어깨를 들먹이며 소리 없이 울고 있었다. 수원댁이 꽃분이를 더욱 꽉 안아주었다. 두 모녀가 소리 없이 울고만 있었다. 지켜보고 있던 진구의 볼에도 눈물이 흘러내리고 있었다. 꽃분이의 순수한 아름다움에 마음이 아픈 진구는 혼란스러워 자리를 떠나 마구간으로 돌아왔다.

유정과 차돌은 새벽 동이 트기도 전에 용수골 당집을 떠나 산을 넘고 또 넘어 건달산 옹달샘에 다다랐다. 갈증이 난 유정과 차돌은 보글보글 물방울이 흔들거리며 올라오는 옹달샘에서 물을 떠서 마시고 바로 위에 있는 불알바위에 앉았다.

"유정아, 이 바우 이름이 뭔지 아냐?"

"모르는데? 뭔디?"

"불알바우다."

"뭣이여? 너?"

놀란 유정이 얼굴이 빨개지며 벌떡 일어나 바위를 쳐다보았다.

"옛날부터 아이를 갖지 못한 여인네들이 목욕재계하고 이 옹달샘에 은식기 열두 벌을 띄워 놓고 이 불알바우에 걸터앉아 있으면 아이를 갖는다는 전설이 있는 곳이여."

"얘가 처자한테 못하는 소리가 없어."

"나중에 좋은 사람 만나 아이가 없으면 너도 와서 한번 해봐."

"너 죽을래?"

차돌이가 먼저 길을 나섰고 뒤따라 유정도 일어나 걸음을 옮겼다. 건달산을 지나 해룡산에 다다르자 무너진 해룡토성이 보였다. 유정과 차돌은 지난번 피바다가 된 섶다리를 보고 주변을 둘러보자 멀리 앵무산 아래에 차돌이 살던 용두마을이 시야에 들어왔다. 지나다니는 사람들이 보이지 않자 둘은 섶다리를 빠르게 건너 강을 따라 갈대밭 사이로 들어갔다. 사람들의 인기척이 들리면 그 자리에 한참을 숨어 있다가 인기척이 사라지면 걷고 또 걸었다.

어느새 땅거미가 내려 해가 질 무렵이 되자 용두마을 입구에 도착했다. 절반이나 불타버린 몇 채를 제외한 대부분의 집들이 모두 타버리고 마을은 적막하고 고요했다.

차돌은 촉촉해진 눈으로 돌담골목을 조심스럽게 지나가고 있었다. 유정이 차돌의 손을 꽉 잡아 주었다. 한 집을 지나가는데 할아버지가 토방

멍석 위에 망연자실 앉아있었다. 차돌이가 반가운 기색으로 집안으로 들어섰다.

"월이 할아버지! 나 차돌이여요!"

"뭐? 차돌이? 어서 가거라! 어서 이 마을을 떠나. 어서 가!"

할아버지는 들고 있던 지팡이로 차돌일 내쫓아 버렸다. 영문을 모르는 차돌과 유정은 할아버지를 뒤로하고 차돌의 집으로 향했다.

집은 모두 불타 잿더미가 되었고 타다 남은 앙상한 서까래 기둥들 사이로 거미줄만 무성하게 자리하고 있었다. 차돌과 유정은 주변을 살펴보다 차돌의 엄마 강 씨와 동생들을 찾기 위해 눅눅히 굳어버린 잿더미를 헤집기 시작했다. 엄마가 쓰던 작은 동거울을 찾았다. 검게 타버려서 누구인지 전혀 알 수 없는 시신을 붙들고 차돌인 소리 내어 울고 있었다.

유정이가 할아버지 집으로 달려가 망태를 하나 얻어 다시 돌아왔다. 차돌과 유정은 망태에 세 구의 유골들을 수습해 다시 할아버지 집으로 돌아갔다.

"월이 할아버지! 저희들이랑 함께 떠나요!"

"아니여. 난 여기를 지켜야 할 이유가 있어. 너나 어서 가그라. 언제 왜놈들이 들이닥칠지 몰라. 어서 가!"

"할아부지, 죄송해요. 글먼 몸조심하세요!"

망태를 든 차돌과 유정은 스산한 할아버지의 집을 뒤로하고 돌아서 마을을 빠져나왔다. 유정은 걷는 내내 너무 괴이한 할아버지의 모습에서 뭔가 이상하다는 생각이 들었지만 어두운 밤을 길 삼아 건달산을 넘어 동이 트는 새벽녘에 당집에 도착하니 진구는 없고 토부와 어린 기철이만이 잠들어 있었다.

유정은 바로 마을로 내려가 과일 몇 개와 떡 등을 가지고 아침 햇살이 중천에 떠 있을 때 올라왔다. 차돌은 유골이 든 망태를 들고 진주댁의 묘지가 있는 곳으로 갔다. 유정은 차돌과 둘이서 합장묘를 만들고 어렵게 준비한 몇 가지 음식을 차려놓고 제를 올렸다.

"유정아! 고맙다. 정말 고마워. 이 은혜 평생 잊지 않을 거여."

차돌이는 옷소매로 얼굴을 가리고 하염없이 울었다.

이마에 식은땀이 방울방울 맺힌 채 온몸이 불덩이가 되어 끙끙 앓고 있는 꽃분이의 얼굴을 수원댁이 마른 천으로 닦아주고 있었다.

"엄니! 나 마당에 나가고 싶어."

"꽃분아. 아직은 날씨가 싸늘해. 지금은 쉬어야 혀."

"엄니! 나 가슴이 답답해서 숨이 막혀 죽어버릴 것 같당게."

"꽃분아! 상처가 너무 커서 그려. 그냥 누워 있어."

"엄니! 가랑이가 찢겨져서 아픈 것보다 가슴이 아파서 더 힘들당게."

"알어, 이것아!"

꽃분이가 수원댁의 손을 뿌리치고 기어가려고 몸을 일으키자 방울방울 맺힌 식은땀이 주르륵 흘렀다. 뻑뻑 기어서 방문을 열고 마루로 나가자 싸늘한 기운이 코끝에 밀려왔다. 꽃분이는 잔기침을 연신해댔다. 그러나 눈앞에 쏟아지고 있는 황홀한 저녁노을의 햇살에 꽃분이의 얼굴이 서서히 밝아졌다.

"엄니, 저, 뻘건 해 좀 봐봐. 너무 이쁘당게!"

"……."

"이렇게 예쁜디……."

"……."

"저 노을이 지고 나면 어두운 밤이 오겠지. 글먼 또다시 악마들이 나타날 것이고……."

꽃분이를 지켜보고 있던 수원댁이 꽃분이를 꽉 껴안았다.

"아가, 미안허다. 이런 시상을 보게 해서 정말로 미안허다. 엄마로서 아무것도 해줄 수 없어 너무나 미안하고 또 미안혀. 어른이란 것이 부끄럽다."

참았던 서러움과 미안함이 수원댁의 눈물샘마저 터뜨리고 말았다.

"엄마, 울지 마랑께. 더 씨게 안아줘!"

수원댁이 꽃분이를 더욱 힘을 주어 감싸 안아주고 있었다. 수원댁의 눈물이 꽃분이의 볼에 흘러내렸다.

붉게 물든 노을 빛깔이 얇은 구름을 뚫고 맑은 하늘에 짙게 비치고 있었다. 밝고 편안하고 평화스러운 하늘 세상으로 오라는 손짓처럼, 머리 위로 푸른빛을 이고 있는 노랑과 자주 빛이 섞인 노을이 초가를 따스하게 감싸주었다. 황홀한 노을에 빠져든 꽃분이의 얼굴이 평화스러웠다.

"엄마, 노을이 너무나 이쁘지? 나 추워. 방에서 옷 하나 가져다 줘."

"그래. 옷 보따리에서 꺼내 올게."

"고마워. 엄마, 꼭 잘 살아야 해."

수원댁이 꽃분이를 보고 살짝 웃어주며 방으로 들어갔다. 꽃분이는 하늘을 보고 깊은 숨을 길게 쉬었다. 그리고 얼굴에 미소를 띠며 일어났다. 꽃분이가 무거운 발걸음을 천천히 절룩거리며 마당 한쪽에 있는 우물가로 걸어갔다. 꽃분이가 우물 속으로 머리를 넣자 깊은 곳에 아름다운 노을이 있는 것을 보고 환하게 웃었다.

"저 안에도 아름다운 노을이 있네……."

꽃분이의 눈에서 굵은 눈물 한 방울이 뚝 떨어져 우물 노을에 빠져들었다. 아주 조그마한 흔들림에 어른거리는 꽃분이의 얼굴이 흔들리고 있었다. 꽃분이가 '픽' 하고 웃었다. 세상을 비웃는 아주 작은 소리가 우물 안에서 맴돌고 또 맴돌고 있었다.

꽃분이는 자신이 받은 상처보다 어머니가 받을 상처가 훨씬 더 크다는 것을 잊어버리고 당장 오늘밤을 이겨낼 수 없는 두려움에 짓눌려 우물 속으로 몸을 던졌다. '풍덩' 하는 소리와 함께 방문이 열리고 수원댁이 맨발로 우물을 향해 달려왔다.

"꽃분아! 오메, 꽃분아! 이것아! 이것이 뭔 일이여?"

수원댁의 다급한 소리에 놀란 위안소의 여자들이 하나둘 우물가로 모여들었다.

"꽃분아! 꽃분아!"

수원댁은 우물가를 미친 듯이 날뛰며 사람들을 붙잡고 내 딸을 살려달라고 애원을 했다. 위안소를 관리하는 왜군 경비병들이 나타나고 한참의 시간이 지나서 우물에 빠진 꽃분이를 건져냈지만 꽃분이는 이미 차가운 몸으로 변하고 말았다.

"꽃분아! 꽃분아. 이년아! 이렇게 가 불면 나는 어떡해. 난 어쩌라고……."

흐느적거리는 수원댁이 일어나더니 관리하는 왜군 병사의 모가지를 잡았다.

"느그들 같은 악마 놈들이 우리 꽃분이를 죽인 것이여. 이제는 날 죽여라! 날 죽여!"

수원댁은 실성한 여자처럼 경비병들을 닥치는 대로 쥐어뜯고 발로 차고 주먹질을 하며 욕을 해댔고, 맨발로 돌아다니며 눈에 보이는 대로 달려들어 쥐어박았다.

"이런 미친년이 있나?"

한 왜군 병사가 칼등으로 수원댁의 어깻죽지를 사정없이 내려쳤다.

"아이고 시원타. 딸 죽인 년이 뭐가 무섭다냐? 어디 한번 해보자. 이놈!"

수원댁이 경비병들에게 눈에 보이는 대로 달려들어 대들었다. 미친 듯이 날뛰고 다니는 수원댁을 향해 한 경비병들이 조총의 머리 판으로 세차게 가격하자 수원댁은 그 자리에서 혼절하고 말았다. 주변에 있는 다른 여인네들이 재빨리 수원댁을 업고 방 안으로 들어갔다. 마당 우물가엔 꽃분이의 시신만이 덩그러니 차갑게 누워있고 방 안에는 수원댁이 혼절해서 쓸쓸하게 누워있었다.

조선의 땅에 태어나 사랑 한 번 제대로 받지 못한 채, 이제는 한을 품고 짓눌린 낙엽이 되어 땅바닥에 뒹굴며 떠도는 신세가 되고 말았다. 사랑받아야 할 것들이 이런저런 사연으로 세상에서 사그라지고 있었다.

의병을 구한 귀신 의병들

밤새 눈이 내려 세상을 온통 하얗게 만들었다. 근심 걱정이라고는 하나도 없는 것처럼 순백이 마을을 덮었다. 하지만 유정의 가슴에도, 차돌의 마음에도, 진구의 심장에도, 토부의 뜨거운 핏속에도, 어린 기철이의 동심에도 고니시와 왜군에 대한 분노와 한이 온 세상의 눈을 녹일 만큼 뜨거운 피가 살아 숨 쉬고 있었다.

모두들 눈 속에 갇혀 당집에 숨어 있었다. 시간이 지나 날이 풀리면서 언제 눈이 왔냐고 비웃는 것처럼 세상에 눈이 모두 녹았다.

어느 겨울날 저녁에 유정의 아버지, 주 씨가 옥에 갇힌 의병들을 구하고자 박이량 의병장과 함께 당집으로 돌아왔다. 유정은 주 씨를 보는 순간 그동안 참아왔던 설움이 왈칵 솟구쳤다.

귀신 의병들이 박이량 의병장에게 옥에 갇힌 의병을 구할 방법을 제안하자 처음에는 위험하다는 이유로 거절했지만 진구의 무술 실력과 아이들의 강한 의지 그리고 부읍성 안의 지형을 잘 알고 있다는 이유로 의병장은 함께하기로 날짜를 정한 후에 떠났다.

의병장이 떠나고 말이 없는 진구는 조용히 방문을 열고 나갔다. 걱정이 된 유정은 진구를 따라 걸어갔다. 얼마 전, 진주댁 옆에 차돌의 어머니와 동생들의 유골을 함께 모신 그곳으로 진구가 가서 앉았다. 유정은 진구 옆에 앉으며 말했다.

"진구야, 엄니하고 이야기 많이 했어?"

"……."

진구의 눈에서 눈물이 흐르고 있었다.

"진구야! 네가 밤마다 뭘 하고 있는지 다 알아. 근데 이제는 그러지 마!"

"니가 알아? 어떻게?"

"실은 고을 사람들이 하는 이야기를 들었어. 근데 혼자서 그러는 건 너무 위험해! 지금 왜놈들이 너를 잡으려고 혈안이 되어 있어. 꼬리가 길면 잡혀, 그만해! 제발……."

"난 도저히 왜놈들을 용서할 수 없어. 특히 엄마를 죽게 만든 그놈들이 모두 없어지는 순간까지 난 싸울 거야!"

"그래도, 난 네가 제일 소중해. 네가 나에게 있어야 한다고……."

"……."

진구는 말을 잇지 못하고 유정을 멍하니 바라만 보았다. 진구는 눈에서 눈물을 왈칵 쏟아내더니 진주댁이 목을 맨 서러운 사연을 설명해 주었다. 울지 않겠다고 약속했던 유정도 소매 끝이 다 젖을 만큼 울었다.

"유정아, 넌 나에게 너무나 소중한 사람이야. 근데 도저히 용서할 수 없는 딱 두 사람! 소판과 마쓰이란 놈이 아직도 내 옆에서 숨을 쉬고 있어."

"그럼, 함께하자."

"아니야. 이건 내가 할 일이야."

"진구야, 나도 한으로 이 가슴이 부글부글 끓어올라. 너희 엄니를 대신해 내 한도 풀고 싶어. 같이 가게 해줘."

"위험해……."

"나도 그동안 열심히 무술을 연마했어. 너에 비하면 턱없이 부족하지만 함께하고 싶어."

"……."

"진구야?"

"알았어, 함께하자."

"진구야, 또 부탁이 있어, 꼭 들어줘."

"뭔데? 말만 해."

"이번에 소판을 응징하고 나면 다시 옛날처럼 명랑한 진구가 되어줘."

"……."

"네 엄니가 원하지 않아. 항상 우울하고 쓸쓸하게만 있으면 엄니가 얼마나 슬퍼하시겠니?"

"……."

"알았지?"

"알았어, 엄마를 위해서 그렇게 할게."

"고마워. 그럼 함께 가자."

그날 밤 진구와 유정은 검은 복장에 검은 복면을 하고 달빛 그림자가 되어 구름 사이로 함께 사라졌다.

어스름한 새벽녘이 되어서야 유정과 진구는 지친 몸을 이끌고 당집으로 돌아왔다. 진구의 얼굴에 가벼운 상처 자국이 생겼다. 두 사람은 무척 피곤했다. 하지만 진구는 어느새 어디론가 사라져버렸고 유정은 깊이 잠에 빠져들고 말았다.

"이 미친년을 바로 죽였어야 하는데, 우−−− 답답해. 너는 박 대감 놈의 집에 가서 덕보를 바로 데리고 오너라."

"네."

"먼저 술상부터 들여라."

"네!"

겁에 질린 마쓰이는 방 안 이곳저곳을 똥마려운 개새끼처럼 불안하게 서성이다가 갑자기 쪼그리고 앉아 술을 따라 연거푸 몇 잔을 들이켰다. 이때, 부름을 받은 덕보가 손에 뭔가를 들고 마쓰이 방으로 들어왔다.

"덕보야! 그년이 그렇게 치밀하고 독한 년이냐?"

"저도 믿지 않는데 소판이가 죽은 것을 보니 아씨가 거느리는 자객들이 있다고 판단됩니다."

"그년이 데리고 있는 자객이?"

"그러지 않고서야, 어찌 마쓰이 장군님의 주변만 목을 조여 오겠습니까?"

"그렇지! 그게 맞지? 노무라 장군도 나와 술을 진탕 먹은 날 죽었지. 소판이가 누구야? 내 분신이지."

"그럼요."

"이상하잖아? 차라리 날 바로 죽이면 될 일을 왜 주변을 돌리는 거지?"

"그것은 아씨의 성격으로 어려서부터 고집이 세서 주변을 엄청 힘들게 만들었구만요."

"아직은 고니시 장군에게 말한 것은 아니겠지? 피가 마르는구나! 아니다. 지난번 고니시 대장이 내 귀뺨을 칠 때 이미 알고 있었는지도 몰라."

"설마요?"

불안했는지 의자에 앉지도 못하고 쪼그러서 다시 술을 연거푸 마셨다.

"장군님! 이제는 이판사판입니다. 기회만 생기면 죽여야 합니다."

"그래, 그것이 정답이다만……. 내가 그년만 생각하면 자다가도 벌떡벌떡 일어난다."

"얼굴이 많이 수척해 보이십니다. 제가 오면서 인삼과 녹용을 가지고 왔으니 몸 보신하셔야지요."

"그래, 고맙다만……."

덕보도 답답하여 아무런 말을 하지 못하고 주변을 서성거렸다.

"근데?"

"말해보라. 답답하게 하지 말고."

"이제 소판이 마저 죽어버렸으니 시전 운영권은 누구에게 주실 건지요? 저에게 주신다면 애들을 잡아 바치고 장군님을 위해 목숨을 바치겠습니다."

"조선 놈들은 돈이라면 환장을 하는구만."

"……."

"고민을 해보겠지만……. 넌 욕심이 많아! 일단 그년을 죽일 방법을 찾아내라!"

"네, 알겠습니다. 그리고 저에게 주신다면 칠 할을 바치겠습니다."

"뭐? 칠 할을?"

"그렇습니다, 장군님!"

"그래. 그러면 내가 너에게 줄 테니 소금과 쌀은 정확히 상납하고 관리를 잘 해라.”

“감사합니다. 장군님! 목숨을 다해 바치겠습니다.”

“그러면 네 놈은 그년을 죽일 방법과 애들을 잡아 와라.”

“네, 알겠습니다!”

마쓰이는 부장을 불러 명령을 내렸다.

“넌, 당장 소판을 교수하고 그자의 목을 연자다리 앞에 걸어 두거라.”

“네.”

“장군님! 어찌 죽은 소판을?”

“죽여도 우리가 죽여야 한다.”

“……”

해가 중천에 뜰 무렵, 의병장 박이량과 의병들이 함께 당집을 찾아왔다. 잠시 후에 낯선 사람이 박이량 의병장을 찾아왔다. 차돌과 토부 그리고 기철은 의병들이 하는 이야기를 듣고만 있었다.

“의병장님! 읍성이 난리가 났습니다.”

“무슨 일이…… 또?”

“아침에 연자다리에서 거꾸로 매달린 시신이 발견되었는데 그자가 바로 나전을 했던 소판이었답니다.”

“흠, 같은 백성들을 팔아먹더니만 결국은 처참하게 죽었구먼.”

“연자다리에 발가벗겨진 채 거꾸로 매달아 놓아서 피가 머리로 쏟아져 얼굴이 얼마나 띵띵 부었는지 처음에는 누군지도 몰랐다고 합니다.”

“전에 죽은 노무라하고 같은 방법이네. 그동안 백성들을 괴롭히더니 죄를 한꺼번에 다 받았구먼.”

"근데, 의병장님! 조금 전에 왜놈들이 시신을 읍성 안으로 거두어가더니만 방금 전에 죽은 소판을 다시 참수해서 목을 연자다리에 걸어놨습니다."

"왜 그러지요? 지네들 앞잡이였는데?"

"그게 왜놈들이지. 흉흉한 소문 때문에 병사들의 동요를 막기 위해서 그랬겠지."

박이량 의병장이 차분하게 말했다.

"참으로 비굴하고 잔인한 놈들…… 개처럼 부려먹을 때는 언제고……."

"근데 의병장님 밖에 눈이 오고 있습니다."

"그래, 또 며칠을 기다려야 하나……. 감옥에 갇혀있는 사람들을 생각하면 당장 달려가고 싶은데……."

"하늘이 무심하네요……."

"……."

이때 주 씨가 박이량을 향해 입을 열었다.

"의병장님, 제가 개인 일로 이틀만 어디를 다녀와야겠습니다."

"개인 일이라고? 어디를 가는데?"

"다녀와서 말씀드리겠습니다."

"그러면 조심히 다녀오시게. 온통 왜놈들 천지이니……."

"예, 조심하겠습니다."

"아부지!"

유정이 주 씨를 걱정스런 눈빛으로 불렀다.

"걱정 말아라. 다녀오마."

주 씨는 의병장에게 허락을 받고 유정을 안심시킨 후 진구가 준 환도를 들고 혼자서 당집을 나와 어디론가 길을 떠났다. 당집의 귀신 의병들과 박이량의 의병들은 눈이 녹을 때까지 며칠을 더 기다려야만 했다.

시전 저잣거리 소금전 지하 창고에 덕보가 탁자 중앙에 거드름을 피우며 앉아있고 가내 호위무사 두 명이서 덕보 뒤에 서 있었다. 덕보의 정면에는 꺽쇠를 비롯해 시전 패거리들도 나란히 서 있었다.

"나리! 우리는 그렇게 할 수가 없구만요."

"뭣이라고? 그렇게 할 수가 없다고? 마쓰이 장군이 나에게 시전 운영권을 주었다는디 느그들이 거절한단 말이냐?"

"그건 우리는 모르겠고요. 소판 성님이 죽은 지 얼마나 됐다고 그것도 더럽게 죽었는디 너무한 것 아닌가요?"

"누군가는 장사는 해야 할 것 아니냐 이 말이다."

"그건, 아는데요. 그래도 이것은 예의가 아니지라."

"내가 가서 마쓰이 장군에게 말하는 순간 너희들의 모가지는 저 땅바닥에 굴러다닐 것인디 그래도 괜찮겠냐?"

"이래 죽으나 저래 죽으나 술 몇 잔 차이겠지라, 적어도 우리도 살 수 있게는 해주셔야 하고 죽은 소판 성님 출상이나 치르고 상의합시다."

"소판이가 개, 돼지처럼 산 줄 알았더니 그래도 개는 아니었구먼?"

"너무 그라지 마시오. 소판 성님도 알고 보면 불쌍해라. 천민으로 태어나 사람 쥐어 패는 나졸도 벼슬이라고 얼마나 좋아했는지……. 그래도 우리가 한솥밥을 몇 년을 같이 먹은 처진디……."

"그러게 소판이가 마쓰이한테 맞은 것을 생각하면 나도 불쌍은 하제."

"맞어라?"

"맞기만 했단가? 볼딱지랑 정강이가 성할 날이 없었제."

"오메, 그 시부랄 놈. 개, 돼지 부리듯 써 먹고 모가지 쳐서 간짓대에 걸더니만 생전에 성할 날이 없이 팼다고라?"

"그랬어? 오래 살고 볼 일이네."

"아무튼 우리는 나리를 아즉은 인정할 수 없은께 그만 돌아가시오."

"어허, 이 사람들이 말로는 안 되겠구만."

"나리, 이런 전쟁통에 언제 죽을지 모르는디 뭐가 무섭다요? 지금까지 죽지 않고 산 것만도 덤 아니겠소."

덕보는 시전 패거리들의 말들을 종합하면서 잠시 고민에 빠졌다.

"좋네. 꺽쇠! 다 같이 술이나 한잔 거나하게 하세."

"아따 듣던 중에 반가운 소리네요. 얘들아! 술이나 몽땅 먹으면서 불쌍한 소판 성님을 위로라도 해주자."

"성님! 그랍시다."

덕보와 소판이의 부하들은 시전 주막의 뒷방에 모여 밤이 새도록 거나하게 취하도록 술을 마셨다.

아침이 되어 눈을 떠보니 시전에 내리고 있던 눈도 서서히 접어들고 밝은 햇빛이 세상을 비추고 있었다.

용수골 당집에도 밝은 기운의 햇빛이 비추더니 우울했던 진구의 마음도 많이 밝아지고 좋아졌다. 박이량 의병장은 당집에 머물면서 귀신 의병에게 새로운 무술을 가르쳐 주기 위해 당산나무 공터에서 아이들과 함께했다. 진구와 귀신 의병들은 박이량 의병장에게 검술의 화려함과 우아함 그리고 강렬함을 배웠다. 유정과 차돌 그리고 진구는 의병장의 무술을 흉내내며 배우고 있었다.

"우리 유정이가 훌륭한 무술 실력을 가지고 있구나?"

"뭘요. 진구에 비하면 빈대 간댕이보다 작아요."

"아니다. 훌륭해."

"감사해요."

검술이 끝나고 박이량 의병장은 귀신 의병들을 데리고 난봉산의 국사봉에 올라 큰 바다로 가는 순천 천지를 바라보며 말했다.

"저기, 소금강이 조선 백성의 설움과 분노를 품고 흘러가는구나."

"큰 바다를 만난 곳은 나팔꽃 꽃망울 피듯이 확 피었는데요?"

"그렇구나, 이제는 너희들도 백성들의 미래를 걱정해야 할 나이가 되었다."

"……."

유정과 귀신 의병들은 뭐라 대답을 못하고 멀리 보이는 바다만 바라보았다.

"의병장님, 진구는 언제부터 무술을 저러코롬 잘했대요? 우리는 친구여도 몰랐는디."

"원래 진구의 집안은 고려 때 무관 집안이었지. 그런데 고려가 망하고 조선이 건국되면서 수없이 많은 충신들이 죽임을 당하게 되었는데, 그때 진구 집안의 조상들이 이성계를 피해 멀고도 먼 이곳 순천으로 도망쳐 내려와서 이름도 개명하고 성도 없이 천민으로 살아온 게다."

"우와!"

귀신 의병들은 박이량 의병장의 말을 듣고 놀랐다.

"진구야! 너도 알고 있었냐?"

유정이 진구의 어깨를 툭 치며 물었다.

"응, 어려서 아버지에게서 몇 번 들었어."

박이량이 계속 말을 이었다.

"진구 작은아버지와 나는 친구 사이다. 그 사람의 무공은 대단했지! 어려서부터 우린 한 스승 밑에서 무술을 연마했다."

"나도 진구 작은아부지 생각나는데, 진짜 멋있게 생겼었는데……."

유정이 기억을 더듬으며 말했다.

"진구야! 아직도 사인검을 가지고 있겠지?"

"예, 가지고 있습니다."

의병장이 묻자 진구가 대답했다.

"사인검이 뭐예요?"

차돌이가 물었다.

"사인검은 명검 중에 명검이니라. 호랑이해에, 호랑이달에, 호랑이날에, 호랑이시에 만들기 시작해서 불에 달구고 망치질하고 또 불에 달구고 망치질해서 60년이 지난 호랑이해, 호랑이달, 호랑이날, 호랑이 시에 칼 한 자루를 만든 것을 사인검이라고 불렀지."

"우와? 칼 한 자루를 만드는 데 60년이 걸렸다고요?"

차돌이의 입이 벌어져 닫히지 않았다.

"그때 메고 있던 칼이 사인검이었어?"

유정이 궁금해서 물었다.

"응, 그 칼이야."

"자세히 볼 걸. 몰랐네!"

"진구의 집안은 현재 성씨조차도 없다. 원래는 최영 장군의 충신이었던 장흥이라는 장수가 진구의 조상이었다. 그러니 진구는 장진구인 것이지."

"장진구?!"

진구가 의병장의 말을 따라서 해보았다.

"진구야! 너도 몰랐어?"

유정이 다시 물었다.

"응, 성씨는 말해주지 않았어."

"아마도 순천도호부로 도망 온 진구 조상은 절대로 성씨를 사용하지 못하게 했을 것이다. 발각되면 죽던 시절이었으니……. 가족을 지키고자 아무런 내색도 하지 못하고 산속에서 땅이나 파서 먹고 살았으니까. 정확히 말하면 진주성 전투에서 돌아가신 장윤 장군 그리고 의병활동을 하고 계시는 장위 의병장과는 다른 순천 장씨 집안이지."

동료들이 놀라 입이 벌어지자 진구의 입가에 미소가 드리워졌다.

"진구의 조상들이 입을 다물고 이백 년 가까이를 살아왔을 것을 생각하면 참으로 안타까운 일이다."

"어른이 된다는 것이 무서워요!"

의병장의 말을 듣던 유정이 갑갑한 듯 말했다.

"그건 그렇고, 진구에게서 읍성의 사정은 들었다. 우리 의병 말고도 조선 백성 십여 명이 잡혀있다고 하니 말을 더 가지고 가야 할 것 같다."

"좋아요, 우리의 이웃들인데 악의 소굴에서 구해야지요."

박이량 의병장이 일어서며 멀리 왜교성에서 흔들리는 깃발을 보며 입을 열었다.

"자, 저 멀리 있는 왜교성을 보거라. 저기에는 우리의 한과 고통이 서려

있다. 이 전쟁이 언제 끝날지는 모르지만 이제는 너희들의 힘으로 왜놈을 몰아내야 한다. 당당하고 굳세게, 해낼 수 있다는 신념을 가지고 싸워라!"

"예, 알겠습니다."

귀신 의병들의 대답에는 의지로 가득 차 있었다.

달이 구름 속에 가려 깜깜한 밤이었다. 출동을 준비하던 참에 며칠 만에 출타한 주 씨가 무사히 돌아왔다. 박이량 의병장을 위시한 귀신 의병들은 서로 말은 안 했지만 내심 주 씨의 안부를 걱정하였던 터라 반갑게 맞이했다.

당집에 토부와 어린 기철이만 남겨둔 채 모두 나섰고 진구와 유정은 달빛 그림자처럼 검은 복장을 갖추고 있었다.

박이량 의병장과 의병들 그리고 귀신 의병들은 장평골 마을 입구 언덕에서 모여 부읍성을 바라보고 있었다. 조금 후에 소희익 의병장과 별장 김운성이 몇 명의 의병을 데리고 찾아와 합류했다.

"자! 우리는 소희익 의병장, 김운성 별장의 도움을 받아 옥천과 동천이 만나는 넘너리로 간다. 어젯밤 진구와 함께 사전답사를 했고 우리가 넘어들어갈 바람골에는 경비병도 없음을 확인했다."

"오늘 우리가 구할 사람은 몇 명이오?"

"현재 감옥에는 우리 의병 말고도 조선 백성들이 함께 잡혀 있어 대략 십오 명 정도입니다."

"좋소."

"바람골의 성벽을 넘어 제가 정한 곳에서 적병과 싸워 막아주어야만 감옥에 갇힌 사람을 구할 수 있습니다."

박이량 의병장은 모든 의병들에게 마지막 작전을 설명했다.

"그러면 주 씨와 진구는 성안의 지형을 잘 알고 있으니 내사 뒤 곡간으로 가거라. 소희익 의병장과 의병들은 장청에서 자고 있는 왜놈을 김운성 별장과 의병들은 군기고 앞을 막아주시오."

박이량 의병장은 거침없이 당당하게 그동안 세운 작전을 말했다.

"그럼 나와 우리 의병들 그리고 유정이와 차돌이는 옥 안에 있는 의병을 구하기로 하겠소. 좋아, 모두들 본인의 임무를 잘 알고 있으니 출발한다. 가자!"

그 자리에 모인 일행들은 과하마를 끌고 장평골의 작은 골목을 돌아 넘너리에 있는 바람골로 향해 나아갔다. 넘너리는 백사장이 좋아서 여름이 되면 사람들이 강가에서 물놀이를 많이 했다. 강 건너에는 묘죽도가 있는데 명나라의 강남과 닮아서 소강남이라고 할 만큼 경치가 아름다운 곳으로 세월이 좋을 때면 양반들이 배를 띄우고 풍류를 즐기던 곳이었다. 겨울이 되면 바람이 얼마나 차가운지 사람들이 넘너리 주변을 바람골이라 불렀다.

"유정 아범과 진구! 너희는 축시가 되면 내사 뒤 곡간에 불을 질러라. 혼란한 틈에 의병과 조선 백성들을 구해 바로 성벽을 넘어 넘너리로 올 테니 늦지 말고 꼭 살아와라! 알았지?"

"예."

"자, 시각이 될 때까지 모두 잠시만 기다리자!"

의병들은 바람골 성벽 아래에 숨었다. 미소를 머금은 진구가 주 씨를 보고 조용히 물어보았다.

"내가 준 환도는 두고 오셨네요?"

"으음, 너무나 귀한 검이어서 아껴 쓰려고 다른 칼을 가지고 왔다."

"왜놈의 목을 벨 때 제일 가치가 있는 일인데……."

"그렇구나. 너무나 아까워서……."

"……."

"진구야! 고맙다."

"뭐가요?"

"그냥, 우리 유정이 잘 봐줘."

"무슨 말이세요?"

"유정이 옆에는 아저씨가 계시잖아요?"

"그래도, 내가 언제까지 유정이 곁에 있어 주겠냐? 혹여, 날 다시는 못 볼 일이 생긴다면 내가 죽기 전에 꼭 나를 보러 찾아와야 한다."

"무슨 말씀이세요?"

"그냥, 죽기 전에 널 보고 싶어 그래."

"나를 죽기 전에 못 보면 죽은 다음에라도 꼭 와야 한다. 약속해줘."

"예, 그러기는 허겠지만 그럴 일은 안 생긴게. 너무 걱정하지 마세요."

"고맙다. 꼭 와야 한다."

"……."

"그리고 니가 준 환도에 조선의 역사를 담아두었다. 고맙다."

"……."

주 씨가 진구의 손을 꽉 잡았다. 그때, 박이량 의병장의 신호에 따라 민첩하고 빠른 진구가 잽싸게 담에 올라 줄을 묶었다. 의병장과 의병들이 모두 넘고 유정과 차돌도 밧줄을 타고 쉽게 올라갔고 밧줄을 다시 성안으로도 옮겨 쉽게 잠입했다. 소희익 의병장과 김운성 별장은 의병들을 데리고 각자의 위치로 몸을 재빠르게 움직였다. 주 씨와 진구는 기름통을 들고 골목길을 따라 내사 뒤의 곡간으로 향했다.

늦게 뜨는 그믐달이 성황산 위에 걸쳐지는 걸 신호로 곡간에서 불이 타오르기 시작했다. 백성들의 분노를 실은 불길이 차가운 바람을 타고 순식간에 하늘을 찌를 듯이 거세게 타올랐다.

"불이야, 불이다!"

사방에서 사람들이 뛰쳐나오며 소리쳤다. 성안이 발칵 뒤집히고 왜놈들이 속옷 차림으로 물통을 들고 달려 나왔다. 의병들은 왜놈들을 막아내며 치열한 전투를 벌이고 있었다.

"폭도들이다. 죽여라."

"달빛 그림자다! 잡아라, 잡아라!"

뒤이어 왜군들의 고함 소리가 동헌 너머에서 들려왔다. 의병장과 일행들은 감옥을 지키는 왜놈들이 무기를 놓고 불을 끄러 가기를 기다렸지만 왜군 병사들은 오히려 옥을 더 철저하게 경비하기 시작했다.

박이량과 귀신 의병들은 예기치 않은 상황에 마음이 답답했다. 그때 차돌이가 활을 꺼내 경비병들 중 한 명에게 활시위를 당겼다. 병사의 다리에 화살이 박혔지만 쓰러지지 않고 버티며 주변을 살폈다. 그때 박이량과 의병 두 명이 용맹하게 달려들어 칼로 적을 공격했지만 왜군 병사들도 쉽고 만만한 상대가 아니었다. 유정과 차돌까지 합세하여 왜군 병사들과 몸싸움을 하지만 아직 육체적으로 성숙치 않은 아이들이 상대하기에는 강한 왜군 병사들이었다. 유정은 왜군이 휘두르는 주먹에 맞아 한쪽으로 고꾸라지고 차돌이도 혼자서 병사를 이겨내기는 어려웠다.

다리에 화살을 맞은 병사가 창을 딛고 차돌에게 다가오고 있었다. 그때 비호같이 나타난 진구가 병사 한 명을 때려눕히고 차돌과 싸우고 있던 병사마저도 때려눕혔다. 그리고 쓰러진 유정이가 있는 곳으로 다가왔다.

"진구야 고마워, 어서 옥 문을 열어! 시간이 없어. 나 혼자 일어설 수 있어!"

"알았어."

진구와 차돌이 옥문 창살을 창끝으로 끊고 안에 있는 사람들을 나오게 했다. 문제는 고문에 상처가 깊은 두 사람이었다. 겨우 부축해서 옥 밖으로 끌어내고 있을 때에 박이량과 의병이 왜군들을 물리치고 다가왔다. 옥 안에 갇힌 의병들과 조선 백성들은 서로서로 도와가며 차분히 함께 나왔으나 주 씨가 보이지 않았다.

"진구야, 우리 아부지는?"

"어? 아저씨가 나보고 먼저 가라고 했는디…… 금방 따라오신다고……."

진구의 말이 끝나기가 무섭게 유정은 동헌 쪽으로 달려갔다. 그것을 본 박이량 의병장이 다른 의병들과 진구에게 먼저 가라고 하자 모두들 바람골로 갔으나 진구만이 남아 의병장에게 말했다.

"저도 잠시 다녀올 때가 있으니 제 걱정은 말고 먼저 가 계세요!"

"어딜 가려는데?"

"걱정하지 마세요."

진구가 횃불을 들고 어디론가 사라지자 의병장도 급하게 유정을 따라갔다. 유정이 곡간 가까이 갔을 때는 이미 곡간과 내사는 불이 붙어 훨훨 타고 있었고 주 씨가 불길 속에서 적들에게 포위되어 싸우고 있는 중이었다.

유정이 달려 나가려 하자 박이량 의병장은 재빨리 유정의 입을 틀어막고 유정이를 옆구리에 끼고 왜군들의 눈을 피해 감옥 쪽으로 돌아왔다. 왜군들 몇 명이 쓰러져 있었고 옥은 텅 비어 있었다. 콧바람을 씩씩 불고 반항하는 유정을 의병장이 내려주었다. 유정은 거친 호흡을 몰아쉬며 아무 말 없이 텅 빈 옥을 바라보았다.

"아부지는요?"

"다 맡은 바 임무가 있어. 살아오실 거야. 이제 가자!"

"이렇게 아부지만 두고 갈 수 없어요."

"틀림없이 살아 돌아오실 것이다. 믿자."

"……."

유정은 아버지가 잡히면 감옥에 갇힐지도 모른다는 생각에 옥 앞에 걸려 있는 횃불을 들어 감옥을 향해 던졌다. 의병장은 아무 말도 하지 않고 지켜보며 서 있었다.

"유정아, 이제 어서 가자!"

유정이 불에 타고 있는 감옥을 바라보고 있을 때, 객사 쪽에서도 불길이 타오르고 있었다.

"엄니의 한을 품고 훨훨 타오르거라!"

진구는 향청에 불을 지르고 초가가 있는 대나무밭으로 달려갔다. 철저하게 둘러싸인 왜놈들 사이에 겁에 질린 조선 여인들이 옹기종기 모여 있었다.

꽃분이도 수원댁도 보이지 않았다. 진구는 꽃분이를 찾았지만 보이지 않아 아쉬움을 안고 돌아와야만 했다. 유정과 의병장은 불타는 감옥을 뒤로하고 그 자리를 피해 바람골로 돌아왔고 진구가 제일 늦게 넘너리에 나타났다. 유정은 거친 숨을 몰아쉬는 진구의 손을 꽉 잡아주었다.

"고생했어, 이제는 엄마를 품고 갈 수 있겠지?"

"그래, 이제는 그럴 수 있어. 근데 느그 아부지는?"

"더 이상 기다릴 수 없다. 그만 돌아가자."

박이량 의병장은 단호하게 말했다. 그러자 진구가 성벽을 올라가려 했다. 의병장은 진구를 잡으며 가지 못하게 했다. 유정이는 가만히 고개만 숙이고 있었다. 모든 사람이 돌아왔는데 유일하게 주 씨만 빠져나오지 못했다.

의병장은 상처가 심한 의병과 백성들부터 과하마에 태우고 가능한 읍성으로부터 멀리 도망쳐 나갔다. 소희익 의병장과 김운성 별장은 각자의 의병을 데리고 돌아갔다.

동이 트기 전에 산속으로 들어가야 했기에 건달산을 넘어 용수골 골짜기로 들어서자, 동이 터오며 세상이 환해졌다. 일행들이 무사히 용수골 당집에 도착해 방 안으로 들어갔으나 유정이는 당산나무 옆에 앉아만 있었다. 진구는 그런 유정이를 보고 바로 부읍성 마구간으로 들어갔다.

아침이 밝았다. 수개월 전 처음 연자다리를 건너 부읍성에 들어왔을 때처럼 고니시는 전투복장을 완벽하게 갖추고 가리온을 타고, 삐걱거리는 연자다리를 건너 동헌으로 들어섰다.

"구로다! 너마저 나에게 실망을 주다니. 도대체 조선 백성의 힘이 어디까지란 말이냐?"

"장군님! 이건 보통 일이 아닙니다. 지금 화낸다고 될 일이 아닙니다."

"뭐야? 화를 내지 마."

"장군님, 관군도 아닌 의병들한테 우리 일본 군사가 당했다는 것을 대합전하께서 아시면 우리 부대는 완전히 힘을 잃어버립니다."

"흠……."

"산발적이었던 그동안의 모든 사건들이 조직적으로 진행되었다고 생각합니다. 장수들이 봉변을 당했고 제가 여기에 있는 동안에도 우리의 개 노릇을 했던 조선 놈이 당하고 말았습니다. 이 사건을 아는 병사들 사이에서는 공포감이 점점 커져가고 있습니다."

"그래, 혹시 무슨 단서라도 잡았느냐?"

"어젯밤에 의병을 구하러 온 조선인 한 놈을 잡아 가둬놨습니다."

"실토를 받았느냐?"

"그것이…… 그 조선 놈이 잡히자마자 혀를 깨물어 말을 할 수 없는 상태입니다."

"뭐라, 혀를 깨물어? 뭔가 말해선 안 될 이유가 있는 놈이구만."

"당연히 그들의 본부이겠지요."

"그렇다면 다른 단서는 없다는 것이냐?"

"그동안 부읍성에서 조선 여인들을 잡아다가 우리 병사들을 위해 회포를 푸는 위안소로 만들어 운영하고 있었습니다."

"……."

고니시가 고개를 끄덕였다.

"그런데 얼마 전, 노무라에게 겁탈을 당한 여인 중에 한 여자는 집에서 자결을 했고 다른 어린 여자는 우물에 빠져 죽어 그의 어미가 발악을 했다고 합니다. 그 이후로 변사체들이 계속 발견되었고 노무라까지 죽고 말았습니다."

"그러면 죽은 여자들의 식솔들이 보복을 했다는 것이냐?"

"한쪽은 마구간에서 말똥 치우는 어린 애가 한 명밖에 없으니 그것도 아닌 것 같고…… 다른 쪽은 그 애 어미가 위안소에서 군사들을 접대하고 있으니 그것도 아닌 것 같습니다."

"그럼, 뭐란 말이야?"

"그래도, 제가 그 아이를 의심하고 유심히 지켜봤는데, 말발굽에 쇠를 박아주는 좋은 기술을 가지고 있었습니다. 일도 잘하고 우리에게 아주 잘하는…… 아무 생각 없이 사는 바보였습니다. 틀림없이 그 여인들과 관계는 있는데, 보복을 할 만한 사람은 없고 정말 답답합니다."

"말발굽에 쇠를 박다니? 그게 뭐냐?"

"저도 처음 보았고 이미 몇몇 장수들이 그렇게 했는데 엄청나게 훌륭한 기술이었습니다."

"그래? 내가 한번 만나보겠다. 그 아이와 애기 엄마를 데리고 오너라."

"네."

"모든 소문을 없애고 단순 화재라고 사건을 단순화시켜라!"

얼마 후, 동헌 문이 열리고 겁에 질린 마쓰이 뒤에 진구가 벌벌 떨며 들어오자 고니시와 구로다가 진구의 모습을 유심히 살폈다. 하지만 마쓰이는 고니시 대장이 자기를 쳐다보고 있다고 생각했다. 진구는 고니시를 쳐다보지도 못하고 떨고 있다.

"네 이름이 뭐더냐?"

"지, 지…… 진구라고 합니다."

"성은 없느냐?"

"예, 성은 없고 어려서부터 진구라고 했습니다."

"어찌 마구간에서 일을 하고 있느냐?"

"제 아비가 천인인지라 마구간에서 말 관리를 했습니다. 그러다 도박과 술에 빠져 일찍 죽어버리자 그 이후에 제가 받아서 하고 있었습니다."

진구는 고개도 들지 못하며 벌벌 떨었다.

"그러면 누구와 살고 있느냐?"

"지금은 아무도 없습니다. 어미와 단둘이 살고 있었는데 얼마 전에 살기가 힘들었는지 목매달아 죽어버렸습니다. 그 뒤로 혼자 살고 있습니다."

"느그 어미가 왜 죽었다고?"

"잘 모르겠습니다. 어느 날, 마구간에서 똥 치우고 들어가 보니 목매달아 죽어 있어서 영문도 모르고 땅에 묻어 주었습니다."

"어디다 묻었느냐?"

"저기 산속에 묻었습니다."

"어디라고?"

"요…… 용수골 골짜기입니다."

진구는 잠시 머뭇거렸다.

"그래, 넌 말굽에 쇠를 박는 기술이 있다면서?"

"예, 조상 대대로 해오든 일인데 어려서부터 자연스럽게 배웠습니다. 필요하시면 제가 해드리겠습니다."

진구가 고개를 들어 고니시의 얼굴을 잠깐 쳐다보았다. 고니시와 진구의 눈이 서로 마주치자 고니시가 놀라며 얼굴이 굳어졌다. 진구는 바로 고개를 떨어뜨리고 말았다.

"그래, 알았다. 가 보거라."

진구가 고개를 숙인 채 뒷걸음질로 그 자리를 빠져나왔다. 그때 마쓰이가 기철의 어머니, 수원댁을 데리고 동헌으로 들어가고 있었다. 수원댁은 정신이 나간 사람처럼 멍해 보였다. 고니시는 넋이 빠진 수원댁을 계속 바라보기만 했다.

"그만 나가 보거라."

고니시는 수원댁을 바로 내보냈다. 고니시는 잠시 동안 아무 말도 하지 않고 있었다. 구로다도 말을 꺼내지 못한 채 정적이 흘렀다.

"구로다! 넌 이번 변사체 사건의 주범이 누구라고 생각하느냐?"

"정황을 봐서는 두 여인과 관계 깊은데 고리를 찾지 못하고 있습니다."

"내가 전에 힘이 약한 여인일 가능성이 크다고 한 말 생각은 나느냐?"

"예, 그러셨지요. 그렇다면 저 계집이란 말입니까?"

"이런 바보 같은 놈."

"아니, 범인이 여자일 가능성이 크다고 하셔서."

"저 계집은 절대 아니고 내가 보기에는 바로 저 어린 놈이다!"

"장군님! 어찌 그렇게 단정 지을 수 있는지요?"

"방금 나랑 눈을 마주쳤다. 눈이 독기로 달아오르고 있었어! 입은 아니라고 어설프게 말하지만 눈은 독기를 넘어 살기로 가득했어. 팔다리 근육과 손이 무술로 연마된 몸이다. 너흰 그 아이의 작은 체구 때문에 속은 것이다."

"당장 잡을까요?"

"아니다! 어젯밤 사건은 혼자서 한 일은 아니고 밖에 있는 폭도 단체와 연결되어 있는 것이 분명한즉, 아마도 저 아이가 내부의 사정을 알려주고 함께 도모했을 것이다. 자연스럽게 놔두고 저 아이의 뒤를 쫓아라."

"네, 알겠습니다."

　고니시와 구로다는 다른 장수들을 데리고 주 씨가 갇혀 있는, 한쪽이 타버린 감옥으로 향했다. 병사들이 주 씨를 끌어다가 고니시 앞으로 데리고 나왔다. 주 씨의 입은 퉁퉁 부어 말도 못 하고 쳐다보지도 못할 만큼 얼굴과 온몸이 상처 자국으로 가득했다. 고니시가 주 씨를 천천히 쳐다보며 말했다.

　"많이도 부었구나, 독한 놈!"

　"말을 못하니 고문을 해도 얻을 것이 없습니다."

　"저놈의 집을 찾아 식솔들을 데리고 와라."

　"그렇지 않아도 찾으려 했으나 누구도 모른다고만 하니……."

　"꼴에 이웃이라고 도와준다 이거지. 가서 밥 하는 아낙들을 데리고 와서 확인을 해봐야지. 아니다. 내가 이자를 알 수 있겠다. 그래, 그놈이야. 우리 장수 사사끼를 죽이고 도망간 그 여자아이와 그 아비, 비가 와서 성벽 무너지는 날, 그래! 기억이 나지. 얼마 전에 왜교성에서 도망간 그 아이의 아버지. 그래, 그놈이 틀림없어! 당장 가서 그의 집을 뒤져봐라. 그리고 식솔들을 모두 데리고 와."

　"네, 알겠습니다. 저희가 알고 있습니다."

　옆에 있던 다른 장수들이 장평골 술도가로 군사들을 보냈다. 얼마 지나 잘 걷지도 못하는 유정의 어머니 정읍댁이 병사들에 의해 끌려왔고 정읍댁이 주 씨의 몰골을 보자마자 오열을 터뜨렸다.

　"애는 없었느냐?"

　"집 안에 개미 새끼 한 마리도 없었습니다."

"그러면 그렇지, 집에 있을 리가 없지."

"그래, 이제 한꺼번에 모두 잡을 수가 있겠군. 결국 스쿠니를 죽인 용두 마을의 차돌이, 사사끼를 죽인 유정이, 노무라를 죽인 말똥 치우는 그 아이, 뭐지?"

"진구입니다."

"진구! 그래 이 꼬맹이들이 우리 장수들을 죽인 연놈들이다. 후, 드디어 정체를 알았구나. 틀림없이 이놈들은 폭도들과 함께 있다. 이제 진구와 유정 어미를 통해 우리의 자존심을 땅바닥까지 떨어뜨린 원흉들을 잡자."

"네!"

"구로다, 이제 보인다. 보여! 내가 그동안 흐름을 잡지 못했는데……후———, 이런 애새끼들한테 우리 장수들이 당하다니? 참으로 안타까운 일이다. 이놈들 뒤에는 분명 거대한 폭도들이 있다. 모두 한꺼번에 일망타진한다! 말똥 치우는 애는 절대 알지 못하게 해라."

그 시각, 이런 상황을 전혀 모르는 진구는 마구간에서 일을 하고 있었다. '찢어진 눈, 올라간 입 꼬리, 그래! 그 눈에 살기가 있었어! 아, 고니시의 얼굴을 보지 않았어야 했는데…….' 진구는 혼자서 중얼거렸다.

진구는 일을 하다 말고 꽃분이가 자꾸 떠올라 위안소가 있는 초가집으로 달려갔다. 초가 마당은 참으로 조용했고 사람들은 아무도 없이 경비병들만 주변을 지키고 있었다. 진구는 불안한 마음을 안고 다시 마구간으로 달려와서 아무 일도 없다는 듯이 마구간을 치우고 편자를 만드는 일에만 열중했다.

부읍성은 하루 종일 분주했다. 날이 어두워지고 밤이 깊어질 무렵, 동

장군의 겨울바람이 강하게 불어왔다. 진구는 겨울바람에 몸을 움츠리고 집으로 가는 길에 성벽 위에 경비가 훨씬 많아진 것을 알았다. 혹여나 주 씨가 잡히지는 않았을까 걱정되어 감옥으로 발길을 돌렸으나 누구도 얼씬하지 못하도록 감옥 주변을 왜군 병사들이 철저히 막고 있었다. '유정이 아부지가 잡혔단 말인가? 모두가 탈출해서 감옥을 지킬 이유도 없을 텐데 경비가 심한 것을 보면 유정이 아부지가 잡혔다는 말인데…….' 진구는 혼자서 중얼거리며 장평골 돌담길을 돌아 집으로 들어가는 도중 누군가가 자신의 뒤를 따라오고 있다는 걸 금방 알 수 있었다.

방 안으로 들어선 진구는 불도 켜지 않은 채 문틈으로 밖을 살펴보았다. 누군가 자신의 집 주변을 유심히 살펴보며 서성거리고 있었다. 문득 바람골 성벽 밑에서 자기를 애처롭게 쳐다본 주 씨의 얼굴이 떠올랐다. '그래, 어제 뭔가를 예감한 듯했어. 죽기 전에 꼭 오라고 했는데, 뭔 뜻일까? 분명 이유가 있는데……. 천천히, 천천히 생각해 보자. 감옥을 경비한다는 것은 아저씨가 잡힌 것이고 어젯밤 죽기 전에 오라고 했던 것은 뭔가 나에게 말해주고 싶은 것이 있다는 것이다!' 진구는 주 씨의 말들이 계속 떠오르며 머리에 맴돌고 있었다.

밤이 깊어지자 유정은 아버지 주 씨와 어머니 정읍댁이 걱정이 되어 아무도 몰래 술도가 집으로 걸음을 향했다. 술도가 집에는 경비하는 병사들이 늘어났고 정읍댁은 보이지 않았다. 멀리 왜교성 위에는 횃불이 즐비하게 놓여 있었고 부읍성 성벽 너머 병사들의 분주한 소음 사이로 미세한 비명 소리가 들려왔다.

혀가 짤린 상태로 입이 탱탱 부은 주 씨는 고문을 당해 만신창이가 된 정읍댁을 보고 하염없이 눈물만 흘렸다. 기절해 쓰러져 있는 정읍댁의 손톱마다 대바늘이 피멍에 섞이어 꽂혀있었다. 주 씨가 흔들어 보았지만 정읍댁은 깨어나지 못했다. 가느다란 숨소리에 파르르 떨며 실눈으로 주 씨를 쳐다보았다. 주 씨는 자신의 손톱 밑에서 저려오는 전율 같은 아픔처럼 정읍댁의 손톱 밑 대바늘을 하나씩 빼내기 시작했다. 손톱 밑 대바늘한 개를 뺄 때마다 주 씨는 원한의 눈물을 한 바가지씩 쏟아내고 정읍댁은 육신 고통의 끝점에서 계속 혼절하고 말았다. 또 하나의 손톱 밑에 박힌 대바늘은 고통과 발작이 수백 배로 커져왔다. 온통 눈물과 고통으로 감옥 안이 가득했고 열 개 손가락에 박힌 대바늘을 다 뽑고는 주 씨나 정읍댁 모두 혼절하고 말았다.

시간이 흘러 속없는 새벽닭이 첫 울음을 내자 눈을 뜬 주 씨가 정읍댁을 쳐다보았다. 결국 정읍댁은 고통의 끝점에서 깨어나지 못하고 죽고 말았다. 주 씨는 하염없이 눈물만 흘렸다. 볼을 만지고 아픈 손가락을 어루만지며 팅팅 부은 눈 사이로 눈물만 쏟아지고 있었다. 주 씨는 정읍댁 손톱에 박힌 뾰족한 대바늘을 가지고 자기의 팔등에 '위험한 정령'이라는 글을 새기고 있었다.

주 씨가 했던 말이 좀처럼 머릿속에서 가시지 않는 진구는 달빛 그림자가 되어 바람 사이로 몸을 숨기며 감옥으로 한 발 한 발 다가가고 있었다. 진구는 경비하는 병사의 찰나의 빈틈을 뚫고 감옥 안으로 스며들어갔다.

주 씨는 사람의 몰골이 아니었고 정읍댁은 바닥에 차갑게 누워있었다. 더 이상 가까이 갈 수 없는 진구는 아주 작은 돌멩이를 던져 주 씨에게 자기가 왔음을 알렸다. 주 씨는 탱탱 부은 눈으로 빼꼼히 진구를 쳐다보며 살포시 웃어주었다. 주 씨는 손을 들어 피가 흐르는 팔을 보여주었다. 피로 범벅이 된 팔만 보여주며 손가락으로 팔등을 가리켰다. 하지만 진구는 무슨 뜻인지 알 수 없었다. 진구는 주 씨를 보고 웃어주었고 주 씨도 답례로 웃어주었다. 그때 왜군 병사들이 오는 소리가 들려 진구는 바람 뒤로 몸을 숨겨 나올 수 있었다.

아침이 되자, 진구는 어젯밤에 누군가 따라왔던 일과 고니시의 매서운 눈매 그리고 주 씨의 미소가 계속 떠올라 불안한 마음을 안고 방문을 나섰다. 진구가 아무 일도 없었던 것처럼 차분하게 연자다리로 향할 즈음 누군가 뒤를 따라오고 있었다. 불안해졌다. 마구간으로 들어갈 것인지를 고민하게 되었다. 하지만 당당하게 천천히 연자다리를 향해 걸어갔다. 연자다리 입구에 사람들이 모여 있었고 멀리서 봐도 사람의 수급이 긴 장대 위에 걸려있는 것을 알 수 있었다. 좀 더 가까이 가자 긴 장대에 걸린 사람의 수급을 보고 그만 온몸이 굳어버리고 말았다. 더 이상 발을 뗄 수 없었다. 겁이 난 진구는 웅성거리는 사람들 속으로 숨어버리고 말았다.

'아! 이럴 수가?' 진구는 그곳에 한참 동안 서 있다가 미친 사람처럼 정신없이 집으로 돌아왔다. 누군가 따라오고 있다는 것을 느낄 수 있었다. 진구는 방 안에서 몇 가지 짐을 챙겨 과하마에 싣고 용수골이 아닌 광양 읍성을 향해 섶다리를 건널 때부터는 미행자가 진구를 노골적으로 따라붙었다.

"고니시 대장님! 중요한 단서를 하나 찾았습니다."
고니시는 구로다의 보고를 받고 있었다.
"뭣이더냐?"

"죽은 주 씨 놈 팔에서 조선말로 '위험한 정령'이라는 글귀가 팔에 새겨져 있었습니다. 형태로 보아 어젯밤에 고통 속에서 누군가에게 남기려고 새긴 글입니다."

"죽으면서 남기는 글이라? '위험한 정령'이라?"

"제가 조선 놈들에게 다 물어봤는데 아무도 아는 사람이 없었습니다."

"그래, 뭔가 의미가 있는 것은 사실이다. 원래 죽으면서 하는 말과 행동은 사실만 남긴다고 했다."

"추측하건대, 아마도 본거지가 아닐까요?"

"이런 바보 같은 놈. 뭐한다고 죽으면서 팔에 자기들 본거지를 쓰겠어?"

"아, 그렇군요."

"우선 누구에게 보여주려고 했을까? 자식? 동료?"

"가족에게 말하고 싶었으면 재산이나 보물이겠지. 동료들에게 보여주려 했다면 정보나 전략 이런 거겠지."

"아, 그렇군요!"

"시신을 어디다 버렸느냐?"

"늘 버리는 곳에 버렸습니다."

"이런 바보 같은 놈, 바로 가서 시신을 지켜 보거라. 누군가가 올 것이다. 그러면 그자의 뒤를 따라가 보거라. 뭔가 있을 것이다."

"네, 시행하겠습니다."

구로다는 바로 병사를 시켜 주 씨의 시신을 버린 곳에 병사를 매복시켰다.

진구는 미행자를 숨바꼭질하듯 따돌리고 오시 무렵이 되어서 용수골 당집에 도착했다. 귀신 의병들은 몹시 걱정했던 진구가 돌아오자 안도의 한숨을 내쉬었지만 진구는 오는 내내 유정에게 무슨 말을 어떻게 해야 할지를 걱정하고 있었다. 유정이 진구에게 물었다.

"읍성 분위기는 어땠어?"

"난리가 났어. 어제 고니시가 와서 나도 불려갔었어. 고니시를 처음 봤는데 눈이 무섭게 생겼드라고……."

"뿔 같은 것은 안 달렸디?"

"뿔은 없고 아무튼 독살 맞게 생겼어."

"나도 봤어야 하는데…… 혹시 너, 우리 아부지 소식은 못 들었냐?"

"응, 저…… 감옥에는 없나 봐. 그런 것으로 봐서 도망가신 것 같아. 언젠가는 여기로 오지 않을까?"

"그러게, 살았으면 벌써 왔어야 하는디?"

"기다려 보자. 유정아! 난 이제는 읍성으로 못 가. 앞으로는 여기 있어야겠다."

"그래, 잘됐네."

유정은 마음과는 달리 퉁명스럽게 말했다.

"내 정체가 들통 나고 말았어."

잠시 후, 진구는 기철이만 당집에 놔두고 유정과 차돌 그리고 토부를 당집 옆으로 데리고 갔다.

"근데 의병장님은 어디 가셨어?"

"아마도 오늘 늦은 시각에 오실 거야. 뭔 일 있었어?"

"아니, 그건 그렇고. 왜놈들이 지금 인간으로 해서는 안 되는 짓을 하고 있어."

"뭔디?"

"말하기도 부끄러운데 난 용서할 수 없어. 해서 친구들의 의견을 들어보고 판단하려고 해."

"말해봐."

"지금 객사 뒤, 옛날 주막집에 위안소라는 걸 만들어 놓고……."

"위안소?"

"그래, 위로하는 곳이야."

"위로하는 곳? 뭘 위로하는데?"

"아니야! 조선의 여인들이 그곳에서 왜놈들에게 농락당하고 있어. 인간으로 해서는 안 되는 가장 저주스러운 짓을……."

"뭐야, 위안소가 그런 거야? 용서가 안 돼. 이런 야비하고 추잡하고 잔인한 놈들……."

토부뿐만 아니라 차돌이와 유정은 격하게 흥분하며 말했다.

"유정아, 넌 어때? 기철이 엄마와 누이도 아마 거기에 있을지 몰라?"

"나는 괜찮은디…… 이번 작전은 우리끼리 해야 할 것 같아. 박이량 의병장께서 부유촌 식량 창고를 습격하려는 작전 계획과 광양읍성의 경비가 소홀하다는 정보를 받고 지역에 있는 많은 의병장들과 함께 광양성을 공격할 것이라는 이야기를 들었어."

유정이 상황을 자세하게 설명해주었다.

"그래, 그러면 우리가 하자."

"좋아! 우리 중에 무술도 잘하고 부읍성의 실정도 잘 아는 진구가 판단하는 것이 옳다고 생각해."

차돌이 의욕적으로 말했다.

"근데 우리 귀신 의병들도 작전을 하려면 이제는 대장이 있어야 해."

"좋아, 그렇게 하는 것이 좋겠다. 그러면 누가 하지?"

"난, 진구가 하는 것이 맞다고 생각허는디…….''

차돌이가 말했다.

"고맙지만, 난 아니야. 대장은 생각하는 것이 올바르고 정확해야 해. 그리고 가슴에 뜨거운 열정과 머리에는 차가운 이성이 있어야 하고 모두를 가슴에 안아줄 수 있는 따뜻함이 있어야 한다고 생각하는데 유정이가 그런 사람이라고 난 생각해."

"그래, 맞아! 유정이가 좋겠다."

진구의 설명에 차돌이가 박수를 치며 나섰다.

"좋아, 진구 말대로 유정이가 지금부터 귀신 의병의 대장을 해라. 토부야, 넌 어떻게 생각해?"

"…….''

차돌이가 토부에게 물었지만 토부는 대답을 하지 않았다.

"토부야?"

"너희들이 알아서 해."

"그럼, 나와 차돌이 그리고 토부도 괜찮다고 하니 결정 났다. 지금부터 유정이가 우리 귀신 의병의 대장이다."

진구의 말에 유정은 대답을 하지 못한 채 그 자리에 서 있었다. 유정은 말없이 친구들이 있는 자리를 벗어나 당집 옆에 있는 당산나무 아래로 내려갔다.

"엄니, 아부지! 어디 계세요? 제가 친구들의 대장을 잘할 수 있을까요?

저에게 능력을 주신다면 친구들과 가족의 원한을 풀기 위해 몸을 던질 수 있게 지혜를 알려줘요. 제 가슴속에 맺힌 저주도 풀어낼 테니 나에게 힘과 용기를 주세요."

그때 어린 기철이가 당집에서 나와 유정을 뒤에서 껴안았다.

"기철아! 엄마와 누이를 꼭 구하자."

"응, 누나!"

유정은 기철을 데리고 친구들이 기다리는 곳으로 향했다. 친구들이 유정의 얼굴만 바라보았다.

"너희들이 나를 믿어주니 너무 고맙다. 부족하지만 열심히 할게."

"그래, 대장! 고마워."

토부를 제외한 귀신 의병들은 모두 박수를 치며 유정을 환영했다.

"가련한 우리 백성들을 위해 할 거야!"

"유정아, 그러면 기철이 엄마와 누이를 구할 방법을 우선 찾아보자."

"좋아, 먼저 계획을 세우는 거야."

"그래."

귀신 의병들은 삥 둘러앉아 부읍성 안에 있는 위안소에서 고통 받고 있는 조선의 여인들을 구해내기 위하여 독자적인 작전을 세우기 시작했다.

주변이 어두컴컴해지자 박이량 의병장과 의병들이 용수골 당집으로 돌아왔다. 의병장은 진구를 부르더니 둘이서만 한쪽에서 진지한 논의를 한 후, 의병들만을 데리고 아무런 말도 없이 다시 말을 타고 당집에서 내려갔다. 진구는 아무도 몰래 혼자 읍성으로 내려갔다.

'아저씨가 뭔가 나에게 보여주려는 것이 있어. 죽기 전에 보지 못하면

죽은 뒤에라도 오라고 했어. 그래. 시신이 없어지기 전에 보자!'

진구는 혼자 중얼거리며 아동바리를 지나고 있었다. 의병장은 읍성이 한눈에 보이는 청수골에서 어두워질 때까지 기다렸다가, 연자다리 입구에 긴 장대 끝에 걸려있는 주 씨와 정읍댁의 수급을 보고 있었다. 박이량 의병장은 왜군들의 경비가 소홀해지자, 재빨리 수급을 수습한 후 급하게 사라졌다. 연자루 위에서 그 모습을 쳐다보고 있던 구로다가 마쓰이에게 명령했다.

"저놈들이 드디어 걸려들었다! 조심히 추격해서 본거지를 확인하라!"

"네. 알겠습니다."

급하게 도망가다 왜군들이 뒤를 쫓는 것을 눈치 챈 박이량 의병장이 말했다.

"너희들은 수급을 들고 건달산 옹달샘으로 가 있거라! 나와 동료들은 왜놈을 따돌리고 갈 테니 그곳에서 기다리고 있거라."

"예, 그러면 저희는 먼저……."

수급을 든 의병들이 말을 타고 질풍처럼 달려가고 박이량 의병장을 포함한 몇몇의 의병들은 길의 방향을 성황산으로 바꾸어 달렸다.

진구는 주 씨와 정읍댁의 몸뚱이를 버렸을 곳을 찾아 헤맸다. 진구가 시신이 있는 골짜기로 다가오고 있었다.

"대가리도 없는 몸뚱이만 있는 것을 지키라고 하니? 어디 무섭고 더러워서……."

"어이, 저기에 사람이 오네."

"아니, 저놈은 마구간에서 일하는 아이잖아?"

"그래, 저놈이 웬일이지? 조용히 지켜보라했으니 보세."

진구는 썩어가는 독한 냄새에 코를 막았다. 머리가 없는 주 씨와 정읍댁의 시신을 바로 찾을 수 있었다. 한손으로 코를 잡고 한손으로 주 씨와 정읍댁의 시신을 아무리 찾아봐도 상처 자국 이외는 아무것도 없었다.

"뭐지 틀림없이 나에게 보여주려는 것이 있는데?"

진구는 다시 한 번 찬찬히 조심스럽게 찾아보았다. 이리 저리 찾다가 피로 범벅이 된 팔등에 둔탁하고 거칠게 쓰인 글자를 보았다. '그래, 글자다.' 진구는 자세히 쳐다보았다. '위-험-한-정-령-' 그래, 이거였어! 아저씨가 나에게 말하려는 것이 이거였어. '위험한 정령' 진구는 주 씨와 정읍댁을 한쪽에 옮겨 가지런히 놓고 돌무더기로 돌무덤을 만들어주었다.

시신을 지키고 있던 왜군들이 진구를 따라 붙었다. 진구는 오리정으로 가기도 전에 누군가 따라붙어 미행하는 것을 눈치 채고 시전 저잣거리로 들어가 그들을 따돌렸다.

한편, 아무것도 모르고 추격하던 왜군 병사들은 의병장의 지략에 걸려들어 말을 쫓아 따라오고 있었다. 날이 완전히 어두워지고 잘 아는 숲속 길로 접어든 의병장과 의병들은 매복을 하고 있었다. 죽기 살기로 뒤를 쫓던 왜군 병사들은 숲 속에서 의병장의 일행들에게 습격을 당해 일부는 현장에서 즉사했고 나머지는 줄행랑을 치고 말았다.

박이량 의병장은 다음 날 오후 의병들과 함께 용수골 당집으로 돌아왔다.

"유정아, 이제 우리는 떠날 때가 되었구나. 우리들은 고하도에 계시는 이순신 장군의 명을 받아 우리 조선을 위해 해야 할 막중한 일이 있다. 너희들의 도움으로 많은 의병들과 조선 백성을 구할 수 있어서 무척 고마웠다."

"의병장님! 가시게요? 이제 저희들은 어떻게 할까요?"

"유정아, 너는 아버지와 어머니를 여기서 기다려야지."

"어제 수소문을 해보니 아버지와 어머니가 왜놈을 피해 도망갔다고 하더라. 어디에선가는 살아 계실 것이니, 안전한 이곳에서 기다려라. 진구야! 너는 우리와 함께 하겠느냐?"

"아니요. 나도 친구들과 함께하고 싶어요. 저희 귀신 의병들도 이제부터 해야 할 일이 있거든요."

"그래, 귀신 의병? 거 이름 한번 좋구나."

"대장도 뽑았어요. 우리 유정이가 대장을 하기로 했어요."

"그래, 유정아! 축하한다. 너의 어깨가 무겁구나. 이제는 당당하게 싸워야 한다. 조선의 미래는 너희들에게 달려있다. 우리는 가마."

"네, 명심하겠습니다."

박이량 의병장은 많은 이야기를 하지 않고 말을 아꼈다. 좁은 당집에 많은 사람들이 북적거리다가 탈옥한 의병들과 조선 백성들이 의병장과 함께 모두 당집을 떠나갔다. 당집에는 다시 유정, 진구, 차돌, 토부, 그리고 어린 기철만이 남아 있었다. 진구는 유정이만 보면 예전에는 없었던 가슴이 콩닥거리고 힐끔힐끔 쳐다보는 버릇이 생겼다.

〈2권에 계속〉

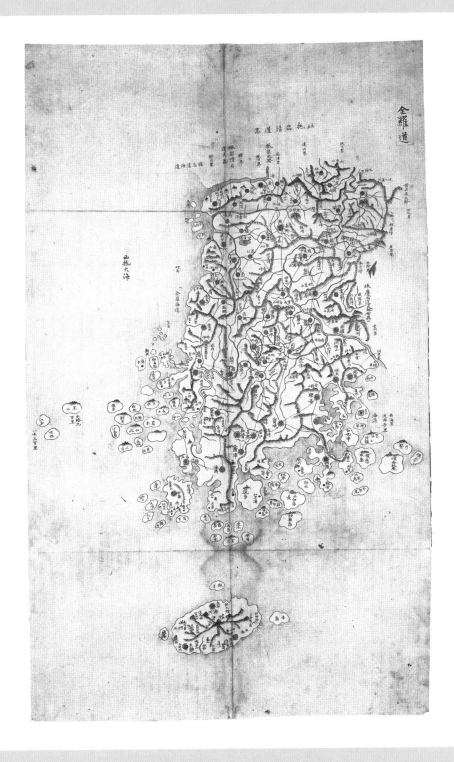

全羅道

왜교성을 품은 달빛 청춘 1

초판 1쇄 인쇄 2016년 9월 1일
초판 1쇄 발행 2016년 9월 1일

지은이 | 장현필
펴낸이 | 안대현
디자인 | 강희연
펴낸곳 | 도서출판 풀잎
등 록 | 제2-4858호
주 소 | 서울시 중구 필동로 8길 61-16
전 화 | 02-2274-5445/6
팩 스 | 02-2268-3773

ISBN 979-11-85186-21-4(04810)
        979-11-85186-20-7(세트)

협찬 : 첩랍 문화관광재단

이 도서의 국립중앙도서관 출판예정도서목록(CIP)은 서지정보유통지원시스템 홈페이지(http://seoji.nl.go.kr)와
국가자료공동목록시스템(http://www.nl.go.kr/kolisnet)에서 이용하실 수 있습니다. (CIP제어번호 : CIP2016020746)